THE
WALKING
DEAD

THE WALKING DEAD

Woodbury

Robert Kirkman

y

Jay Bonansinga

timun**mas**

Obra editada en colaboración con Scyla Editores – España

Título original: *The Walking Dead: The Road to Woodbury*
Traducción: María Ferrer Simó y Marisa Rodríguez Mayol.
Traducciones Imposibles

Fotografía de portada: © Christophe Dessaigne / Trevillion Images
Diseño de portada: Shane Rebenschied / Shannon Associates

© 2012, Robert Kirkman and Jay Bonansinga
© 2012, Traducciones Imposibles, de la traducción

Derechos exclusivos de la edición en lengua castellana:
© 2012, Scyla Editores, S.A. – Barcelona, España
Timun Mas es marca registrada por Scyla Editores, S.A.

Derechos reservados

© 2012, Editorial Planeta Mexicana, S.A. de C.V.
Bajo el sello editorial TIMUN MAS M.R.
Avenida Presidente Masarik núm. 111, 2o. piso
Colonia Chapultepec Morales
C.P. 11570, México, D.F.
www.editorialplaneta.com.mx

Primera edición impresa en España: octubre de 2011
ISBN: 978-84-480-0635-8

Primera edición impresa en México: diciembre de 2012
Segunda reimpresión: marzo de 2013
ISBN: 978-607-07-1477-1

Impreso en los talleres de Litográfica Ingramex, S.A. de C.V.
Centeno núm. 162, colonia Granjas Esmeralda, México, D.F.
Impreso en México – *Printed in Mexico*

A Jilly (L'amore della mia vita)

Jay Bonansinga

PRIMERA PARTE

Amanecer del día rojo

La vida duele mucho más que la muerte.

Jim Morrison

UNO

Nadie en el claro oye a los merodeadores acercarse desde los árboles. El tintineo metálico de las estacas de las tiendas clavándose en la tierra arcillosa y fría de Georgia ahoga los pasos lejanos; escondidos en las sombras de los pinos cercanos, los intrusos todavía están a casi quinientos metros. Nadie oye las pequeñas ramas romperse azotadas por el viento del norte, ni los delatadores gemidos guturales, tan débiles como los somorgujos tras las copas de los árboles. Nadie detecta el rastro de los hedores de la carne putrefacta y del moho negro marinando en heces. El olor penetrante a leña quemada y fruta en descomposición de la brisa de media tarde enmascara el olor de los muertos vivientes.

De hecho, durante un buen rato, ni uno solo de los colonos del floreciente campamento nota ningún peligro inminente; casi todos los supervivientes están ocupados instalando luces de refuerzo hechas con objetos que han encontrado, como traviesas, postes de teléfono y trozos oxidados de acero.

—Es patético… Mírame —comenta con un gruñido de exasperación la mujer esbelta con coleta, acuclillada de forma extraña junto a un cuadrado de tela de tienda de campaña salpicado de pintura y doblado en el suelo de la esquina noroeste. Se estremece bajo una amplia sudadera del Instituto Tecnológico de Georgia, joyas antiguas y vaqueros rotos.

Rubicunda y pecosa, con el pelo largo y castaño que cae en mechones trenzados con plumas pequeñas y delicadas, Lilly Caul es un saco de tics nerviosos, que incluyen desde colocarse sin parar mechones de pelo detrás de las orejas hasta morderse las uñas compulsivamente. Coge más fuerte el martillo con su pequeña mano y golpea una y otra vez la estaca de metal, resbalando al dar en la cabeza como si la hubieran engrasado.

—No pasa nada, Lilly. Relájate —dice el hombre corpulento, mirando desde atrás.

—Hasta un niño de dos años podría hacerlo.

—No te machaques así.

—No, preferiría machacar otra cosa. —Da un par de golpes más, cogiendo el martillo con las dos manos. La estaca no se mueve—. Es esta dichosa estaca.

—Coges el mango del martillo demasiado arriba.

—¿Que hago qué?

—Pon las manos hacia el extremo del mango, deja que la herramienta trabaje por ti.

Más golpes.

La estaca salta del terreno duro, sale volando y aterriza a tres metros.

—¡Maldita sea! ¡Maldita sea! —Lilly golpea el suelo con el martillo, baja la mirada y suspira.

—Lo estás haciendo bien, chiquilla. Deja que te enseñe.

El hombre corpulento se acerca a ella, se arrodilla y le quita el martillo con delicadeza. Lilly retrocede, negándose a entregar el utensilio.

—Dame un segundo, ¿vale? Puedo hacerlo. Sé que puedo —insiste, sus hombros estrechos se tensan bajo la sudadera.

Coge otra estaca y vuelve a empezar. Golpetea la cabeza titubeante. La tierra se resiste, dura como el cemento. El mes de octubre ha sido frío y los campos en barbecho del sur de Atlanta se han endurecido. No es que sea malo. La tierra arcillosa y dura también es porosa y está seca —al menos por ahora—, por lo que han decidido plantar el campamento allí. Se acerca el invierno y este contingente lleva una semana reagrupándose, asentándose, cargando las pilas, replanteándose el futuro —en caso de que alguno de ellos lo tenga.

—Sólo tienes que dejar que el martillo caiga sobre la estaca. —Describiendo amplios movimientos con su enorme brazo, el fornido afroamericano que está de pie junto a ella le muestra cómo hacerlo. Parece que la cabeza de Lilly cupiera en esas manos gigantescas—. Utiliza la gravedad y el peso del martillo.

Lilly tiene que hacer un enorme esfuerzo para no quedarse mirando el brazo —mientras éste sube y baja— del hombre de color. Incluso arrodillado, con la camisa vaquera sin mangas y el raído chaleco de plumas, Josh Lee Hamilton resulta imponente. Tiene la complexión de un defensa de la NFL, con la espalda ancha, los muslos fuertes como dos troncos y el cuello grueso, y aun así se las apaña para moverse con gracia. Sus ojos tristes con pestañas largas y las cejas levantadas, que le arrugan la frente de la cabeza medio calva, le dan un inesperado aire de ternura.

—No es tan difícil... ¿Lo ves? —Lo repite para que ella lo vea y su bíceps tatuado, tan grande como la barriga de un cerdo, salta cuando blande el martillo imaginario—. ¿Ves lo que quiero decir?

Lilly aparta discretamente la mirada del brazo curvilíneo de Josh. Siente un leve escalofrío de culpa cada vez que contempla sus músculos, su espalda ancha y triangular. A pesar del tiempo que han pasado juntos en este infierno en la tierra —que algunos residentes de Georgia llaman «el cambio»—, Lilly ha evitado escrupulosamente traspasar las fronteras de la intimidad con Josh. Es mejor que siga siendo un amor platónico, que sigan siendo como hermanos, o como mejores amigos, nada más. Es mejor que sigan siendo sólo «negocios», y más aún en medio de esta plaga.

Eso no ha impedido que Lilly le lance de soslayo grandes sonrisas coquetas siempre que él la llama «mi chica» o «muñeca»... Ni que se asegure de que cuando por las noches se arropa en el saco de dormir le vea el carácter chino que lleva tatuado sobre el coxis. ¿Lo está engatusando? ¿Está manipulándolo para que la proteja? Estas preguntas retóricas siguen sin respuesta.

Los rescoldos de miedo que Lilly siente continuamente han cauterizado cualquier rastro de ética y de matices de comportamiento social. De hecho, el miedo la ha perseguido durante casi toda su vida

—durante sus malogrados días en el Instituto Tecnológico de Georgia le salió una úlcera, y se vio obligada a tomar medicación para la ansiedad—, pero ahora bulle constantemente en su interior. El miedo le envenena el sueño, le nubla la mente, le atenaza el corazón. El miedo le hace reaccionar.

Lilly coge el martillo con tanta fuerza que las venas de su muñeca palpitan.

—¡No hace falta ser un genio, por el amor de Dios! —exclama, haciéndose por fin con el control del martillo, y de pura rabia clava la estaca en el suelo. Coge otra estaca. Se dirige al extremo opuesto de la tela de la tienda de campaña y a base de golpear como una loca, desaforada, acertando sólo de tanto en tanto, fuerza a la pieza de metal a atravesar la tela y clavarse en el suelo. Gotas de sudor le brotan de la frente y del cuello. Golpea una y otra vez. Por un instante se deja llevar.

Finalmente hace una pausa, exhausta, bañada en sudor, jadeando.

—Vale… Ésa es una forma de hacerlo —afirma Josh con calma, poniéndose de pie. Una sonrisa se dibuja en su rostro acaramelado cuando mira la media docena de estacas que sujetan la tela al suelo. Lilly no dice nada.

Al norte, por entre los árboles, los zombies avanzan sin que nadie los detecte, ahora están a menos de cinco minutos.

Ninguno de los compañeros de Lilly Caul —casi un centenar de supervivientes que por pura necesidad intentan construir allí una deslavazada comunidad— se da cuenta del gran inconveniente que tiene la parcela ajardinada en la que han plantado las tiendas.

A primera vista la propiedad parece ideal. Está situada en una zona agrícola a ochenta kilómetros al sur de la ciudad. Una zona que cada año produce millones de kilos de melocotones, peras y manzanas. El claro está en una cuenca natural de maleza seca y tierra apelmazada. Abandonada por sus dueños, que probablemente también eran propietarios de los huertos vecinos, la parcela tiene el tamaño de un campo de fútbol, con caminos de gravilla en los flancos. Junto a los caminos azotados por el viento crecen hasta las colinas densos muros de pinos blancos americanos y robles perennes.

En el extremo norte de la dehesa se ven los restos chamuscados de una casa grande, las siluetas de las vigas maestras recortadas contra el cielo como un esqueleto petrificado, las ventanas rotas durante una tormenta reciente. Al sur de Atlanta, en los últimos meses los incendios han destruido buena parte de las granjas y las zonas residenciales.

El agosto anterior, después de los primeros encontronazos entre humanos y muertos vivientes, el pánico se extendió por el sur e hizo estragos en las infraestructuras de emergencia. Los hospitales se saturaron y luego cerraron, los parques de bomberos quedaron desiertos y la Interestatal 85, inservible, bloqueada por los coches accidentados. La gente dejó de buscar emisoras de radio y empezó a buscar suministros, lugares que saquear, alianzas y zonas en las que agazaparse.

Las personas reunidas en aquella finca abandonada fueron encontrándose unas a otras en el entramado de las polvorientas carreteras secundarias que surcan los campos de tabaco y en los centros comerciales vacíos de los condados de Pike, Lamar y Meriwether. Las había de todas las edades, incluso familias con niños, y la caravana de coches recalentados y moribundos creció… Hasta que la necesidad de encontrar refugio y espacio se convirtió en prioridad absoluta.

Ahora todos están desperdigados por esa parcela abandonada de menos de una hectárea, y aquello es como revivir los asentamientos de personas sin hogar de la gran depresión. Algunos viven en sus coches, otros excavaron nichos en la hierba, unos pocos se aposentaron en tiendas de campaña en la periferia. Cuentan con pocas armas de fuego y escasa munición. Herramientas de jardín, equipamiento deportivo, utensilios de cocina —todos los refinamientos de la civilización— sirven ahora como instrumentos de defensa. Decenas de supervivientes siguen clavando estacas en el suelo frío y escabroso, trabajan con diligencia, apresurándose al ritmo de un reloj invisible y esforzándose en plantar sus improvisados santuarios. Todos y cada uno de ellos ignoran el peligro que se acerca por los pinos del norte.

Uno de los colonos, un hombre alto y larguirucho de unos treinta y cinco años, con una gorra de John Deere y chaqueta de cuero, está de pie bajo el extremo de un enorme trozo de tela en el centro del pasto. Se atisban sus duras facciones entre las sombras de la tela de la gigantesca tienda de campaña. Supervisa a un grupo de adolescentes malhumorados reunidos bajo la tela.

—¡Venga, señoritas, agachad el lomo! —les grita por encima del repique de metal contra metal que inunda el aire helado.

Los adolescentes forcejean con una enorme viga maestra, el mástil central de lo que en esencia es una enorme carpa de circo. Encontraron la tienda en la Interestatal 85, tirada en la cuneta junto a una camioneta volcada que llevaba pintado un enorme payaso. Tenía una circunferencia de más de cien metros, y aquella enorme carpa manchada que olía a moho y a estiércol le pareció al hombre con la gorra de John Deere el pabellón común perfecto, un lugar en el que guardar las provisiones, mantener el orden y conservar algo parecido a la civilización.

—Tío, esto no va a poder soportar tanto peso —se queja uno de los adolescentes, un vago con chaqueta militar llamado Scott Moon. El pelo largo y rubio le cae sobre la cara y se ve el vaho de su respiración mientras resopla y forcejea junto a los otros chicos de su instituto, góticos tatuados y atiborrados de pendientes.

—Menos quejas, abuelitas. Aguantará —responde el hombre de la gorra con un bufido. Se llama Chad Bingham y es uno de los padres de familia del campamento. Tiene cuatro hijas: una de siete años, unas gemelas de nueve y una adolescente. Está infelizmente casado con una chica dócil y menuda de Valdosta, y se lo tiene por un hombre que imparte disciplina y autoridad, igual que su padre. La única diferencia es que éste sólo tuvo hijos. Tampoco tuvo que lidiar jamás con las tonterías femeninas, ni vérselas con sacos de pus putrefactos y carne muerta que se alimentan de los vivos. Así que ahora Chad Bingham está tomando el mando, está haciendo el papel de macho alfa…, porque como decía su papá: «Alguien tiene que hacerlo.»

Mira a los chicos.

—¡Sujetadlo!

—No se puede colocar más alto —gruñe entre dientes uno de los góticos.

—Tú sí que estás colocado —bromea Scott Moon, aguantándose la risa.

—¡Que lo sujetéis! —ordena Chad.

—¿Qué?

—¡He dicho que sujetéis el palo de las narices! —Chad desliza un pasador por una ranura de la madera. Las paredes exteriores de la descomunal carpa se estremecen bajo el viento otoñal con un ruido sordo constante, mientras otros chicos corren hacia las esquinas con vigas de refuerzo más pequeñas.

La parte superior cobra forma, y Chad puede ver el paisaje del claro por la entrada de la carpa. Contempla la hierba marrón caída de la dehesa, más allá de los coches con las capotas levantadas, más allá de las madres y de los niños que cuentan la mísera colecta de bayas y los restos de máquinas expendedoras, más allá de unas cuantas camionetas atiborradas de posesiones mundanas.

Por un momento, la mirada de Chad se cruza con la del hombre de color que tiene a unos treinta metros, cerca del extremo norte de la propiedad, que permanece alerta junto a Lilly Caul como si fuera el portero titánico de un club social de actividades al aire libre. Chad sabe que la chica se llama Lilly. No sabe nada más de ella, salvo que «la pava es amiga de Megan». Del hombre corpulento sabe aún menos. Chad lleva semanas cerca de él y no es capaz ni de recordar su nombre. ¿Jim? ¿John? ¿Jack? De hecho, Chad no sabe nada de toda esa gente, salvo que todos están bastante desesperados y asustados, y piden a gritos un poco de disciplina.

Pero desde hace tiempo, Chad y el tipo grande y negro han estado intercambiando miradas intensas, evaluándose el uno al otro, intentando averiguar de qué pie cojea cada uno. No han cruzado ni una palabra; sin embargo, Chad nota que lo desafía. El tipo grande podría ganar a Chad en un mano a mano, pero éste no permitiría que llegaran a ese extremo. Una bala del calibre 38 no entiende de tallas, y él tiene una en la Smith & Wesson 52 plateada que lleva en la espalda, en el cinturón ancho con tirante negro Sam Browne.

Sin embargo, una corriente de reconocimiento cruza como un relámpago la distancia que los separa. Lilly sigue arrodillada delante del hombre negro, golpeando con furia las estacas de la tienda, pero la mirada de él da signos de alarma y preocupación cuando se cruza con la de Chad. Se da cuenta poco a poco, por fases, como un circuito eléctrico al encenderse.

Poco después, los dos hombres llegarán a la conclusión, cada uno por su cuenta —ellos y todos los demás—, de que al plantar las tiendas en el claro no consideraron dos cuestiones fundamentales. La primera, que desde hacía una hora el ruido que estaban haciendo atraía a los caminantes. La segunda, y quizá más importante, la propiedad tenía un defecto muy grave.

Muy a su pesar, cuando todo hubo pasado, los dos hombres se dieron cuenta de que debido a la barrera natural del bosque, que llega hasta la cima de la colina, los sonidos de más allá llegan amortiguados, o casi ni llegan, silenciados por la topografía.

A decir verdad, una banda de música podría tocar a todo volumen y marchar por la meseta y los colonos no la oirían hasta tener los platillos delante de las narices.

A pesar de que todo ocurre con mucha rapidez, Lilly Caul sigue en la bendita ignorancia unos minutos más. El ruido de las voces y los martilleos cambia por el de los gritos de los niños. Ella sigue clavando estacas con furia, pensando que los berridos de los críos son un juego, hasta que Josh la coge del cuello de la sudadera.

—¡¿Qué…?! —Lilly se sobresalta y se vuelve para mirar con expresión de reproche al hombre corpulento.

—¡Lilly, tenemos que…!

Josh apenas consigue esbozar unas palabras cuando a cuatro metros de ellos una silueta oscura aparece a trompicones de entre los árboles. Josh no tiene tiempo para salir corriendo, ni para salvar a Lilly, ni para hacer nada, salvo arrancarle el martillo y apartarla de un empujón del peligro inminente.

Lilly cae, por instinto se hace un ovillo antes de volver a ponerse de pie con un grito ahogado en la garganta.

El problema es que al primer cadáver que se tambalea en el claro

—un caminante alto y pálido, con un camisón mugriento de hospital y al que le falta medio hombro por el que asoman los tendones que se enroscan como gusanos— le siguen otras dos cosas de ésas. Una mujer y un hombre, ambos con un boquete irregular en el lugar de la boca, con los labios sin sangre supurando bilis negra y los ojos fijos y apagados, como botones.

Los tres avanzan con sus espasmos característicos, baten las mandíbulas, los labios cayéndoseles a trozos, como si fueran mordidos por pirañas, dejan al descubierto una dentadura ennegrecida.

En los veinte segundos que demoran los tres mordedores en rodear a Josh, «la ciudad de las tiendas de campaña» sufre un cambio rápido y espectacular. Los hombres van a buscar sus herramientas caseras, los que tienen pistolas se llevan la mano a las fundas improvisadas. Algunas de las mujeres más osadas cogen tablones de madera y ganchos, horcas y hachas oxidadas. Otras meten a los niños en los coches y en las cabinas de los camiones. Manos tensas echan el seguro de las puertas de los autos. Las aberturas traseras se cierran con un golpe.

Es extraño, pero los pocos gritos que se oyen —casi todos de los niños y de una pareja de ancianas que podría estar en las primeras etapas de la demencia— se apagan pronto para dejar paso a una calma inquietante, digna del equipo de entrenamiento de una milicia de novatos. En esos veinte segundos, los ruidos de sorpresa se convierten rápidamente en tareas para la defensa, en repulsión y en rabia canalizada en violencia controlada. Esta gente ya ha pasado por situaciones similares. La curva de aprendizaje es una realidad. Algunos de los hombres armados se despliegan hacia los límites del campamento, accionan con sangre fría los martillos percutores, cargan las escopetas con munición, apuntan el cañón de pistolas de exhibición robadas o de oxidados revólveres de familia. El primer tiro que se oye es el disparo seco de una Ruger del calibre 22, no es ni mucho menos el arma más potente del mundo, pero es precisa y fácil de disparar. El impacto lanza veintisiete metros hacia atrás la tapa de los sesos de una mujer muerta.

Cuando cae al suelo hecha un ovillo, la zombie apenas ha salido de entre los árboles, un bautismo de fluido sacro-craneal se derrama sobre ella en riachuelos espesos. Este derribo se produce en el segundo diecisiete del ataque. Todo empieza a suceder más de prisa después del segundo veinte.

En la esquina norte de la parcela, Lilly Caul se da cuenta de que está moviéndose, se pone de pie con la lentitud y rigidez de un sonámbulo. El instinto toma el control y de repente corre, casi sin querer, lejos de Josh, al que rápidamente rodean tres mordedores. Sólo tiene un martillo, y tres bocas putrefactas que se ciernen sobre él.

Mientras el resto del campamento se dispersa, Josh se vuelve hacia el zombie más cercano. Clava el extremo afilado del martillo en la sien de Camisón de Hospital. El sonido del hueso al romperse le recuerda al de una cubitera en el momento de quitar los cubitos. Brota materia gris, un chorro de podredumbre a presión acompañado de un silbido, y el antiguo paciente se desploma.

El martillo se queda atascado, un tirón lo arranca de las enormes manos de Josh cuando el zombie cae a tierra.

Al mismo tiempo, otros supervivientes se despliegan por las cuatro esquinas del claro. En el extremo más alejado de los árboles, Chad hace rugir su Smith plateada y le da en la cuenca del ojo a un anciano larguirucho al que le falta media mandíbula. El vejestorio gira envuelto en una neblina de fluidos rancios y cae sobre la hierba. Detrás de una fila de coches, el mástil de una tienda de campaña ensarta por la boca a una mujer que aúlla y la clava al tronco de un roble perenne. En el extremo este de la dehesa, un hacha abre un cráneo putrefacto con la misma facilidad con que se parte una granada por la mitad. A dieciocho metros, el disparo de una escopeta reduce a polvo el follaje y el torso del que fuera un hombre de negocios, que se hace añicos.

Al otro lado de la parcela, Lilly Caul, que todavía huye de la emboscada que se ha tragado a Josh, tiembla y se estremece ante la trampa mortal. El miedo le pincha la piel de la misma manera que lo hacen los alfileres, la deja sin aliento y se apodera de su mente. Ve al corpulento hombre negro de rodillas, intentando coger el martillo, mientras los otros dos mordedores corretean como arañas por la tela de la tienda hacia sus piernas. Sobre la hierba, fuera de su alcance, hay un segundo martillo.

Lilly da media vuelta y corre.

Tarda menos de un minuto en recorrer la distancia entre la hilera de tiendas que hay en los lindes de la dehesa y el centro del claro, donde dos docenas de almas débiles se han refugiado entre las cajas y las provisiones almacenadas bajo la carpa de circo a medio armar. Muchos vehículos están en marcha, envueltos en una nube de monóxido de carbono se acercan a la piña de gente. En la parte trasera de una camioneta, hombres armados protegen a las mujeres y a los niños, Lilly se agacha detrás de un viejo baúl. Los pulmones le piden aire y se le pone la carne de gallina por el miedo.

Se queda así durante todo el ataque, tapándose los oídos. No ve a Josh junto a los árboles agarrar el mango del martillo clavado en el merodeador caído, sacarlo en el último minuto y blandirlo contra el atacante más cercano. No ve cómo el extremo romo del martillo golpea la mandíbula del cadáver viviente, ni cómo la fuerza con la que Josh atiza el golpe lo hunde en el cráneo en descomposición. Lilly se pierde la última parte de la pelea; se pierde a la zombie a punto de clavar sus incisivos negros en el tobillo de Josh antes de que una pala le golpee en la coronilla. Varios hombres han conseguido llegar hasta él a tiempo para despachar al último monstruo. Sano y salvo, Josh rueda por la hierba, temblando por la adrenalina y por el susto de que haya faltado tan poco.

El ataque, que se desvanece en un suave zumbido de niños sollozando, goteo de fluidos y gases de la descomposición, no ha durado ni ciento ochenta segundos.

Más tarde, mientras arrastran los cuerpos al lecho de un arroyo seco que hay al sur, Chad y sus compañeros macho alfa cuentan un total de veinticuatro mordedores. Es un nivel de amenaza manejable… Al menos por ahora.

—Dios, Lilly, ¿por qué no te armas de valor y le pides disculpas al hombre?

La mujer joven, Megan, sentada en una manta fuera de la carpa de circo, mira el desayuno que Lilly no ha tocado.

Acaba de salir el sol, pálido y desvaído en el cielo despejado, un día más en la ciudad de las tiendas de campaña. Lilly, sentada delante de una vieja estufa Coleman, sorbe café instantáneo de un vaso desechable. En la sartén quedan los restos gélidos de unos huevos liofilizados, Lilly intenta librarse de los pensamientos de culpabilidad de la noche en vela. En este mundo no hay descanso para los que están agotados ni tampoco para los cobardes.

Alrededor de la voluminosa y andrajosa carpa de circo, ya montada del todo, se oye el trajín de otros supervivientes, casi como si el ataque del día anterior no hubiera sucedido. Hay gente llevando sillas plegables y mesas de camping al interior de la carpa por la enorme entrada de uno de los extremos (probablemente fuera por donde entraban los elefantes y los coches de los payasos), como si las paredes de la tienda palpitaran con las brisas y los cambios en la presión de aire. En otras partes del campamento algunas personas construyen más refugios. Los hombres se reúnen y hacen inventario de leña, agua embotellada, munición, armas y conservas. Las mujeres se encargan de los niños, las mantas, los abrigos y los medicamentos.

Un buen observador adivinaría una pequeña capa de ansiedad velada en cada una de esas actividades, pero no tendría del todo claro cuál de estos dos peligros es el más grave: los muertos vivientes o el invierno.

—Aún no sé qué voy a decirle —murmura Lilly, dando un sorbo a su café tibio. Las manos no han dejado de temblarle. Han pasado dieciocho horas desde el ataque, pero todavía se muere de vergüenza y evita todo contacto con Josh. No habla con él, está convencida de que lo odia por haber salido corriendo y haberlo abandonado a una muerte segura. Josh ha intentado hablar con ella un par de veces, pero Lilly no se siente capaz de afrontarlo, y lo evita todo lo que puede alegando estar enferma.

—No hay nada que decir —insiste Megan mientras rebusca su pequeña pipa en los bolsillos de la cazadora vaquera. Aplasta una reducida cantidad de hierba en el extremo, la enciende con un Bic y le da una buena calada. Es una mujer joven, de veintitantos años, tiene el rostro alargado y astuto, enmarcado por rizos sueltos teñidos con alheña, y la piel color aceituna. Echa fuera el humo verde con un golpe de tos—. Quiero decir, sólo mírale. Es enorme.

—¿Qué demonios significa eso?

Megan sonríe.

—Significa que tiene pinta de poder cuidar de sí mismo.

—Eso no tiene nada que ver.

—¿Te acuestas con él?

—¡¿Qué?! —Lilly mira a su amiga—. ¿Lo dices en serio?

—Es una pregunta muy sencilla.

Lilly menea la cabeza.

—No voy a contestar a…

—Vamos, que no. ¿No es así? Lilly la perfecta. Buena hasta la médula.

—¿Quieres dejarlo ya?

—¿Por qué? —Megan sonríe satisfecha—. ¿Por qué no le has pegado un buen meneo? Con ese cuerpazo y las pistolas que tiene, seguro que…

—¡Basta! —Lilly monta en cólera, un dolor agudo y lacerante detrás del puente de la nariz. Las emociones a flor de piel, vuelve a temblar, y el volumen con el que habla la sorprende incluso a ella—. No soy como tú, ¿vale? No soy tan sociable como tú. Dios, Meg, ya he perdido la cuenta. ¿Con quién estás ahora?

Megan se queda mirándola un segundo, tose, luego da otra calada.

—¿Sabes qué? —Megan le ofrece la pipa—. ¿Por qué no le das una calada y te relajas?

—No, gracias.

—Es bueno para lo que te pasa. Te quitará ese grano en el culo.

Lilly se restriega los ojos y mueve la cabeza.

—Eres única, Meg.

Megan da otra calada y exhala el humo.

—Prefiero ser única a ser una mierda.

Lilly no dice nada, sólo sigue meneando la cabeza. La triste verdad es que a veces Lilly se pregunta si Megan no es precisamente eso, una mierda. Las dos chicas se conocen desde el último curso en el instituto Sprayberry, en Marietta. Entonces eran inseparables, lo compartían todo, ya fueran deberes o novios, pero luego Lilly puso las miras en una carrera y pasó un año en el purgatorio de la Escuela de Negocios Massey, en Atlanta, y luego se fue al Instituto Tecnológico de Georgia a hacer un máster en Administración de Empresas que más adelante abandonaría. Le hubiera gustado ser *fashionista*, quizá dirigir una empresa de diseño, pero en su primera entrevista para una muy codiciada beca en Mychael Knight Fashions no pasó de la recepción. El miedo, su viejo compañero, arruinó todos sus planes.

El miedo la hizo salir corriendo de aquel lujoso vestíbulo, la hizo rendirse y regresar a casa, a Marietta, y retomar la vida de tirada con Megan. Se sentaban en el sofá y veían reposiciones de *reality shows* de moda.

Sin embargo, en los últimos años algo había cambiado entre las dos. Era algo químico, Lilly lo sentía con tanta fuerza como si fuera una barrera idiomática. Megan carecía de ambición, de planes, de objetivos, y era feliz así, pero Lilly todavía tenía sueños. Quizá fueran sueños que habían nacido muertos, pero a fin de cuentas seguían siendo sus sueños. Nadie lo sabía, pero íntimamente deseaba ir a Nueva York y empezar a crear una página web o volver donde la recepcionista de Mychael Knight y decirle: «Ay, lo siento, he tenido que dejarlo durante un año y medio…»

El padre de Lilly se llamaba Everett Ray Caul. Era viudo y estaba jubilado, había sido profesor de matemáticas, y siempre animaba a su hija. Everett era un hombre amable y atento que crió solo a su hija, con ternura y cariño, cuando a mediados de la década de los noventa su esposa falleció a causa de un cáncer de pecho que la fue apagando lentamente. Sabía que Lilly esperaba más de la vida, pero también que necesitaba su amor incondicional.

El primer brote de zombies golpeó con fuerza el norte del condado de Cobb. Venían de zonas obreras, de los polígonos industriales de los bosques de Kennesaw, y se infiltraron sigilosamente entre la población como si fueran células malignas. Everett decidió coger a Lilly y huir en su viejo Volkswagen. Lograron llegar hasta la Autopista 41 antes de que el desastre los forzara a ir más despacio. A un kilómetro y medio al sur, encontraron un autobús interurbano que iba de un lado a otro recogiendo supervivientes por las calles menos transitadas. Estuvieron a punto de conseguir subir. Aún hoy en sueños la atormenta la imagen de su padre empujándola por la puerta del autobús rodeado de zombies.

El bueno de su padre le salvó la vida. La puerta de acordeón se cerró de golpe tras ella, y el cuerpo de Everett se deslizó hasta quedar tendido en el cemento, presa de tres caníbales. La sangre del anciano salpicó el cristal y se desparramó cuando el autobús arrancó. Lilly gritó hasta quedarse sin cuerdas vocales. Luego se quedó catatónica, mirando la puerta manchada durante todo el trayecto hasta Atlanta.

Que Lilly encontrara a Megan fue un pequeño milagro. En aquel momento, los teléfonos móviles todavía funcionaban y se las apañó para quedar con su amiga en los alrededores del aeropuerto de Heartsfield. Juntas emprendieron la marcha a pie, haciendo autostop en dirección al sur, ocupando casas abandonadas, centradas en sobrevivir. La tensión entre ambas se intensificó. Cada una a su manera parecía compensar el terror y la pérdida. Lilly se volvió introvertida. Megan, justo lo contrario. Casi siempre estaba colocada, hablaba sin parar y se tiraba a todo hombre que se cruzara por el camino.

Se unieron a una caravana de supervivientes a cincuenta kilómetros al suroeste de Atlanta. Eran tres familias de Lawrenceville que viajaban en dos monovolumen. Megan convenció a Lilly de que era más seguro manejarse en grupo, y ésta accedió a viajar con ellos. Durante las semanas que zigzaguearon por la región de la fruta, ella se mantuvo callada, pero Megan no tardó en tener planes para uno de los maridos. Su nombre era Chad y era el típico chico malo de toda la vida, con un pitillo Copenhagen entre los labios y tatuajes de la Marina en los brazos fibrosos. A Lilly la dejaba de piedra ver cómo el flirteo progresaba en medio de aquella pesadilla, y Megan y Chad no tardaron mucho en escabullirse entre las sombras para «desfogarse». Las amigas se distanciaron aún más.

Fue justo por aquel entonces cuando apareció Josh Lee Hamilton. Un atardecer, una manada de caminantes atrapó la caravana en el aparcamiento de un K-Mart y un titán afroamericano acudió al rescate desde las sombras de la zona de carga y descarga. Llegó como un gladiador morisco, blandiendo dos azadas que todavía llevaban las etiquetas colgando. Acabó fácilmente con media docena de zombies, y los miembros de la caravana se lo agradecieron con profusión. Él les mostró un almacén con armas de fuego y material de acampada sin estrenar en la parte trasera de la tienda.

Josh conducía una motocicleta y tras ayudarles a cargar las provisiones en los monovolumen, decidió unirse al grupo y seguir en moto a la caravana que avanzaba hacia la colcha de retales que formaban los huertos abandonados del condado de Meriwether.

Ahora Lilly empieza a arrepentirse del día en que accedió a montarse en la enorme Suzuki. Lo que siente por el hombre corpulento, ¿es una proyección de la pena por la pérdida de su padre? ¿Es un acto desesperado de manipulación en medio de aquel infierno? ¿Es tan vulgar y evidente como la promiscuidad de Megan? Lilly se pregunta si su acto de cobardía, el haber abandonado ayer a Josh en el campo de batalla, fue una profecía autocumplida, enfermiza, triste e inconsciente.

—Nadie ha dicho que seas una mierda, Megan —dice Lilly al fin con un tono de voz forzado y poco convincente.

—No hace falta que lo digas. —Megan, enfadada, golpea la pipa contra la estufa. Se endereza—. Ya has sugerido bastante.

Lilly se pone de pie. Se ha acostumbrado a los repentinos cambios de humor de su amiga.

—¿Qué problema tienes?

—El problema que tengo eres tú.

—¿De qué demonios estás hablando?

—Da igual. Ya no puedo más —responde Megan. La ronquera que produce la hierba filtra el tono compungido de su voz—. Te deseo mucha suerte, nena… La vas a necesitar.

Megan se va a toda prisa hacia la fila de coches en el extremo este de la propiedad.

Lilly ve a su amiga desaparecer detrás de un remolque cargado de envases de cartón. Los otros supervivientes apenas se percatan de la riña. Algunos giran la cabeza, otros intercambian un par de frases en voz baja, pero la mayoría de los colonos se mantienen ocupados reuniendo y contando suministros, con expresión sombría y los nervios de punta. El aire huele a metal y a aguanieve. Se avecina un frente frío.

Lilly examina el claro con la mirada y por un momento tanta actividad la paraliza. La zona parece un mercadillo lleno de compradores y vendedores. Hay gente intercambiando provisiones, apilando madera y charlando. Al menos veinte tiendas pequeñas se alinean en la periferia de la propiedad, unas cuantas cuerdas de tender están atadas de cualquier manera entre los árboles, con prendas de los caminantes manchadas de sangre. Se aprovecha todo. La amenaza del invierno es una motivación constante. Lilly ve a unos niños saltando a la comba cerca de una camioneta, y a unos pocos chicos dándole patadas a una pelota de fútbol. El fuego arde en una barbacoa, la nube de humo flota por encima de los coches aparcados. El aire huele a grasa de beicon y a nogal quemado, olores que en cualquier otro contexto habrían recordado a un largo día de verano, a una barbacoa en el patio, a cenas en el jardín, a reuniones familiares.

Una ola de terror invade a Lilly al mirar el pequeño y bullicioso campamento. Ve a los niños jugando, a los padres trabajando para que el lugar funcione. Todos son alimento para zombies... De repente siente una punzada de certidumbre... Un vuelco de realismo.

Ve claramente que todos están condenados. El gran plan de construir una ciudad de tiendas de campaña en los campos de Georgia no va a funcionar.

DOS

Al día siguiente, bajo un cielo color peltre, Lilly está jugando con las niñas de los Bingham delante de la tienda de Chad y Donna Bingham cuando algo resuena detrás de los árboles, a lo largo del camino de tierra por el que se accede a la parcela. El ruido pone en alerta a la mitad de los colonos y las miradas se vuelven hacia el rugido de un motor que se acerca y va pasando de la marcha más alta a la más baja.

Podría ser cualquiera. Se dice que en las zonas atacadas por la plaga hay matones que roban a los vivos, bandas de ladrones que se apoderan por la fuerza de todo lo que tienen los supervivientes, incluso de los zapatos que llevan puestos. Hay varios vehículos explorando los alrededores en busca de suministros, pero lo cierto es que nunca se sabe.

Lilly levanta la vista de la rayuela que las niñas han dibujado con un palo en un pedazo de terreno desnudo color ladrillo, y las pequeñas Bingham se quedan congeladas a mitad de un salto. La mayor, Sarah, echa un vistazo a la carretera. Es algo marimacho, delgada, viste un mono vaquero y una camiseta debajo. Tiene los ojos grandes, azules e inquisitivos. A sus quince años es muy lista y la cabecilla de las cuatro hermanas. Pregunta en voz baja:

—¿Son...?

—No pasa nada, cariño —dice Lilly—, seguramente sea uno de los nuestros.

Las tres hermanas pequeñas empiezan a mirar a un lado y otro en busca de su madre.

Donna Bingham no está a la vista, está lavando la ropa fuera, en un bidón galvanizado de estaño, detrás de la gran tienda de campaña familiar que Chad montó con cariño cuatro días antes y que equipó con catres de aluminio, un estante con neveras, chimenea de ventilación, un reproductor de DVD a pilas y una colección de clásicos infantiles como *La sirenita* y *Toy Story 2*. Se escucha el ruido de los pasos apresurados de Donna Bingham acercándose a la tienda mientras Lilly reúne a las niñas.

—Sarah, coge a Ruthie —ordena Lilly con voz tranquila pero firme cuando se oye el rugido de un motor cada vez más cerca, y el humo del combustible quemado aparece por encima de los árboles. Lilly se pone de pie y se acerca con rapidez a las gemelas. Mary y Lydia tienen nueve años, son dos querubines idénticos, con coletas y tabardos a juego.

Lilly reúne a las niñas y las lleva a la entrada de la tienda mientras Sarah recoge del suelo a Ruthie, que a sus siete años es un duendecillo adorable, con rizos como los de Shirley Temple que cubren el cuello de su pequeña chaqueta de esquí.

Donna Bingham aparece junto a la tienda justo cuando Lilly está metiendo a las gemelas dentro.

—¿Qué ocurre?

Apocada y con chaqueta de loneta, tiene toda la pinta de que una ráfaga de viento se la llevaría volando.

—¿Quiénes son? ¿Ladrones? ¿Extraños?

—Nada de lo que preocuparse —responde Lilly, sujetando la puerta de la tienda para que las cuatro niñas terminen de entrar. Han pasado cinco días desde que el contingente de colonos llegó, y Lilly se ha convertido en la niñera de facto. Cuida de varios grupos de críos mientras sus padres salen en busca de provisiones, van de paseo o simplemente necesitan un momento de intimidad. Lilly agradece la distracción, en especial ahora que el tener que hacer de niñera le sirve de excusa para evitar cualquier contacto con Josh Lee Hamilton—. Quédate en la tienda con las niñas hasta que sepamos de qué se trata.

Donna Bingham se encierra con gusto en la tienda junto a sus hijas.

Lilly corre hacia la carretera y visualiza a lo lejos la familiar rejilla del radiador de un camión International Harvester de quince velocidades envuelto en una nube de humo, que toma la curva entre jadeos de agotamiento. Lilly da un respiro de alivio. A pesar de los nervios sonríe, y echa a andar hacia el terreno desnudo que hay en el extremo oeste de la parcela y que sirve de zona de descarga. El camión oxidado traquetea por el césped y se detiene con un estremecimiento. Los tres adolescentes que van en la parte de atrás con las cajas atadas con cuerdas casi se estampan contra la cabina.

—¡Lilly Marlene! —grita el conductor por la ventanilla cuando ella se acerca a la parte delantera del camión. Bob Stookey tiene las manos grandes y grasientas, las manos de un obrero, en el volante.

—¿Qué tenemos hoy de menú, Bob? —pregunta Lilly con una sonrisa lánguida—. ¿Otra vez bollería industrial?

—Señorita, hoy contamos con una selección gourmet en la que no falta nada. —Bob vuelve el rostro cubierto de arrugas hacia la cuadrilla que va en la parte de atrás—. Hemos encontrado un Target abandonado, sólo había un par de caminantes con los que lidiar… Nos hemos puesto las botas.

—Cuenta.

—Veamos… —Bob aparca el vehículo y luego apaga el motor. Tiene la piel del color del cuero marrón y los ojos caídos enmarcados en rojo. Bob Stookey es uno de los últimos hombres del Nuevo Sur que todavía usa fijador para peinarse hacia atrás la cabellera negra sobre la piel curtida de la cabeza—. Tenemos madera, sacos de dormir, herramientas, frutas en conserva, linternas, cereales, radios meteorológicas, palas, carbón… ¿Qué más? También tenemos un montón de ollas y de sartenes, unas cuantas tomateras a las que aún les queda algún tomate, bombonas de butano, cuarenta litros de leche que caducaron hace apenas un par de semanas, gel de manos desinfectante, combustible en gel para cocinar, detergente, chocolatinas, papel higiénico, una figurita de arcilla de un animal, un libro sobre agricultura orgánica, un pez que canta para poner en mi tienda y una perdiz en un peral de adorno.

—Bob, Bob, Bob… ¿No has traído unas cuantas AK-47? ¿Ni dinamita?

—Tengo algo mejor, listilla. —Bob señala una caja de melocotones que lleva en el asiento del conductor. Se la pasa por la ventanilla a Lilly—. Sé buena y ponla en mi tienda mientras ayudo a mis tres secuaces con los bultos pesados.

—¿Qué es? —Lilly mira la caja llena de tubos de plástico y de botellas.

—Suministros médicos. —Bob abre la puerta y sale—. Necesito ponerlos a buen recaudo.

Lilly ve la media docena de botellines de licor entre los antihistamínicos y la codeína. Mira a Bob.

—¿Suministros médicos?

Bob se ríe.

—Soy un hombre enfermo.

—Ya te digo —añade Lilly. A esas alturas Lilly ya conoce lo bastante del pasado de Bob, tanto como para tener claro que además de ser un alma perdida, dulce y divertida, y de ser un antiguo oficial médico, es también un bebedor empedernido.

Cuando empezaron a ser amigos —en los días en los que Lilly y Megan se pasaban la vida en la carretera, y Bob las ayudó a escapar de una zona de servicio infestada de zombies—, él intentó sin mucho entusiasmo esconder su alcoholismo, pero para cuando el grupo se asentó allí, en ese paso desierto, hace ya cinco días, cada noche Lilly ayuda a Bob a llegar sano y salvo hasta su tienda para asegurarse de que nadie le robe, una amenaza muy real en un grupo tan grande y variado y en el que la tensión está a flor de piel. Bob le cae bien y no le importa ser su niñera, igual que lo es de los niños, pero eso ha añadido otra capa de estrés que Lilly necesita tanto como una limpieza de colon.

De hecho, ahora mismo Lilly nota que Bob necesita algo más de ella. Lo sabe por la insistencia con que se limpia la boca con la mano sucia.

—Lilly, hay otra cosa que quería… —Se detiene y traga saliva de forma extraña.

Ella suspira.

—Lárgalo, Bob.

—No es asunto mío, lo sé. Sólo quiero decir que…, bah, joder. —Toma aire—: Josh Lee es un buen hombre. Le visito de vez en cuando.

—Sí, ¿y qué?

—Nada.

—Sigue.

—Yo sólo… Mira… No lo está pasando muy bien, ¿vale? Cree que estás enfadada con él.

—¿Qué?

—Cree que te has enfadado con él por algo y no sabe muy bien por qué.

—¿Qué ha dicho?

Bob se encoge de hombros.

—No es asunto mío. Tampoco es que esté muy enterado… No lo sé, Lilly. Él sólo quiere que dejes de ignorarle.

—No estoy ignorándole.

Bob se queda mirándola.

—¿Estás segura?

—Bob, te lo estoy diciendo…

—Muy bien, mira. —Bob mueve la mano, nervioso—. No voy a decirte lo que tienes que hacer. Sólo es que creo que dos personas como vosotros, buena gente, pues es una pena que estén así, ya sabes, con los tiempos que corren… —Se le apaga la voz.

Lilly se ablanda.

—Te agradezco que me lo digas, Bob. De verdad.

Lilly mira al suelo.

Bob aprieta los labios, pensativo.

—Lo he visto hoy, junto a la pila de troncos, cortando leña como si no hubiera mañana.

La distancia entre la zona de carga y la pila de troncos no llega a los cien metros, pero para Lilly recorrer esa distancia es como la marcha de la muerte de Bataan.

Camina despacio, cabizbaja y con las manos en los bolsillos para que no se note que le tiemblan. Tiene que pasar por entre un grupo de mujeres que está clasificando prendas de vestir en maletas, rodear parte de la carpa de circo, esquivar a un grupo de chicos que reparan un monopatín y pasar a una distancia prudencial de un grupo de hombres que inspeccionan una hilera de armas esparcidas cuidadosamente sobre una manta en el suelo.

Al pasar junto a los hombres, entre los que se encuentra Chad Bingham llamando la atención como un paleto déspota, Lilly mira las pistolas deslucidas. Hay once en total, de distintos calibres, modelos y fabricantes, dispuestas como si fuera cubertería de plata dentro de un cajón. Hay una sola escopeta, del calibre 12. Sólo once pistolas y una escopeta con una cantidad limitada de balas. A eso asciende el arsenal de los colonos, el delgado velo defensivo que los separa del desastre.

A Lilly se le ponen los pelos como escarpias cuando pasa junto a ellos y el miedo le quema las entrañas. El temblor se hace más fuerte. Siente que arde de fiebre. Los temblores siempre han sido uno de los problemas de Lilly Caul. Recuerda aquella vez que tuvo que hacer una presentación frente al comité de admisión del Instituto Tecnológico de Georgia. Había preparado sus notas en tarjetas y había ensayado durante semanas, pero cuando se puso de pie delante de todos los profesores en aquella sala de reuniones tan pomposa de la avenida Norte, empezó a temblar con tanta fuerza que se le cayeron las tarjetas al parqué y se quedó totalmente en blanco.

En este momento, al acercarse a la valla rota del ferrocarril que recorre el límite occidental de la propiedad, siente los mismos nervios, aunque multiplicados por mil. Nota cómo le tiemblan los músculos de la cara y las manos, el temblor es tan intenso que tiene la impresión de que en cualquier momento se apoderará de sus piernas y la dejará paralizada. El médico que tenía en Marietta lo llamó «trastorno de ansiedad crónica».

En las últimas semanas ha experimentado ese tipo de parálisis, un episodio de temblores que dura varias horas, inmediatamente después del ataque de un mordedor. Pero ahora la inunda una sensación de terror que proviene de un lugar indeterminado. Se vuelve introvertida, e intenta hacer frente a su alma herida, retorcida por el dolor y la pérdida de su padre.

Da un respingo al oír un hachazo que la obliga a centrar su atención en la valla.

Hay un grupo de hombres rodeando una larga fila de troncos. Hojas secas y semillas de álamo negro revolotean en el aire por encima de los árboles. Huele a tierra mojada y a agujas de pino. Las sombras bailan entre el follaje y hacen vibrar su miedo como si hubiera un diapasón en su cerebro. Recuerda que hace tres semanas, en Macon, estuvieron a punto de morderla cuando un zombie errante salió de detrás de un contenedor de basura y se le abalanzó. Ahora mismo, para Lilly las sombras en los árboles son idénticas al espacio de detrás de aquel contenedor que apestaba a peligro, podredumbre y milagros espeluznantes: los muertos que vuelven a la vida.

Otro hachazo la pone en marcha y gira en dirección al otro lado del montón de madera.

Josh está de pie, de espaldas a ella, con la camisa arremangada. Una mancha oblonga de sudor ensucia la tela de cambray entre los grandes omoplatos. Los músculos se tensan y la piel de la nuca forma pliegues pulsantes. Trabaja a ritmo constante, levanta el hacha, da un hachazo, tira de ésta, la sujeta bien y vuelve a levantarla con un chasquido.

Lilly camina hacia él mientras se aclara la garganta.

—Lo estás haciendo todo mal —dice con voz temblorosa, intentando mantener el tono desenfadado de siempre.

Josh se queda inmóvil con el hacha en el aire. Se da la vuelta y la mira; con el rostro de ébano cubierto de perlas de sudor. Por un momento, parece estupefacto, el fuerte parpadeo delata su sorpresa.

—¿Sabes?, imaginaba que algo no iba bien —contesta al fin—. Sólo he conseguido partir unos cien troncos en quince minutos.

—Es que coges el mango demasiado cerca del hacha.

Josh sonríe.

—Sabía que los tiros iban por ahí.

—Tienes que dejar que los troncos trabajen por ti.

—Buena idea.

—¿Te enseño cómo se hace?

Josh se aparta y le pasa el hacha.

—Así —explica Lilly, esforzándose al máximo para parecer encantadora, ingeniosa y valiente. Tiembla tanto que la cabeza metálica del hacha también tiembla cuando Lilly hace el débil intento de partir un tronco. Blande el hacha, y la hoja pasa junto al tocón y acaba clavada en el suelo. Intenta sacarla.

—Ya lo pillo —asiente Josh. Lo encuentra divertido. Se da cuenta de que Lilly está temblando y la sonrisa se desvanece. Se acerca a ella. Cubre con su enorme mano la de ella, que sigue aferrada al mango del hacha, intentando sacarla del suelo. Tiene los nudillos blancos por el esfuerzo. Su roce es tierno y tranquilizador.

—Todo saldrá bien, Lilly —le dice en voz baja.

Lilly suelta el hacha y se da la vuelta para mirarle. El corazón le late con fuerza cuando le mira a los ojos. Se queda helada e intenta expresar lo que siente, pero sólo es capaz de apartar la vista, avergonzada. Al final consigue hablar.

—¿Hay algún sitio al que podamos ir a conversar?

—¿Cómo lo haces?

Lilly está sentada en el suelo con las piernas cruzadas como los indios, bajo las ramas de un roble gigantesco que salpica de sombras entrelazadas la alfombra de hojas apelmazadas. Se apoya en el tronco mientras habla, con la mirada fija en las copas de los árboles.

Tiene esa mirada ausente que Josh Lee Hamilton ha visto de vez en cuando en los rostros de los veteranos de guerra y las enfermeras de urgencias; la mirada del cansancio perpetuo, la mirada marcada de los que sufren estrés de combate, la mirada de los mil metros. Josh siente la necesidad de envolver su delicado cuerpo con los brazos, y abrazarla, y acariciarle el pelo y hacer que todo sea mejor, pero nota —sabe— que éste no es el momento. Ahora es el momento de escuchar.

—¿Hacer qué? —le pregunta. Josh está sentado delante de ella, también tiene las piernas cruzadas, y se seca el sudor de la nuca con un pañuelo húmedo. En el suelo hay una caja de puros, la última de su mermada reserva. Por mera superstición se resiste a fumarse los últimos, por si hacerlo equivaliese a sellar su destino.

Lilly le mira.

—Cuando los caminantes atacan, ¿cómo haces para manejar la situación sin cagarte de miedo?

Josh suelta una débil carcajada.

—Si averiguas cómo hacerlo, tendrás que enseñarme.

Ella se queda mirándole.

—Venga.

—¿Qué?

—¿Me estás diciendo que tú también te acojonas cuando atacan?

—Ya lo creo.

—Ni de broma. —Niega con la cabeza, incrédula—. ¿Tú?

—Te diré una cosa, Lilly. —Josh coge la caja de puros, separa uno y lo enciende con un Zippo. Le da una buena calada—. Hoy en día, los locos y los estúpidos son los únicos que no tienen miedo. Si no tienes miedo, es que no estás atento.

Lilly mira más allá de las hileras de tiendas que hay junto a la valla rota del ferrocarril. Deja escapar un suspiro de pena. Tiene el rostro demacrado, ceniciento. Parece como si intentara articular pensamientos que se empecinan en no cooperar con la fluidez de su vocabulario. Al fin dice:

—Llevo un tiempo peleando con esto. No... No me siento orgullosa. Creo que me ha fastidiado muchas cosas.

Josh la mira.

—¿Con qué?

—El factor endeble.

—Lilly...

—No. Escucha. Necesito soltarlo —insiste ella. Se niega a mirarle, le escuecen los ojos de vergüenza—. Antes del... brote..., era simplemente... molesto. Hizo que me perdiera un par de cosas. La fastidié en ocasiones porque soy una gallina. Pero ahora es cuestión de... No lo sé. Podría matar a alguien. —Por fin se atreve a mirar a los ojos al hombre corpulento—. Podría estropearlo todo con alguien que me importara.

Josh entiende qué quiere decir y se le encoge el corazón. Desde que vio por primera vez a Lilly Caul empezó a tener sentimientos que no había sentido desde que era un adolescente, en Greenville; esa fascinación arrebatadora que un chico puede sentir por la curva del cuello de una chica, el olor de su pelo, las pecas del puente de la nariz. En verdad, Josh Lee Hamilton está colado por Lilly, pero no va a joder esta relación como ha jodido tantas otras antes de ella, antes de la plaga, antes de que el mundo se hubiera convertido en un lugar tan desolador.

En Greenville, Josh solía enamorarse con una frecuencia que resultaba embarazosa, pero por lo visto siempre lo estropeaba todo por ir demasiado de prisa. Se comportaba como un cachorro que les lamía los tacones. Esta vez, Josh sería más listo... Listo y también cauto. Iría paso a paso. Quizá no fuera más que un paleto tonto y grandote de Carolina del Sur, pero no es ningún estúpido. Aprendería de sus errores del pasado.

Solitario por naturaleza, Josh creció en la década de los setenta, cuando Carolina del Sur todavía estaba anclada en los tiempos remotos de Jim Crow, cuando aún estaba haciendo intentos fútiles por la integración en las escuelas y por entrar en el siglo xx. Se pasó la infancia mudándose de una vivienda social cochambrosa a otra, con su madre soltera, Raylene, y sus cuatro hermanas. Dios le había hecho grande y fuerte, y Josh empleó esas cualidades en el campo de fútbol como titular del equipo del instituto Mallard Creek, y empezó a soñar con becas. Pero le faltaba lo único que hacía ascender a los jugadores en el escalafón socioeconómico: la agresividad.

Josh Lee Hamilton siempre fue un buen tipo... hasta la médula. Dejaba que chicos mucho más débiles se metieran con él. Siempre respondía a los adultos con un «Sí, señora» o un «Sí, señor». No tenía espíritu combativo. Fue por eso que su carrera como jugador de fútbol se desvaneció en los ochenta. Más o menos en los mismos años en que Raylene se puso enferma. Los médicos le diagnosticaron lupus eritematoso, aunque aseguraron que no era terminal, pero para ella fue su sentencia de muerte. Una vida de dolor crónico, lesiones cutáneas y parálisis. Josh se echó sobre los hombros la tarea de cuidar de su madre (mientras, en otros estados, sus hermanas desaparecían en matrimonios nocivos y empleos sin futuro). Josh cocinaba, limpiaba y cuidaba con esmero de su mamá, y en pocos años llegó a perfeccionar tanto sus técnicas culinarias que consiguió trabajo en un restaurante.

Tenía un don para la gastronomía, especialmente para preparar carne, y ascendió con rapidez en las filas de las cocinas de los asadores de Carolina del Norte y de Georgia. En la década del 2000 ya era uno de los cocineros más solicitados del sureste; supervisaba a grandes equipos de asistentes de chef, preparaba el *catering* de importantes acontecimientos sociales y su foto llegó a salir en *Hogares y Estilo de Atlanta*. Y siempre se las apañó para dirigir sus cocinas con amabilidad, cosa poco frecuente en el mundo de la restauración.

Ahora, entre los horrores cotidianos, con el corazón lleno de amor no correspondido, Josh desea poder cocinar algo especial para Lilly.

Hasta ese momento habían subsistido a base de latas de guisantes y de carne magra de cerdo Spam, cereales para el desayuno y leche en polvo. No era precisamente la comida ideal para una cena romántica. Desde hacía semanas, toda la carne y los productos frescos de la zona eran pasto de los gusanos. Pero Josh tenía planes para alguna liebre o algún jabalí que vagara por los bosques aledaños. Prepararía un ragú o un estofado con cebollas silvestres, romero y un poco del Pinot Noir que Bob Stookey había cogido de la licorería abandonada. Josh serviría la carne acompañada de polenta a las finas hierbas y le añadiría toques especiales. Algunas señoras de la ciudad de las tiendas habían hecho velas con el sebo que habían encontrado en un comedero de pájaros. Eso estaría bien. Velas, vino y, de postre, tal vez una pera del huerto pochada; y Josh estaría listo. Todavía los huertos estaban rebosantes de fruta madura. Quizá hiciera un *chutney* de manzana con el cerdo. Sí. Sin duda. Con todo esto, Josh ya podría servirle la cena a Lilly y decirle qué siente por ella y que quiere estar con ella y protegerla y ser su hombre.

—Sé adónde quieres llegar con esto, Lilly —le dice al fin, dejando caer la ceniza del puro sobre una piedra—. Y quiero que sepas dos cosas. La primera, no hay por qué avergonzarse de lo que hiciste.

Lilly baja la mirada.

—¿De haber huido como un perro apaleado cuando te estaban atacando?

—Escúchame. Si la situación hubiera sido a la inversa, yo habría hecho lo mismo.

—Eso es mentira, Josh. Si ni siquiera me...

—Déjame terminar —pide Josh, y apaga el puro—. La segunda, yo quería que huyeras. No me oíste. Te grité para que sacaras tu trasero de allí. No tenía sentido que te quedases, sólo había un martillo a mano y nosotros dos intentando librarnos de esas cosas. ¿Lo entiendes? No tienes que avergonzarte de lo que hiciste.

Lilly coge aire. Sigue con la mirada fija en el suelo. Una lágrima toma forma en el lagrimal y se desliza por el puente de la nariz.

—Josh, te agradezco lo que estás intentando...

—Somos un equipo, ¿verdad? —Se agacha para poder ver su preciosa cara—. ¿Verdad?

Ella asiente.

—Como Batman y Robin, ¿verdad?

Vuelve a asentir.

—Verdad.

—Una máquina bien engrasada.

—Sí. —Se limpia la cara con el dorso de la mano—. Vale.

—Pues sigamos siéndolo. —Le tira el pañuelo húmedo—. ¿Trato hecho?

Ella mira el harapo que ha caído en su regazo, lo coge, mira a Josh y esboza una sonrisa.

—Por Dios bendito, Josh, este andrajo es asqueroso a más no poder.

En la ciudad de las tiendas de campaña transcurren tres días sin ataques de ningún tipo. Sólo un par de incidentes sin importancia perturban la calma. Una mañana, un grupo de niños encuentra un torso tembloroso en la cuneta de la carretera. Tiene la cara gris y llena de gusanos estirada hacia las copas de los árboles en un grito de agonía eterna. La cosa parece haberse enredado hace poco en una cosechadora mecánica, y tiene muñones andrajosos donde antes estaban los brazos y las piernas. Nadie sabe cómo el cadáver sin extremidades llegó a la cuneta. De un hachazo en el hueso nasal putrefacto, Chad manda a la criatura a descansar. En otra ocasión, en la zona de las letrinas comunitarias, una persona mayor se da cuenta de que durante su visita de la tarde al retrete ha estado cagando sin saberlo encima de un zombie. De alguna forma el caminante se quedó atascado en las cloacas. Al hombre casi le da un infarto. Fue un joven quien de un solo golpe con un excavador de postes puso fin a la cosa.

Fueron encuentros aislados, por lo que la semana se desenvuelve con cierta tranquilidad. Lo cual da tiempo a los residentes para organizarse, terminar de construir refugios, almacenar provisiones, explorar los alrededores, crear una rutina y formar coaliciones, círculos de relaciones y establecer jerarquías. En la toma de decisiones, las familias, diez en total, parecen tener más peso que los que están solos. Esto se relaciona con la importancia de tener más que perder, el imperativo de proteger a los niños y, tal vez, incluso con el simbolismo de transmitir las semillas genéticas del futuro. A lo que se suma una especie de reconocimiento tácito por antigüedad.

Entre los patriarcas de las familias, Chad Bingham emerge como líder de facto. Preside cada mañana las asambleas comunales en la carpa de circo y asigna tareas con la autoridad desenfadada de un capo de la mafia. Todos los días se pavonea desafiante por los lindes del campamento con el cigarrillo y la pistola a la vista de todos. Con el invierno a la vuelta de la esquina y los preocupantes ruidos que por las noches surgen de detrás de los árboles, Lilly teme por ese sucedáneo de líder. Chad ha estado observando a Megan, que, sin ocultárselo a nadie, ni siquiera a la esposa embarazada, está viviendo con otro de los padres. A Lilly le preocupa que todo parecido con el orden dependa de un polvorín.

Las tiendas de Lilly y de Josh están a menos de diez metros la una de la otra. Todas las mañanas, ella se levanta y se sienta de cara a la parte con cremallera de su tienda, mirando la tienda de Josh, bebiendo café instantáneo Sanka e intentando descifrar qué siente por ese hombre corpulento. Su acto de cobardía todavía le pesa, la atormenta, la persigue en sueños. Tiene pesadillas con la puerta de acordeón salpicada de sangre de aquel autobús de Atlanta, pero ahora ya no es su padre al que devoran y se desliza contra la puerta. Ahora es Josh. Su mirada acusadora siempre la despierta de un sobresalto; el pijama bañado en sudor frío.

En esas noches arruinadas por las pesadillas, desvelada en su saco de dormir desgastado, mirando el techo mohoso de su tienda de segunda mano —la consiguió en una incursión a la cadena KOA, y huele a humo, semen seco y cerveza pasada—, es inevitable oír ruidos. Tenues, lejanos en la oscuridad, más allá de la cuesta. Detrás de los árboles, los ruidos se mezclan con el viento, con el canto de los grillos y el susurrar de las hojas. Son ruidos antinaturales, bruscos, aleatorios. A Lilly le recuerdan el que hace un par de zapatos viejos dando tumbos en una secadora.

Enmudecida por el terror, en su mente los sonidos distantes evocan imágenes de terribles fotos forenses en blanco y negro; cuerpos mutilados ennegrecidos por el rigor mortis y que aun así siguen moviéndose; rostros muertos que se vuelven y la miran con malicia, películas *snuff* de cadáveres danzantes que saltan como ranas en una sartén caliente. Todas las noches, acostada y con los ojos abiertos de par en par, Lilly rumia sobre el significado de los ruidos, sobre lo que pasa allá fuera y sobre cuándo se producirá el próximo ataque.

Algunos de los campistas más serios habían desarrollado teorías sobre aquel infierno.

Un joven de Athens llamado Harlan Steagal, un universitario empollón con gafas de pasta, organiza tertulias filosóficas alrededor de las fogatas. Colocados a base de pseudoefedrina, café instantáneo y hierba mala, media docena de inadaptados sociales buscan respuestas a las cuestiones imponderables que atormentan a todo el mundo: los orígenes de la plaga, el futuro de la humanidad y lo que quizá sea el asunto más candente, es decir, los patrones de comportamiento de los muertos vivientes.

El consenso del grupo de expertos es que sólo existen dos posibilidades:

a) los zombies carecen de instinto, de propósito y de cualquier patrón de comportamiento excepto el de alimentación involuntaria. No son más que terminaciones nerviosas con dientes que se conectan las unas a las otras como máquinas letales que simplemente hay que «apagar».

b) hay un patrón complejo de comportamiento que ningún superviviente ha sido capaz de descifrar aún. Lo cual lleva a preguntarse cómo se transmite la plaga de los muertos a los vivos (¿sólo se transmite por la mordedura de un caminante?), así como a elucubraciones acerca del comportamiento del rebaño y de posibles curvas pavlovianas de aprendizaje, e incluso imperativos genéticos a una escala mucho mayor.

En otras palabras, utilizando el argot de Harlan Steagal: «¿Representan los mordedores una especie de evolución extraña, retorcida y alucinada?»

Durante aquellos tres días, Lilly oye por encima buena parte de las divagaciones y les presta poca atención. No tiene tiempo para las conjeturas ni para el análisis. A pesar de las precauciones de seguridad, cuantos más días pasan sin que los muertos asedien la ciudad de las tiendas, más vulnerable se siente. Con casi todas las tiendas plantadas y una barricada de vehículos aparcados rodeando la periferia del claro, la situación es de calma. La gente se está asentando, va a lo suyo, y las pocas fogatas o las cocinas portátiles se apagan rápidamente por miedo a que el humo o los olores atraigan intrusos no deseados.

Aun así, cada noche Lilly Caul se pone más nerviosa. Es como si se acercara un frente frío. El cielo nocturno está despejado y sin nubes, todas las mañanas se forma escarcha en la hierba aplastada del suelo, en las vallas y en las tiendas de loneta. El frío es un reflejo del siniestro presentimiento de Lilly. Algo terrible parece inminente…

Una noche, antes de acostarse, Lilly saca de su mochila una agenda encuadernada en cuero. En las semanas que han pasado desde el comienzo de la plaga, casi todos los dispositivos de uso personal han dejado de funcionar. El suministro eléctrico ya no existe y las baterías sofisticadas pasaron a mejor vida, los proveedores de servicios se han desvanecido y el mundo ha vuelto a lo más primitivo: ladrillos, mortero, papel, fuego, carne, sangre, sudor y, en la medida que sea posible, calor humano. Lilly siempre ha sido una chica analógica, su casa en Marietta estaba repleta de discos de vinilo, transistores, relojes de cuerda y primeras ediciones apiladas en los rincones, por lo que, de manera natural, empieza a llevar un registro de los días en su pequeño archivador negro con el logo medio borrado de Seguros AmFam impreso en letras doradas en la cubierta.

Esa noche, Lilly marca con una gran «X» el recuadro del jueves, primero de noviembre.

El día siguiente, dos de noviembre, es el día en que su destino, y el de muchos otros, cambiará de forma irrevocable.

El viernes amanece despejado y con un frío que pela. Lilly se despierta justo después del amanecer, tiritando en su saco de dormir, con la nariz helada, tanto que no la siente. Cuando se pone varias capas de ropa, toma consciencia del dolor que siente en las articulaciones. Se obliga a salir de la tienda, se sube la cremallera del abrigo mientras mira hacia la tienda de Josh.

El hombre corpulento ya está levantado, de pie junto a su tienda, estirándose. Enfundado en su jersey de pescador y su chaleco gastado, se da la vuelta, ve a Lilly y le dice:

—¿Lo bastante frío para ti?

—Siguiente pregunta estúpida —responde Lilly, acercándose a la tienda de Josh y alargando el brazo hacia el termo de café instantáneo humeante que el hombre tiene en su enorme mano enguantada.

—El tiempo ha hecho que a la gente le entre el pánico —comenta Josh en voz baja mientras le pasa el termo. Señala con la cabeza los tres camiones que hay en la carretera que cruza el claro. De sus labios sale vaho cuando habla—. Unos cuantos vamos a ir al bosque, a recoger toda la leña que podamos cargar.

—Me apunto.

Josh menea la cabeza.

—He hablado con Chad hace un minuto. Creo que necesita que vigiles a sus niñas.

—Vale. Seguro. Lo que digáis.

—Quédatelo —ofrece Josh, señalando el termo. Coge el hacha que hay apoyada en la tienda y le sonríe a Lilly—. Volveremos a la hora de comer.

—Josh —lo llama, agarrándole la manga antes de que le dé tiempo a darse la vuelta —. Ten cuidado en el bosque.

La sonrisa de Josh se hace más amplia.

—Siempre, muñeca. Siempre.

Se da la vuelta y se marcha hacia las nubes de polvo de la carretera de grava.

Lilly ve como el contingente sube a las cabinas, salta a los escalones laterales y trepa a las partes traseras de carga. En ese momento, no se da cuenta de todo el ruido que están haciendo, ni la conmoción que causan cuatro camiones —todos recogiendo gente a la vez—, las conversaciones a gritos, las puertas al cerrarse y la nube de humo de dióxido de carbono.

Con tanta actividad nadie se percata de lo lejos que llega la algarabía de la partida, más allá de las copas de los árboles...

Lilly es la primera en sentir el peligro.

Los Bingham la han dejado a cargo de las cuatro niñas, que ahora corretean por el suelo de hierba aplastada en la carpa de circo, dan brincos entre las mesas plegables, las torres de cajas de melocotones y las bombonas de butano. El interior de la carpa está iluminado por tragaluces improvisados, trozos de tela recortados y recogidos en el techo para dejar entrar la luz del día; el interior de la tienda huele a humedad y a décadas de moho que ha impregnado las paredes de loneta. Las chicas juegan a las sillas musicales con tres hamacas rotas esparcidas por el frío suelo de tierra.

Se supone que Lilly se encarga de la música.

—Tararí... Tarará —canta sin mucho entusiasmo, tarareando una canción de The Police que llegó a estar entre las cuarenta más exitosas. Su voz es fina y débil, y las niñas ríen y corren alrededor de las sillas. Lilly está distraída. No aparta la vista de la entrada de mercancías que hay en uno de los extremos del pabellón y por la que se ve una larga parte de la ciudad de las tiendas, desierta, envuelta en la luz gris del día.

Lilly se traga el miedo que tiene. Los rayos de sol oblicuos se vislumbran entre las ramas de los árboles, el viento ulula entre la enorme cúpula de la carpa. Arriba, en la cuesta, unas sombras danzan bajo la pálida luz del día. Cree oír tropiezos allá arriba, en alguna parte, quizá detrás de los árboles. No está segura. Tal vez sea cosa de su imaginación. Los sonidos del interior de la carpa vacía engañan a sus oídos.

Aparta la vista de la entrada y recorre con la mirada el pabellón en busca de armas. Ve una pala apoyada contra una carretilla llena de tierra. Ve un par de herramientas de jardín en un cubo vacío. Ve los restos de los platos del desayuno en un cubo de basura de plástico; son platos de papel cubiertos de judías y sucedáneo de huevo, envoltorios arrugados de burritos, envases de zumo vacíos. Junto al cubo hay un contenedor de plástico con cubiertos de metal sucios. Los cubiertos eran de la camioneta de uno de los campistas; y Lilly toma nota de que hay unos pocos cuchillos afilados en el contenedor, aunque casi todo lo que ve son cucharas-tenedor de plástico con restos de comida pegados. Se pregunta cuán eficaz sería uno de estos utensilios contra un caníbal baboso y monstruoso.

Maldice en silencio a los líderes del campamento por no haber dejado armas de fuego.

En la propiedad sólo queda un puñado de personas. Están los colonos más ancianos —el señor Rhimes, un par de solteronas de Stockbridge, un maestro octogenario jubilado llamado O'Toole y un par de hermanos de una residencia de ancianos abandonada en Macon— y alrededor de veinte mujeres adultas, aunque casi todas están haciendo la colada y filosofando en la valla de atrás, demasiado ocupadas como para darse cuenta de si algo no va bien.

Las demás almas presentes en el campamento son los niños de diez familias. Algunos todavía están acurrucados en el interior de sus tiendas para protegerse del frío. Otros juegan con una pelota de fútbol delante de la granja abandonada. Hay una adulta al cuidado de cada grupo de niños.

Lilly mira atrás, hacia la salida, y ve a lo lejos a Megan Lafferty, sentada en el porche de la granja quemada, fingiendo que cuida de los niños (porque en realidad está fumando hierba). Lilly menea la cabeza. Se supone que Megan tendría que estar vigilando a los chicos de los Hennessey.

Jerry Hennessey es un vendedor de seguros de Augusta y hace días que tiene una aventura nada discreta con Megan. Los hijos de los Hennessey son los segundos más jóvenes del campamento. Tienen ocho, nueve y diez años. Las más pequeñas del campamento son las gemelas Bingham y Ruthie. En ese momento, las niñas están haciendo una pausa para mirar impacientes a su niñera, que está nerviosa.

—Venga, Lilly —le dice Sarah Bingham con las manos en las caderas mientras recupera el aliento cerca de una columna de cajas de fruta. La adolescente lleva un jersey adorable y elegante, imitación de angora, que a Lilly le parte el corazón—. Sigue cantando.

Lilly se da la vuelta y presta atención a las niñas.

—Lo siento, cariño, es que estaba…

Lilly deja de hablar. Escucha un ruido que viene de fuera de la tienda, de lo alto, de los árboles. Suena como el casco resquebrajado de un barco al hundirse… O como el lento crujido de una puerta en una casa encantada… O, probablemente, como el peso del pie de un zombie sobre un tronco de una trampa de leña seca.

—Niñas, yo…

Otro ruido la deja sin palabras. Se vuelve con rapidez hacia la puerta de entrada, y un fuerte crujido, a cien metros, procedente del este, desde unos matorrales de cornejo y rosas silvestres, rompe el silencio.

Una bandada de palomas torcaces alza el vuelo de repente. El estruendo emerge del follaje con la inercia de una exhibición de fuegos artificiales. Lilly observa, paralizada por un instante, cómo la bandada llena el cielo con una constelación virtual de manchas grises y negras.

Por todo el linde del campamento, como si fueran explosiones controladas echan a volar otras dos bandadas de palomas. Conos de motas alborotadas se abren paso hacia la luz, se dispersan y vuelven a la formación como nubes de tinta haciendo ondas en una piscina cristalina.

En esta zona, las torcaces abundan, la gente las llama «ratas voladoras» y afirman que son deliciosas deshuesadas y a la parrilla. No obstante, que aparezcan de repente ha cobrado en las últimas semanas un significado más tenebroso y preocupante que el de ser una posible fuente de alimento.

Algo ha hecho huir a las aves de su lugar de reposo, y ahora se acerca a la ciudad de las tiendas.

TRES

—Chicas, escuchadme. —Lilly se vuelve rápidamente hacia la más pequeña de las Bingham y la coge en brazos—. Necesito que vengáis conmigo.

—¿Por qué? —Sarah mira a Lilly con la clásica cara de enfado adolescente—. ¿Qué pasa?

—Por favor, cariño. No preguntes —dice Lilly con calma, y su mirada directa a los ojos pone firme a Sarah como si tuviera la fuerza de una espuela. Sarah se da la vuelta a toda velocidad y coge a las gemelas de la mano, luego empieza a escoltarlas hacia la salida.

Al llegar a la entrada de la tienda, Lilly se para en seco al ver al primer zombie salir de entre los árboles a menos de cuarenta metros. Es un hombre grande con la cabeza calva del color de un cardenal y los ojos blancos y lechosos. Da media vuelta y vuelve a meter a las niñas en el pabellón, apretando a Ruthie entre sus brazos y murmurando en un susurro.

—Cambio de planes, chicas. Cambio de planes.

Lilly se apresura a llevarlas de vuelta a la tenue luz y al aire mohoso de la carpa vacía. Sienta a la niña de siete años sobre la hierba aplastada, junto a un baúl.

—Vamos a estar muy calladitas —susurra Lilly.

Sarah está de pie con una gemela a cada lado. Tiene el rostro horrorizado y los ojos abiertos de par en par de puro miedo.

—¿Qué está pasando?

—Sólo quedaos aquí y no hagáis ruido. —Lilly corre de nuevo a la entrada de la carpa y pelea con el trozo de loneta que sirve de puerta y que está enrollado a tres metros de alto, atado con unas cuerdas. Tira de éstas hasta que la loneta cae y cubre la entrada.

El plan original, el que cruzó la mente de Lilly, era esconder a las niñas en un vehículo, a ser posible en uno que tuviera las llaves puestas, por si acaso había que huir a toda velocidad, pero ahora Lilly sólo puede pensar en esconderse en silencio en el pabellón vacío con la esperanza de que los otros campistas repelan el ataque zombie.

—Vamos a jugar a otra cosa —ordena Lilly cuando vuelve al lugar en el que se han acurrucado las niñas. Un grito resuena en algún lugar de la propiedad. Lilly intenta contener sus temblores y una voz le repite en la cabeza: «Maldita sea, zorra estúpida. Actúa con un par de huevos por una vez en tu vida. Hazlo por estas niñas.»

—Vamos a jugar a otra cosa, vale, muy bien… A otra cosa —repite Sarah, con los ojos vidriosos por el miedo. Ya sabe qué está pasando. Aprieta con fuerza las manos de las gemelas y sigue a Lilly hacia el espacio que hay entre dos torres de cajas de fruta.

—Vamos a jugar al escondite —le dice Lilly a la pequeña Ruthie que ha enmudecido de terror. Lilly consigue colocar a las cuatro niñas tras las cajas. Las pequeñas se quedan en cuclillas, en silencio y con la respiración agitada—. Tenéis que estar muy quietas y muy, muy, muy calladas. ¿De acuerdo?

Durante un tiempo, la voz de Lilly parece consolarlas, aunque incluso la más pequeña sabe que no es un juego, que no están fingiendo.

—Vuelvo en seguida —le susurra Lilly a Sarah.

—¡No! ¡Espera! ¡No te vayas! —Sarah agarra el bajo de la chaqueta de Sarah y se aferra a ella como si le fuera la vida. Los ojos de la adolescente son una súplica.

—Sólo voy a coger algo al otro lado de la carpa. No me voy a ninguna parte.

Lilly consigue liberarse y gatea por la alfombra de hierba aplastada hacia la pila de cubos que hay cerca de la mesa central. Coge la pala que está apoyada contra la carretilla y vuelve a arrastrarse hacia el escondite.

Fuera de la carpa azotada por el viento, durante todo ese tiempo los horribles sonidos se superponen y se hacen más fuertes más allá del pabellón. El viento trae otro grito, seguido de pasos enloquecidos, y entonces se oye un hacha partir un cráneo. Lydia gimotea, Sarah la hace callar y Lilly se pone en cuclillas delante de las chicas, con la vista borrosa por el terror.

El aire gélido levanta las faldas de las paredes de la carpa y por un breve instante, bajo el espacio que dejan a la vista, Lilly entrevé en directo la matanza. Al menos hay dos docenas de caminantes. Sólo se ven sus pies vacilantes y llenos de barro, como una brigada de víctimas de un ictus puestas de pie, y todos convergen en la zona cubierta por la carpa. Los pies de los supervivientes que corren, la mayoría mujeres y ancianos, huyen en todas las direcciones.

El espectáculo del ataque distrae temporalmente a Lilly de los ruidos que se oyen detrás de las chicas.

A pocos centímetros de las piernas de Sarah, un brazo cubierto de sangre se arrastra por debajo de la tela de la tienda.

La mayor de las Bingham lanza un alarido cuando la mano se aferra a su tobillo, con las uñas negras clavándose como espuelas. El brazo pelado y andrajoso está metido en la manga raída de una mortaja, y la chica se estremece de miedo. Moviéndose por instinto, la adolescente se arrastra lejos de él, pero la fuerza con que retrocede tira del zombie hasta meterlo en la tienda.

Un coro disonante de gritos y chillidos sale de las gargantas de las hermanas, mientras Lilly con la pala entre las manos se pone de pie de un salto. Le sudan las palmas. El instinto entra en acción. Lilly se da la vuelta y levanta la pala bien alto. Con una furia capaz de romper el caparazón de una tortuga, el cadáver muerde el aire en el mismo instante en que la adolescente consigue zafarse y huye a gatas por el suelo frío, arrastrando al zombie con ella, entre gritos y sollozos incomprensibles.

Lilly le asesta un palazo en el cráneo antes de que tenga oportunidad de hincar los dientes putrefactos. El impacto produce un sonido apagado que permanece en el aire como el zumbido de un gong roto. El chasquido del cráneo al romperse produce una vibración que se extiende hasta las muñecas de Lilly, que está horrorizada.

Sarah se libra de los dedos fríos y se pone de pie con dificultad.

Lilly descarga otro palazo, y otro más y el vientre plano de la pala de hierro repica como las campanas de una iglesia, y la cosa muerta se desinfla en un chorro rítmico de sangre arterial y materia gris en descomposición. Tras el cuarto palazo el cráneo cede. Se resquebraja con un sonido húmedo y una espuma negra y burbujeante se esparce por la hierba aplastada.

En ese momento, Sarah ya se ha reunido con sus hermanas. Las unas se aferran a las otras. Todas tienen los ojos abiertos a más no poder y gimotean aterrorizadas mientras retroceden hacia la salida, con la gran puerta de loneta ondeando al viento ruidosamente detrás de ellas.

Lilly se aparta del cuerpo mutilado en el traje harapiento de raya diplomática, se da la vuelta y empieza a correr hacia la entrada que está a ocho metros. De repente se para en seco y agarra a Sarah por la manga.

—Espera, Sarah, espera. ¡Espera!

En el otro extremo de la carpa de circo, la puerta gigante de loneta flota hacia arriba en el aire y deja entrever al menos media docena de zombies, que se adentran con movimientos espasmódicos en la carpa. Son todos adultos, hombres y mujeres, vestidos con ropa de calle salpicada de sangre, apelotonados en una extraña formación. Sus ojos agusanados están cubiertos por una película de cataratas, fijos en las chicas.

—¡Por aquí! —Lilly tira de Sarah hacia el extremo opuesto de la carpa, que está a unos cuarenta y cinco metros, y la adolescente coge a la más pequeña en brazos. Las gemelas corren tras ellas, resbalando sobre el suelo mojado de hierba aplastada. Lilly señala los pies de la pared de loneta, que ahora está a treinta metros, y susurra sin aliento:

—Voy a escurrirme por debajo de la tienda.

Consiguen recorrer la mitad del trayecto cuando otro cadáver se cruza en su camino.

Aparentemente, este monstruo viscoso y mutilado, vestido con un pantalón vaquero de peto, y cuya mitad de la cara parece haber reventado en un estallido de pulpa roja y dientes, se ha colado por debajo de la carpa y ahora va derecho hacia Sarah. Lilly se interpone entre el zombie y la chica y da un palazo con todas sus fuerzas. La pala choca contra el cráneo desfigurado y envía a la cosa tambaleante a un lado.

El zombie se estampa contra el pilar central y la inercia y el peso muerto arrancan la viga de su punto de anclaje. La estructura cede. Se oye un crujido como el del casco de un barco al romper el hielo y tres de las cuatro niñas de los Bingham lanzan gritos agudos cuando la descomunal carpa se colapsa, rompe con su peso los postes de refuerzo más pequeños como si fueran cerillas y arranca las estacas del suelo. El techo cónico se hunde como un gigantesco suflé.

La tienda cae sobre las chicas y el mundo se vuelve oscuro y asfixiante y se llena de movimientos deslizantes.

Lilly lucha contra el denso y pesado tejido y se esfuerza por orientarse. Con el peso repentino de una avalancha, la carpa le cae encima. Entonces escucha los gritos amortiguados de las niñas y ve la luz del día a quince metros. Con la pala en una mano, gatea hacia atrás, hacia la luz.

Al fin roza con un pie el hombro de Sarah. Lilly grita:

—¡Sarah! ¡Dame la mano! ¡Coge a las niñas con la otra mano y tira!

Como suele suceder cuando se produce una catástrofe, para Lilly en ese momento el tiempo empieza a transcurrir más despacio, y varias cosas ocurren casi a la vez. Lilly llega al final de la tienda y emerge de debajo de la carpa caída. El viento helado la espabila, y tira de Sarah con toda su alma. Sarah, por su parte, tiene cogidas a dos niñas, que salen con ella de un tirón, sus voces infantiles chillan como una tetera en ebullición.

Lilly se pone de pie y ayuda a Sarah con las dos pequeñas.

Falta Lydia, la menor por «media hora entera», como dice Sarah, de las gemelas. Lilly aparta a las otras chicas lejos de la tienda y les pide que no se acerquen pero que tampoco se vayan muy lejos; entonces se da media vuelta, mira la carpa y ve algo que hace que deje de latirle el corazón.

Hay unos bultos moviéndose bajo la carpa caída. Lilly suelta la pala y se queda mirando. Las piernas y la columna vertebral paralizadas como bloques de hielo. Le cuesta respirar. Sólo puede mirar el pequeño bulto de tela que se mueve enloquecido a menos de diez metros. Es la pequeña Lydia luchando por escapar. La loneta amortigua sus gritos.

La peor parte, la que deja petrificada a Lilly Caul, es ver a los otros bultos acercándose a velocidad constante, como ratas, hacia la niña.

En ese momento, el miedo hace saltar un fusible en el cerebro de Lilly, el fuego purificador de la rabia viaja por sus tendones y le llega a la médula.

Lilly entra en acción. El subidón de adrenalina la lleva al borde de la carpa caída, la ira alimenta sus músculos como si fuera combustible para cohetes. Tira de la loneta y se la pone sobre la cabeza, se agacha, intenta llegar a la niña y le grita:

—¡Lydia, cariño, estoy aquí! ¡Ven conmigo, bonita!

Bajo la lona, en la pálida oscuridad difusa, Lilly ve a la niña, está a cuatro metros, revolviéndose como un renacuajo e intentando escapar de las garras de la loneta. La joven grita otra vez y se mete bajo la lona. Se estira y consigue coger el jersey de Lydia. Lilly tira con todas sus fuerzas y es entonces cuando ve en la oscuridad, a pocos centímetros de la niña, un brazo harapiento y una cara mohosa. Está intentando coger la zapatilla de Hello-Kitty de Lydia con la torpeza de un borracho. Las uñas podridas y rotas se clavan en la suela justo cuando Lilly tira de la niña y consigue sacarla de entre los pliegues pestilentes de la carpa.

Lilly y la niña retroceden tambaleándose hacia la fría luz del día.

Se arrastran unos pocos metros, y luego Lilly logra atraerla hacia sí para darle un abrazo de oso.

—Está bien, pequeña, está bien. Te tengo. Estás a salvo.

La niña solloza e intenta respirar, pero no hay tiempo para consolarla. Las rodea el estrépito de voces y tiendas. Están atacando el campamento.

Todavía de rodillas, Lilly hace un gesto a las otras niñas para que se acerquen.

—Muy bien, chicas, escuchadme. Tenemos que movernos de prisa. No os separéis y haced exactamente lo que yo os diga. —Lilly resopla y jadea al ponerse de pie. Coge la pala, se da la vuelta y ve como el caos se apodera de la ciudad de las tiendas.

Más caminantes han caído sobre el campamento. Algunos se mueven en grupos de tres, cuatro y cinco, gruñendo y babeando con un hambre voraz.

Entre el pandemonio y los gritos de los colonos que huyen en cualquier dirección, los motores que se ponen en marcha, el ruido de los hachazos y los tendederos que se desploman, algunas de las tiendas vibran por las violentas luchas que se producen en su interior. Los atacantes se cuelan por los resquicios y acosan a los inquilinos paralizados.

Una de las tiendas más pequeñas se colapsa por un lateral, en uno de los extremos unas piernas hacen la tijereta. Otra tiembla en un festín frenético, las traslúcidas paredes de nailon muestran las siluetas, como borrones de tinta, de gruesas gotas de sangre.

Lilly ve un camino despejado hacia una hilera de coches aparcados a cincuenta metros y mira a las niñas.

—Necesito que me sigáis, ¿vale? No os separéis de mí y no hagáis ningún ruido. ¿Entendido?

Asienten con la cabeza, y Lilly tira de las niñas hacia el aparcamiento... Y hacia la contienda.

Los supervivientes de esta inexplicable plaga han aprendido en seguida que la principal ventaja de la que disfruta un humano respecto a un zombie es la velocidad. En circunstancias «normales», un humano puede dejar atrás con facilidad incluso al cadáver más veloz y estable. Pero ante una manada, esa superioridad física desaparece. El peligro aumenta de forma exponencial con cada muerto viviente adicional..., hasta que un tsunami de dientes rotos y garras ennegrecidas que se mueven a cámara lenta engulle a la víctima.

Lilly aprende esta cruda realidad de camino al coche más cercano. Es un Chrysler 300 plateado, viejo y abollado, con el maletero en el techo. Está en la curva de acceso del camino de grava, a cuarenta y cinco metros de la carpa, aparcado en ángulo bajo la sombra de una acacia. Las ventanillas están cerradas, pero Lilly cree que no tendrán demasiadas dificultades para entrar, aunque no sabe si podrá hacerlo arrancar. Hay un cincuenta por ciento de probabilidades de que las llaves estén dentro del vehículo; hace tiempo que la gente las deja puestas por si hay que huir a toda velocidad.

Desgraciadamente, la propiedad está plagada de caminantes, y Lilly y las niñas apenas consiguen atravesar nueve metros de campo salpicado de matorrales antes de que numerosos atacantes las rodeen por los flancos.

—¡Poneos detrás de mí! —grita Lilly a sus protegidas y empieza a blandir la pala.

El hierro oxidado se estampa contra la mejilla de una mujer que lleva una bata de estar por casa manchada de sangre, y lanza a la zombie contra un par de mordedores vestidos con petos llenos de grasa que se tambalean como bolos al caer al suelo. Pero pese al golpe la cosa muerta consigue mantener el equilibrio, vacila un instante y vuelve a por más.

Lilly y las niñas consiguen acercarse trece metros más al Chrysler cuando otra batería de monstruos les cierra el paso. La pala vuela y aplasta el puente de la nariz de un joven cadáver. Otro golpe aterriza en la mandíbula de una zombie que lleva un abrigo de visón. Y otro le rompe el cráneo a una bruja jorobada a la que los intestinos le salen por el camisón de hospital, pero la vieja sólo se tambalea y da un par de pasos atrás.

Al fin las chicas llegan al Chrysler. Lilly busca a tientas la puerta del copiloto y la encuentra. Gracias a Dios, no está cerrada con llave. Con cuidado y presteza mete a Ruthie en el asiento delantero mientras la manada de caminantes se cierne sobre el sedán. Lilly busca las llaves en la ranura de la columna del volante. Otro golpe de suerte.

—Quédate en el coche, cariño —le dice Lilly a la niña de siete años. Luego cierra la puerta de un portazo.

Entonces llega Sarah con las gemelas a la puerta derecha del asiento de atrás.

—¡Sarah, cuidado!

El grito angustiado de Lilly se eleva por encima del jaleo que lo llena todo. Una docena de zombies se ciernen sobre Sarah por la espalda. La adolescente abre la puerta de atrás pero no tiene tiempo de meter a las gemelas en el coche. Las dos pequeñas tropiezan y caen de bruces sobre la hierba.

Sarah lanza un alarido primitivo. Lilly intenta interponerse con la pala entre la adolescente y los atacantes y consigue aplastar el cráneo gigantesco de un hombre negro en descomposición que viste chaqueta de cazador. Lo manda dando tumbos a los arbustos. Pero hay demasiados caminantes que avanzan a trompicones desde todos los rincones para alimentarse.

Durante el caos que se produce a continuación, las gemelas consiguen meterse en el coche y cerrar la puerta.

A punto de perder la cabeza, con los ojos inyectados en sangre, Sarah se da la vuelta, lanza un alarido y aparta de un empujón a un zombie que avanza lentamente hacia ella. Encuentra una brecha, se abre paso a empujones y corre.

Lilly ve cómo Sarah echa a correr hacia la carpa de circo.

—¡Sarah, no…!

La adolescente consigue cubrir la mitad de la distancia antes de que una impenetrable manada de cadáveres se cierna sobre ella, le cierre el paso, la tire al suelo y la someta. Su cuerpo cae con fuerza sobre el suelo, mientras más zombies se apelotonan a su alrededor. El primer mordisco le atraviesa el jersey por la cintura, y de paso se lleva un trozo de vientre que le arranca un grito que revienta los tímpanos. Sobre la yugular caen dientes hambrientos y una marea de sangre oscura empieza a recorrerle el cuerpo.

A menos de veinticinco metros, cerca del coche, Lilly lucha contra una manada cada vez más numerosa de muertos vivientes. En total, quizá haya unos veinte; mientras rodean el Chrysler, la mayoría presenta los efectos de la adrenalina ante un festín frenético. Las bocas ennegrecidas trabajan y mastican con ferocidad; detrás de las ventanillas bañadas en sangre, los rostros de las tres pequeñas observan catatónicas el horror.

Lilly golpea con la pala una y otra vez, aunque sus esfuerzos son inútiles frente a la multitud creciente. Los mecanismos de su cerebro se atascan mortificados por los espeluznantes sonidos de la muerte de Sarah, al otro lado de la propiedad. Sobre la adolescente hay al menos una docena de caminantes, rasgando, masticando y arrancando fragmentos de su abdomen sangrante. De su cuerpo tembloroso manan ríos de sangre. Cerca de la hilera de coches, a Lilly se le encoge el estómago al golpear con la pala otro cráneo, su mente se hace añicos y entra en cortocircuito por el miedo; pero al menos logra centrarse en un único plan de acción: mantenerlos alejados del Chrysler.

La urgencia categórica de ese único imperativo, mantenerlos lejos de las niñas, galvaniza a Lilly y envía una descarga de energía por la columna vertebral. Se da la vuelta y golpea con la pala el panel frontal del Chrysler.

El golpe metálico resuena. Dentro del coche, las niñas saltan del susto. Las caras cianóticas de los muertos se vuelven hacia el ruido.

—¡Venga! ¡Venga! —Lilly corre lejos del Chrysler, hacia el coche más próximo de la desorganizada hilera de vehículos. Es un viejo Ford Taurus con una ventana tapada con cartón. Golpea con todas sus fuerzas el borde de la carrocería produciendo otro sonido seco y metálico que atrae la atención de más muertos. Se aleja hacia el siguiente coche. Golpea la pala contra el panel delantero izquierdo. Resuena otro golpe metálico.

—¡Venga! ¡Venga! ¡Venga!

La voz de Lilly se eleva por encima del clamor como el aullido de un animal enfermo, agudo por el miedo, ronco por el trauma, atonal, con un dejo de locura. Golpea con la pala un coche tras otro sin saber muy bien lo que está haciendo, sin controlar del todo sus actos. El ruido atrae a más zombies perezosos.

Lilly tarda apenas unos segundos en llegar al final de la hilera de vehículos y con la pala golpea el último. Es una camioneta oxidada

Ford S-10. Aunque para entonces casi todos los atacantes han caído presa de su llamada, y ahora —lentos, torpes y estúpidos— vagan hacia el sonido de sus gritos traumatizados.

Los únicos zombies que quedan en el claro son los seis que siguen devorando a Sarah Bingham en el suelo, junto a la gigantesca y ondulante carpa de circo.

—¡Venga! ¡Venga! ¡Venga! ¡Venga! ¡Venga! ¡Venga! ¡Venga! ¡Vengaaaaa! —En la carretera de grava, Lilly se da la vuelta y echa a correr colina arriba, hacia los árboles.

Tiene el pulso acelerado, la visión borrosa y los pulmones le piden aire. Suelta la pala, y al ascender el suave suelo forestal clava sus botas de montaña en el lodo; se mete entre los árboles, se golpea el hombro contra el tronco de un abedul, el dolor le recorre el cerebro y ve las estrellas; se mueve por instinto. Una manada de zombies sube la cuesta tras ella.

Serpentea por entre el bosque y pierde el sentido de la orientación.

El tiempo pierde su significado. Siente que se mueve a cámara lenta, como en un sueño, sus gritos se niegan a salir de la garganta, las piernas se hunden en las arenas movedizas invisibles de las pesadillas. La oscuridad se cierne sobre ella a medida que el bosque se hace más denso y profundo.

Lilly piensa en Sarah, la pobre Sarah, con su dulce jersey rosa, ahora bañado en su propia sangre. Y la tragedia hunde a Lilly, la lanza al suelo suave cubierto de agujas de pino y materia en descomposición, al ciclo infinito de la muerte y la regeneración. Lilly deja escapar un paroxismo de dolor en un sollozo sin aliento, las lágrimas le corren por las mejillas y humedecen el humus.

Nadie oye su llanto, que dura mucho tiempo.

La patrulla de búsqueda encuentra a Lilly a media tarde. Capitaneados por Chad Bingham, el grupo de cinco hombres y tres mujeres, armados hasta los dientes, ve la chaqueta azul claro de forro polar de

Lilly detrás de un leño seco a unos mil metros al norte de la ciudad de las tiendas de campaña, en la oscuridad gélida de la profundidad del bosque, en un pequeño claro, bajo un toldo de ramas de pino taeda. Parece estar inconsciente, echada sobre unos arbustos.

—¡Cuidado! —le dice Chad Bingham a su segundo al mando, un mecánico delgaducho de Augusta llamado Dick Fenster—. Si todavía se mueve, es posible que ya haya mutado.

En el aire gélido se ven los vahos nerviosos. Fenster se acerca con cuidado al claro, lleva su treinta y ocho milímetros de cañón corto desenfundada, sin seguro y con el gatillo tembloroso. Se arrodilla junto a Lilly, la repasa con la mirada de arriba abajo y se vuelve hacia el grupo.

— ¡Está bien! Está viva… No la han mordido ni nada… ¡Sigue consciente!

—No por mucho tiempo —farfulla Chad Bingham por lo bajo mientras camina hacia el claro—. Esta zorra de mierda ha matado a mi pequeña…

—¡Eh! ¡Eh! —Megan Lafferty se interpone entre Chad y el leño seco—. Espera un momento.

—Aparta de mi camino, Megan.

—Tienes que respirar hondo.

—Sólo voy a hablar con ella.

Una pausa incómoda se cuela entre los presentes. Los demás miembros de la patrulla de búsqueda esperan detrás, entre los árboles, cabizbajos, con la cara larga y exhausta que refleja el trabajo horrendo del día. Algunos hombres tienen los ojos rojos, destrozados por la pérdida.

De vuelta de su expedición en busca de leña, encontraron la ciudad de las tiendas en un estado lamentable. Humanos y zombies cubrían el terreno empapado de sangre. Dieciséis colonos asesinados. Algunos habían sido devorados, entre ellos nueve niños. Josh Lee Hamilton hizo el trabajo sucio de rematar a los caminantes que quedaban y a los desafortunados humanos cuyos restos quedaron intactos. Nadie más tuvo la presencia de ánimo para disparar en la cabeza a sus amigos y a sus seres queridos a fin de garantizar su descanso eterno. Es extraño, pero últimamente el período de incubación se ha vuelto más impredecible. Algunas víctimas se reaniman a los pocos minutos de ser mordidas. Otras tardan horas, incluso días, en transformarse. De hecho, en ese momento, Josh sigue en el campamento, supervisando a la cuadrilla de recogida, preparando a las víctimas para el funeral colectivo. Tardarán otras veinticuatro horas en volver a plantar la carpa de circo.

—Escucha, tío, en serio —le dice Megan Lafferty a Chad. De repente ha bajado la voz y hay urgencia en el tono suave—. Sé que estás hecho polvo, pero ha salvado a tres de tus hijas… Te lo aseguro, lo vi con mis propios ojos. Desvió la atención de los caminantes hacia ella. Joder, arriesgó su vida.

—Yo… —Chad tiene pinta de que va a ponerse a llorar o a gritar—. Yo sólo quiero hablar.

—Tienes una esposa en el campamento que va a perder la cabeza de pena… Te necesita.

—Yo sólo…

Otro silencio incómodo. Entre las sombras de los árboles, uno de los otros padres empieza a sollozar en silencio, con la pistola lacia apuntando al suelo. Son casi las cinco y el frío empieza a notarse, bocanadas de vapor flotan delante de todos los rostros torturados. En el claro, Lilly se sienta, se limpia la boca e intenta volver en sí. Parece una sonámbula. Fenster la ayuda a ponerse de pie.

Chad mira al suelo.

—A la mierda. —Se da media vuelta y se aleja caminando, el rastro de su voz se oye tras él—. ¡A la mierda!

Al día siguiente, bajo un cielo frío y nublado, los habitantes de las tiendas improvisan una ceremonia al pie de la sepultura de sus amigos y seres queridos.

En el extremo este de la propiedad, casi setenta y cinco supervivientes se reúnen en un gran semicírculo alrededor de la fosa común. Algunos de los dolientes sostienen velas que parpadean con obstinación contra el viento de octubre. Otros se cogen los unos a los otros conmocionados por la pena. El intenso dolor de algunos rostros, especialmente el de los padres, refleja lo aleatorio que resulta este mundo plagado de zombies. Les habían arrebatado a sus niños con la arbitrariedad repentina de un rayo, y ahora las caras se hunden en la desolación, con los ojos vidriosos bajo la inmisericorde luz plateada del sol.

El grupo decide erigir monumentos conmemorativos en el suelo arcilloso que se extiende por la suave cuesta del terreno desnudo más allá de la valla rota del ferrocarril; pequeñas pilas de piedras marcan cada una de las dieciséis tumbas. Algunas tienen flores silvestres cuidadosamente trenzadas. Josh Lee Hamilton se aseguró de que la de Sarah estuviera adornada con un precioso ramo de pequeñas rosas Cherokee blancas, que crecen en abundancia en los márgenes de los huertos. El hombre corpulento le había cogido cariño a la adolescente vivaracha e inteligente… Su muerte le partía el corazón.

—Dios, te pedimos que acojas a nuestros amigos y vecinos en tu seno —dice Josh desde el extremo de la valla. El viento azota su chaqueta militar verde oliva que lleva sobre las anchas espaldas. Tiene los rasgos del rostro brillantes por las lágrimas.

Josh creció en un hogar bautista, y aunque con el paso de los años había ido perdiendo la fe, les pidió a sus compañeros supervivientes pronunciar unas palabras. Los bautistas no rezan mucho por los difuntos. Creen que al morir la gente buena va directo al cielo; y los no creyentes, al infierno de cabeza. Pero, aun así, Josh se sentía obligado a decir algo.

Había visto antes a Lilly. La abrazó un instante y le susurró unas palabras de consuelo, pero notaba que algo no iba bien. Dentro de ella había algo más que el dolor por la pérdida. La notaba lánguida entre sus brazos, y su delgado cuerpo temblaba sin cesar como el de un pájaro herido. Ella apenas dijo nada. Sólo que necesitaba estar sola. Ni siquiera acudió a la ceremonia del entierro.

—Te pedimos que los lleves a un lugar mejor —continúa, con la profunda voz de barítono desgarrada. El trabajo en la recogida de cuerpos se ha cobrado su precio en el hombre corpulento. Le cuesta no desmoronarse; sus emociones estrangulan sus cuerdas vocales—. Te pedimos que…, que…

No puede continuar. Se da media vuelta, inclina la cabeza y deja que las lágrimas acudan silenciosas. No puede respirar. No puede quedarse allí. Apenas consciente de sus actos, se da cuenta de que está caminando lejos de la multitud, lejos del horrible y débil sonido de los llantos y las oraciones.

Entre las muchas cosas que se le han escapado por estar aturdido por la tristeza está el hecho de que la decisión de Lilly Caul de no ir a la ceremonia no es la única ausencia sospechosa. Chad Bingham tampoco ha ido.

—¿Estás bien? —Lilly se mantiene distante un momento, en el extremo del claro, estrujándose nerviosamente las manos a unos cinco metros de Chad.

El hombre fibroso con la gorra de John Deere guarda un silencio que se hace eterno. Sólo permanece de pie junto a la hilera de árboles, con la cabeza inclinada, de espaldas a ella, con los hombros caídos como si soportaran una pesada carga.

Minutos antes de que empezara la ceremonia del entierro, Chad sorprendió a Lilly al aparecer junto a su tienda para preguntarle si podían hablar en privado. Dijo que quería aclarar las cosas, que no la culpaba de la muerte de Sarah; y la desolada mirada de sus ojos hizo que Lilly le creyera.

Por eso lo siguió hasta aquí, a este pequeño claro en la densa arboleda que cubre el extremo norte de la propiedad. El claro mide apenas dieciocho metros cuadrados, alfombrados de hojas de pino. Está rodeado de piedras cubiertas de líquenes y lo protege un toldo de follaje por el que se filtra la luz gris del día, llena de gruesas motas de polvo. El aire frío huele a putrefacción y a heces de animales.

El claro está lo bastante lejos de la ciudad de las tiendas para ofrecer privacidad.

—¿Chad...? —Lilly quiere decir algo, quiere expresar lo mucho que lo siente. Por primera vez desde que conoció a aquel hombre, cuando la dejó boquiabierta por su disposición a tener una aventura con Megan delante de las narices de su esposa, Lilly ve a Chad

Bingham como un ser humano... Imperfecto, asustado, confuso y destrozado por la pérdida de su hija.

En otras palabras, es sólo un buen hombre, ni mejor ni peor que cualquiera de los supervivientes. Lilly siente que la invade una oleada de simpatía.

—¿Quieres hablar del tema?

—Sí, eso creo... Puede que no. No lo sé. —Todavía le da la espalda y la voz le sale débil, con cuentagotas. La pena le atenaza los omóplatos, le hace temblar un poco a la sombra de los pinos.

—Lo siento mucho, Chad. —Lilly se atreve a acercarse un poco a él, con los ojos llenos de lágrimas—. Quería mucho a Sarah, era una chica maravillosa.

Él dice algo en voz tan baja que Lilly no logra oír. Ella se acerca más.

Le pone la mano en el hombro con suavidad.

—Sé que no hay nada que pueda decir... en un momento como éste. —Lilly le habla a la nuca. En la pequeña tira de plástico de la parte de atrás de la gorra se lee «Spalding». Tiene un pequeño tatuaje de una serpiente en el cuello—. Sé que no es un consuelo —añade Lilly—, pero Sarah murió como una heroína. Le salvó la vida a sus hermanas.

—¿Lo hizo? —La voz de Chad es apenas un susurro—. Era una niña muy buena.

—Lo sé. Era una chica asombrosa.

—¿Eso crees? —Sigue dándole la espalda, cabizbajo. Los hombros le tiemblan un poco.

—Claro, Chad. Fue una heroína. Era una entre un millón.

—¿De verdad? ¿Eso crees?

—Sin duda.

—Entonces, ¡¿por qué coño no hiciste tu trabajo?! —Chad se da la vuelta y golpea a Lilly con el dorso de la mano con tanta fuerza que ella se muerde la lengua. El cuello le da un latigazo y ve las estrellas.

Chad vuelve a golpearla; Lilly se tambalea hacia atrás, tropieza con una raíz que sobresale del suelo y se cae. Con los puños apretados y los ojos echando chispas, Chad se abalanza sobre ella.

—¡Maldita zorra estúpida! ¡Inútil! ¡Lo único que tenías que hacer era proteger a mis hijas! ¡Hasta un puto chimpancé podría hacerlo!

Lilly intenta apartarse rodando por el suelo, pero Chad le clava la punta de acero de sus botas de trabajo en la cadera y la aparta a un lado. El dolor le apuñala el abdomen. Intenta coger aire, tiene la boca llena de sangre.

—¡*Pod favod...!*

Él se agacha, la agarra y la pone de pie. La sujeta por la sudadera y, echándole el aliento agrio a la cara, le espeta:

—¡¿Tú y la putilla de tu amiga creéis que esto es una fiesta?! ¿Estuviste fumando maría anoche? ¿Eh? ¡EH!

Chad le atiza un gancho directo a la mandíbula que le parte los dientes y la envía de vuelta al suelo. Aterriza agonizante, con dos costillas rotas, ahogándose en su propia sangre. No puede respirar. Un frío glacial le invade el cuerpo y le nubla la vista.

Apenas puede enfocar la imagen fibrosa y compacta de Chad Bingham que se alza sobre ella, que cae sobre ella con todo su peso, con una rabia incontrolable se sienta a horcajadas sobre su cuerpo endeble, con las comisuras de los labios rebosando saliva. Le escupe al hablar:

—¡Contéstame! ¡¿Has estado fumando hierba mientras cuidabas a mis niñas?!

Lilly nota la fuerza con la que Chad le atenaza la garganta; la parte de atrás de la cabeza golpea el suelo cuando la zarandea.

—¡Contéstame, zorra!

Sin previo aviso, una tercera figura se materializa detrás de Chad Bingham y lo aparta de Lilly. La identidad del salvador es apenas visible.

Lilly sólo ve un hombre borroso, tan grande que tapa los rayos del sol.

Josh agarra con las dos manos las solapas de la cazadora vaquera de Chad Bingham y tira con todas sus fuerzas.

Bien por el pico de adrenalina que corre por las venas del hombre corpulento, o quizá simplemente por la complexión relativamente escuálida de Chad, el tirón lo lanza como si fuera una bala de cañón humana. Planea sobre el claro formando un amplio arco, una de sus botas sale despedida y la gorra vuela hacia los árboles. Cae con el hombro por delante, en el hueco de un enorme tronco de un árbol centenario. Se le escapa el aliento y se desmorona delante del árbol. Intenta coger aire y parpadea perplejo.

Josh se arrodilla junto a Lilly y con mimo le levanta la cabeza ensangrentada. Ella intenta hablar pero no puede articular las palabras con los labios sanguinolentos. Josh deja escapar un suspiro de dolor, una especie de gemido que le sale de las entrañas. Ver ese rostro encantador, esos ojos del color de la espuma del mar y esas mejillas adornadas con delicadas pecas cubiertas de sangre lo enceguece…

El hombre corpulento se levanta, se da la vuelta y cruza el claro hacia donde Chad Bingham yace retorciéndose de dolor.

Josh sólo puede ver el borrón blanquecino del hombre en el suelo, la pálida luz del sol que cae en rayos brillantes por el aire que huele a humedad. Chad hace un débil intento de huir a rastras, pero Josh coge con facilidad las piernas en retirada del hombre, y con un empujón decisivo el cuerpo de Chad vuelve a quedar contra el tronco. Tartamudea con sangre en la boca:

—Esto no es… No es asunto… Por favor, her-hermano… ¡No tienes que…!

Josh empotra el cuerpo que se retuerce contra la corteza del roble negro centenario. El impacto fractura el cráneo del hombre y con la brusquedad violenta de un ariete le disloca los hombros.

Chad deja escapar un grito mucoso, más primitivo e involuntario que consciente. Los ojos se le quedan en blanco. Si a Chad Bingham lo golpeara por detrás una y otra vez un ariete, los impactos no podrían competir con la fuerza con la que Josh Lee Hamilton empieza a atizar al hombre nervudo vestido con ropa vaquera.

—No soy tu hermano —dice Josh con una calma estremecedora, con una voz baja y aterciopelada procedente de un lugar escondido, profundo e inaccesible de su interior, mientras golpea una y otra vez contra el árbol al muñeco humano.

Josh casi nunca pierde el control así. Sólo le ha pasado un par de veces en su vida. Una vez, en el campo de fútbol, cuando un defensa contrario, un buen chico de Montgomery, lo llamó negrata... Y otra vez cuando aquel carterista de Atlanta le robó el bolso a su madre. Pero ahora la tormenta silenciosa de su interior embiste con más furia que nunca, y golpea la parte posterior del cráneo de Chad Bingham contra el árbol.

Chad deja caer la cabeza con cada impacto, el choque sordo le pone enfermo y se torna más húmedo a medida que el cráneo cede. Chad brama vómito, de nuevo un fenómeno involuntario, y las partículas de bilis caen sobre los antebrazos de Josh Lee Hamilton sin que éste lo note siquiera. Josh se da cuenta de que la mano izquierda de Chad intenta coger la Smith & Wesson de acero plateado que lleva en el cinturón.

Josh se la arranca sin dificultad de los pantalones y la tira al claro.

Con la última traza de fuerza que le queda, el cerebro desparramándosele por las múltiples contusiones y la hemorragia que brota de su cráneo fracturado, Chad Bingham hace un intento fútil para darle al hombre corpulento un rodillazo en la entrepierna, pero Josh le bloquea la rodilla con el antebrazo, y entonces le atiza un golpe extraordinario, una grandiosa bofetada con el dorso de la mano —un eco surrealista de la bofetada que minutos antes había recibido Lilly—, y que echa a Chad volando a un lado.

Chad se queda despatarrado en el suelo, a cinco metros del tronco.

Josh no puede oír a Lilly tambaleándose por el prado. No puede oír su voz ahogada:

—¡Josh, no! ¡No! ¡Josh, para! ¡Lo vas a matar!

De repente, Josh Lee Hamilton se despierta y parpadea como si acabara de descubrir que es un sonámbulo, y que está desnudo y vagando por el bulevar de Peachtree en hora punta. Nota la mano de Lilly en la espalda, aferrada al abrigo, intentando apartarle a tirones del hombre que yace hecho un ovillo en el suelo.

—¡Lo vas a matar!

Josh se da media vuelta. Ve a Lilly, amoratada y magullada, con la boca llena de sangre y apenas capaz de mantenerse de pie, de respirar o de hablar. Está justo detrás de él, y le mira con los ojos vidriosos. La abraza y los ojos se le llenan de lágrimas.

—¿Estás bien?

—Estoy bien… Por favor, Josh. Tienes que parar o lo matarás.

Josh empieza a decir algo pero se detiene. Se da la vuelta y mira al hombre en el suelo. En el transcurso de esa horrible y silenciosa pausa —cuando Josh mueve los labios sin poder emitir sonido, ni articular sus pensamientos en palabras— ve el cuerpo inanimado que yace en el suelo en medio de un charco de fluidos corporales, tan quieto e inerte como un montón de harapos.

CUATRO

—No te muevas, cielo. —Bob Stookey ladea con cuidado la cabeza de Lilly para poder verle mejor el labio hinchado. Le aplica con suavidad una avellana de crema antiinflamatoria sobre la carne rasgada y cubierta de costras—. Ya casi he terminado.

Lilly da un respingo de dolor. Bob está arrodillado a su lado, con su botiquín de primeros auxilios abierto sobre la cama plegable en la que ella está tumbada boca arriba, mirando al techo de loneta. La tienda resplandece con los rayos pálidos del sol de la tarde, que brilla a través de las paredes de tela manchadas. El aire está frío y huele a desinfectante y a licor. Una manta envuelve la cintura desnuda de la joven.

Bob necesita un trago. Lo necesita y mucho. Otra vez le tiemblan las manos. Últimamente ha estado teniendo flashes de sus días en el Cuerpo Médico de Marines. Once años atrás sirvió en Afganistán, vaciando orinales en Camp Dwyer. Parece que fue hace mil años. Una experiencia que jamás podría haberlo preparado para esto. Por aquel entonces también le daba a la botella. Por culpa de la bebida estuvo a punto de abandonar la instrucción y la formación médica en San Antonio, y ahora Bob tiene la guerra en casa. Los cuerpos acribillados de metralla que apañaba en Oriente Medio no eran nada comparados con los campos de batalla que dejaron los comienzos de esta guerra. A veces tiene sueños sobre Afganistán, en los que los muertos vivientes infectan las filas de los talibanes, al mejor estilo Grand Guignol de París, con los brazos fríos, muertos y grises brotando de las paredes de las unidades quirúrgicas móviles.

Pero para él curarle las heridas a Lilly Caul es una tarea completamente distinta, mucho peor que ser médico de campo o que limpiar los restos tras un ataque zombie. Bingham se había lucido con ella. Por lo que podía ver, Lilly tenía al menos tres costillas rotas, una contusión grave en el ojo izquierdo —quizá con hemorragia vítrea o incluso con desprendimiento de retina— y un montón de moratones y laceraciones con muy mala pinta en la cara. Bob siente que no tiene ni suficientes conocimientos médicos ni el material necesario para fingir siquiera que la está tratando. Pero por estos lares, Bob es el único que puede intentarlo, así que ha improvisado una tablilla con sábanas, tapas de libros y vendas elásticas para cubrir el torso de Lilly, y le ha aplicado la cada vez más escasa crema antiinflamatoria en las heridas superficiales. El ojo es lo que más le preocupa. Tiene que observarlo, asegurarse de que cicatriza bien.

—Ya está —dice al terminar de ponerle la última gota de crema en el labio.

—Gracias, Bob. —Lilly apenas puede hablar por la hinchazón y cecea un poco—. Envía la factura a mi seguro médico.

Bob suelta una risa forzada y la ayuda a ponerse el abrigo sobre el torso vendado y los hombros amoratados.

—¿Qué demonios ha pasado ahí fuera?

Lilly suspira, sentada en la cama plegable, subiéndose con cuidado la cremallera del abrigo y encogiéndose de dolor.

—Las cosas se pusieron calentitas.

Bob encuentra su petaca abollada llena de licor barato, se reclina en una silla plegable y le da un buen trago terapéutico.

—A riesgo de decir una obviedad, esto no beneficia a nadie.

Lilly traga saliva como si estuviera comiendo cristales rotos. Le caen mechones color berenjena sobre los ojos.

—Me lo dices o me lo cuentas.

—Ahora mismo están reunidos en la tienda grande.

—¿Quiénes?

—Simmons, Hennessey, algunos de los viejos, Alice Burnside...
Ya sabes... Los hijos y las hijas de la revolución. Josh está... En fin,
nunca lo he visto así. Está hecho polvo, sentado en el suelo fuera de
su tienda como una esfinge. No suelta prenda. Sólo mira al vacío.
Dice que aceptará lo que decidan, sea lo que sea.

—¿Eso qué significa?

Bob le da otro trago a su «medicina».

—Lilly, todo esto es nuevo. Alguien ha asesinado a uno de los
nuestros. No creo que esta gente se haya enfrentado antes a una situación así.

—¡¿Asesinado?!

—Lilly...

—¿Eso dicen?

—Yo sólo te lo cuento.

—Tengo que hablar con ellos. —Lilly intenta ponerse de pie,
pero el dolor la tumba de nuevo en la cama plegable.

—Eh, quieta ahí, Kimosabi. Con calma. —Bob se inclina sobre
ella y la endereza con cuidado—. Te he dado la suficiente codeína
como para tumbar a un caballo.

—Maldita sea, Bob. No van a linchar a Josh por esto. No voy a
permitirlo.

—Vayamos paso a paso. Ahora mismo no vas a ninguna parte.

Lilly agacha la cabeza. Una sola lágrima toma forma y cae de su
ojo sano.

— Bob, fue un accidente.

Bob la mira.

—Oye, ahora céntrate en curarte, ¿vale?

Lilly levanta la vista y lo mira. El labio partido se ha hinchado y
es tres veces más grande de lo normal. Tiene el ojo izquierdo rojo, la
cuenca negra e hinchada. Se sube el cuello de su abrigo de segunda
mano y se estremece de frío. Lleva unos cuantos accesorios curiosos
que a Bob le llaman la atención: unas pulseras de cuentas y macramé
y unas plumas diminutas trenzadas en los mechones de color ámbar
que caen sobre su rostro destrozado. A Bob Stookey le resulta curioso
cómo una chica todavía puede estar pendiente de la moda en un

mundo como éste, pero es parte del encanto de Lilly Caul, parte de su ser. Desde la pequeña flor de lis que lleva tatuada en la nuca a los meticulosos cortes y los remiendos de sus pantalones. Es una de esas chicas capaces de conseguir transformar diez dólares y una tarde en una tienda de segunda mano en un vestuario completo.

—Es todo culpa mía —dice con la voz ronca y somnolienta.

—¡Y una mierda! —asegura Bob tras darle otro trago a la petaca deslustrada—. Esos dos ya están creciditos. Sabían lo que se hacían.

—Toma un trago más. Quizá el alcohol empezaba a soltarle la lengua a Bob, porque siente una punzada de amargura—. Conociendo el carácter del amigo Chad, yo digo que hacía tiempo que se lo estaba buscando.

—Bob, eso no es…

Lilly se detiene al oír pasos fuera de la tienda de Bob. La sombra de un leviatán cubre la loneta. La silueta hace una pausa, y se queda quieta en una posición extraña fuera de la entrada cerrada con cremallera. A Lilly le resulta familiar la silueta, pero no dice nada.

Una mano enorme aparta con cuidado la puerta de tela; y una cara larga, surcada de profundas arrugas, echa un vistazo al interior.

—Me han dicho que podía… Me han dado tres minutos —afirma Josh Lee Hamilton con su voz de barítono ahogada y avergonzada.

—¿De qué estás hablando? —Lilly se sienta y mira a su amigo—. ¿Tres minutos para qué?

Josh se arrodilla delante de la puerta de tela y mira al suelo intentando dominar sus emociones.

—Tres minutos para despedirme.

—¿Para despedirte?

—Sí.

—¿Qué quieres decir con eso de «despedirte»? ¿Qué ha pasado?

Josh deja escapar un suspiro de pena.

—Han votado… Han decidido que la mejor forma de solucionar lo que ha sucedido es que haga las maletas, expulsarme del grupo.

—¡¿Qué?!

—Supongo que es mejor que ser ahorcado del árbol más alto.

—Pero tú no… Es decir…, fue un accidente.

—Sí, claro —asiente Josh—. El pobre tipo se tropezó con mis puños unas cuantas veces por accidente.

—En esas circunstancias, esta gente sabe qué clase de hombre era...

—Lilly...

—No. Está mal. Está... mal.

—Se acabó, Lilly.

Lilly lo mira.

—¿Te dejan llevarte provisiones? ¿Uno de los coches?

—Tengo mi moto. Me las arreglaré. Me las arreglaré...

—No... No. Esto es ridículo.

—Lilly, escúchame. —El hombre corpulento se abre camino y entra parcialmente en la tienda. Bob le mira con respeto. Josh se agacha y acaricia con cuidado el rostro magullado de Lilly. A juzgar por el modo en que aprieta los labios, le brillan los ojos y se le marcan las arrugas alrededor de la boca está claro que intenta contener una oleada de emociones—. Es lo que tengo que hacer. Es lo mejor. Estaré bien. Bob y tú cuidaréis el fuerte.

A Lilly se le llenan los ojos de lágrimas.

—Entonces me voy contigo.

—Lilly...

—Aquí no tengo nada.

Josh niega con la cabeza.

—Lo siento, muñeca... El billete es para una sola persona.

—Me voy contigo.

—Lilly, lo siento, pero no. Aquí, con el grupo, estarás más segura.

—Sí, justamente esto es muy seguro —dice con un tono glacial—. Un festival del amor.

—Es mejor que lo que hay ahí fuera.

Lilly lo mira con los ojos llenos de pena; por el rostro magullado empiezan a correrle las lágrimas.

—No puedes impedírmelo, Josh, es mi decisión. Me voy contigo. Si intentas detenerme, te perseguiré, te acosaré y te encontraré. Me voy contigo y no puedes hacer nada para impedirlo. No puedes detenerme, ¿entiendes? Así que hazte a la idea.

Se abrocha el abrigo, desliza los pies en las botas y empieza a recoger sus cosas. Josh la mira consternado. Los movimientos de Lilly son torpes, se ve obligada a hacer pausas frecuentes por el dolor.

Bob cruza una mirada con Josh, en su lenguaje no verbal se dicen lo importante. Mientras, Lilly junta su ropa, tirada por todas partes, la mete en una mochila y sale de la tienda.

Josh se detiene en la puerta de la tienda un instante y mira a Bob.

Bob se encoge de hombros y con una sonrisa cansada dice:

—Mujeres…

Quince minutos más tarde, Josh tiene las alforjas de su Suzuki Onyx llenas de latas de atún y de magra de cerdo Spam, bengalas, mantas, cerillas resistentes al agua, cuerda, una tienda de campaña canadiense enrollada, una linterna, una pequeña cocina de camping, una caña de pescar plegable, una pequeña pistola del calibre 38 y algunos platos desechables y especias que había cogido de la zona común. El día se había vuelto tempestuoso y el cielo estaba encapotado de cenicientas nubes oscuras.

El tiempo amenazador añade una capa más de ansiedad a los preparativos. Josh se está atando las bolsas y mira de reojo a Lilly, que está encogida debajo de una mochila demasiado llena, a tres metros del borde de la carretera, y hace una mueca de dolor cuando intenta ajustarse las correas de la mochila.

Desde la propiedad, un puñado de esos que se han autoproclamado líderes de la comunidad los observan estoicos. Tres hombres y una mujer de mediana edad. Josh quiere soltarles un comentario sarcástico, pero se muerde la lengua. En vez de eso, se vuelve hacia Lilly y le pregunta:

—¿Estás lista?

Antes de que Lilly pueda responder se oye una voz desde la punta este de la propiedad.

—¡Un momento, amigos!

Bob Stookey llega trotando junto a la valla, con una bolsa de viaje a la espalda. Se oye el tintineo de botellas, sin duda es la reserva privada de la «medicina» de Bob. El viejo oficial médico tiene una extraña mirada. Una mezcla de expectativa y pena. Se acerca con cautela.

—Tengo que preguntaros una cosa antes de que cabalguéis hacia la puesta de sol.

Josh se queda mirándolo.

—¿De qué va esto, Bob?

—Sólo contestadme una cosa —dice—. ¿Tenéis conocimientos médicos?

Lilly se acerca, confusa y con el cejo fruncido.

—Bob, ¿qué quieres?

—Es una pregunta muy sencilla. ¿Alguno de vosotros, niñatos, tiene un título sanitario oficial?

Josh y Lilly se miran. Josh suspira.

—No que yo sepa, Bob.

—Entonces deja que te pregunte algo más. ¿Quién carajo va a vigilar ese ojo para que no se infecte? —Señala el ojo hemorrágico de Lilly—. Y ya puestos, ¿quién va a comprobar que las costillas fracturadas se sueldan bien?

Josh mira al oficial médico.

—¿Qué intentas decirnos, Bob?

El hombre señala la hilera de vehículos aparcados a lo largo de la carretera de acceso de grava que tiene detrás.

—Si vais a mariposear por el prado salvaje, ¿no es más lógico que lo hagáis acompañados por un oficial médico del Cuerpo de Marines de Estados Unidos?

Ponen sus cosas en la cabina extragrande de la vieja camioneta Dodge Ram, un monstruo repleto de abolladuras y manchas de óxido. La parte de atrás lleva una caravana en la zona de carga. Las ventanas de la caravana son estrechas, alargadas y opacas como una botella de cristal llena de detergente. Josh y Lilly meten la mochila y las alforjas por la puerta trasera, entre montañas de ropa sucia y botellas medio vacías de whisky barato. Hay un par de literas plegables desvencijadas, una nevera grande, tres botiquines de primeros auxilios algo destartalados, una maleta vieja, un par de tanques de combustible, un maletín médico de cuero que parece salido de una tienda de empeños y varias herramientas de jardín tiradas contra la pared: palas, un azadón, unas pocas hachas y una horca que da bastante miedo. El techo abovedado es lo bastante alto para que un adulto pueda estar de pie, aunque encorvado.

Mientras coloca las maletas, Josh ve una escopeta del calibre 12 desmontada pero no ve cartuchos. Bob lleva una 38 de cañón corto, que lo más probable es que no sirva ni para dar en un blanco estático a diez pasos y sin viento; y eso suponiendo que Bob disparase estando sobrio, cosa poco frecuente. Josh sabe que si quieren sobrevivir necesitarán armas y munición.

Josh cierra la puerta y nota que alguien más los está observando desde la propiedad.

—¡Hola, Lil!

La voz le suena familiar, y cuando se da la vuelta, Josh ve a Megan Lafferty, la chica de los rizos castaños y sucios y la libido descontrolada. Está a un par de coches más allá, en el arcén de grava. Va cogida de la mano de un fumeta rubio con el pelo sobre la cara y una sudadera raída. ¿Cómo se llama el chico? ¿Steve? ¿Shawn? Josh no lo recuerda; de lo que sí tiene memoria es de haber tenido que soportar los cambios de cama de la chica durante todo el camino desde Peachtree.

Ahora los dos gandules están ahí de pie, mirándolos con la intensidad de unos buitres.

—Hola, Meg —contesta Lilly con suavidad y un tanto escéptica cuando sale de la parte de atrás de la camioneta y se coloca junto a Josh. Los ruidos que hace Bob dando martillazos bajo la capota de la camioneta llenan el incómodo silencio.

Megan no le quita los ojos de encima a Lilly.

—Lil, sólo quería decirte que…, pues…, que espero que no estés cabreada conmigo ni nada.

—¿Por qué iba a cabrearme contigo?

Megan mira al suelo.

—Por lo que te dije el otro día. No pensaba con claridad... Sólo quería... No sé. Quería disculparme.

Josh mira a Lilly, y durante el breve instante que tarda en responder ve con toda claridad la esencia de Lilly Caul. Sus rasgos amoratados se suavizan y en sus ojos sólo hay perdón.

—No tienes que pedirme disculpas, Meg —le responde a su amiga—. Aquí estamos todos intentando no perder la cabeza.

—Te ha pegado una buena tunda —dice Megan, valorando los daños en la cara de Lilly.

—Lilly, tenemos que irnos —interviene Josh—. Pronto será de noche.

El porreta le susurra a Megan:

—¿Vas a pedírselo o no?

—¿Pedirnos qué, Megan? —pregunta Lilly.

Megan se humedece los labios. Mira a Josh.

—Da asco cómo te han tratado.

Josh asiente, lacónico.

—Gracias, Megan, pero de verdad que tenemos que irnos.

—Llevadnos con vosotros.

Josh mira a Lilly, que mira fijamente a su amiga. Por fin, Lilly dice:

—Verás, es que...

—Es más seguro viajar en grupo, hombre —insiste entusiasmado el fumeta con su risilla tonta de fumador de hierba—. Estamos en plan guerrero total...

Megan levanta la mano, un gesto para que se calle.

—Scott, cierra el pico dos minutos. —Mira a Josh—. No podemos quedarnos aquí con estos capullos fascistas. No después de lo que ha pasado. Esto es un puto desastre, aquí ya nadie confía en nadie.

Josh se cruza de brazos y mira a Megan.

—Tú has contribuido a alborotar el ambiente.

—Josh... —lo interrumpe Lilly.

De repente, Megan baja la mirada con una expresión de desaliento.

—No, déjalo. Me lo merezco. Sólo es... que olvidé las reglas.

Durante el silencio que continúa lo único que se oye es el viento entre los árboles y los quejidos de Bob bajo el capó. Josh pone los ojos en blanco. No puede creer que esté a punto de acceder.

—Recoged vuestras cosas —dice al fin—. Y daos prisa.

Megan y Scott van en la parte de atrás. Bob conduce, Josh es el copiloto y Lilly va en un pequeño espacio que hay en la cabina detrás de los asientos, en una litera con pequeñas puertas correderas y un tablón tapizado que hace las veces de cama. Lilly se sienta en el viejo coche-cama y se agarra con fuerza al pasamano. En cada bache y cada curva nota una punzada de dolor en las costillas.

Ve como los árboles se oscurecen a ambos lados del camino cuando pasan por la carretera de acceso, que lleva a la salida de los huertos, azotada por el viento. El atardecer alarga las sombras y hace descender la temperatura. La ruidosa calefacción de la camioneta se enzarza en una batalla perdida contra el frío. La cabina huele a licor rancio, a humo y a cuerpos pestilentes. Por las rejillas de ventilación entra el olor a campos de tabaco y a fruta podrida. Es el perfume otoñal de Georgia. Es apenas perceptible, un aviso para Lilly, el anuncio de que están dejando atrás la civilización.

La joven empieza a visualizar cadáveres entre los árboles; cada sombra y cada rincón oscuro se le antoja una amenaza en potencia. En el cielo no hay aviones ni pájaros de ninguna especie. El firmamento está frío, muerto y tan silencioso como un gigantesco glaciar gris.

Cuando el sol se hunde en el horizonte llegan al desvío 362, la arteria que atraviesa el condado de Meriwether. Debido al creciente número de coches abandonados y accidentados, Bob conduce despacio y con calma. Mantiene la camioneta a cincuenta y seis kilómetros por hora. Con la llegada del anochecer, el crepúsculo invade las sinuosas colinas de pino blanco y campos de soja y los dos carriles de la carretera se tornan gris azulado.

—¿Cuál es el plan, capitán? —le pregunta Bob a Josh cuando ya han recorrido dos kilómetros y medio.

—¿Plan? —Josh enciende un puro y baja la ventanilla—. Creo que me estás confundiendo con uno de esos comandantes a los que solías coser en Irak.

—Nunca estuve en Irak —responde Bob. Lleva la petaca entre las piernas y le da un sorbo—. Cumplí con mi deber en Afganistán, y si te soy sincero cada vez lo echo más de menos.

—Sólo puedo decirte que me han dicho que me largue y en eso estoy.

Dejan atrás un cruce y una señal de tráfico en la que se lee «CARRETERA FILBURN». Es un sendero de una granja desolada repleta de zanjas que atraviesa dos campos de tabaco. Josh toma nota mentalmente y empieza a pensar si ahora que es de noche es sensato seguir en la carretera, a la intemperie.

—Aunque creo que lo mejor es no alejarse demasiado de... —empieza a decir Josh.

—¡Josh! —La voz de Lilly rompe el monótono traqueteo de la cabina—. ¡Mira!... ¡Zombies!

Josh se da cuenta de que Lilly está señalando a la autopista que tienen delante, a unos quinientos metros. Bob pisa el freno a fondo. La camioneta patina y Lilly sale disparada contra el asiento. El dolor le perfora las costillas como un trozo de cristal afilado, y se oye el golpe sordo de Megan y Scott al estamparse contra la pared de la caravana.

—¡Maldita sea! —Sigue con las manos curtidas firmemente agarradas al volante y los nudillos se le ponen blancos por la presión. El camión se para con un chirrido—. ¡Maldita sea su estampa!

Josh ve el grupo de zombies a lo lejos. Hay al menos cuarenta o cincuenta, o quizá más. La luz del crepúsculo engaña. Forman un enjambre alrededor de un autobús escolar volcado. A esa distancia, parece como si el coche hubiera derramado pequeños montones de ropa mojada que los muertos examinan con entusiasmo. Pero está claro que los montones son restos humanos y los cadáveres se están alimentando.

Las víctimas son niños.

—Podemos pisar el acelerador y pasar por encima de ellos —sugiere Bob.

—No…, no… —masculla Lilly—. ¿Lo dices en serio?

—Podríamos esquivarlos.

—No lo sé. —Josh tira el puro por la ventanilla; se le ha acelerado el pulso—. Las cunetas que hay en los laterales son empinadas, podríamos volcar.

—¿Qué sugieres?

—¿Qué clase de munición tienes para esa escopeta para ardillas que tienes ahí detrás?

Bob exhala un suspiro tenso.

—Tengo una caja de munición del veinticinco para tiro al plato, pero es del año catapún. ¿Y tu pistola para chicas?

—Lo que hay en el cargador. Creo que le quedan cinco cartuchos.

Bob echa un vistazo al retrovisor. Lilly ve una chispa de pánico en los ojos rodeados de arrugas. Él la mira y le pregunta:

—¿Alguna idea?

—Bueno…, aunque consigamos acabar con la mayoría, el ruido atraería a todo un regimiento. En mi opinión, lo mejor es evitarlos —responde Lilly.

Justo en ese momento, un golpe seco hace saltar a Lilly. Las costillas le provocan punzadas cuando se da la vuelta. En la estrecha ventanilla de la pared que separa la cabina de la caravana aparece el rostro angustiado y pálido de Megan. Golpea el cristal con la palma de la mano y Lilly lee en sus labios «Pero ¿qué coño hace?».

—¡Aguanta! ¡Todo va bien! ¡Tú, aguanta! —grita Lilly desde detrás del cristal. Se dirige a Josh y le pregunta:

—¿Tú qué crees?

Josh mira por la ventanilla el espejo retrovisor alargado y manchado de óxido. En el reflejo rectangular ve el cruce solitario que hay a casi trescientos metros más atrás, apenas visible con la luz que agoniza.

—Da marcha a atrás —le ordena.

Bob se queda mirándole.

—¿Que haga qué?

—Marcha atrás. De prisa. Vamos a coger esa carretera secundaria que tenemos detrás.

Bob pone marcha atrás. La camioneta da un bandazo.

El motor protesta y la fuerza de la gravedad los empuja a todos hacia adelante.

Bob se muerde el labio inferior y forcejea con el volante. Usa el espejo retrovisor para saber por dónde va. El camión se mueve hacia atrás, con la parte delantera coleteando como la cola de un pez al ritmo del chirrido de las marchas. La parte trasera se acerca al cruce.

Bob pisa el freno y Josh se clava en el asiento del copiloto cuando la parte trasera del vehículo patina por el arcén de la carretera de dos carriles y forma una maraña de cornejo, espadaña y limón silvestre que levanta una nube de hojas y escombros. Nadie oye el andar pesado de algo muerto que se revuelve detrás de los arbustos atropellados.

Hasta que es demasiado tarde, nadie oye a la cosa muerta salir a trompicones de entre el follaje ni clavar los dedos muertos en el parachoques trasero.

A causa de los violentos movimientos de la camioneta, los tripulantes del interior de la caravana acaban de bruces en el suelo. Ríen como locos. Megan y Scott no tienen ni idea de que hay un zombie en el escalón de la parte de atrás. Todavía muertos de risa, se encaraman a sus asientos improvisados con cajas de melocotones cuando la Dodge Ram pone la directa y vuela por la carretera de tierra perpendicular.

Dentro de la estrecha caravana, el aire está azul por el humo del cuenco de cannabis sativa que Scott encendió diez minutos antes. Ha estado guardando su alijo, mimándolo, temiendo el día inevitable en que se le acabe y tenga que aprender a cultivarlo en el suelo arenoso y arcilloso.

—Te has tirado un pedo al caer. —Scott se ríe a gusto de Megan, tiene los ojos semicerrados y rojos por el increíble colocón que lleva encima.

—Te aseguro que no —responde Megan, riéndose sin control, intentando mantener el equilibrio para no caerse de la caja—. Era mi puto zapato arañando el puto suelo.

—Y una mierda, tía. Te has tirado un buen pedo.

—Que no.

—Que sí. Te lo has tirado. Se te ha escapado y ha sido un auténtico pedo de chica.

Megan ríe a carcajadas.

—Pero ¿qué coño es eso de un pedo de chica?

Scott ríe con grosería.

—Es... Es como... Es como cuando suena la locomotora del tren: «chu-chuuu». Un pedo pequeño que podría...

Se parten de risa con un espasmo incontrolable de hilaridad cuando un rostro lívido con ojos lechosos aparece blanco como la luna en la superficie oscura de la ventana trasera de la caravana. Es un hombre de mediana edad, está casi lampiño y su calva parece un mapa surcado por venas azules y mechones de pelo gris como el agua de un lavavajillas.

Al principio, ni Megan ni Scott lo ven. No ven cómo el viento juega con sus cuatro pelos musgosos, ni sus labios grasientos que dejan entrever unos dientes ennegrecidos, ni los dedos torpes e insensatos que se meten por la rendija abierta de la ventanilla y empujan.

—¡Ay, mierda! —suelta Scott balbuceante, intentando hablar entre carcajadas al ver al intruso subir a bordo—. ¡Ay, mierda!

Megan se retuerce de risa, se sacude a carcajadas cuando Scott se gira y se cae de bruces y luego empieza a gatear como un loco por el suelo estrecho hacia las herramientas de jardín. Scott ya no ríe. El zombie tiene medio cuerpo dentro de la caravana. Gruñe y el aire se impregna del hedor de sus tejidos en descomposición. La chica se percata al fin de la presencia del intruso y empieza a toser y a resoplar. Su risa se vuelve un tanto incomprensible.

Scott intenta coger la horca. La camioneta da un volantazo. El zombie, que ya está dentro del todo, se tambalea como un borracho y se estampa contra la pared. Una columna de cajas cae al suelo. Scott coge la horca y la empuña.

Megan retrocede sobre sus posaderas y se acurruca en un rincón. El terror que reflejan sus ojos parece incongruente con las ráfagas de risita aguda y entrecortada. Como un motor que se niega a apagarse, sigue desternillándose de forma incomprensible y demencial, mientras Scott, de rodillas, carga con todas sus fuerzas contra el cadáver en movimiento que tiene delante.

Los dientes oxidados se clavan en la cara de la cosa cuando intenta darse la vuelta.

Una de las púas atraviesa el ojo izquierdo del muerto. Las otras se le clavan en la mandíbula y en la yugular, que despide sangre negra por toda la caravana. Scott suelta un grito de guerra y la horca se le resbala. El zombie se tambalea hacia atrás, hacia la ventanilla abierta sacudida por el viento. Por alguna razón, el segundo envite de su amigo hace que Megan suelte una sonora risotada enloquecida y convulsa.

Las púas se clavan en el cráneo de la cosa.

A Megan le resulta divertidísimo: el cómico hombre muerto se estremece como si lo hubieran electrocutado, con la horca hundida en el cráneo, los brazos moviéndose como aspas impotentes en el aire. Como un payaso tonto de circo con la cara pintada de blanco y grandes dientes negros postizos, el monstruo retrocede un par de pasos, hasta que la presión del viento lo absorbe y lo expulsa por la ventanilla trasera.

La horca se escapa de las manos de Scott, mientras el zombie se cae de la camioneta. El joven aterriza con el culo por delante sobre una parva de ropa.

Ambos se desternillan ante lo absurdo de la situación: un cadáver rodando por la carretera con la horca clavada en el cráneo. Gatean hasta la ventanilla trasera para ver aquel despojo humano que está cada vez más lejos y que aún sigue con la horca hundida, como si fuera una señal de tráfico.

Riéndose y con los ojos llorosos de la risa, Megan se dirige a la parte delantera de la caravana. Visualiza las nucas de Josh y de Lilly por la ventanilla de la cabina. Se los nota preocupados, aunque ignoran lo que acaba de ocurrir a escasos centímetros. Parecen señalar con el dedo algo a lo lejos, en la cima de la colina adyacente.

La chica no puede creer que nadie en la cabina haya oído el alboroto que tenían montado en la caravana. ¿Tan fuerte es el ruido de la carretera? ¿Habían ahogado con sus carcajadas el jaleo de la pelea? Megan está a punto de dar un puñetazo contra el cristal cuando por fin ve lo que están señalando.

Bob se sale de la carretera y se dirige a un sendero de tierra que conduce a un edificio que parece estar abandonado.

CINCO

La gasolinera desierta está situada en lo alto de una colina, sobre los huertos. Está vallada por tres lados con una cerca de tablas de chilla por la que crecen hierbajos. Hay contenedores de basura aquí y allá y un cartel pintado a mano sobre dos isletas gemelas. Hay un surtidor de diesel, tres de gasolina y un cartel en el que se lee «COMBUSTIBLE Y CEBOS FORTNOY». El edificio de planta baja tiene un despacho diminuto, una tienda y un pequeño taller mecánico con una grúa montacargas.

Bob entra en el aparcamiento de cemento agrietado, con las luces de la camioneta apagadas para no llamar la atención. Ha caído la noche. La oscuridad es total. Sólo se oye el chirrido de las ruedas que crujen sobre cristales rotos. Megan y Scott echan un vistazo por la ventanilla trasera y ven las sombras de la propiedad abandonada mientras Bob se dirige a la parte de atrás del taller, lejos de las miradas curiosas de cualquier transeúnte.

Aparca la camioneta entre la carcasa de un sedán siniestrado y una pila de neumáticos; momentos después apaga el motor. Megan escucha el chirrido de la puerta del copiloto y ve que Josh Lee Hamilton sale de la camioneta y se acercar a la parte de atrás de la caravana.

—Quedaos aquí —ordena Josh en voz baja, serena, cuando abre la puerta y ve a Megan y a Scott acuclillados cerca de la ventana como un par de búhos. El hombre no ve las salpicaduras de sangre en las paredes. Comprueba el tambor de su 38, el acero azulado brilla en la oscuridad—. Voy a ver si hay de esas cosas.

—No pretendo ser maleducada, pero ¡hay que joderse! —dice Megan. Ya se le ha pasado el colocón, y ahora tiene una especie de exceso de adrenalina—. ¿Es que no habéis visto lo que nos ha pasado aquí detrás? ¿No habéis oído nada?

Josh se queda mirándola.

—Lo único que oí fue a dos fumetas pasándoselo en grande. Aquí dentro huele como si fuera el Mardi Gras de una casa de putas.*

Megan le cuenta lo ocurrido.

Josh mira a Scott.

—Me sorprende que hayas tenido el aplomo…, con el cerebro atontado de esa manera. —La expresión de Josh se suaviza. Suspira y le sonríe al chico—. Enhorabuena, júnior.

Scott suelta una risita burlona.

—El primero que mato, jefe.

—Ya, pues probablemente no será el último —le dice Josh, cerrando el tambor de un golpe.

—¿Puedo preguntar algo más? —insiste Megan—. ¿Qué hacemos aquí? Creía que teníamos bastante gasolina.

—La cosa está peliaguda ahí fuera, demasiado para viajar de noche. Es mejor que nos atrincheremos hasta que sea de día. Necesito que os quedéis aquí hasta que compruebe que está despejado.

Josh se marcha.

Megan cierra la puerta. Siente que Scott la mira en la oscuridad. Se da la vuelta y le devuelve la mirada. Él tiene una expresión extraña en los ojos. Ella le sonríe.

—Tío, he de admitir que eres muy hábil con las herramientas de jardín. Lo de la horca ha sido la leche.

---

* Mardi Gras es el nombre del carnaval que se celebra en algunas ciudades de Estados Unidos. El llamado «martes de grasa» era el último día para disfrutar de los placeres, tanto culinarios como carnales, antes de la época de abstinencia que marca el inicio de la Semana Santa y la Cuaresma. (N. del e.)

Scott le devuelve la sonrisa. Se produce un cambio en su mirada —como si la viera por primera vez, a pesar de la oscuridad—, y se pasa la lengua por los labios. Se aparta un mechón rubio ceniza de los ojos.

—No ha sido para tanto.

—Venga ya. —Megan lleva un rato pensando en lo mucho que Scott Moon se parece a Kurt Cobain. El parecido irradia de él con una magia ancestral, su rostro resplandece en la oscuridad. Su olor, una mezcla de aceite de pachulí, marihuana y chicle, la embriaga como un hechizo.

Megan lo coge y le planta un beso en los labios. Él la coge del pelo y se lo devuelve. Muy pronto entrelazan las lenguas y se aprietan el uno contra el otro.

—Fóllame —susurra Megan.

—¿Aquí? —musita Scott—. ¿Ahora?

—Mejor no —contesta, mirando alrededor, casi sin aliento. Siente que el corazón se le sale del pecho—. Vamos a esperar a que Josh termine de inspeccionar y buscamos un sitio dentro.

—Guay —dice Josh, acercándose a ella y acariciándola por encima de la camiseta rota de Grateful Dead. Megan le mete la lengua en la boca; lo necesita ya, en ese instante. Necesita desfogarse.

La joven se aparta.

Se miran en la oscuridad. Jadean como animales salvajes dispuestos a matarse si no fueran de la misma especie.

Poco después de que Josh les confirme que no hay zombies en la costa, Megan y Scott encuentran un lugar en el que consumar la lujuria.

Los dos fumetas no engañan a nadie a pesar de sus descuidados intentos por ser discretos. Megan finge estar agotada y Scott se ofrece a arreglarle un sitio en el que dormir, en el suelo del almacén que hay en la parte trasera de la tienda. El almacén tiene dieciocho metros cuadrados de azulejos mohosos y tuberías a la vista. Apesta a pescado muerto y cebo de queso. Josh les pide que tengan cuidado. Algo indignado y con un dejo de envidia, sus ojos se vuelven blancos cuando los ve irse.

Los sonidos de la acción empiezan a llegar casi al instante, antes incluso de que Josh vuelva al pequeño despacho donde Lilly y Bob están sacando de una mochila todo lo que necesitan para pasar la noche.

—¿Qué diantres es eso? —le pregunta Lilly.

Josh menea la cabeza. En la otra habitación, los envites sordos de los cuerpos retumban en los pequeños cuartos de la zona de servicio. Cada pocos segundos se oye un suspiro o un gemido por encima del golpeteo rítmico del dale que te pego.

—El fuego de la juventud —dice exasperado.

—Es una broma, ¿no? —Lilly está de pie en la oficina a oscuras, temblando, parece estar a punto de desvanecerse en cualquier momento, mientras Bob saca de la maleta botellas de agua y mantas para la litera. Está nervioso y finge que no oye la pasión carnal desatada—. ¿Así que esto es lo que nos espera?

En Fortnoy no hay electricidad. Los tanques de combustible están vacíos y el aire en el interior del inmueble es tan frío como el de una cámara de refrigeración. En la tienda no queda nada, ni siquiera lombrices ni alevines en la nevera sucia. En el despacho hay una pila de revistas polvorientas, una máquina expendedora a la que le quedan unas pocas chocolatinas y unas bolsas de patatas fritas caducadas, rollos de papel higiénico, unas sillas anatómicas de plástico, una estantería con anticongelante y ambientador para coches y un mostrador de madera lleno de arañazos con una máquina registradora digna de una tienda de antigüedades. El cajón de la registradora está abierto y vacío.

—A ver si así se quitan la espinita de una vez por todas. —Josh saca del bolsillo de la chaqueta su último puro y lo examina. Mira alrededor en busca de un cenicero. Está todo patas arriba—. Parece que los chicos de Fortnoy se fueron a toda prisa.

Lilly se palpa el ojo morado.

—Sí. Imagino que los saqueadores estuvieron aquí antes que nosotros.

—¿Cómo vas? —le pregunta Josh.

—Viviré.

Bob levanta la vista de su caja de suministros.

—Siéntate, joven Lilly. —Coloca una de las sillas ergonómicas contra la ventana. La luz de la luna llena de otoño dibuja rayas plateadas en el suelo con sombras polvorientas. Bob se lava las manos con una toallita estéril—. Vamos a ver esas vendas.

Josh observa como Lilly se sienta, mientras Bob abre el botiquín de primeros auxilios.

—No te muevas —le indica con dulzura mientras le limpia las costras del ojo magullado con una gasa empapada en alcohol. La piel de debajo de la ceja se ha hinchado hasta alcanzar el tamaño de un huevo duro. Lilly hace gestos de dolor, algo que parece perturbar a Josh. Lucha contra el impulso de acercarse a ella, de abrazarla, de acariciarle el suave cabello. Le resulta demasiado duro ver caer sobre ese rostro delicado y amoratado esos mechones ambarinos y ondulados.

—¡Ay! —protesta Lilly—. Ten cuidado, Bob.

—Menudo ojo a la virulé. Aunque si lo mantenemos limpio, estará en condiciones para el viaje.

—¿El viaje adónde?

—Ésa sí que es una buena pregunta. —Bob le quita con cuidado las vendas elásticas de las costillas y palpa con suavidad las zonas amoratadas con las yemas de los dedos. La joven hace otra mueca de dolor—. Las costillas se soldarán siempre y cuando no te dé por practicar lucha libre o por correr un maratón.

Bob le cambia el vendaje de las costillas y le pone un parche en el ojo. Lilly mira al hombre corpulento.

—¿En qué piensas, Josh?

Josh echa un vistazo al sitio.

—Pasaremos la noche aquí. Haremos turnos de guardia.

Bob corta un trozo de esparadrapo.

—Aquí va a hacer más frío que en el culo de una estatua.

Josh suspira.

—He visto un generador en el taller y tenemos muchas mantas. Es un lugar bastante seguro y estamos en una posición lo suficientemente elevada como para poder ver si esas cosas se concentran ahí fuera antes de que vengan a por nosotros.

Bob termina lo que está haciendo y cierra el botiquín. Los ruidos que provienen de la fornicación cesan; se hace una breve pausa en la pasión. En ese momento de silencio, por encima del golpeteo de la señal pintada a mano azotada por el viento, Josh oye el clásico *a cappella* distante de los zombies. Es el zumbido característico de las cuerdas vocales muertas. Es como un órgano de iglesia roto; gemidos y gorjeos al unísono atonal que le ponen los pelos como escarpias.

Lilly oye el coro en la lejanía.

—Se están multiplicando, ¿verdad?

Josh se encoge de hombros.

—Quién sabe.

Bob mete la mano en el bolsillo de su chaleco gastado. Saca la petaca, le quita el tapón y se echa un trago reparador.

—¿Creéis que pueden olernos?

Josh se acerca a la ventana, echa un vistazo fuera, a la noche, y dice:

—Creo que desde hace semanas toda la actividad del «campamento Bingham» los ha estado atrayendo fuera del bosque.

—¿A cuánto crees que estamos del campamento base?

—A un kilómetro y medio, más o menos. —Josh mira las copas de los pinos, que a lo lejos forman un océano de ramas tan denso como el encaje negro. El cielo se ha despejado y ahora brillan en él una infinidad de estrellas heladas como el hielo.

Por el bordado de constelaciones suben nubes de humo de las fogatas provenientes de la ciudad de las tiendas.

—He estado pensando… —Josh se da la vuelta y mira a sus compañeros—. Esto no es el Ritz, pero si rastreamos la zona y encontramos munición para las armas… Es posible que sea mejor quedarnos aquí un tiempo.

La idea flota en el silencio de la oficina y empieza a calar en los presentes.

A la mañana siguiente, tras haber pasado una mala noche, durmiendo por turnos sobre el frío suelo de cemento con unas mantas raídas, el grupo se reúne para decidir una hoja de ruta. Toman café instantáneo hecho en el infiernillo Coleman de Bob, y Josh los convence de que lo mejor que pueden hacer por ahora es atrincherarse en la gasolinera. De esa manera, Lilly podrá terminar de restablecerse, y además podrán abastecerse en la ciudad de las tiendas.

Nadie pone objeciones. Bob ha encontrado una reserva de whisky bajo un mostrador de la tienda de cebos, y Megan y Scott pasan el tiempo colocándose y «disfrutando» en el almacén durante horas y horas. El primer día trabajan duro para que el lugar sea seguro. Por miedo a intoxicar a todo el mundo con los gases, Josh decide no utilizar los generadores en el interior, aunque tampoco quiere ponerlos en funcionamiento fuera porque le preocupa atraer visitas no deseadas. Encuentra una estufa de leña en el almacén y un montón de tablones viejos en la calle, junto a uno de los contenedores.

A base de poner la estufa de leña a todo trapo, la segunda noche en «Combustible y cebos Fortnoy» consiguen aumentar la temperatura a unos niveles aceptables. Megan y Scott se mantienen calientes y siguen haciendo ruidos en la trastienda bajo varias capas de mantas. Bob toma suficiente whisky como para no sentir el frío; se lo ve molesto por los envites ahogados de los tortolitos. Al final está tan borracho que no puede ni moverse. Lilly le ayuda a meterse en el saco de dormir como si estuviera acostando a un niño; incluso le canta una nana —*Circle Game,* una canción de Joni Mitchell— cuando le remete la manta mohosa alrededor del cuello arrugado y envejecido. Es extraño, pero se siente responsable de Bob Stookey a pesar de que, supuestamente, es él quien cuida de ella.

Durante los días siguientes refuerzan puertas y ventanas y se asean en las enormes pilas galvanizadas que hay en la parte de atrás del taller. A regañadientes empiezan a acomodarse a una especie de rutina. Bob prepara su camioneta para el invierno desguazando piezas de los vehículos siniestrados, y Josh supervisa las misiones de reconocimiento a los lindes de la ciudad de las tiendas, que está a un kilómetro y medio en dirección oeste. Delante de las narices de los colonos, Josh y Scott consiguen robar leña, agua potable, unas cuantas tiendas de campaña en desuso, verduras enlatadas, una caja de cartuchos para la escopeta y otra de combustible en gel para cocinar. Josh se percata de que en el campamento las costuras del comportamiento civilizado se están deshilachando. Cada vez se oyen más discusiones. Los hombres suelen terminar sus peleas a puñetazos, beben demasiado... Es evidente que los colonos empiezan a acusar el estrés.

En la oscuridad de la noche, Josh mantiene «Combustible y Cebos Fortnoy» cerrado a cal y canto. Él y sus compañeros se quedan dentro, procuran no hacer ruido y no encender velas ni linternas a menos que sea estrictamente necesario. El viento sopla cada vez con más fuerza y transporta todo tipo de ecos, algo que provoca un estado de alteración casi permanente. Lilly Caul no termina de ver claro cuál es la peor amenaza de todas: los muertos, los vivos o el invierno que está al caer. Las noches se van haciendo más largas y llega el frío, que forma anillos de escarcha en las ventanas y penetra en los huesos. Aunque nadie habla mucho del tema, el invierno es la amenaza silenciosa que podría acabar con ellos de forma mucho más eficaz que cualquier ataque zombie.

Para luchar contra el aburrimiento y el miedo subyacente, algunos de los residentes de Fortnoy buscan aficiones. Josh empieza a liar cigarrillos caseros con hojas de tabaco que cosecha de los campos colindantes. Lilly escribe un diario y Bob encuentra en una caja sin etiqueta un tesoro con cebos y anzuelos viejos. Se pasa horas en la tienda, sentado en el mostrador, practicando compulsivamente la forma de lanzar el sedal para la pesca con mosca. Hace planes para pescar unas buenas truchas, corvinas o percas en las aguas superficiales de un río cercano. En el mostrador tiene siempre una botella de Jack Daniel's de la que bebe día y noche.

Los demás son conscientes de la velocidad con la que Bob se pule el alcohol, pero ¿quién puede culparle? ¿Quién puede mirar mal a alguien por querer calmar los nervios en aquel purgatorio cruel? Bob no está orgulloso de lo mucho que bebe. De hecho, está avergonzado hasta la médula, pero precisamente por eso necesita «su medicina», para olvidar la vergüenza, la soledad, el miedo y las espeluznantes pesadillas de los búnkeres bañados en sangre en Kandahar.

El viernes, a altas horas de la madrugada, Bob anota la fecha en un calendario de papel: es nueve de noviembre. Está otra vez en el mostrador de la tienda, tirando el sedal, pillándose el pedo de siempre, cuando escucha ruidos en la trastienda. No ha visto a los tórtolos meterse a hurtadillas, ni huele a marihuana fumada en pipa. Tampoco ha oído las risillas ahogadas a través de las paredes de papel. Entonces se da cuenta de que hoy se le ha escapado otra cosa.

Deja de jugar con los anzuelos y echa un vistazo a la parte de atrás de la estancia. Detrás de un tanque de propano grande y abollado hay un agujero en la pared que ve claramente a la luz de la linterna. Se aparta del mostrador y se dirige hacia la bombona. La mueve de lugar, se arrodilla y descubre que en la pared hay un boquete de quince centímetros. Parece que ha sido la erosión del agua o bien, por cómo se curva y se deforma el yeso, por los veranos húmedos de Georgia. Bob mira hacia atrás para comprobar que está solo. Los demás duermen a pierna suelta en el área de servicio.

Los gemidos y los jadeos propios del sexo salvaje hacen que Bob centre toda su atención en el agujero de la pared.

Pega el ojo al agujero de quince centímetros y ve el almacén. La tenue luz de una linterna a pilas dibuja sombras en movimiento en el cielo raso. Las sombras se separan y se unen en la oscuridad. Bob se lame los labios. Se agacha y se acerca más al boquete. Casi se cae de lo borracho que está. Se apoya en el tanque de propano para mantener el equilibrio. Puede ver un trozo del culo respingón de Scott Moon, que sube y baja bañado por la luz amarilla. Megan está debajo de él, en éxtasis, con las piernas abiertas y los empeines curvados.

Bob nota una punzada en el pecho y el aliento apestoso en el garguero.

Lo que más le fascina no es el abandono desinhibido con el que los amantes se devoran el uno al otro, ni los gemidos casi animales. Lo que tiene cautivado a Bob es la piel color aceituna de la joven a la luz de la linterna, sus rizos castaño rojizos, desordenados sobre la manta que tiene bajo la cabeza, brillantes y lustrosos como la miel. Bob no puede quitarle los ojos de encima y siente que el deseo le desborda. No puede apartar la vista ni siquiera cuando uno de los tablones cruje detrás de él.

—Bob, lo siento. No quería…

La voz viene de la penumbra del pasillo que lleva al despacho. Bob casi se cae al apartarse del agujero y darse la vuelta para mirar a su inquisidor. Tiene que agarrarse al tanque de propano para no caerse.

—No estaba. No es… No es lo que…

—No pasa nada. Yo sólo… Sólo quería asegurarme de que estabas bien. —Lilly está de pie en la puerta de entrada de la tienda, vestida con una sudadera, una bufanda y pantalones deportivos. Es su atuendo para dormir. Mira para otro lado, en sus ojos hay una mezcla de asco y pena. Tiene mejor el ojo morado y se mueve con más soltura, las costillas ya se le están soldando.

—Lilly, no estaba… —Bob se tambalea hacia ella, se coge las manos en un gesto de arrepentimiento. Entonces tropieza con un tablón suelto, vacila, y con un gemido cae de bruces al suelo. Es sorprendente pero la pasión carnal prosigue como si nada ocurriese en el cuarto de al lado, en una cadencia arrítmica de golpes y restregones de piel pegajosa.

—¿Estás bien, Bob? —Lilly corre a su lado, se arrodilla e intenta ayudarle a levantarse.

—Estoy bien, estoy bien. —La aparta con delicadeza. Se pone de pie, borracho, incapaz de mirarla a los ojos. No sabe qué hacer con las manos. Mira a su alrededor—. Me pareció oír algo sospechoso que venía de afuera.

—¿Sospechoso? —Lilly mira al suelo, y a la pared, y a cualquier parte menos a Bob—. Ah…

—Sí, pero no era nada.

—Qué bien. —Lilly se aleja de él—. Sólo quería comprobar que estabas bien.

—Estoy bien. Estoy bien. Es tarde, creo que iré a acostarme.

—Vale.

Lilly se da la vuelta y se marcha a toda prisa. Bob se queda solo a la luz de la linterna. Se queda de pie un momento, mirando al suelo. Entonces camina despacio hacia el mostrador. Encuentra la botella de whisky, le quita el tapón y se la lleva a los labios. Se acaba lo que queda en tres tragos.

—Me pregunto qué pasará cuando se le acabe el alcohol.

Embutida en una chaqueta de esquí y un gorro de punto, Lilly sigue a Josh por un sendero estrecho y sinuoso entre columnas de pinos. El hombre camina entre el follaje con la escopeta en las manos. Va hacia el lecho de un arroyo seco cubierto de rocas y árboles caídos. Lleva una chaqueta raída de leñador y un gorro de lana. Cuando habla, se forman nubes de vaho delante de su boca.

—Encontrará más. No te preocupes por el viejo Bob. Los dipsómanos siempre se las apañan para encontrar más bebida. Si te soy sincero, me preocupa más que nos quedemos sin comida.

Los bosques están tan silenciosos como una capilla. Lilly y Josh ya están cerca de la orilla del arroyo. Los primeros copos de nieve del año caen entre las copas de los árboles, bailan al son del viento y se les pegan a la cara.

Llevan casi dos semanas en Fortnoy y ya han consumido más de la mitad del agua potable y casi toda la comida enlatada. Josh ha decidido que probablemente lo mejor sea usar la única caja de cartuchos que tienen para cazar un ciervo o una liebre, en lugar de utilizarla para defenderse de un ataque zombie. Además, las hogueras, los ruidos y la actividad de la ciudad de las tiendas de campaña han atraído a los cadáveres de la zona y los ha alejado de la gasolinera. Josh intenta recordar su infancia, cuando salía de caza con su tío Vernon a la montaña Briar; intenta recuperar el instinto y las cosas que aprendió. Antaño Josh fue un cazador con vista de águila, pero ahora tiene los dedos congelados y una vieja escopeta para matar ardillas.

—Estoy preocupada por él —dice Lilly—. Es un buen hombre pero tiene problemas.

—Todos los tenemos, Lilly. —Josh mira a la mujer, que baja por la ladera de la colina y pasa por encima de un tronco. Se la ve fuerte por primera vez desde el incidente con Chad Bingham. La cara se le ha curado, sólo tiene una leve decoloración. Ha bajado la hinchazón del ojo y ya no cojea—. A ti ha sabido apañarte bien.

—Sí. Me encuentro mucho mejor.

Josh hace una pausa al llegar al arroyo y la espera. Ella lo alcanza. Josh ve huellas en el barro compacto y seco del lecho del arroyo.

—Parece que los ciervos cruzan por aquí. Creo que si seguimos el afluente, nos encontraremos con uno o dos.

—¿Podemos descansar un momento?

—Claro —contesta el hombre, y la lleva a que se apoye en uno de los troncos. Lilly se sienta. Josh hace lo mismo, se pone a su lado, con la escopeta en el regazo, y suspira. Siente el impulso de pasarle el brazo por los hombros. ¿Está tonto o qué? ¿Cómo puede estar enamorado como un adolescente en medio de tantos horrores?

Josh mira al suelo.

—Me gusta como cuidáis el uno del otro, tú y el viejo Bob.

—Sí, y tú nos proteges a todos.

Josh suspira.

—Ojalá hubiera podido proteger mejor a mi madre.

Lilly lo mira.

—Nunca me has contado lo que pasó.

Josh respira hondo.

—Estuvo muy enferma durante varios años, eso te lo dije. Pensé que iba a perderla pronto… Pero vivió lo bastante para… —Deja de hablar. La pena le quema por dentro, se hace más profunda, es tan repentina que lo pilla por sorpresa.

Lilly ve el dolor en sus ojos.

—No pasa nada, Josh. No tienes por qué contármelo si no…

Josh hace un débil gesto con la mano, grande y morena.

—No me molesta contarte lo que pasó. Cuando empezó todo esto, yo todavía iba a trabajar todas las mañanas, intentando ganarme un sueldo. Por aquel entonces sólo había unos pocos zombies. ¿Te he dicho cuál era mi profesión?

—Me dijiste que eras cocinero.

Él asiente.

—Y era bueno, aunque esté mal que yo lo diga. —La mira y su voz se dulcifica—. Siempre he querido prepararte una cena como es debido. —Los ojos se le humedecen—. Mi madre me enseñó lo básico, que Dios la bendiga. Me enseñó a hacer un pudin de pan para chuparse los dedos. Daban ganas de abrazarla de lo bien que le salía. Te alegraba el corazón.

Lilly le dedica una sonrisa tierna, que luego se desvanece.

— Pero ¿qué le pasó a tu madre?

Josh se queda un rato mirando las hojas secas salpicadas de nieve, reuniendo las fuerzas para contarle la historia.

—Mi madre no tenía nada que envidiarle a Mohamed Ali. Era una luchadora nata. Durante años luchó contra esa enfermedad como una campeona. Y además era dulce. Era dulce a más no poder y era buena con todo el mundo: los descastados, los inadaptados, los tipos más tristes que te puedas imaginar, los indigentes, gente sin hogar... A ella eso no le importaba. Invitaba a todo el mundo a casa, y los llamaba «bizcochitos», y les preparaba pan de maíz y té helado hasta que la atracaban o se enzarzaban en una pelea en el salón.

—Parece que era una santa, Josh.

Vuelve a encogerse de hombros.

—Si te soy sincero, no era el mejor ambiente en el que crecer. Nos mudábamos mucho, cambiábamos de escuela cada dos por tres, y todos los días volvíamos a una casa llena de extraños. Pero yo quería a mi madre con locura.

—Ya veo por qué la querías tanto.

Josh traga saliva. Le resulta difícil hablar de esta parte de su pasado que tanto le atormenta en sueños. Mira la nieve en las hojas.

—Fue un domingo. Yo sabía que mi madre estaba empeorando, que estaba perdiendo el juicio. Un médico nos dijo que el alzheimer estaba a la vuelta de la esquina. Por aquel entonces, los zombies ya habían llegado a las viviendas sociales, pero todavía existía un sistema de contención: sirenas, alarmas y toda esa mierda. Ese día nuestra calle estaba cortada. Cuando me fui a trabajar, mi madre estaba sentada junto a la ventana, viendo como los cadáveres saltaban el cordón, mientras los SWAT intentaban cazarlos. No me pareció extraño. Pensé que mi madre estaría bien.

Hace una pausa. Lilly también se queda en silencio. Está claro que si no lo comparte con otro ser humano, acabará por volverse loco.

—Intenté llamarla por teléfono desde el trabajo, pero no había línea. Pensé que si no había noticias, era porque todo iba bien. Creo que eran las cinco y media cuando salí de trabajar.

Las palabras se le quedan clavadas en la garganta. Siente la mirada de Lilly fija en él.

—Estaba doblando la esquina de mi calle. Le enseñé el carné a un retén que estaba en el puesto de vigilancia, y fue entonces cuando me di cuenta de que había mucha actividad en mi edificio. Aparqué. Me gritaron que me largara y les dije: «Eh, tíos, calma, que yo vivo aquí.» Me dejaron pasar. Vi la puerta de nuestro bloque de apartamentos abierta, los policías entraban y salían. Algunos llevaban...

Josh se ahoga al intentar decirlo. Respira hondo. Se rodea el cuerpo con los brazos. Se limpia los ojos llorosos.

—Algunos llevaban, ¿cómo se dice? ¿Bolsas de polietileno? Eso donde meten órganos humanos y demás. Subí los peldaños de dos en dos. Creo que tiré al suelo a un policía. Llegué a la puerta de nuestro apartamento en el segundo piso, donde estaban los tipos de seguridad bloqueando la entrada. Los empujé a un lado y vi...

Josh siente que la pena le sube hasta la garganta y lo estrangula. Hace una pausa para coger aire. Las lágrimas le queman las mejillas.

—Josh, no tienes que...

—No, está bien. Necesito... Lo que vi allí... Supe en menos que canta un gallo lo que había pasado. Lo supe en cuanto vi la ventana abierta y la mesa puesta... Mamá había sacado la vajilla de su ajuar. No te creerías toda la sangre que había, en serio, aquello parecía un cuadro surrealista. —Josh siente que se le quiebra la voz y lucha contra la marea de lágrimas—. Había al menos seis de esas cosas en el suelo. Los del SWAT acabaron con ellos. De mamá... no quedaba... mucho. —Se ahoga. Traga saliva. En su cara se dibuja una mueca, como si estuviera conteniendo un océano de dolor—. Había trozos de ella… sobre la mesa; en la vajilla vi… sus dedos… Los habían repelado y quedaban los huesos junto a la salsera… Los despojos de su cuerpo estaban… tirados en una silla…, con la cabeza torcida a un lado y el cuello abierto…

—Oye, Josh, no tienes que… Lo siento… Lo siento muchísimo.

Josh la mira como si la viera por primera vez, flotando bajo la luz difusa y radiante de la nieve. Sus ojos ausentes, como en un sueño.

Lilly Caul encuentra la mirada del hombre corpulento, y el corazón le late con fuerza. Quiere abrazarlo, quiere consolar al coloso gentil, acariciarle los hombros y decirle que todo saldrá bien. Nunca se ha sentido tan cerca de otro ser humano y, mal que le pese, eso le está resultando demasiado duro… No se merece su amistad, su lealtad, su protección y su amor. ¿Qué puede decirle? ¿Que su madre está en un lugar mejor? Se niega a restarle importancia a este momento terrible y profundo con tópicos estúpidos.

Lilly está a punto de decir algo, cuando Josh empieza a hablar de nuevo en voz baja sin quitarle los ojos de encima. Es una voz que suena a cansancio, a derrota.

—Invitó a aquellos monstruos a comer judías y pan de maíz… Los invitó a entrar… Como si fueran perros vagabundos… Porque ella hacía esas cosas. Amaba a todas las criaturas del Señor. —El hombre corpulento se hunde. Las lágrimas resbalan por su mandíbula y caen sobre su chaqueta de leñador del Ejército de Salvación—. Seguro que los llamó «bizcochitos»… Hasta que… se la comieron.

Mientras las lágrimas corren por el enorme rostro moreno de rasgos esculpidos, Josh baja la cabeza y deja escapar un sonido alarmante, mitad sollozo, mitad risa sardónica.

Lilly se acerca y le pone la mano en el hombro. Al principio es incapaz de decir nada, y se limita a cogerle las manos gigantescas, que aprietan con fuerza la escopeta que tiene en el regazo. Él la mira, su expresión es una máscara de desolación emocional.

—Lo siento, estoy tan… —murmura. Su voz es apenas un susurro.

—Está bien, Josh, no pasa nada. Siempre estaré aquí para ti; ahora me tienes aquí.

Josh levanta la cabeza, se enjuga el rostro y consigue asomar un atisbo de sonrisa.

—Supongo que sí.

Lilly le da un beso fugaz en los labios, apenas algo más que un beso cordial entre amigos. Un beso que, quizá, dura sólo un par de segundos.

Josh suelta la escopeta, rodea a Lilly entre sus brazos y le devuelve el beso. Las emociones contradictorias la inundan cuando el hombre corpulento pone sus labios en los de ella. Siente que flota sobre la nieve mecida por el viento. No puede descifrar el torrente de sentimientos que la invade. ¿Siente pena por ese hombre? ¿Lo está manipulando otra vez? Sabe a café, a humo y a chicle Juicy Fruit. La nieve le roza las pestañas, el calor de los labios de Josh derrite el frío. Ha hecho tanto por ella. Le ha salvado la vida por lo menos en diez ocasiones.

Lilly abre la boca y aprieta el pecho contra el de él; Josh se aparta.

—¿Qué pasa? —Ella lo mira, busca sus ojos marrones, grandes y tristes. ¿Ha hecho algo malo? ¿Se ha pasado de la raya?

—Nada, muñeca. —Le sonríe, se inclina hacia ella y le da un beso en la mejilla. Es un beso tierno, suave, tal vez una promesa de más…—. No es el momento, ya sabes —dice, mientras recoge la escopeta—. Este lugar no es seguro… No está bien.

Por un instante, Lilly no sabe si se refiere al entorno o a ellos dos.

—Lo siento si he…

Josh le acaricia los labios con dulzura.

—Cuando llegue el momento…, quiero que sea perfecto…

Su sonrisa es la más ingenua, transparente y dulce que Lilly haya visto nunca. Le devuelve la sonrisa con los ojos llorosos. ¿Quién iba a pensar que en medio de todo ese horror encontraría a todo un caballero?

Lilly empieza a decir algo cuando un sonido agudo reclama toda su atención.

Josh oye el tamborileo de pisadas y empuja a Lilly con suavidad detrás de él. Apunta con el cañón oxidado de la escopeta para ardillas. Los sonidos se intensifican. Josh quita el percutor con el pulgar.

Al principio cree que son imaginaciones suyas. Por el camino, lanzando hojas y levantando polvo y escombros, se acerca una manada de animales que le resulta imposible de identificar; sólo ve un borroso pelaje que embiste por el follaje, y que va directamente hacia ellos.

—¡Al suelo! —Josh tira de Lilly y la protege detrás de un tronco en el fondo del lecho del arroyo.

—¿Qué pasa? —Lilly se agacha detrás de la madera carcomida por los gusanos.

—¡¡La cena!! —Josh coloca la mirilla a la altura de los ojos y apunta al ciervo que se acerca, pero algo le impide disparar. El corazón le late con fuerza y se le pone la piel de gallina cuando ve una pequeña nube de ciervos con las orejas puntiagudas y los ojos grandes como bolas de billar.

—¿Qué pasa?

El estruendo de los ciervos deja atrás a Josh. La estampida pasa junto a él, aplastando ramas secas y lanzando piedras.

Josh levanta la escopeta cuando ve las sombras oscuras que corren detrás de los animales.

—¡Corre, Lilly!

—¡¿Qué?! ¡No! —Se levanta de detrás del tronco y ve a los ciervos surcar el lecho del río—. ¡No voy a abandonarte!

—¡Cruza el riachuelo, yo iré detrás de ti! —Josh apunta con la escopeta a las formas que se acercan colina abajo y alborotan las hierbas silvestres.

Lilly ve esta otra manada, la de zombies, que avanza a trompicones hacia ellos, intentando no chocar contra los árboles y tropezando entre sí.

—¡Mierda!

—¡¡Vete, Lilly!!

Lilly se revuelve en el seno pedregoso y corre hacia la oscuridad del bosque vecino.

Josh retrocede, con la avanzadilla de los zombies en la mirilla acercándose a él.

De repente, en el instante previo al disparo, ve unas figuras desproporcionadas con unos atuendos de lo más extraños, disfraces y rostros mutilados hasta lo irreconocible. Entonces cae en la cuenta de lo que le había sucedido a los anteriores dueños de la carpa de circo, los desafortunados miembros del Circo Familiar de los Hermanos Cole.

SEIS

Josh aprieta el gatillo una vez.

La detonación rasga el cielo; los perdigones se clavan en la frente del enano más cercano. A seis metros, el pequeño cuerpo putrefacto se convulsiona hacia atrás y choca contra otros tres que llevan pintada de payaso la cara ensangrentada, rugen y dejan a la vista los dientes ennegrecidos. Los pequeños zombies, tan feos y tan amorfos como gnomos enclenques, quedan desperdigados a los lados.

Josh mira por última vez a los intrusos surrealistas que avanzan hacia él.

Detrás de los enanos, tropezando por el terraplén, se acerca un grupo heterogéneo de artistas muertos. Un gigante forzudo con bigote y retazos de músculos desgarrados junto a una obesa medio desnuda, a la que los michelines le bailan sobre los genitales, con los ojos lechosos enterrados en la cara grumosa como una masa rancia.

En la retaguardia, les siguen un grupo de monstruos de feria, contorsionistas y otros seres singulares. Tienen la cabeza diminuta por la encefalitis, baten las diminutas mandíbulas y caminan con torpeza junto a los trapecistas harapientos con lentejuelas mohosas y rostros gangrenosos. Van seguidos de amputados múltiples que se bambolean entre espasmos. La tropa se mueve dando tumbos, tan salvaje y hambrienta como un banco de pirañas.

Josh los esquiva cruzando de un salto el lecho del riachuelo.

Corre por la orilla opuesta y se mete en el bosque con la escopeta al hombro. No hay tiempo para recargarla. Ve a Lilly a lo lejos, corriendo a toda velocidad hacia una zona donde la arboleda es más densa. La alcanza en pocos segundos y le indica que vayan hacia el este.

Se desvanecen entre las sombras del bosque antes de que lo que queda del Circo Familiar de los Hermanos Cole termine de cruzar el riachuelo.

Durante el camino de vuelta hacia la gasolinera, Josh y Lilly tropiezan con una reducida manada de ciervos. Josh tiene suerte y abate de un tiro a una cierva joven. El tiro retumba por el cielo, lo bastante lejos de Fortnoy como para no llamar la atención, pero lo suficientemente cerca como para que puedan cargar con el trofeo hasta allí. El mamífero de cola blanca cae mientras se retuerce y lucha por respirar.

A Lilly le cuesta apartar la vista de la res muerta cuando Josh le ata las cuatro patas con el cinturón y la arrastra durante casi un kilómetro hasta Fortnoy. En este mundo de cadáveres semovientes, la muerte —en cualquier contexto, sea humana o animal— tiene nuevas consecuencias.

Esa noche los habitantes de la gasolinera están de mejor humor.

Josh prepara el ciervo en la parte de atrás del área de servicio, en las mismas pilas galvanizadas en las que ellos se bañan. Corta carne suficiente para varias semanas y guarda lo que sobra en el aparcamiento, donde cada día hace más frío. Luego prepara un festín de vísceras, costillas y falda. Lo cuece en el caldo que prepara con una sopa de pollo instantánea que ha encontrado en el último cajón de la mesa del despacho de la oficina de Fortnoy, con unas virutas de ajo silvestre y unos tallos de ortiga. Tienen unos cuantos melocotones en lata para acompañar el ciervo estofado. Comen hasta hartarse.

Los zombies los dejan en paz casi toda la noche. No hay señales del circo de muertos ni de ninguna otra manada. Josh nota que durante la cena Bob no puede quitarle ojo a Megan. Parece que se ha encaprichado de la chica y eso le preocupa. Hace días que el viejo se muestra arisco y borde con Scott (aunque el chico no se ha percatado porque suele estar siempre colocado). Sin embargo, Josh siente que los lazos que unen a su pequeña tribu se tensan. Como si los estuvieran poniendo a prueba.

Más tarde se sientan alrededor de la estufa de leña, fuman puros fabricados por Josh y comparten unos tragos de la reserva de whisky de Bob. Por primera vez desde que abandonaron la ciudad de las tiendas, quizá desde el comienzo de la plaga, se sienten casi normales. Hablan de escapar. Hablan de islas desiertas, de antídotos y de vacunas. Encuentran la felicidad y recuperan la estabilidad. Rememoran aquello que daban por sentado antes de la plaga: hacer la compra en el supermercado, jugar en el parque y salir a cenar, ver la tele y leer el periódico el domingo por la mañana, ir a conciertos y sentarse en un Starbucks y comprar en las tiendas de Apple, usar Internet y recibir cartas por el anacrónico correo postal.

Todos tienen sus placeres predilectos. Scott lamenta la extinción de la hierba de calidad, y Megan añora los tiempos en los que podía ir a su bar favorito —el Nightlies, en Union City— y disfrutar gratis de chupitos de pepino y brochetas de gambas. Bob añora el bourbon de diez años igual que una madre recuerda con pena la ausencia de un hijo. Lilly recuerda lo mucho que le gustaba ir de compras a las tiendas de ropa de segunda mano en busca de la bufanda, la blusa o la sudadera perfecta, los días en los que encontrar ropa usada no era una cuestión de supervivencia. Josh rememora las tiendas gourmet que había en el barrio de Little Five Point de Atlanta, donde tenían de todo, desde un buen kimchi hasta un poco común aceite de trufa rosa.

Aquella noche, bien por algún capricho del viento, bien por la combinación de sus risas y el crepitar de los troncos en el fuego, pasan desapercibidos durante horas los ruidos que flotan fuera, entre los árboles de la ciudad de las tiendas.

En un momento dado, cuando el grupo termina la cena y cada uno se dirige a su saco de dormir en el área de servicio, Josh cree oír algo extraño que resuena tras la brisa que tamborilea contra las puertas de cristal. Pero simplemente podría ser su imaginación o el viento.

Josh se ofrece a hacer el primer turno de guardia. Se sienta a vigilar en la oficina para asegurarse de que los ruidos son sólo eso. Pasa horas sin oír nada fuera de lo normal.

La oficina tiene una gran ventana de cristal en la fachada, aunque está casi toda cubierta por estanterías llenas de mapas y guías y pequeños ambientadores de pino. La mercancía polvorienta tapa toda señal de peligro procedente del lejano mar de pinos.

La noche pasa y al final Josh se queda dormido en la silla.

Tiene los ojos cerrados hasta las 4.43 de la madrugada, cuando el primer murmullo de motores sube por la colina y se despierta sobresaltado.

Lilly se espabila al oír los pesados pasos de unas botas cruzando la puerta de la oficina. Se incorpora y apoya la espalda contra la pared del garaje. Se le congela el trasero. No se da cuenta de que Bob ya está despierto entre su maraña de mantas al otro lado del garaje.

Bob Stookey se incorpora y examina el área de aparcamiento desde el saco de dormir. Parece que ha oído los ruidos de los motores unos segundos después de que despertaran y sacaran a Josh de la oficina.

—¿Qué diablos pasa? —masculla—. Parece como si estuvieran corriendo las 500 millas de Indianápolis ahí fuera.

—Todo el mundo arriba —dice Josh al entrar, mirando con desesperación el suelo grasiento en busca de algo.

—¿Qué pasa? —Lilly se quita las legañas; el pulso se le acelera—. ¿Qué es lo que pasa?

Josh se le acerca, se arrodilla y le habla con calma pero con premura.

—Hay follón ahí fuera. Hay vehículos que van a toda hostia, la verdad es que van como locos, y no quiero que nos pillen desprevenidos.

Lilly oye el característico ruido de las ruedas sobre la grava y el rugido de los motores cada vez más cerca. El miedo la atormenta y le reseca la boca.

—¿Josh, qué estás buscando?

—Vístete, muñeca, de prisa. —Josh mira al otro lado de la habitación—. Bob, ¿has visto esa caja de munición del calibre 38 que trajimos?

Bob Stookey hace un esfuerzo y se levanta. Con una expresión extraña se sube los pantalones de trabajo sobre los calzones largos. Un rayo de luna que cae del cielo ilumina su rostro surcado de arrugas.

—La puse en el mostrador —responde—. ¿Qué pasa, capitán?

Josh va a buscar la caja. Se mete la mano en la chaqueta de leñador, saca la 38 del cinturón, abre el cilindro y lo carga mientras habla.

—Lilly, ve a por los tortolitos. Bob, voy a necesitar que cojas tu escopeta para palomas y te reúnas conmigo en la parte de delante.

—¿Y si son amigos, Josh? —Lilly se pone la sudadera y se calza las botas llenas de barro.

—Entonces no hay de qué preocuparse. —Se da media vuelta y se dirige hacia la puerta—. Poneos en marcha —ordena antes de salir de la habitación.

Con el pulso a cien y la piel de gallina por el miedo, Lilly atraviesa primero el garaje, luego la puerta y, por último, el pasillo de la tienda. Una linterna ilumina su camino.

—¡Chicos! ¡En pie! —grita al llegar al almacén mientras golpea la puerta con fuerza.

Se oyen ruidos dentro de alguien que se levanta, de pies descalzos sobre el suelo frío. Megan, medio dormida y con cara de perplejidad, entreabre la puerta y asoma la cabeza por entre una nube de humo de marihuana.

—¿Qué pasa, colega? ¿Qué coño…?

—Despierta, Megan. Tenemos problemas.

La cara de Megan muestra al instante el miedo y la alerta.

—¿Caminantes?

Lilly niega con la cabeza.

—No creo. A menos que hayan aprendido a conducir.

Unos minutos más tarde, Lilly se reúne con Bob y Josh en la entrada de Fortnoy. Falta poco para que amanezca. La noche es fría y cristalina. Scott y Megan se acurrucan detrás de ellos en la puerta de la oficina, envueltos en mantas y abrazados.

—Ay, mi Dios —murmura Lilly para sí.

A menos de dos kilómetros, sobre la copa de los árboles colindantes, una enorme nube de humo se eleva y emborrona las estrellas. Detrás, el horizonte brilla con un rosa grisáceo y hace que el mar de pinos parezca estar en llamas. Pero Lilly sabe que lo que arde no es precisamente el bosque...

—¿Qué han hecho?

—Nada bueno —insinúa Bob, apretando la escopeta entre las manos.

—Atrás —dice Josh, quitando el percutor del 38 especial.

Los ruidos de los motores se acercan, están ya a unos pocos metros, subiendo por el camino de grava de la granja. Lo que origina aquel estruendo aún se mantiene oculto tras el velo de la noche y de los árboles que delimitan la propiedad. Los faros de los vehículos dibujan arcos fantasmagóricos. Los neumáticos resbalan por la guija. Los rayos de luz alumbran el cielo, luego las copas de los árboles y desembocan en la carretera.

Uno de los faros ilumina el cartel de Fortnoy.

—Pero ¿qué demonios les pasa? —farfulla Josh.

Lilly se queda mirando el primer vehículo que aparece, un sedán último modelo que da volantazos y termina por derrapar.

—Pero ¿qué coño...?

—¡No frenan! ¡¡No frenan!! —Bob se aparta de las luces halógenas gemelas de los faros.

El coche patina en el aparcamiento, ruge fuera de control por los cincuenta metros de gravilla que limitan Fortnoy; la parte trasera levanta una nube de polvo en el frío que precede al alba.

—¡¡Cuidado!!

Josh se pone en acción. Coge a Lilly de la manga y tira de ella para ponerla fuera de peligro, mientras Bob corre hacia la oficina y grita a todo pulmón a los tortolitos, que siguen abrazados en la entrada con los ojos abiertos de par en par:

—¡¡Salid de ahí!!

Megan empuja a su novio fumeta lejos de la puerta, por el cemento agrietado que rodea las isletas de los surtidores. El sedán aparece, cada vez más cerca. Es un Cadillac DeVille lleno de abolladuras que chirría y da vueltas fuera de control en dirección al edificio. Bob corre a por Megan. Scott suelta un grito incoherente.

Otro vehículo, un todoterreno arañado y con el maletero roto, entra serpenteando a toda velocidad en el aparcamiento. Bob coge a Megan y la empuja hacia el colchón de hierbas que hay en la parte posterior de las puertas de servicio. Scott busca ponerse a cubierto detrás de un contenedor. Josh y Lilly se agachan detrás de un coche siniestrado cerca del cartel de Fortnoy.

El sedán tumba el surtidor más cercano y sigue su camino con el motor rugiendo con furia. El otro vehículo da vueltas sin control. Conmocionada, Lilly lo observa todo a unos quince metros. El sedán choca contra el escaparate delantero y luego penetra en el edificio. Saltan chispas y vuelan los escombros.

Lilly se sobresalta por el estruendo provocado por el impacto, los cristales rotos y el metal abollado.

El coche sigue en marcha. Las ruedas traseras continúan girando y rechinando sobre el suelo, destruyen la mitad del edificio con la fuerza de un alud. Lilly agradece a Dios en silencio porque las reservas de combustible estén vacías; de lo contrario, todos habrían volado por los aires.

El todoterreno acaba por detenerse debajo del toldo, con los faros encendidos iluminando el edificio como si fuera el escenario de una de una obra teatral de locos.

Por un instante, el silencio cae sobre la propiedad hasta que el crepitar de las llamas y el gotear de fluidos lo llenan todo.

Josh sale con cautela de la parte trasera del coche con la 38 en la mano. Lilly lo sigue y está a punto de decir algo como: «¿Qué acaba de pasar?», cuando se da cuenta de que los faros del todoterreno apuntan al edificio, y una enorme luz blanca baña directamente la parte trasera del sedán.

Algo se mueve tras la ventanilla trasera del coche, resquebrajada en una maraña de constelaciones de cristal roto. Lilly ve la espalda de alguien que se da la vuelta con movimientos lentos y torpes. Es un rostro pálido y descolorido.

De repente, Lilly sabe exactamente lo que ha pasado.

Momentos después, los acontecimientos se suceden con rapidez en Fortnoy, y Josh, apremiante, les ordena en voz muy baja:

—Alejaos del edificio.

Al otro lado del aparcamiento, Bob, Megan y Scott siguen agazapados entre la hierba que hay detrás del contenedor. Se levantan con sigilo y empiezan a reaccionar.

—¡¡Chisss!! —Josh señala el edificio; hace gestos como para llamar la atención sobre el peligro que hay dentro y susurra lo bastante alto como para que se muevan—: ¡Rápido! ¡¡Venid aquí!!

Bob lo entiende al instante. Coge a Megan de la mano y se arrastra rodeando las llamas parpadeantes del surtidor de diesel. Scott los sigue.

Lilly se mantiene cerca de Josh.

—¿Qué vamos a hacer? Todas nuestras cosas están dentro.

La parte delantera de la estación y al menos la mitad del interior están destrozados. Hay chispas por todas partes, y las tuberías rotas inundan el suelo frío.

A la luz de los faros delanteros del todoterreno, una de las puertas traseras del sedán se abre y una pierna en descomposición, cubierta de andrajos, sale del vehículo entre espasmos agónicos.

—Olvídate del sitio, muñeca —le dice Josh en un susurro—. Se ha ido a la mierda. Olvídalo.

Bob y los demás se unen a Josh y Lilly y se quedan paralizados durante un instante, inmóviles por la conmoción, intentando recobrar el aliento. Bob todavía se aferra a la escopeta. Le sudan las manos. Megan tiene mal aspecto.

—¿Qué coño ha pasado? —murmura la chica en una pregunta casi retórica.

—Parece que intentaban huir —especula Josh—. Pero uno de los pasajeros recibió la mordedura de un infectado y mutó en el coche.

Un zombie sale del sedán, incrustado en lo que quedaba del edificio, como un feto deformado viniendo al mundo.

—Bob, ¿tienes las llaves?

Bob mira a Josh.

—Están en la camioneta.

—¿En el contacto?

—En la guantera.

Josh mira a los demás.

—Quiero que me esperéis todos aquí. No perdáis de vista al cadáver, puede que dentro haya más. Voy a por la camioneta.

Josh se da la vuelta para irse, pero Lilly lo detiene.

—¡Espera! ¡Espera! ¿Nos estás diciendo que vamos a tener que dejar todas nuestras cosas y provisiones?

—No hay elección.

Josh se va por el lado izquierdo de los surtidores humeantes, mientras los demás siguen conmocionados y sin habla. A siete metros se produce un ruido sordo en el todoterreno. Una puerta medio rota se abre. La luz del fuego brilla. Lilly se estremece. Megan da un grito ahogado cuando otro zombie sale del vehículo.

Bob intenta cargar la escopeta con las manos temblorosas.

Los demás retroceden hacia el camino. Scott está histérico y musita:

—¡Mierda, tío…! ¡Mierda! ¡Mierda! ¡Mierda!

La cosa que sale del todoterreno, irreconocible por las quemaduras, se tambalea hacia ellos, con la boca llena de baba negra. En el cuello de la camisa y el hombro izquierdo todavía crepitan llamas diminutas, y el humo le rodea como un halo. Parece un hombre mayor, tiene la mitad de la cara quemada y apenas se sostiene en pie mientras avanza seducido por el olor de los humanos.

Bob no consigue meter el cartucho correctamente, las manos le tiemblan demasiado.

Nadie ve los faros traseros al otro lado del aparcamiento, detrás de los coches siniestrados; nadie oye el ruido rítmico del motor de la camioneta ni el chirrido de las ruedas al empezar a moverse.

El zombie en llamas se acerca a Megan, que se da media vuelta para salir corriendo y en el intento tropieza con un montón de gravilla. Cae despatarrada sobre el cemento. Scott grita. Lilly intenta ayudarla a levantarse. Mientras tanto, Bob sigue luchando con la escopeta.

El caminante está a pocos centímetros cuando aparece el contorno borroso de metal.

Josh estrella la Ram directamente contra el zombie y el enganche del remolque empala a la cosa y lanza el cuerpo volando en una nube de chispas. El monstruo se parte por la mitad. El torso sale despedido en una dirección y las extremidades en otra.

Uno de los órganos ennegrecidos golpea a Megan en la espalda y la salpica de bilis, aceitosa y caliente, y de fluidos varios. Grita como una loca.

La camioneta para junto a ellos y todos suben a bordo. Tienen que arrastrar a Megan, que está histérica, por la portezuela de atrás. Josh pisa el acelerador y el coche sale zumbando del aparcamiento y coge el camino de grava azotado por el viento.

Todo ha sucedido en menos de tres minutos y medio… Un breve lapso en el que el destino de los cinco supervivientes cambia para siempre.

Deciden descender la colina y girar al norte, y atravesar el bosque que lleva a la ciudad de las tiendas. Van con extremo cuidado, con las luces apagadas y los ojos bien abiertos. En la parte de atrás, Megan mira por la ventanilla, mientras en la cabina Bob y Lilly —sentados junto a Josh— examinan el paisaje con suma concentración. Nadie dice nada. Todos albergan el horror al contemplar los daños que ha sufrido la ciudad de las tiendas. Los recursos del campamento son imprescindibles para que ellos sobrevivan.

Ya ha empezado a amanecer y detrás de los árboles una línea azul claro se extiende por el horizonte. La luz comienza a desterrar la oscuridad en los barrancos y las alcantarillas. El aire gélido huele a la carbonilla de fuego reciente. Josh mantiene las manos en el volante, y la camioneta serpentea entre los espectros que cubren la ciudad de las tiendas.

—¡Para, Josh! ¡¡Para!!

Pisa el freno en la cima de una colina desde la que se ve el extremo sur del campamento. La camioneta se detiene en seco.

—¡Dios mío!

—¡Por todos los santos!

—Demos media vuelta. —Lilly se muerde una uña y mira por un claro en el follaje. Puede entrever a lo lejos lo que queda de la ciudad de las tiendas. El aire apesta a carne quemada y a algo peor, algo asqueroso y letal, como una infección masiva—. Aquí no podemos hacer nada.

—Espera un segundo.

—Josh…

—Por el amor de Dios…, ¿qué ha pasado ahí abajo? —murmura Bob sin dirigirse a nadie en particular. Mira por el hueco entre los árboles que se abren como un proscenio sobre el prado que está cincuenta metros más abajo. Los primeros rayos de la mañana caen entre nubes de humo y hacen que la devastación parezca un montaje, como imágenes de una película de cine mudo—. Parece como si Godzilla hubiera atacado el lugar.

—¿Crees que alguien se volvió loco? —Lilly sigue mirando las ruinas humeantes.

—No creo —responde Josh.

—¿Crees que es obra de los zombies?

—No lo sé. Quizá fue un enjambre lo que produjo el incendio.

Abajo, en el prado, siguiendo los límites del campamento, hay aparcados coches en llamas sin orden ni concierto. Tiendas de campaña ardiendo de las que emanan nubes de humo negro que suben por el cielo acre. En el centro del campamento, la carpa de circo ha quedado reducida a un esqueleto de estacas de metal y guías. Cuerpos calcinados cubren el suelo. Por un instante, a Josh le recuerda al desastre del Hindenburg y a los restos del dirigible envuelto en llamas.

—Josh…

El hombre corpulento se vuelve y mira a Lilly. No le ve la cara porque está observando los límites del bosque a ambos lados de la camioneta. Su voz se hace varios tonos más grave, casi grogui por el terror:

—Josh, verás…, tenemos que irnos de aquí.

—¿Qué ocurre?

—¡Jesús, María y José! —Bob ve lo mismo que segundos antes había detectado Lilly. La tensión de la cabina puede cortarse con un cuchillo—. Sácanos de aquí, capitán.

—¿Qué estáis…?

Josh al fin ve el problema: las innumerables figuras entre los árboles, que salen de las sombras casi como si estuvieran sincronizadas, como un banco de peces salido de la profundidad de los mares. Algunos todavía despiden pequeñas nubes de humo por sus andrajos. Otros se tambalean como robots hambrientos, con los brazos extendidos y las garras tensas. Cientos y cientos de ojos lechosos y con cataratas reflejan la luz pálida del amanecer mientras, en el rocío de la mañana, rodean la camioneta. A Josh se le ponen los pelos como escarpias.

—¡Vamos, Josh!

Josh da un volantazo y acelera. Los trescientos sesenta caballos del motor rugen. La camioneta pasa de cero a cien, arremete contra una docena de zombies y de paso se lleva por delante un pequeño pino. El ruido es increíble. Las extremidades muertas y húmedas al desmembrarse se suman al crujido de la madera y a la sangre y a los escombros que cubren el parabrisas. La parte de atrás se mueve con violencia, embiste a un grupo de caminantes y zarandea a Megan y a Scott de un lado a otro de la caravana. Josh da marcha atrás, vuelve a la carretera y pisa el acelerador a fondo. Bajan la cuesta de la colina y se van por el mismo lugar por donde han venido.

A duras penas consiguen llegar al camino pavimentado que hay en la base de la colina antes de darse cuenta de que llevan tres zombies enganchados a la camioneta como si fueran percebes.

—¡Mierda! —Josh ve uno por el retrovisor, está colgado del vehículo por el lado del conductor, cerca de la parte trasera, con los pies en el guardabarros, enmarañado con las cuerdas del equipaje. Se le han quedado los andrajos asidos al enganche del remolque—. ¡Mantened la calma, llevamos unas cuantas palas!

—¡¿Qué?! —Lilly mira por la ventanilla del copiloto y una cara muerta aparece detrás del cristal como el muñeco con resorte de una caja de sorpresas. La cara se retuerce y el viento le esparce la baba de color tinta. Lilly lanza un grito asustado.

Josh se concentra en la carretera. Da una vuelta salvaje y pone rumbo al norte a una velocidad constante de setenta y cinco kilómetros por hora. Va hacia la calzada de doble sentido dando volantazos para intentar librarse de los cadáveres.

La camioneta se mueve con violencia. Uno de los zombies cae y rueda por el suelo como un rodillo hasta quedar parado en la cuneta. De la parte de atrás llegan gritos ahogados, provocados por el ruido de un cristal al romperse. Lilly encuentra un palo de hierro grasiento de unos noventa centímetros de largo y con el extremo en forma de gancho.

—¡Lo encontré!

—¡Dámelo, princesa!

Josh echa un vistazo al retrovisor y ve que el monstruo se libera de sus ataduras y aterriza bajo las ruedas. La camioneta pasa por encima del cadáver y sigue avanzando.

Bob grita y resopla con voz cavernosa, se vuelve hacia la ventanilla de la caravana y levanta la palanca.

—¡Ponte a un lado, Lilly, y tápate la cara!

La mujer se hace un ovillo para protegerse, mientras Bob intenta golpear al zombie que hay en la ventanilla.

El gancho de la palanca impacta contra la ventana pero apenas arranca un trozo del cristal de seguridad reforzado. El zombie ruge, enredado en cuerdas elásticas. Es un aullido atonal, como un eco del efecto Doppler en el viento.

Bob grita y atiza con más fuerza; golpea una y otra vez con toda la fuerza posible hasta que el gancho rompe el cristal y se clava en la cara muerta. Lilly se da la vuelta.

La palanca penetra el cadáver por el paladar y se queda ensartada. Bob abre la boca de par en par, horrorizado. Tras el mosaico de cristales rotos, la cabeza cuelga suspendida al viento. Los ojos de botón, todavía animados, tienen un brillo apagado. Entre estertores, la boca espumeante se mueve alrededor del hierro, como si intentara comerse la palanca.

Lilly no puede mirar. Se hace un ovillo en el rincón y tiembla.

Josh da otro volantazo y el zombie se desprende y vuela hasta caer al suelo y desaparece entre las ruedas. El resto de la ventanilla también se desprende y acaba siendo un pañuelo arrugado de cristal agrietado que vuela por el interior de la cabina. Bob se estremece por la sobredosis de adrenalina. Josh conduce a toda velocidad. Lilly se mantiene en posición fetal en el asiento de atrás.

Por fin llegan a la carretera principal y Josh pone rumbo al norte, cada vez más de prisa, y grita lo bastante fuerte para que lo escuchen los de atrás:

—¡Sujetaos bien!

Sin más, Josh aprieta con fuerza el volante y acelera. Durante varios kilómetros serpentea entre vehículos abandonados, siempre con uno ojo en el retrovisor. Tiene que asegurarse de que están a salvo, lejos del alcance del enjambre.

Consiguen poner ocho kilómetros entre ellos y el cataclismo antes de que Josh frene y pare la camioneta en el arcén de grava de un tramo de campos abandonados. El silencio se apodera del coche; sólo se oye el latido de sus corazones retumbándoles en los oídos y el ulular del viento.

Josh mira a Lilly y le pregunta:

—¿Estás bien, muñeca?

—De maravilla. —La mujer consigue tragar un nudo de miedo que le atenaza la garganta.

Josh asiente y grita lo bastante fuerte como para que lo oigan los que van en la caravana.

—¿Todos bien ahí atrás?

La cara de Megan en la ventanilla lo dice todo. Sus rasgos rubicundos son un poema de tensión. Levanta sin demasiada convicción ambos pulgares para indicar que todo va bien.

Josh se da la vuelta y mira el parabrisas. Está jadeando, como si acabara de correr un maratón.

—Está claro que esas malditas cosas se están multiplicando.

Bob se toca la cara, respira hondo y lucha contra los temblores.

—Creo que también están haciéndose más atrevidas.

Tras una pausa, Josh dice:

—Ha tenido que ser rápido.

—Sí.

—Los pobres idiotas no se enteraron de lo que se les venía encima.

—Sí. —Josh se limpia la boca—. Quizá deberíamos volver, intentar alejar a esos malditos del campamento.

—¿Para qué?

Bob se muerde el carrillo.

—No lo sé… Quizá haya supervivientes.

Se hace un largo silencio en la cabina hasta que Lilly afirma:

—Es improbable… Bob.

—Pero podrían quedar provisiones y material.

—Demasiado peligroso —interviene Josh, examinando el paisaje—. ¿Alguien sabe dónde estamos?

Bob saca un mapa del abarrotado compartimento de la puerta. Lo despliega con cuidado y sigue con la uña los diminutos capilares de las carreteras rurales. Todavía le cuesta respirar con normalidad.

—Creo que estamos en alguna parte al sur de Oakland, la tierra del tabaco. —Intenta mantener el mapa quieto entre sus manos temblorosas—. Estamos en una carretera que no sale en el mapa, al menos no en éste.

Josh mira a lo lejos la larga meseta entre dos granjas de tabaco. El sol de la mañana cae sobre la estrecha carretera «sin nombre» bordeada de hierbas y salpicada de coches abandonados cada veinte metros. A ambos lados, los cultivos se han desmadrado, los hierbajos y el kuzu se han adueñado de los guardarraíles. La naturaleza salvaje y abandonada de los campos es un reflejo de los meses que han pasado desde que se desató la plaga.

Bob dobla el mapa.

—¿Y ahora qué?

Josh se encoge de hombros.

—No he visto una granja en varios kilómetros. Parece que estamos en el culo del mundo, lo suficiente como para evitar otro enjambre de esas cosas.

Lilly se incorpora en el asiento.

—¿En qué piensas, Josh?

Pone el coche en marcha.

—En seguir hacia el sur.

—¿Por qué hacia el sur?

—Para empezar, porque nos alejaríamos de los núcleos de población.

—¿Y...?

—Y quizá, si nos seguimos moviendo..., podamos dejar atrás el frío del invierno.

Pisa un poco el acelerador y vuelve a la carretera hasta que Bob le coge del brazo.

—No tan de prisa, capitán.

Josh frena la camioneta.

—¿Y ahora qué pasa?

—No quiero ser aguafiestas —dice Bob, señalando el indicador de gasolina—. Pero anoche le eché las últimas gotas de mi reserva de combustible.

La aguja está justo por debajo del indicador de «vacío».

SIETE

Exploran en vano la zona en busca de bidones de gasolina o de estaciones de servicio. Casi todos los vehículos que inundan este desolado tramo de carretera rural están calcinados o han sido abandonados con los depósitos vacíos. Descubren cadáveres solitarios que vagan por las granjas lejanas. Están a bastante distancia y son fáciles de eludir.

Deciden dormir en la Ram y establecer turnos de vigilancia. Racionan las latas de comida y el agua potable que les quedan. Estar tan alejados es una bendición y a la vez una desgracia: por un lado no hay hordas de zombies, pero desgraciadamente tampoco hay combustible ni provisiones, algo que no deja de ser preocupante.

Josh les pide a todos que durante su exilio en esta árida región del interior hablen en voz baja y que hagan el menor ruido posible.

La oscuridad llega y la temperatura desciende en picado. Josh mantiene el motor en marcha todo lo posible y luego usa la batería para poder mantener encendida la calefacción. Sabe que no podrá hacerlo mucho tiempo.

Esa primera noche duermen a pierna suelta apiñados en el vehículo. Megan, Scott y Bob duermen en la caravana. Lilly en la parte de atrás de la cabina y Josh en los asientos delanteros, donde apenas tiene lugar para estirarse.

Al día siguiente, Josh y Bob tienen suerte y encuentran una furgoneta a un kilómetro y medio al oeste. Tiene el eje trasero roto, pero el resto del vehículo está intacto y hasta tiene el depósito casi lleno. Consiguen sacar sesenta y ocho litros que reparten en tres bidones, y antes del mediodía regresan con el botín a la Ram. Se ponen en marcha en dirección sureste. Atraviesan otros treinta y dos kilómetros de granjas yermas antes de hacer un alto para pasar la noche en un puente ferroviario desolado, donde el viento canta un aria de tristeza al pasar por los cables de alta tensión.

En la oscuridad de la camioneta hedionda, discuten acerca de si deberían seguir moviéndose o no. Se quejan de las cosas pequeñas: de dónde les toca dormir, del racionamiento de la comida, de los ronquidos y de los pies apestosos. Se ponen de los nervios los unos a los otros. La superficie de la caravana tiene algo menos de diez metros cuadrados, y en gran parte está ocupada por la basura de Bob. Scott y Megan duermen como sardinas en lata contra la puerta de atrás, mientras Bob —medio ebrio— da vueltas en su delirio.

Viven así durante casi una semana, zigzagueando hacia el suroeste, siguiendo las vías del ferrocarril central del oeste de Georgia, aprovisionándose de combustible siempre que pueden. Llega el Día de Acción de Gracias, que pasa sin pena ni gloria, y nadie dice ni una palabra al respecto. Los ánimos están tensos. Las paredes de la caravana se les caen encima.

En la oscuridad, los ruidos que oyen detrás de los árboles son cada noche más cercanos.

Una mañana, bajo la luz de las primeras horas, mientras Scott y Megan hacen el vago en la parte de atrás, Josh y Lilly comparten un termo de café instantáneo sentados en el parachoques delantero. El viento parece más frío y el cielo está del color del plomo. El aire huele a invierno.

—Parece que va a nevar —comenta Josh en voz baja.

—¿Adónde ha ido Bob?

—Dice haber visto un riachuelo al oeste. Se ha llevado la caña de pescar.

—¿También se ha llevado la escopeta?

—El hacha.

—Estoy preocupada por él, Josh. Tiene temblores todo el tiempo.

—Estará bien.

—Anoche lo vi empinándose una botella de enjuague bucal.

Josh la mira. Las heridas de Lilly están casi curadas del todo. Por primera vez desde la terrible paliza no tiene derrames en los ojos y sus cardenales han desaparecido. La tarde anterior se quitó las vendas de las costillas y se dio cuenta de que podía andar casi con normalidad. Pero el dolor de haber perdido a Sarah Bingham todavía la atormenta. Josh puede ver cada noche la pena en su rostro somnoliento —ha estado observándola desde el asiento delantero cuando duerme—. Es la criatura más bella que ha visto. Anhela besarla otra vez, pero la situación no permite semejantes lujos.

—Estaremos mejor cuando encontremos más comida —dice Josh—. Estoy hasta las narices de latas frías de Chef Boyardee.

—También nos estamos quedando sin agua. Y hay otra cosa a la que le he estado dando vueltas y que no me tranquiliza, precisamente.

Josh fija la vista en ella.

—¿De qué se trata?

—¿Y si nos topamos con otra manada? Podrían volcar la camioneta, Josh. Lo sabes tan bien como yo.

—Por eso precisamente tenemos que seguir moviéndonos, tenemos que pasar desapercibidos y continuar hacia el sur.

—Lo sé, pero…

—Tenemos más posibilidades de encontrar provisiones si seguimos moviéndonos.

—Lo entiendo, pero…

Lilly deja de hablar cuando ve una figura que se acerca, aunque está muy lejos, quizá a trescientos metros. Está sobre el puente y avanza hacia ellos siguiendo las vías. Es una sombra estrecha, recortada en las motas de polvo del sol de la mañana, que parpadea entre las traviesas y las vigas. Se mueve demasiado rápido para ser un zombie.

—Hablando del rey de Roma… —dice Josh al reconocerlo.

El hombre de mediana edad se acerca con un cubo vacío y una caña de pescar plegable. Trota con rapidez por entre los raíles con la prisa pintada en el rostro.

—¡Eh, muchachos! —grita sin aliento cuando llega a la escalerilla que hay cerca del paso elevado.

—Baja la voz, Bob —le recuerda Josh, acercándose a la base del puente. Lilly lo sigue.

—Espera a ver lo que he encontrado —dice Bob, bajando la escalera.

—Has pescado uno grande, ¿a que sí?

Da un salto a tierra. Recobra el aliento. Los ojos le brillan de entusiasmo.

—No, señor. Ni siquiera he encontrado el dichoso riachuelo. —Esboza una sonrisa desdentada—. Pero lo que he encontrado es aún mejor.

El Walmart está en la intersección de dos autopistas rurales, a un kilómetro y medio al norte de las vías del tren. El enorme cartel tiene las típicas letras azules y la explosión de color amarilla, que se visualiza desde los puentes elevados que hay en los bosques. La ciudad más cercana está a varios kilómetros, pero estas tiendas cúbicas y aisladas han demostrado ser un negocio muy lucrativo. Aquí compran las comunidades agrícolas, especialmente las que viven cerca de las principales interestatales, como la Nacional 85. La salida a Hogansville está apenas a once kilómetros al oeste.

—Muy bien, así es como yo lo veo... —les dice Josh a sus compañeros después de aparcar en la entrada de la tienda, que está parcialmente bloqueada por una camioneta con el capó incrustado en el poste de una señal. El cargamento, en su mayoría tablones de madera, está esparcido por los carriles que conducen al gigantesco aparcamiento salpicado de vehículos abandonados. El lugar parece estar desierto, pero las apariencias engañan.

—Primero inspeccionamos el aparcamiento, luego damos un par de vueltas para hacernos una idea del terreno.

—Josh, a mí me parece que está vacío —comenta Lilly, mordiéndose la uña del pulgar desde su camastro de atrás. En los quince minutos que ha durado el trayecto por las polvorientas carreteras secundarias, Lilly se ha mordido todas las uñas hasta hacerse daño. Ahora continúa con una de las cutículas.

—A esta distancia es difícil de saber —interviene Bob.

—Mantened los ojos bien abiertos por si hay zombies o cualquier otro tipo de actividad —dice Josh. Pone una marcha corta y pasa por encima de los tablones.

Dan un par de vueltas a la propiedad, prestando atención a las sombras de las zonas de carga y descarga y a las entradas. En el aparcamiento todos los coches están vacíos, muchos de ellos completamente calcinados. La mayoría de las puertas de cristal que dan acceso a la tienda están hechas añicos. En la entrada principal, una alfombra de cristales rotos brilla en el frío sol de la tarde. El interior de la tienda está oscuro como una mina de carbón. Nada se mueve. En el vestíbulo hay unos cuantos cadáveres en el suelo. Fuera lo que fuese lo que sucedió aquí, pasó hace tiempo.

Luego del segundo reconocimiento, Josh aparca delante de la tienda pero deja el motor en marcha. Comprueba el cilindro de la 38 especial. Quedan tres balas.

—Muy bien, así es como yo lo veo...

—Yo voy contigo —dice Lilly.

—De eso nada. No vas a ir a ningún lado desarmada. No hasta que sepamos que el lugar es seguro.

—Cogeré una pala de la caravana —afirma Lilly. Mira atrás y ve la cara de Megan pegada a la ventanilla, expectante como un búho, estirando el cuello para poder observar a través del parabrisas. Lilly vuelve a mirar a Josh—. Cuatro ojos ven más que dos.

—Nunca discutas con una mujer —murmura Josh mientras abre la puerta del copiloto. Sale de la cabina y lo recibe el viento crudo de una tarde otoñal.

Van a la parte de atrás y abren la puerta de la caravana. Les dicen a Megan y a Scott que se queden en la cabina con el motor en marcha hasta que les den el aviso de que todo está despejado. A la más mínima señal de peligro tienen que tocar la bocina como locos. Los tórtolos no discuten las órdenes.

Lilly coge una de las palas y luego sigue a Josh y a Bob; los tres cruzan el umbral de cemento de la fachada delantera de la tienda. El ruido de sus pasos se convierte en crujidos cuando pisan los cristales rotos, pero el viento los ahoga.

Josh fuerza una de las puertas automáticas y entran en el vestíbulo.

Cerca de la entrada, tendido en un charco de sangre seca que ahora está negra como el carbón ven a un hombre mayor sin cabeza. Los restos lacerados de sus vísceras le salen por el cuello. Va vestido con el chaleco azul corporativo y lleva la insignia torcida, en la que se puede leer: «WALMART» arriba, y «ELMER K.» debajo. La enorme cara amarilla y sonriente del emblema está manchada de sangre. Mientras se adentran en la tienda vacía, Lilly mira durante un rato al pobre Elmer K. decapitado.

El aire está casi tan frío dentro como fuera y huele a moho, a descomposición y a proteínas rancias, igual que una mole de compost. Las constelaciones de agujeros de bala coronan el dintel del centro de cuidado capilar que hay a la izquierda; mientras que a la derecha se visualizan estridentes manchas de Rorschach, en este caso dibujadas con sangre, que cubren el acceso al sector de oftalmología. Los estantes están vacíos, porque alguien ya los ha desvalijado o esparcido por el suelo.

Josh levanta una mano gigantesca y ordena a sus compañeros que se detengan un momento para poder oír el silencio. Examina el espacio, en su mayor parte cubierto de cuerpos decapitados, y advierte signos de lucha imposibles de desentrañar, carritos de la compra volcados y basura. A la derecha, las filas de cajas registradoras están mudas y bañadas en sangre; a la izquierda, tanto la farmacia como la sección de cosmética, salud y belleza también están hechas un colador de agujeros de bala.

Hace una señal a los demás y prosiguen con cautela. Tiene la pistola lista. Mientras se adentran en las sombras, los pesados pasos de las botas crujen sobre los escombros.

Cuanto más se alejan de las puertas de entrada, más oscuros son los pasillos. La pálida luz del día apenas entra en las secciones de alimentación, a la derecha, donde los cristales rotos conviven con restos humanos. Tampoco llega a la sección de hogar y oficina, ni a la de moda, a la izquierda, donde la ropa está tirada por todas partes y hasta los maniquís han sido desmembrados. Las secciones del fondo de la tienda —juguetes, electrónica, deporte y calzado— están completamente a oscuras.

Sólo los rayos plateados de las luces de emergencia llegan a las profundidades de los pasillos sombríos.

Encuentran linternas en la sección de ferretería. Toman nota mental de todas las provisiones y objetos que pueden serles de utilidad. Cuanto más investigan, más se emocionan. Para cuando han dado la primera vuelta a los mil trescientos metros cuadrados de espacio comercial están convencidos de que la tienda es segura; sólo han encontrado unos pocos cuerpos humanos en fase de descomposición inicial, muchísimos estantes tirados en el suelo, y ratas que huyen al oír sus pasos. Es verdad que otros humanos ya han dejado sus huellas, pero como mínimo es un lugar seguro.

Al menos por ahora.

—Parece que estamos solos —dice Josh cuando el trío vuelve a estar al amparo de la luz difusa del vestíbulo principal.

Bajan las armas y las linternas.

—Por lo visto, ahí dentro se armó la marimorena —dice Bob.

—No soy detective. —Josh mira las paredes y los suelos cubiertos de manchas de sangre, que tranquilamente podrían pasar por pinturas de Jackson Pollock—. Pero creo que hace mucho algunos se transformaron aquí, y que luego vino más de uno a abastecerse con lo que quedaba en la tienda.

Lilly mira a Josh con el rostro encogido por la tensión; luego se detiene en el empleado sin cabeza.

—¿Crees que podríamos limpiar esto un poco y quedarnos por un tiempo?

Josh niega con la cabeza.

—Seríamos un blanco fácil. Este sitio es demasiado tentador.

—También es una mina de oro —añade Bob—. Queda mucho en los estantes de arriba y quizá haya más cosas en los almacenes de la parte de atrás. Nos vendría de perlas. —Le brillan los ojos, y Josh sabe que el bueno de Bob ha estado haciendo inventario de los estantes de bebidas alcohólicas, donde todavía quedan muchas botellas llenas de licor.

—He visto algunas carretillas y carros de mano en la sección de jardinería —informa Josh. Mira a Bob y a Lilly y sonríe—: Me parece que nuestra suerte ha cambiado a mejor.

En la sección de moda cargan tres carretillas con abrigos de plumas, botas de invierno, ropa interior térmica, gorros de lana y guantes. Añaden un par de *walkie-talkies*, cadenas para la nieve, cuerdas de remolque, una caja de herramientas, bengalas, aceite de motor y anticongelante. Avisan a Scott para que los ayude, y Megan se queda sola en la camioneta para vigilar por si aparecen intrusos.

En el sector de alimentación casi toda la carne, los derivados lácteos y los productos frescos han desaparecido o están estropeados. Aun así se abastecen de cajas de copos de avena, pasas y barritas de proteínas, fideos instantáneos, botes de mantequilla de cacahuete, carne enlatada, botes de sopa, salsa para espaguetis, zumo envasado, pasta, carne enlatada, sardinas, té y café.

Bob arrasa con lo que queda en la farmacia. Hace tiempo que alguien se llevó casi todos los calmantes, los barbitúricos y los ansiolíticos, pero encuentra lo suficiente como para abrir un consultorio privado. Coge Lanacane para el botiquín, amoxicilina para las infecciones, epinefrina para restablecer un corazón en paro, Adderall para mantener el estado de alerta, lorazepam para calmar los nervios, Celox para las hemorragias externas, naproxeno para el dolor, loratadina para abrir las vías respiratorias y una buena provisión de vitaminas.

De otras secciones adquieren artículos de lujo irresistibles. Son objetos que no son esenciales para la supervivencia, pero que ofrecen un alivio momentáneo a las duras condiciones en las que tienen que mantenerse con vida. Lilly escoge algunos libros de tapa dura, casi todos novelas, del quiosco de prensa. En el servicio de atención al cliente, Josh encuentra una caja de puros liados a mano de Costa Rica. Scott descubre un reproductor de DVD a pilas y selecciona unas cuantas películas. Se llevan también varios juegos de mesa, naipes, un telescopio y una pequeña grabadora digital.

Hacen un primer viaje a la camioneta y llenan la caravana a tope con todo lo que han cogido antes de volver a la cueva del tesoro a ver qué otras cosas de utilidad encuentran en la oscuridad de la parte de atrás de la tienda.

—Muñeca, apunta aquí con la linterna —le pide Josh a Lilly en el pasillo del sector de deportes. Josh coge dos bolsas deportivas resistentes que hay en la sección de maletas.

Mientras Lilly ilumina la zona catastrófica, en la que antes se vendían pelotas de fútbol y bates de béisbol, Scott y Bob están cerca, a la expectativa. La luz amarilla pasa por las raquetas de tenis y los palos de hockey, las bicicletas, la ropa deportiva y los guantes de béisbol esparcidos por el suelo manchado de sangre.

—Ahí, justo ahí —dice Josh—. No la muevas.

—¡Mierda! —exclama Bob detrás de Lilly—. Parece que llegamos tarde.

—Alguien se nos ha adelantado —masculla Josh cuando la linterna ilumina la vitrina en la que antes había cañas y demás aparejos de pesca. El escaparate ahora está vacío, pero es obvio que también contuvo escopetas de caza, pistolas de competición y armas de fuego legales de pequeño calibre. Los estantes de la pared de detrás de la vitrina están asimismo despejados—. Apunta con la linterna al suelo, cariño. A la débil luz de la linterna se ven unos pocos cartuchos y balas en el suelo.

Caminan hacia donde están las armas de fuego. Josh deja caer las bolsas de deporte y luego pasa detrás del mostrador. Ilumina el suelo; ve unas pocas cajas de munición, una botella de aceite para pistolas, un talonario de recibos y un objeto romo y plateado que sobresale.

—Un momento… Esperad un momento.

Se arrodilla. Busca bajo el mostrador y saca el extremo romo de acero de un cañón.

—Esto quería yo —dice, levantando el arma para que sus amigos puedan verla.

—¿Es un Águila del Desierto? —pregunta Bob, acercándose—. ¿Del calibre 44?

Josh sujeta el arma igual que hace un niño con su regalo de Navidad.

—No sé de qué clase es pero pesa un quintal. Debe rondar los cinco kilos.

—¿Puedo? —Bob sopesa la semiautomática—. Por Dios bendito... Es la Howitzer de las pistolas.

—Ahora lo que necesitamos son balas.

Bob comprueba el cargador.

—Fabricada por hebreos duros de pelar, funciona con gas... Es una semiautomática única. —Bob echa un vistazo a los estantes superiores—. Apunta allá con la linterna... A ver si hay algo del calibre 50 ahí arriba.

Momentos después, Josh encuentra varias cajas del calibre 50 en el estante más alto. Se estira y coge media docena.

Mientras, Bob libera el cargador, que cae en su mano grasienta. Le habla con susurros cariñosos, como si fuera su amante.

—Nadie diseña armas como los israelíes... Ni siquiera los alemanes. Esta chica mala podría hacerle un boquete a un tanque.

Tras un momento de sorpresa, todos sueltan una sonora carcajada. Ni siquiera Josh puede resistirse, a pesar de que son risas histéricas. Están todos al borde de un ataque y la risa los ayuda a liberar la tensión en el almacén silencioso y lleno de sangre y estantes saqueados. Han tenido un buen día.

Les ha tocado el premio gordo de este templo del consumismo y, lo más importante, han conseguido algo más que provisiones: han encontrado una pizca de esperanza. Quizá sobrevivan al invierno. Quizá vean la luz al final del túnel de esta pesadilla.

Lilly es la primera en oír un ruido. Deja de reír en el acto y mira a su alrededor como si acabara de despertar.

—¿Qué ha sido eso?

Josh tampoco se ríe.

—¿Has oído eso?

Bob la mira.

—¿Qué pasa, cielo?

—He oído algo —le dice en voz baja, presa del pánico.

Josh apaga la linterna y mira a Scott.

—Apaga la linterna, Scott.

Scott la apaga y la parte de atrás de la tienda queda sumida en las tinieblas.

El corazón de la mujer late desbocado. Todos agudizan el oído en un entorno completamente oscuro. La tienda está silenciosa. Entonces, otro crujido pone fin a la quietud.

Llega de la parte delantera de la tienda. Suena a tirón, como a metal oxidado, pero es débil, tan débil que es imposible de identificar. Josh susurra:

—Bob, ¿dónde está la escopeta?

—Delante, con las carretillas.

—Vale.

—¿Y si es Megan?

Josh se queda pensativo. Mira hacia la vasta extensión de la tienda.

—¿Megan? ¿Estás ahí?

No hay respuesta.

Lilly coge aire. Está empezando a marearse.

—¿Crees que los zombies son capaces de forzar la puerta para entrar?

—Hasta una corriente de aire podría abrirla —dice Josh, buscando la 38 que lleva en el cinturón—. Bob, ¿qué tal se te da esa semiautomática de chico malo?

Bob ya ha abierto una de las cajas de munición. Intenta coger las balas con los dedos temblorosos.

—Mejor que a ti, capitán.

—Muy bien. Oye...

Josh empieza a susurrar instrucciones cuando les llega otro ruido, amortiguado aunque esta vez más claro. Es el sonido de las bisagras que chirrían cerca de la entrada. Alguien o algo está entrando en la tienda.

Bob mete las balas. Le tiemblan las manos. El cargador se le resbala y cuando cae al suelo las balas se desparraman con estrépito.

—¡Tío...! —exclama Scott en voz baja, con los nervios de punta, viendo a Bob arrodillado recoger las balas, de la misma manera que hace un niño al agrupar sus canicas.

—Escuchad —susurra Josh—. Scott, Bob y tú poneos en el flanco izquierdo e id hacia la entrada de la tienda por la sección de alimentación. Muñeca, tú sígueme. Cogeremos un hacha de la parte de jardinería por el camino.

Bob, todavía en el suelo, consigue meter todas las balas en el cargador. Lo cierra y se pone de pie.

—Entendido. Vamos, hijo. Manos a la obra.

Se separan y se mueven en la oscuridad hacia la luz de la entrada.

Lilly sigue a Josh por las sombras del centro del automóvil. Pasan entre los anaqueles destartalados, junto a pilas de basura en el suelo, cruzan la sección de hogar y oficina y la de manualidades. Se mueven con el mayor sigilo, procuran no ser vistos y avanzar juntos. Josh se comunica con gestos. Lleva la 38 en una mano y con la otra le indica a la mujer que se detenga.

Desde la entrada de la tienda llegan ruidos de pasos que ahora se oyen claramente.

Josh señala un expositor que hay tirado en la sección de bricolaje. Lilly se arrastra y se pone detrás de un escaparate de bombillas, y ve que el suelo está cubierto de rastrillos, tijeras de podar y hachas de un metro de largo. Coge una de éstas y, con el corazón a mil y la piel de gallina, vuelve junto a Josh rodeando el expositor.

Se acercan a la entrada principal. Lilly ve de reojo algún movimiento al otro lado de la tienda; son Scott y Bob, que van por la sección de alimentación. Lo que fuera que estaba intentando entrar en el Walmart ha dejado de hacer ruido. Lilly no oye nada más que los latidos desbocados de su corazón.

Josh hace una pausa detrás del mostrador de la farmacia, en cuclillas. Lilly se agacha a su lado. Josh le susurra:

—Quédate detrás de mí, y si una de esas cosas consigue pasarme por encima, dale un buen hachazo en la cabeza.

—Sé cómo matar a un zombie, Josh —responde Lilly cortante.

—Lo sé, preciosa. Sólo digo que te asegures de que el primer golpe sea lo bastante fuerte.

Lilly asiente.

—A la de tres —propone Josh en voz baja—. ¿Estás lista?

—Lista.

—Una, dos...

Josh se para en seco. Lilly oye algo que no encaja.

Josh la coge para que se quede quieta junto al mostrador de la farmacia. Paralizados por la indecisión, permanecen agachados durante un rato.

Un pensamiento incongruente cruza a gritos la mente de Lilly: «Los zombies no hablan.»

—¡Hola! —saludan en la tienda vacía—. ¿Hay alguien en casa?

Sumido en el pánico, Josh duda un momento detrás del mostrador, sopesando las posibilidades. La voz suena más o menos amistosa, definitivamente es de hombre y tiene un ligero acento.

Josh mira a Lilly. Ella sujeta el hacha como si fuera un bate de béisbol, lista para asestar un golpe; los labios le tiemblan de miedo. Josh levanta una mano en un gesto de «dame un segundo». Está a punto de entrar en acción, mueve el percutor de la pistola a la vez que oye otra voz que le hace cambiar de intención en el acto.

—¡Hijos de puta, soltadla!

Josh se lanza desde detrás del mostrador con la 38 en alto y lista para disparar.

Lilly le sigue con el hacha.

En el vestíbulo hay un grupo de seis hombres armados hasta los dientes.

—Calma. Calma, calma, calma... ¡Caramba! —El líder, el tipo

que va a la cabeza del grupo, lleva un rifle de asalto con el cañón en posición de tiro. Tiene veintitantos años o a lo sumo treinta y pocos. Es alto, delgado y de piel oscura. Lleva un pañuelo pirata en la cabeza y una camisa de franela sin mangas que revela unos brazos muy musculosos.

Todo ocurre tan de prisa que a Josh no le da tiempo de registrar los acontecimientos. Está de pie, defendiendo su territorio, apuntando con la 38 al Hombre Pañuelo. Desde detrás de las cajas registradoras, con los ojos rojos muy abiertos, Bob Stookey carga contra los intrusos asiendo con ambas manos —estilo comando— el Águila del Desierto. Heroísmo de borracho.

—¡Soltadla! —El objeto de la disputa está detrás del tipo del pañuelo. Es la rehén de un joven miembro de la tropa invasora. Megan Lafferty se retuerce con furia, intenta zafar de la mano grasienta de un chico negro de mirada salvaje que le tapa la boca para que no chille.

—¡Bob! ¡No! —grita Josh con todo lo que dan de sí sus pulmones, y la potencia autoritaria de su voz parece poner freno a la galantería de Bob. El hombre de mediana edad se detiene al final de la hilera de cajas registradoras, a seis metros del tipo que tiene a Megan prisionera, se nota que sus emociones están a flor de piel.

—¡Todo el mundo quieto! —ordena Josh a su gente.

Scott Moon aparece detrás de Bob con la escopeta para ardillas entre las manos.

—¡Scott, cuidado con la escopeta!

El hombre con el pañuelo no baja el AK-47.

—Vamos a tranquilizarnos, amigos, venga… No queremos que esto se convierta en el tiroteo de OK Corral.*

Detrás del tipo de piel oscura hay otros cinco hombres con armas pesadas. Casi todos están en la treintena; hay algunos blancos y tam-

---

* El tiroteo de OK Corral fue un duelo de proporciones legendarias que fue llevado al cine en numerosas películas del Oeste. Ocurrió alrededor de las 14.30 del miércoles 26 de octubre de 1881, en un solar desocupado, en Tombstone, Arizona. Se realizaron treinta tiros en treinta segundos.

bién gente de color; algunos van vestidos como cantantes de hip-hop, otros llevan monos y chalecos militares. Todos bien alimentados y descansados, incluso parecen estar un poco colocados. Lo más significativo es que por su aspecto se deduce que son capaces de ponerse a disparar sin ninguna clase de diplomacia.

—No queremos problemas —dice Josh, aunque está seguro de que el tono de voz, la tensión de la mandíbula y el hecho de que él tampoco ha bajado el arma se contradicen con el mensaje pacífico que ha enviado al Hombre Pañuelo—. ¿Verdad, Bob? ¿Verdad que está todo bien?

Bob farfulla algo inaudible. El Águila del Desierto sigue en posición de disparo. Por un instante, los dos grupos se miran unos a otros apuntando con las armas a puntos vitales de la anatomía humana. A Josh no le gusta un pelo.

Los intrusos tienen potencia de fuego suficiente como para acabar con una pequeña guarnición. Por otro lado, la gente de Josh tiene tres armas de fuego listas para disparar directamente al líder del grupo invasor. La pérdida del cabecilla sería un duro golpe para la dinámica de los secuestradores.

—Haynes, suelta a la chica —ordena el Hombre Pañuelo a su subordinado.

—Pero ¿qué pasa con...?

—¡He dicho que la sueltes!

El hombre de ojos salvajes empuja a Megan hacia sus camaradas; ella se tambalea, pero se las apaña para recuperar el equilibrio y llegar vacilante hasta Bob.

—¡Menuda panda de capullos! —gruñe.

—¿Estás bien, preciosa? —pregunta Bob, rodeándola con el brazo que tiene disponible, pero sin apartar la vista (ni el cañón) de los intrusos.

—Estos cabrones me han pillado por sorpresa —dice, masajeándose las muñecas y mirándolos con enfado.

El hombre del Pañuelo baja el arma y habla con Josh:

—Mira, en estos días no podemos correr riesgos... No os conocemos de nada; sólo cuidamos de los nuestros.

No muy convencido, Josh sigue apuntando con la 38 al pecho del Hombre Pañuelo.

—¿Y eso qué tiene que ver con secuestrar a una chica de una camioneta?

—Como he dicho, no sabíamos cuántos erais, ni a quién podría avisar. No sabíamos nada.

—¿Este sitio es vuestro?

—No… ¿A qué te refieres…? No.

Josh le dirige una sonrisa gélida.

—Entonces voy a sugerir lo que podemos hacer.

—Habla.

—Aquí dentro hay muchas cosas… ¿Por qué no nos dejáis salir y os quedáis con todo lo que queda?

El Hombre Pañuelo se vuelve hacia su gente:

—Bajad las armas, chicos. Venga. Calmaos. Vamos.

Reticentes, los demás intrusos obedecen.

El Hombre Pañuelo se vuelve hacia Josh.

—Me llamo Martínez… Siento que hayamos empezado con mal pie.

—Soy Hamilton, encantado de conocerte. Gracias por dejarnos pasar.

—Faltaría más… ¿Puedo darte un consejo antes de que zanjemos este asunto?

—Te escucho.

—Para empezar, ¿podríais dejar de apuntarnos?

Josh mira fijamente a Martínez mientras baja la pistola.

—Scott…, Bob, venga. No pasa nada.

Scott se echa la escopeta al hombro y se apoya en la cinta de una de las cajas para atender a la conversación. Bob baja de mala gana el cañón del Águila del Desierto, se la mete en el cinturón sin quitar el brazo de los hombros de Megan.

Lilly apoya el hacha en el mostrador de la farmacia, con la hoja en el suelo.

—Muchas gracias. —Martínez respira hondo y suspira—. Me pregunto una cosa. Parece que tenéis la cabeza bien amueblada. Tenéis todo el derecho a llevaros toda esa mercancía... Pero ¿puedo preguntaros adónde la vais a llevar?

—La verdad es que no la llevamos a ninguna parte —responde Josh—. Nos la llevamos puesta.

—¿Estáis viviendo en plan nómada?

—¿Hay alguna diferencia?

Martínez se encoge de hombros.

—Veras, sé que no tienes por qué fiarte de mí, pero tal como están las cosas... Podríamos beneficiarnos los unos de los otros. ¿Me entiendes?

—La verdad es que no. No tengo ni idea de adónde quieres ir a parar.

Martínez suspira.

—Voy a poner las cartas sobre la mesa: podríamos ir cada uno por su lado ahora mismo, en son de paz, deseándonos mucha suerte y tal...

—A mí me suena bien —dice Josh.

—Tenemos una opción mejor —añade el hombre.

—¿Cuál es?

—Un sitio amurallado, siguiendo la carretera. Gente como tú y como yo que intenta construir un sitio en el que vivir.

—Sigue.

—Se acabó el huir, eso es lo que te estoy diciendo. Hemos establecido una zona segura en la ciudad. No es gran cosa... aún. Hemos construido algunas murallas. Tenemos sitio para cultivar comida, generadores, calefacción... También tenemos lugar para cinco personas más.

Josh no dice nada. Mira a Lilly. No puede interpretar su expresión. Se la ve exhausta, asustada, confusa. Observa al resto de los suyos. Ve que Bob ladea la cabeza.

Scott mira al suelo. Megan mira con hostilidad a los intrusos, detrás de sus mechones de pelo rizado.

—Piénsatelo, hombre —continúa Martínez—. Podemos repartirnos lo que queda aquí dentro y decirnos adiós, o podemos unir fuerzas. Necesitamos manos buenas y fuertes. Si quisiéramos robaros, joderos o fastidiaros…, ya lo habríamos hecho. No tengo por qué darte problemas. Ven con nosotros, Hamilton. ¿Qué me dices? En la carretera sólo hay más mierda y el invierno que se acerca. ¿Qué me dices, amigo?

Josh se queda mirando a Martínez un buen rato, hasta que al final dice:

—Danos un minuto.

Se reúnen junto a las cajas registradoras.

—Tío, tienes que estar de broma —le dice Megan a Josh en un susurro tenso y grave. Los demás se concentran junto al hombre corpulento en un semicírculo—. ¿De verdad estás considerando irte con estos capullos?

Josh se humedece los labios.

—No lo sé… Cuanto más los miro, más me reafirmo en la idea de que están tan asustados como nosotros.

—Quizá podríamos ir al sitio y ver qué tal es —propone Lilly.

Bob mira a Josh.

—No puede ser tan malo. No comparado con vivir en un campamento de tiendas de campaña con una panda de exaltados. ¿Verdad?

Megan refunfuña.

—¿Es cosa mía o habéis perdido la chaveta?

—Megan, no lo sé —dice Scott—. ¿Qué podemos perder?

—Cierra el pico, Scott.

—Vale, mira —insiste Josh, levantando una mano y poniendo fin al debate—. No veo nada malo en seguirles y ver el sitio. No soltamos las armas, abrimos bien los ojos y ya decidiremos cuando estemos allí. —Mira a Bob, luego a Lilly—. ¿Os parece bien?

Lilly respira hondo y asiente.

—Sí… Me parece bien.

—Estupendo —gruñe Megan, siguiendo a los demás hacia la entrada.

Los grupos unen fuerzas y aun así tardan una hora en examinar el resto de la tienda en busca de los artículos que hacen falta en la ciudad. Buscan leña, fertilizante, tierra para plantas, semillas, martillos y clavos en las secciones de jardinería y reparaciones del hogar. Lilly nota cierta tensión en la tregua incómoda entre ambos contingentes. No pierde de vista a Martínez y se da cuenta de que hay una jerarquía tácita en la extraña banda de saqueadores. No cabe duda de que Martínez es el cabecilla y dirige a los demás a base de gestos y movimientos de cabeza.

El crepúsculo está al caer cuando llegan a la Ram de Bob y a los dos vehículos de la ciudad amurallada —una furgoneta y una camioneta— cargados hasta los topes. Martínez se pone al volante de la furgoneta y le dice Bob que les siga en la camioneta… Y así, el convoy se pone en marcha.

Con paso cansino abandonan el aparcamiento del Walmart y toman la carretera de acceso a la autopista. Lilly va en el compartimento de la litera, mirando por el parabrisas salpicado de insectos muertos. Bob se concentra en seguir a la ruidosa camioneta. Pasan junto a marañas de coches siniestrados y a los densos bosques que hay a ambos lados de la carretera rural. Detrás de los árboles, las sombras se hacen más largas y oscuras. Una tenue neblina de aguanieve ondea en el viento del norte.

En el crepúsculo gris metálico, Lilly apenas consigue ver el vehículo que va delante, a varios coches de distancia. Por el retrovisor se ve el brazo tatuado de Martínez, que lo apoya en la ventanilla mientras conduce.

Quizá sean sólo aprensiones de Lilly, pero está casi segura de que ve la cabeza de Martínez, con el pañuelo, que se vuelve hacia sus pasajeros y les dice algo, comparte algún cotilleo o detalle íntimo que sus camaradas festejan a lo grande.

Los hombres se ríen como locos.

SEGUNDA PARTE

Así se acaba el mundo

El mal que hacen los hombres vive tras su muerte;
el bien solemos sepultarlo con sus restos.

WILLIAM SHAKESPEARE

OCHO

El convoy hace dos altos en el camino a la ciudad amurallada. La primera, en el cruce de la Autopista 18 con la 103, donde un centinela armado habla un momento con Martínez antes de hacerle una señal a los vehículos para que avancen. No muy lejos, en una cuneta, hay un montón de restos humanos, todavía humeantes; los han quemado en una pira funeraria improvisada. La segunda parada la hacen en un control de carretera cerca del cartel que da la bienvenida a Woodbury. El temporal de aguanieve deviene en nieve húmeda que cae en ráfagas angulares sobre la calzada empedrada. Es un fenómeno que a principios de diciembre no suele producirse en Georgia.

—Parece que tienen una potencia de fuego importante —comenta Josh desde el asiento del conductor mientras espera que los dos hombres con uniformes militares de camuflaje y rifles M1 terminen de hablar con Martínez, que está a una distancia equivalente a tres coches. Las sombras que crean los faros delanteros del vehículo ocultan los rostros distantes mientras hablan, con la nieve formando remolinos alrededor. Los limpiaparabrisas de la Ram van de un lado a otro con un ritmo hosco; Lilly y Bob guardan silencio y observan nerviosos la conversación.

Llega la oscuridad de la noche y la falta de una red de suministro eléctrico le da a la periferia de la ciudad un aire medieval. Aquí y allá hay hogueras en barriles de petróleo, y se ven signos de escaramuzas recientes y daños en los valles boscosos y los pinares que circundan la ciudad. A lo lejos, los tejados chamuscados, los tráileres con agujeros de bala y los cables de alta tensión rotos son las huellas de conflictos pasados.

Josh ve que Lilly está estudiando una señal verde oxidada que hay un poco más adelante, visible a la luz de los faros de los coches. Está plantada en la tierra blanca y arenosa.

BIENVENIDO A
WOODBURY
1.102 HABITANTES

Lilly se vuelve hacia Josh y pregunta:

—¿Te da buena espina todo esto?

—El jurado aún está deliberando, pero parece que estamos a punto de recibir nuevas órdenes.

Más adelante, en motas luminosas de nieve que pasan por delante de los faros, Martínez se aleja de su interlocutor, se sube el cuello de la camisa y trota hacia la Ram. Camina con determinación, pero luce una sonrisa simpática en el rostro moreno. Vuelve a subirse el cuello para protegerse del frío y se acerca a la ventanilla de Josh.

Josh baja la ventanilla.

—¿Cuál es el trato?

Martínez sonríe.

—Al menos por ahora, necesito que entreguéis las armas de fuego.

Josh se queda mirándolo.

—Lo siento, hermano. De eso nada.

La sonrisa afable no desaparece.

—Son las reglas de la ciudad. Ya sabes cómo son estas cosas.

Josh niega despacio con la cabeza.

—De eso nada.

Martínez se muerde el labio, pensativo, y luego vuelve a sonreír.

—Lo comprendo perfectamente. Oye, mira, ¿podrías dejar la escopeta para conejos en la camioneta?

Josh suspira.

—Supongo que sí.

—¿Y podríais mantener las pistolas escondidas, de modo que no se vean?

—Podríamos.

—Muy bien. Si queréis que os haga el recorrido turístico, tengo que ir con vosotros. ¿Os cabe uno más?

Josh se da la vuelta hacia Bob y asiente. El hombre de mediana edad se encoge de hombros, se quita el cinturón de seguridad, se da la vuelta y se apretuja a Lilly en el compartimento de atrás.

Martínez camina hacia el lado del copiloto y sube a la cabina. Huele a humo y a lubricante.

—Conduce con cuidado, primo —dice, enjugándose la humedad de la cara y señalando a la furgoneta que tienen delante—. Sigue a la furgoneta.

Josh pisa el acelerador de la camioneta y sigue a la furgoneta más allá del puesto de control.

Tropiezan con una serie de vías de ferrocarril y entran en la ciudad por el suroeste. Lilly y Bob guardan silencio en el compartimento trasero, mientras Josh examina los alrededores. A su derecha tiene un cartel en el que se lee «PIGGLY IGGLY». Se yergue sobre un aparcamiento cubierto de cadáveres y cristales rotos. La parte izquierda de la tienda de alimentación está derrumbada, como si la hubieran volado con dinamita. Una valla alta de tela metálica, arrancada y rota en algunos tramos, se extiende paralelamente a la carretera que llaman «autopista de Woodbury» o «calle mayor». Hay montones de restos humanos espeluznantes y remiendos de basura metálica chamuscada expuesta en la grava, tierra blanca y arenosa que prácticamente brilla en la oscuridad nevada. Es un espectáculo estremecedor que recuerda a una zona de guerra abandonada en medio de Georgia.

—Tuvimos una escaramuza con una manada de zombies hace un par de semanas. —Martínez enciende un Viceroy y abre la ventanilla un palmo. El humo se arremolina en el viento salpicado de nieve y se desvanece como un fantasma—. Las cosas se desmadraron durante una temporada, pero al final prevalecieron las mentes sensatas. En breve hay que tomar una curva pronunciada a la izquierda.

Josh sigue a la furgoneta por una curva en forma de horquilla que lleva a un tramo más estrecho de carretera.

En la oscuridad inmediata, tras un velo de niebla y viento, se materializa el corazón de Woodbury. Cuatro manzanas de edificios de ladrillo de principios de siglo y cables de alta tensión que ocupan una intersección central de comercios, casas de madera y bloques de apartamentos. Una valla de tela metálica lo rodea casi todo y hay zonas en obras que parecen haber sido añadidas recientemente. Josh se acuerda de cuando a esta clase de sitios los llamaban «puebluchos de mala muerte».

Woodbury ocupa una extensión de unas doce manzanas en todas direcciones, con espacios públicos al norte y al oeste que se han ganado a los bosques y humedales. De las chimeneas de algunas azoteas y de las rejillas de ventilación salen densas columnas de humo negro, bien por la combustión de un generador, o bien por la de estufas de leña y hogares. Casi todas las farolas del alumbrado de las calles están apagadas, aunque algunas centellean en la oscuridad, al parecer, alimentadas por generadores. El convoy se acerca al centro de la ciudad, y Josh ve que la furgoneta aparca junto a una obra.

—Llevamos meses trabajando en la muralla —explica Martínez—. Ya tenemos casi dos manzanas totalmente protegidas y estamos planeando expandirla, hacer la muralla más grande a medida que crece la ciudad.

—No es mala idea —murmura Josh mientras observa la extensa muralla hecha con troncos y tablones de madera, restos de cabañas y desguace. Mide por lo menos cuatro metros y medio de alto y se extiende a lo largo de la carretera de Jones Mill. Hay tramos en los que todavía lucen las cicatrices de los ataques recientes de muertos vivientes e incluso, pese a la oscuridad y la nieve, se ven las marcas de garras, y los agujeros de bala y las manchas de sangre, negras como el alquitrán, que a Josh le llaman poderosamente la atención.

El lugar transpira una violencia latente, como un pueblo olvidado del Lejano Oeste.

Josh para la camioneta frente a la fortificación. Desde la parte trasera de la furgoneta, uno de los jóvenes vestidos como raperos baja de un salto, se dirige hacia una línea de empalme que evidencia las bisagras de una puerta y la abre lo suficiente como para dejar que pasen los dos vehículos. La caravana traquetea por la entrada y Josh la sigue.

—Somos alrededor de cincuenta personas —continúa Martínez, dándole una buena calada al Viceroy y echando el humo por la ventana—. Eso de ahí a la derecha es una especie de almacén. Ahí guardamos todas nuestras provisiones, el agua embotellada, los medicamentos, etcétera.

Josh ve un viejo cartel, casi ilegible, de «Pienso y semillas Deforest». La entrada está fortificada y reforzada con rejas en las ventanas y paneles de acero. La vigilan dos guardias armados que se están fumando un cigarrillo en la entrada. La puerta se cierra tras ellos y avanzan despacio, adentrándose un poco más en la zona amurallada. Hay más residentes observando el recorrido de los coches. La gente forma grupos en las aceras y en los vestíbulos, con el rostro tapado por las bufandas y los pañuelos. Nadie parece especialmente amigable ni feliz de tener visitas.

—Tenemos un médico que atiende en el antiguo Centro Médico del Condado de Meriwether. —Martínez tira la colilla por la ventanilla—. Esperamos expandir la muralla una manzana más de aquí a finales de semana.

—No está nada mal —comenta Bob desde el asiento de atrás, tomando nota de todo con sus ojos desvaídos—. Si no te molesta, ¿puedo preguntarte qué diantres es eso?

Josh mira hacia la parte más alta de un gigantesco edificio a pocas manzanas de la zona amurallada. Bob lo señala con el dedo. En la oscuridad, parece como si un platillo volador hubiera aterrizado en medio de un huerto. El terreno está rodeado de caminos de tierra y de unas pequeñas luces que parpadean en la nieve sobre el borde circular.

—Era una pista de carreras —sonríe Martínez. A la luz verde del salpicadero la sonrisa de Martínez es casi lupina, diabólica—. A los palurdos les encantan las carreras.

—¿Y por qué «era»? —pregunta Josh.

—El jefe estableció nuevas reglas la semana pasada. Se acabaron las carreras de coches. Hacen demasiado ruido y el jaleo atrae zombies.

—¿Tenéis un jefe?

La sonrisa de Martínez se transforma en algo indescifrable.

—No te preocupes, primo. Lo conocerás muy pronto.

Josh mira a Lilly por el rabillo del ojo. Ella está enfrascada en la tarea de morderse las uñas.

—No estoy seguro de que vayamos a quedarnos mucho tiempo.

—Eso es cosa vuestra. —Martínez se encoge de hombros en un gesto neutral. Se pone unos mitones de cuero Carnaby y se sube el cuello de la chaqueta—. Tú sólo recuerda esos beneficios mutuos de los que te hablé.

—Lo haré.

—Todos los apartamentos están habitados, pero aún quedan sitios en el centro de la ciudad en los que os podéis quedar.

— Es bueno saberlo.

—En cuanto nos hayamos expandido, podrán elegir entre un montón de lugares para vivir.

Josh no dice nada.

A Martínez se le borra la sonrisa de los labios. Bajo la luz verde, parece como si estuviera recordando tiempos mejores, quizá a su familia, quizá algo doloroso.

—Me refiero a sitios con camas confortables, intimidad…, vallas de madera y árboles.

Se hace un largo silencio.

—Deja que te haga una pregunta.

—Dispara.

—¿Cómo acabaste aquí?

Martínez suspira.

—Si te soy sincero, te juro que no me acuerdo.

—¿Cómo es eso?

Vuelve a encogerse de hombros.

—Estaba solo… Mordieron a mi ex mujer; mi hijo desapareció. Todo me importaba una mierda, sólo quería matar zombies. Me dio por arrasarlo todo. Me cargué a un buen número de esos cabrones tan feos. La gente de aquí me encontró inconsciente en una cuneta y me recogieron. Te juro por Dios que eso es todo lo que recuerdo. —Inclina la cabeza como si estuviera intentando hacer memoria—. Me alegro de que lo hicieran, especialmente ahora.

—¿Qué quieres decir?

Martínez se queda mirándolo.

—Este lugar no es perfecto pero es seguro, y cada vez lo será más, gracias en gran medida al tipo que ahora está al mando.

Josh lo mira.

—¿Te refieres a ese Jefe al que has mencionado antes?

—A ese mismo.

—¿Y dices que vamos a tener ocasión de conocerlo?

Martínez levanta una mano enguantada como diciendo «espera». Saca una pequeña radio del bolsillo de la camisa de franela.

—Haynes, llévalos al juzgado… Nos están esperando.

Josh y Lilly intercambian una mirada significativa cuando el vehículo al que siguen deja la calle mayor y se dirige hacia la plaza del pueblo, en la que una estatua de Robert E. Lee custodia un cenador cubierto de kuzu. Se acercan al edificio gubernamental de piedra que está en el extremo opuesto del parque. La oscuridad velada por la nieve le confiere a los escalones de piedra y al pórtico una palidez fantasmagórica.

La sala de reuniones está en la parte de atrás de los juzgados, al final de un largo y estrecho pasillo revestido con puertas de cristal que llevan a los despachos privados.

Josh y compañía llegan a la abarrotada sala de reuniones con las botas que chorrean en el suelo de parquet. Están exhaustos y sin ganas de conocer al comité de bienvenida de Woodbury, pero Martínez les pide que tengan paciencia.

Mientras esperan, la nieve golpea los altos ventanales. Hay estufas eléctricas en funcionamiento y el lugar está iluminado con faroles Coleman. Da la impresión de que ha sido testigo de unos cuantos enfrentamientos. Las paredes de escayola agrietada tienen cicatrices producto de la violencia. El suelo está lleno de sillas plegables tiradas y montones de documentos. Cerca de la bandera hecha jirones del estado de Georgia, Josh ve rastros de sangre en la pared de enfrente. En las entrañas del edificio se oyen las vibraciones de los generadores.

Esperan algo más de cinco minutos. Josh va de un lado a otro, Lilly y los demás se sientan en las sillas hasta que el eco de unas botas retumba en el pasillo. Alguien está silbando mientras los pasos se acercan.

—Bienvenidos, amigos. Bienvenidos a Woodbury. —El timbre de voz que llega desde la puerta es grave, nasal y cargado de buen humor.

Todas las cabezas se vuelven.

En la puerta hay tres hombres de pie con enormes sonrisas en el rostro que no encajan del todo con las miradas frías y herméticas. El hombre que está en medio irradia una extraña energía; lo cual hace que Lilly piense en pavos reales y peces luchadores de Siam.

—Aquí siempre vienen bien las buenas personas —anuncia al entrar en la sala.

El hombre está en los huesos y va vestido con un jersey raído. Tiene el pelo negro desgreñado y un atisbo de barba y bigote. Parece que ha empezado a recortárselo a lo Fu Manchú. Tiene un extraño tic que apenas se nota: pestañea mucho.

—Me llamo Philip Blake —dice—. Os presento a Bruce y a Gabe.

Los otros dos hombres, ambos más viejos, van pegados como perros guardianes a los talones del joven. No emiten grandes expresiones de bienvenida, salvo un par de gruñidos y gestos de consentimiento, todo ello sin despegarse de los talones del tal Philip.

Gabe, el que está a la izquierda, es caucásico. Parece una boca de incendio, tiene el cuello ancho y corte de pelo militar. Bruce, el de la derecha, es un negro adusto con la cabeza ónice rapada. Los dos llevan el dedo en el gatillo de sendos rifles de asalto que les cruzan el pecho. Por un instante, Lilly no logra apartar la vista de las armas.

—Lamento la artillería pesada —comenta Philip, señalando las armas detrás de él—. Tuvimos una pequeña escaramuza el mes pesado y las cosas se pusieron feas por un tiempo. Ahora no podemos correr riesgos. Nos jugamos demasiado. ¿Cómo os llamáis?

Josh le presenta al grupo. Va de uno en uno por la habitación y termina con Megan.

—Te pareces a alguien que conocí —le dice Philip a Megan mientras le da un repaso con la mirada. A Lilly no le gusta el modo en que ese tío mira a su amiga. Es muy sutil, pero le molesta.

—Me lo dicen mucho —contesta Megan.

—O quizá a una famosa. ¿No os recuerda a una famosa, muchachos?

Los «muchachos» que están detrás de él no parecen tener opinión propia. Philip chasquea los dedos.

—¡A la chica de *Titanic*!

—¿Carrie Winslet? —especula el que se llama Gabe.

—Serás tonto de remate… No es Carrie sino Kate. Kate. Es Kate Winslet.

Megan le lanza a Philip una sonrisa coqueta.

—Suelen decirme que me parezco a Bonnie Raitt.

—Me encanta Bonnie Raitt —afirma Philip con entusiasmo—. «Let's Give 'Em Something to Talk About'».

Josh se decide a hablar:

—¿Así que tú eres el mentado «Jefe»?

Blake se da la vuelta hacia el hombre corpulento.

—Culpable. —Philip sonríe, se acerca a Josh y le extiende la mano—. Josh, ¿verdad?

Josh le da un apretón de manos; su expresión sigue siendo neutral, educada, respetuosa.

—Muchas gracias por acogernos, aunque no sé cuánto nos quedaremos.

Philip vuelve a sonreír.

—Acabas de llegar, amigo mío. Descansa. Échale un vistazo al lugar. No vas a encontrar otro más seguro para vivir, créeme.

Josh asiente.

—Parece que tienes el problema de los zombies bajo control.

—No voy a mentirte: nos dan mucha guerra. Cada poco tiempo

se produce el ataque de una manada. La situación se puso fea hace un par de semanas, pero ya tenemos la ciudad bajo control.

—Eso parece.

—Básicamente, funcionamos con trueque. —Philip Blake echa un vistazo a la sala y examina a los recién llegados, de la misma forma que un entrenador tantea a los nuevos jugadores de su equipo—. Por lo que sé, ayer tuvisteis suerte en Walmart.

—No nos fue mal.

—Podéis coger lo que os haga falta mediante intercambio.

—¿Intercambio de qué?

—Bienes, servicios... Lo que sea que podáis ofrecer. Podéis quedaros todo el tiempo que queráis siempre y cuando respetéis a vuestros conciudadanos, no os metáis en líos, cumpláis las reglas, echéis una mano... —Mira a Josh—. En estos lares nos hacen falta caballeros con tus... condiciones físicas...

Josh se lo piensa.

—¿Así que eres el representante electo?

Philip mira a sus guardias, éstos le sonríen y Philip empieza a desternillarse. Se limpia los ojos, que le lloran de la risa, y ladea la cabeza.

—Soy más bien un... ¿Cómo se dice? Presidente en funciones... ¿Pro témpore?

—¿Qué?

Philip mueve la mano como quitándole importancia a la cuestión.

—Míralo así. No hace mucho este sitio estaba bajo el dominio de unos gilipollas sedientos de poder, les quedaba grande. Vi que hacía falta un líder y me ofrecí voluntario.

—¿Voluntario?

La sonrisa desaparece del rostro de Philip.

—Tomé el mando, amigo. En estos tiempos es necesario un liderazgo firme. Aquí hay familias. Mujeres y niños. Ancianos. Hace falta alguien que vigile las puertas, alguien... decidido. ¿Entiendes lo que quiero decir?

—Sí, claro —asiente Josh.

Detrás de Philip, Gabe todavía se ríe y murmura:

—Presidente en funciones..., mola.

Del otro lado de la sala, Scott, sentado en el alféizar de la ventana, interviene:

—Colega, la verdad es que tienes pinta de presidente con esos dos tíos que parecen haber salido del servicio secreto.

Un silencio incómodo se impone en el grupo. La sonrisita de fumeta de Scott va haciéndose más débil. Philip se da la vuelta para mirar al drogata, en la otra punta de la sala.

—¿Cómo te llamas, jovencito?

—Scott Moon.

—Bien, Scott Moon. Yo no sé nada de presidentes. No me veo de jefe del Ejecutivo —dice Philip con una sonrisa fría—. Yo, como mucho, sería gobernador.

Esa noche la pasan en el gimnasio del instituto de la ciudad. Es un antiguo edificio de ladrillo situado fuera de la zona amurallada, en el linde de una pista de atletismo salpicada de tumbas. En las vallas de madera se ven las marcas de un reciente ataque de zombies. En el interior del gimnasio, la cancha de baloncesto está llena de catres improvisados. Huele a orina, a sudor y a desinfectante.

A Lilly la noche se le hace eterna. Los pasillos fétidos y las bovedillas que conectan las aulas a oscuras crujen y se quejan con el viento. Los extraños que duermen en el gimnasio se revuelven en sus catres, tosen, estornudan y murmuran elucubraciones febriles. Cada pocos minutos, algún niño se echa a llorar.

En un momento dado, Lilly mira a la litera que tiene al lado, en la que Josh duerme como un tronco, y ve que el hombre corpulento se despierta sobresaltado de una pesadilla.

Lilly alarga el brazo y le da la mano; el hombre la coge.

A la mañana siguiente, los cinco recién llegados se sientan en círculo alrededor del catre de Josh. La luz cenicienta refleja las motas de polvo y hace dibujos sobre los enfermos que yacen en posición fetal entre las sábanas sucias y raídas. A Lilly le recuerda a los campamentos de la guerra civil, a las morgues provisionales, al purgatorio.

—¿Es cosa mía, o este sitio es muy raro? —pregunta en voz baja a sus compañeros de viaje.

—Te quedas corta —dice Josh.

Megan bosteza y se estira.

—Es mucho mejor que dormir en el pequeño calabozo sobre ruedas de Bob.

—En eso tienes razón —afirma Scott—. Prefiero mil veces un catre de mierda en un gimnasio apestoso.

Bob mira a Josh.

—He de admitir, capitán, que hay razones para quedarse aquí una temporada.

Josh se ata los cordones de las botas y se pone la chaqueta de leñador.

—No sé qué pensar de este lugar.

—¿Tú qué opinas?

—No lo sé. Creo que habrá que decidir sobre la marcha.

—Estoy de acuerdo con Josh —dice Lilly—. Este sitio tiene algo que no me gusta.

—¿Cómo es posible? —Megan se atusa los rizos con los dedos—. Es seguro y tienen provisiones y armas.

Josh se pasa la mano por la boca, pensativo.

—Mirad, yo no soy quién para deciros qué tenéis que hacer. Pero no bajéis la guardia. Cuidaos los unos a los otros.

—Tomamos nota —dice Bob.

—Bob, creo que por ahora deberíamos cerrar con llave la camioneta.

—Recibido.

—Y ten a mano tu 45.

—Entendido.

—Y tenemos que recordar dónde está la camioneta, ya sabéis, por si acaso.

Todos están de acuerdo. Unos momentos después, deciden separarse e investigar, ver cómo es Woodbury a la luz del día. Quedan en encontrarse al mediodía, en el instituto, y entonces verán si se quedan o se van.

La fuerte luz de la mañana sorprende a Lilly y a Josh cuando salen del gimnasio. Se levantan el cuello del abrigo para protegerse del viento. Sigue nevando y el día se ha vuelto tempestuoso. A Lilly le ruge el estómago.

—¿Te apetece desayunar? —le pregunta a Josh.

—En la camioneta tenemos las cosas del Walmart, si es que te sientes capaz de comer otra vez carne seca y latas de Chef Boyardee.

Lilly se estremece.

—Creo que no puedo ni ver una lata de espaguetis.

—Tengo una idea. —Josh se mete la mano en el bolsillo de la chaqueta de franela—. Vamos, invito yo.

Tuercen hacia el oeste y caminan por la calle mayor. La ciudad se muestra ante ellos. Casi todos los escaparates de las tiendas están vacíos, sellados con tablones o con rejas. El pavimento está lleno de marcas de patinazos y de manchas de aceite. En algunas ventanas se ven agujeros de bala. Los viandantes van a lo suyo. Aquí y allá se ve el terreno desnudo cubierto de arena blanca y sucia. Es como si toda la ciudad estuviera hecha de arena.

Nadie los saluda cuando entran en la zona amurallada. Casi todos los que están fuera a esas horas llevan fardos o materiales de construcción. Parece que todo el mundo tiene prisa. Es tan deprimente como una prisión. Los cuadrantes de la ciudad están divididos por vallas temporales de madera. El rugido de las excavadoras vaga en el viento. Al este, en el horizonte, un hombre con un rifle deportivo va de un lado a otro por la parte alta de la pista de carreras.

—Buenos días, caballeros —saluda Josh a tres viejos que están sentados en unos barriles en la puerta de la tienda de pienso y semillas. Miran a Lilly y a Josh como buitres.

Uno de los ancianos, un trol arrugado con un abrigo raído y un sombrero de ala ancha, les dedica una sonrisa de dientes picados.

—Buenas, grandullón. Sois nuevos por aquí, ¿verdad?

—Llegamos anoche —responde Josh.

—Qué suerte.

Los tres cuervos se miran y se ríen como si les hubiera contado un chiste.

Josh sonríe y no le da importancia.

—Tengo entendido que éste es el centro de alimentos.

—Se podría decir que sí. —Más risas sofocadas—. No pierdas de vista a tu hembra.

—No lo haré —contesta Josh y coge a Lilly de la mano. Suben la escalera y entran.

Una luz tenue cae sobre la tienda larga y estrecha. Huele a trementina y a moho. Le han arrancado los estantes, en su lugar hay cajas hasta el techo con papel higiénico, alimentos no perecederos, agua embotellada, ropa de cama y mercadería sin rotular. Una mujer mayor embutida en un abrigo y que lleva una bufanda es la única clienta. Ve a Josh y pasa junto a él sin siquiera mirarle. El aire frío se mezcla con el calor artificial de la calefacción y el crepitar de la tensión humana. En la parte de atrás de la tienda, entre sacos de semillas que llegan al techo, hay un mostrador improvisado. Detrás hay un hombre en silla de ruedas, flanqueado por dos guardias armados.

Josh se dirige al mostrador.

—¿Cómo está usted?

El hombre en la silla de ruedas le lanza una mirada hermética.

—Vaya, vaya. Menudas dimensiones tienes —comenta, torciendo la barba larga y enmarañada. Lleva un mono descolorido del ejército y una coleta plomiza y grasienta atada con una cinta. Su rostro es un mapa de degradación de color, con los ojos legañosos enrojecidos y una úlcera en la nariz.

Josh ignora el comentario.

—Me preguntaba si tenéis frutas y verduras. O quizá huevos que nos pudierais vender.

El hombre de la silla de ruedas lo observa. Josh nota la mirada recelosa de los guardias armados. Son dos jóvenes negros que parecen estar disfrazados de pandilleros.

—¿Qué tienes a cambio?

—Hemos traído un cargamento de artículos de un Walmart, con Martínez... Me preguntaba si podríamos llegar a un acuerdo.

—Eso es entre Martínez y tú. ¿Qué otra cosa puedes ofrecerme?

Josh va a contestar cuando se da cuenta de que los tres hombres están mirando a Lilly, y el modo en que lo hacen lo cabrea sobremanera.

—¿Qué me das por esto? —dice al fin Josh, arremangándose la camisa y jugueteando con el cierre de su reloj de pulsera. Se lo quita y lo pone sobre el mostrador. No es un Rolex, pero tampoco se trata de un Timex. El cronógrafo le costó trescientos pavos diez años atrás, cuando ganaba un buen dinero con el catering.

El Hombre Silla de Ruedas mira con desdén el objeto brillante sobre el mostrador.

—¿Qué diablos es eso?

—Es un Movado. Vale unos quinientos.

—Pues aquí no los vale.

—Danos un respiro, ¿vale? Llevamos semanas comiendo latas.

El hombre coge el reloj y lo examina con cara de asco, arrugando la nariz ampollada como si el reloj estuviera bañado en heces.

—Te daré cincuenta dólares en arroz y judías, tocino y sucedáneo de huevo.

—¡Venga, hombre! ¿Cincuenta dólares?

—También tengo unos melocotones blancos que acaban de llegar. Eso es todo.

—No lo sé. —Josh y Lilly se miran. La mujer se encoge de hombros. Josh vuelve la vista al Hombre Silla de Ruedas—. No sé.

—Os durará una semana.

Josh suspira.

—Es un Movado, tío. Es una máquina de primera.

—Mira, no voy a discutir con...

Una voz de barítono llega desde atrás de los guardias e interrumpe la conversación.

—Pero ¿qué problema hay?

Todos se vuelven para mirar al individuo que se acerca al mostrador desde el almacén limpiándose las manos ensangrentadas con una toalla. Es un hombre maduro, alto y demacrado, y lleva un delantal de carnicero manchado a más no poder, salpicado de sangre y médula. En el rostro cincelado y quemado por el sol brillan unos ojos azules, fríos como el hielo, que miran a Josh.

—¿Hay algún problema, Davy?

—Todo va de maravilla, Sam —dice el hombre de la silla de ruedas sin apartar los ojos de Lilly—. Esta gente no está conforme con mi oferta y están a punto de irse.

—Espera un momento. —Josh levanta las manos en un gesto de arrepentimiento—. Lamento si os he ofendido, pero yo no he dicho que…

—No se regatea: lo tomas o lo dejas —anuncia Sam, tirando la toalla sanguinolenta en el mostrador y mirando a Josh—. A menos que… —Parece haber cambiado de opinión—. Olvídalo.

—¿A menos que qué?

El carnicero mira a los demás y luego se muerde el labio, pensativo.

—Verás, aquí lo que la mayoría de la gente hace es trabajar para pagar sus deudas, ya sea en la construcción de la muralla, arreglando vallas, colocando sacos de arena o actividades parecidas. Le sacarás más partido a tu dinero si incluyes tus músculos en la transacción. —Le da un repaso a Lilly con la mirada—. Por supuesto, una persona puede proporcionar toda clase de servicios para sacar más provecho. —Sonríe—. Especialmente una persona del sexo femenino.

Lilly se da cuenta de que los hombres de detrás del mostrador la están mirando con una sonrisa lasciva. Al principio la pilla desprevenida y simplemente se queda ahí, de pie, sorprendida. Luego siente que toda la sangre se le acumula en las mejillas. Se marea. Quiere darle una patada al mostrador y destrozar ese lugar que apesta a moho, tirar las cajas al suelo y decirles a todos que se jodan. Pero el miedo, ese miedo que le bloquea la garganta —su viejo castigo— la paraliza. Se pregunta qué diablos le pasa. ¿Cómo ha sobrevivido todo este tiempo sin que la hayan mordido? ¿Por qué no puede enfrentar a un puñado de cerdos machistas?

—Vale, ¿sabéis qué? No hace falta —interviene Josh.

Lilly mira al hombre corpulento y ve que tiene la mandíbula apretada. Se pregunta si Josh se refiere a que no hace falta que ella venda favores sexuales o a que no hace falta que esos matones hagan comentarios machistas de mal gusto. La tienda se queda en silencio. Sam le sostiene la mirada a Josh.

—No tan de prisa, grandullón. —Los implacables ojos azules del carnicero desprenden un profundo desdén. Se limpia las manos pegajosas en el delantal—. Con una señorita con ese tipazo podrías estar nadando en huevos frescos y filetes durante un mes.

Las risitas de los hombres se tornan carcajadas, pero el carnicero apenas sonríe.

Tiene la mirada impasible fija en Josh, tan tensa que saltan chispas. A Lilly se le acelera el corazón.

Le pone a Josh una mano en el brazo, que se tensa bajo la chaqueta de leñador, con los tendones tan rígidos como cables telefónicos.

—Vamos, Josh —susurra—. No pasa nada. Coge tu reloj y vámonos.

Josh sonríe respetuosamente a los hombres, que siguen a las risotadas.

—Conque huevos frescos y filetes. Ésa sí que es buena. Quedaos el reloj. Aceptamos el beicon, las judías, el sucedáneo de huevo y lo demás.

—Ve a buscar su comida —ordena el carnicero sin apartar la mirada de Josh.

Los guardias desaparecen en la trastienda durante un momento para preparar el pedido. Vuelven con una caja llena de bolsas de papel marrón con manchas de aceite.

—Gracias —dice Josh con calma, recogiendo la comida—. Os dejamos con vuestros quehaceres. Que tengáis un buen día.

Josh escolta a Lilly hacia la puerta. La mujer es muy consciente de que los hombres le miran el trasero sin ningún tipo de disimulo.

Esa tarde, en uno de los sectores vacíos del norte de la ciudad, se produce una conmoción que llama la atención de todos los residentes.

Al otro lado de la alambrada metálica, detrás de una arboleda, se oyen unos chillidos nauseabundos. Josh y Lilly perciben los gritos y se acercan a la zona.

Cuando llegan al montículo de grava y suben a la cima para poder ver qué pasa a lo lejos, ya han sonado tres tiros entre los árboles que están a ciento treinta metros.

Josh y Lilly se agachan a la luz del sol moribunda. Desde detrás de una pila de escombros ven a cinco hombres cerca del boquete de la valla. Uno de ellos es Philip Blake, el que se ha autoproclamado Gobernador. Lleva un abrigo largo y lo que parece ser una pistola semiautomática en la mano. La tensión se palpa en el aire.

Delante de Blake, en el suelo, enredado en la alambrada metálica rota, un adolescente que sangra por varias heridas de mordiscos intenta librarse desesperadamente de la tela metálica, excavando la tierra con las manos para poder volver a casa.

En las sombras del bosque, justo detrás del chico, hay tres zombies amontonados en el suelo con sendos tiros en la cabeza. Lilly tiene bastante claro lo que ha pasado: al parecer, el chico salió a explorar el bosque y fue atacado, herido e infectado; después intentó volver a un lugar seguro. Ahora se retuerce sobre el terreno, atemorizado y dolorido. Philip, de pie a su lado, lo mira con la misma frialdad y la misma falta de emoción que un sepulturero.

Lilly se sobresalta cuando oye el disparo de la pistola de nueve milímetros de Blake. El cráneo del chico estalla. El cuerpo cae al instante.

—No me gusta este sitio, Josh. No me gusta ni un pelo. —Lilly está sentada en el parachoques trasero de la Ram, bebiendo café tibio de un vaso de plástico.

En la oscuridad de su segunda noche en Woodbury, la ciudad ya ha absorbido en sus entresijos a Megan, a Scott y a Bob, como un organismo pluricelular que se alimenta del miedo y de la sospecha, y que requiere a diario de nuevas formas de vida. Los líderes de aquel lugar les han ofrecido un sitio donde vivir, un estudio encima de una droguería con las ventanas cubiertas de tablones. Está al final de la calle mayor, fuera de la zona amurallada, pero lo bastante alto como para ser un lugar seguro. Megan y Scott ya han llevado allí casi todas sus cosas, e incluso han cambiado sus sacos de dormir por cinco centavos de maría cultivada en la ciudad.

Bob ha encontrado por casualidad una taberna en la zona segura, y ha cambiado la mitad de su botín del Walmart por cupones para bebida, para disfrutar así de la camaradería de otros borrachos.

—A mí tampoco me entusiasma, muñeca —le dice Josh mientras se mueve inquieto detrás de la camioneta, en el frío aire de la noche. Ha preparado la cena en el infiernillo Coleman de la caravana. Tiene las manos aceitosas por la grasa del beicon. Se las limpia en la chaqueta de leñador. Lilly y él se han quedado cerca de la camioneta durante todo el día, intentando decidir qué van a hacer—. Pero tampoco es que tengamos muchas opciones ahora mismo. Este sitio es mejor que la carretera.

—¿De verdad? —Lilly tiembla de frío y se sujeta el cuello del forro polar—. ¿Estás seguro?

—Al menos está protegido.

—¿Protegido de qué? Lo que me preocupa no son las vallas ni las murallas que mantienen a los cadáveres ahí fuera…

—Lo sé. Lo sé. —Josh enciende un puro y echa un par de bocanadas de humo que serpentean al viento—. Las cosas están bastante feas por aquí, pero hoy en día es así en todas partes.

—¡Jesús! —Lilly sigue temblando mientras intenta tomar a sorbos su café—. ¿Dónde se ha metido Bob?

—Está con sus colegas, los bebedores, en el «abrevadero».

—¡Por Dios santo!

Josh se acerca a ella y le pone la mano en el hombro.

—No te preocupes, Lil. Descansaremos, trabajaré para que podamos aprovisionarnos bien… Y nos largaremos de aquí a finales de semana.

Lilly le mira.

—¿Lo prometes?

—Lo prometo. —La besa en la mejilla—. Yo te protegeré, princesa. Siempre. Siempre…

Lilly le devuelve el beso.

Josh la abraza y la besa en los labios. Ella le rodea el cuello grueso con los brazos. Las enormes manos del hombre encuentran la cintura de Lilly y sus besos se vuelven más apasionados, más desesperados. Se abrazan con fuerza. Josh la lleva al interior de la caravana, a la intimidad de la penumbra.

Ni siquiera se dan cuenta de que la puerta de la caravana queda abierta. Se olvidan de todo, excepto de sí mismos, y empiezan a hacer el amor.

Es mucho mejor de lo que habían soñado… En la oscuridad, Lilly se deja llevar. Por la puerta se entrevé la luz de la luna llena, Josh deja escapar su deseo en una serie de gemidos profundos. Se quita el abrigo y la camiseta; a la luz del plenilunio su piel es casi color índigo. Lilly se desabrocha el sujetador y el peso etéreo de sus senos se esparce por el torso desnudo del hombre. El vello del vientre se le eriza cuando Josh la penetra.

Se entregan con vehemencia. Lilly se olvida de todo, incluso del mundo hostil que hay un poco más allá de la caravana.

Un minuto, una hora…, el tiempo deja de tener sentido, se torna borroso.

Más tarde, se tumban con las piernas entrelazadas entre la basura de la caravana. La mujer apoya la cabeza en el gigantesco bíceps de Josh. Se tapan con una manta para protegerse del frío.

Josh acaricia con sus labios el lóbulo de la oreja de Lilly y le susurra:

—Nos las arreglaremos.

—Sí —afirma ella en un murmullo.

—Sobreviviremos.

—Claro que sí.

—Juntos.

—Por supuesto. —Lilly deja caer el brazo derecho sobre el pecho de Josh y mira sus ojos tristes. Se siente rara y algo aturdida—. He estado pensando en este momento desde hace mucho.

—Yo también.

Dejan que el silencio los abrace, los transporte... Yacen juntos, totalmente ajenos al peligro que los acecha. Sin saber que el mundo brutal que los rodea se cierne sobre ellos.

Y sobre todo, sin saber que los están vigilando.

NUEVE

Durante su tercer día en la ciudad, las lluvias invernales cubren Woodbury con un manto de tristeza gris oscuro. Llega principios de diciembre, ya ha pasado el Día de Acción de Gracias, y no se ha apretado ningún gatillo. La humedad, al igual que el frío, empieza a notarse dentro de las tiendas. Los montones de arena que hay en Main Street se convierten en charcos de barro; las cloacas se desbordan y expulsan agua contaminada. Una mano humana surge del otro lado de una rejilla.

Josh acaba de tomar la decisión de cambiar su mejor cuchillo de cocina —un Shun japonés— por ropa de cama, toallas y jabón; ha convencido a Lilly para llevar todas sus cosas al piso de arriba de la tintorería, donde pueden coger esponjas de baño y, además, conseguir un refugio temporal más cómodo que el dormitorio de la caravana. Lilly se queda allí la mayor parte del día, escribiendo su diario fervorosamente y planificando la huida en un rollo de papel de regalo. Josh la vigila de cerca, pero siente que algo va mal…, algo que él no es capaz de expresar.

Scott y Megan no aparecen por ningún sitio, y Lilly sospecha que su amiga —que vive con el porreta bajo el mismo techo— se está prostituyendo a cambio de droga.

Por la tarde, Bob Stookey se encuentra a una pareja con la que comparte intereses en las entrañas de la pista de carreras, cuyo laberinto de taquillas de hormigón, instalaciones y zonas de servicio se ha convertido en un hospital improvisado. Mientras la lluvia azota las vigas de metal y los puntales del estadio —emitiendo un zumbido monótono y sibilante a través de los cimientos del edificio—, un hombre de mediana edad y una mujer joven acompañan a Bob en su recorrido.

—Tengo que decir que Alice ha sido una fantástica aprendiz de enfermera —comenta el hombre, que lleva gafas de leer y bata de laboratorio, mientras guía a Bob y a la joven desde la puerta de entrada hasta la atestada sala de reconocimiento. El caballero se llama Stevens y es un tipo elegante, inteligente e irónico que a Bob le parece de otro mundo. La enfermera neófita, con rigurosa bata raída, aparenta menos años de los que realmente tiene. Lleva el pelo recogido en una trenza hacia atrás, que deja despejado su rostro juvenil.

—Sigo trabajando en ello —asegura Alice, acompañando a los hombres a través de la habitación débilmente iluminada, mientras el suelo zumba debido a las vibraciones que emite el generador central—. Me he quedado en segundo año de Enfermería.

—Vosotros dos sabéis mucho más que yo —reconoce Bob—. Yo soy sólo artillería vieja.

—Dios sabe que tuvo su bautismo de fuego el mes pasado —comenta el médico tras detenerse junto a un equipo de rayos X—. Hemos tenido un período de mucha actividad.

Bob mira a su alrededor y, al ver las manchas de sangre y los rastros de aquel completo caos, pregunta por lo ocurrido.

El médico y la enfermera cruzan miradas incómodas.

—El poder corrompe.

—¿Qué quieres decir?

El médico suspira.

—En lugares como éste se ve cómo funciona la selección natural, porque sólo los auténticos psicópatas sobreviven. No es nada agradable —afirma el médico. Luego respira y le sonríe a Bob—. Aunque sigue estando bien tener un profesional sanitario cerca.

Bob se limpia la boca.

—No sé si yo sería de gran ayuda, pero debo admitir que me gustaría aprender de un médico de una vez por todas —dice, acercándose a una de las viejas y maltratadas máquinas—. Ya veo que todos tenéis una vieja Siemens; yo manejé una cuando estuve en Afganistán.

—Sí, y no es que sea de lo mejor, pero al menos disponemos de lo básico después de haber saqueado los hospitales de la zona: bombas de infusión, suero intravenoso, un par de monitores, electrocardiogramas, electroencefalogramas… Sin embargo, vamos escasos de medicamentos.

Bob les detalla los medicamentos que ha conseguido en Walmart:

—Podéis usar los que queráis. Tengo un par de maletines de médico con lo clásico. También tengo vendas. Si necesitáis algo, sólo tenéis que pedirlo.

—Gracias, Bob. ¿De dónde eres?

—Nací en Vicksburg, pero estaba viviendo en Smyrna cuando llegó el cambio. ¿Y vosotros?

—Atlanta —contesta Stevens—. Tenía una pequeña consulta en Brookhaven cuando todo se fue al infierno.

—Yo también soy de Atlanta. —La chica se suma a la conversación—. Fui al colegio en el estado de Georgia.

En el rostro de Stevens se manifiesta una expresión amable.

—¿Has bebido, Bob?

—¿Qué?

El médico señala la petaca que se deja entrever en el bolsillo trasero de Bob.

—¿Has bebido hoy?

El hombre baja la cabeza, alicaído y avergonzado.

—Sí, señor. He bebido.

—¿Bebes todos los días?

—Sí, señor.

—¿Licor?

—Sí, señor.

—No es mi intención ponerte en evidencia, Bob —le dice el médico, dándole palmaditas en la espalda—. No es de mi incumbencia. No pretendo juzgarte, pero ¿podrías decirnos exactamente cuánto bebes al día?

Bob se hace más pequeño por la humillación que siente.

Alice mira hacia otro lado en señal de respeto. Bob se traga la vergüenza.

—No tengo ni la más remota idea. A veces me bebo un par de copas, pero si la puedo conseguir, me bebo una botella entera —le responde, mirando al médico—. Entendería que no me quisieras cerca de tu...

—Tranquilo, Bob. No lo entiendes. Me parece fantástico.

—¿Qué?

—Sigue bebiendo. Bebe todo cuanto puedas.

—¿Disculpa?

—¿Nos invitas a un trago?

Bob saca la petaca lentamente, sin quitarle los ojos de encima al médico, y se la ofrece.

—Te lo agradezco —dice Stevens mientras acepta la botella y hace un gesto de agradecimiento antes de darle un trago. Luego se limpia la boca y le ofrece la bebida a Alice.

La chica lo rechaza.

—No, gracias, es muy temprano para mí.

Stevens le da otro trago y luego le devuelve la petaca.

—Si te quedas aquí, vas a tener que beber hasta caer redondo.

Sin decir nada, Bob vuelve a meterse la petaca en el bolsillo.

Stevens sonríe de nuevo, pero hay un dejo desgarrador en su sonrisa.

—Eso es lo que te receto, Bob. Que te emborraches tanto como puedas.

Al otro lado de la pista de carreras, en el extremo norte del estadio, un individuo enjuto y encorvado sale por una puerta metálica camuflada y mira al cielo. La lluvia ha cesado, dejando tras de sí un techo bajo de nubes de hollín. El hombre enjuto lleva consigo un paquete envuelto en una manta de lana raída, del color de la hierba muerta, atada por arriba con un cordel de cuero.

El hombre enjuto tiene el pelo negro como el plumaje de un cuervo, lacio por la humedad, y lo lleva recogido en una coleta. Cruza la calle y empieza a caminar por la acera.

A medida que avanza, su mirada preternatural está atenta a cuanto sucede a su alrededor, abarcando todo aquello que encuentra a su paso. En las últimas semanas, los sentimientos que lo embargaban han amainado, y ha logrado acallar las voces que surgen de su cabeza. Se siente fuerte. Esta ciudad es su *raison d'être*; el combustible que lo mantiene vivo y lo sostiene.

Está a punto de girar la esquina en el cruce de Canyon y Main cuando percibe la silueta de un hombre mayor —el borracho que llegó días atrás, acompañado de un negro y unas chicas— saliendo del almacén rumbo al extremo sur de la pista de carreras. El señor de edad avanzada se detiene un instante para darle un trago a la petaca, por lo que el hombre enjuto puede ver, a pesar de que están a una calle de distancia, cómo le cambia la expresión cuando se traga la bebida —y percibe la quemazón que ésta le produce.

A lo lejos, al notar como el alcohol le corre por el gaznate, el hombre enjuto ve que el borracho hace una mueca que le resulta extrañamente familiar; una contorsión en el rostro que denota vergüenza y desconsuelo, y que provoca en el hombre delgado una sensación de extrañeza y emotividad, casi de ternura. El señor tira la petaca y se dispone a caminar hacia la calle Mayor con el andar característico (mitad cojera, mitad vaivén provocado por el alcohol) que tienen los vagabundos tras pasar muchos años de penuria en las calles. El hombre enjuto lo sigue y, unos minutos más tarde, no puede evitar llamar al borrachín.

—¡Eh, compadre!

Bob Stookey oye una voz áspera, con un ligero acento sureño, resonando en la brisa, pero no logra adivinar de dónde proviene.

Se detiene en un margen de Main Street y mira a su alrededor. Debido a la lluvia torrencial, la ciudad está prácticamente desolada.

—¿Eres Bob, no? —le dice la voz, acercándose cada vez más, hasta que, por fin, Bob ve una silueta aproximándose por detrás.

—Ah, hola… ¿Qué tal?

El hombre camina sin prisa hacia Bob, dejando entrever una sonrisa forzada.

—Estoy bien, gracias, Bob —contesta. Varios mechones de pelo caen sobre sus facciones marcadas. Lleva un paquete envuelto en una manta empapada que gotea y mancha el suelo. La gente de la zona ha empezado a llamarle «el Gobernador», y a Bob se le ha quedado grabado este mote, porque a este tipo le viene como anillo al dedo—. ¿Qué tal te estás acomodando en nuestra pequeña aldea?

—Muy bien.

—¿Has conocido al doctor Stevens?

—Sí, señor. Es un buen hombre.

—Llámame «Gobernador» —le recuerda, suavizando la sonrisa—. Al parecer, todo el mundo me llama así y, ¿qué demonios?, me gusta cómo suena.

—«Gobernador», pues —responde Bob, mirando el paquete que lleva en la mano. La manta chorrea sangre. Bob aparta la mirada de inmediato, asustado, pero finge no haber visto nada—. Está lloviendo a mares.

El hombre le muestra una sonrisa imperturbable.

—Acompáñame, Bob.

—Claro.

Se dirigen hacia la muralla provisional, que separa la zona comercial de las calles adyacentes, por la acera agrietada. El ruido de las pistolas de clavos se oye a pesar del viento. La muralla se extiende por toda la zona sur del distrito comercial.

—Me recuerdas a alguien. —El Gobernador rompe el silencio.

—Seguro que no es a Kate Winslet. —Bob ya ha bebido lo suficiente como para que se le suelte la lengua. Se sonríe y sigue—: Ni tampoco a Bonnie Raitt.

—*Touché.* —El Gobernador echa un vistazo al paquete que lleva en la mano y se da cuenta de que la acera se está llenando de gotitas de sangre—. Lo estoy poniendo todo perdido.

Bob desvía la mirada y se esfuerza por cambiar de tema:

—¿No os preocupa que todo ese estruendo atraiga a los zombies?

—Está todo controlado, Bob, no te preocupes. Tenemos hombres situados en la entrada de los bosques, e intentamos mantener el martilleo al mínimo.

—Es bueno saberlo… Creo que os va bastante bien por aquí.

—Lo intentamos.

—Le he dicho al doctor Stevens que puede coger de mi reserva los suministros médicos que necesite.

—¿Tú también eres médico?

Bob le habla de Afganistán, de marines heridos y de cuando consiguió la medalla honorífica.

—¿Tienes hijos?

—No, señor… Llevaba toda la vida junto a Brenda, mi esposa. Teníamos una pequeña caravana a las afueras de Smyrna; no vivíamos mal.

—Estás mirando el bulto que llevo, ¿verdad, Bob?

—No, señor… Sea lo que sea, no es asunto mío. No me concierne.

—¿Dónde está tu mujer?

Bob camina más despacio, como si el simple hecho de hablar de Brenda Stookey le pesara.

—La perdí en un ataque de caminantes, poco después de que el infierno se instalara.

—Lo siento mucho. —Se aproximan a un tramo de la muralla. El Gobernador se detiene y llama varias veces a la puerta, un empleado la empuja y ésta levanta una nube de polvo al abrirse. Saluda al Gobernador con un gesto y espera a que pasen—. Mi casa está un poco más arriba —le dice a Bob, inclinando la cabeza hacia el este de la ciudad—. Es un pequeño edificio de dos plantas. Ven conmigo, te invito a tomar algo.

—¿A la mansión del Gobernador? —bromea Bob. No puede evitarlo, es cosa de los nervios y del bebercio—. ¿No tienes leyes que aprobar?

El Gobernador se para, esboza una sonrisa y le dice:

—Ya sé a quién me recuerdas.

En ese breve instante, bajo el cielo encapotado, el hombre enjuto —que a partir de aquel momento se cree «Gobernador»— experimenta un seísmo en su cerebro. Está viendo al típico anciano de Smyrna, tosco, arrugado y alcohólico. La viva imagen de Ed Blake, el padre del Gobernador. Ed Blake tenía la misma nariz respingona, la misma frente prominente y las mismas patas de gallo alrededor de los ojos vidriosos. Ed Blake también era un gran bebedor, igual que ese tipo, y también tenía el mismo sentido del humor. Hacía los mismos chistes con el mismo regusto etílico, los mismos comentarios mordaces. Eso cuando no se dedicaba a abofetear a los integrantes de su familia con el dorso de aquellas manos grandes y callosas.

De repente, otra faceta oculta del Gobernador —una que había enterrado en las profundidades— sale a la superficie en forma de añoranza arrolladora y casi le provoca vértigo recordar al gran Ed en tiempos mejores: un simple agricultor pueblerino, que se esforzaba mucho por luchar contra sus demonios y ser un padre ejemplar.

—Me recuerdas a alguien a quien conocí hace mucho tiempo —dice el Gobernador, suavizando el tono de voz al mirar a los ojos a Bob Stookey—. Venga, vamos a tomarnos una copa.

Durante el trayecto a pie por la zona segura, los dos hombres conversan tranquila y abiertamente, como si fueran viejos amigos.

En un momento determinado, el Gobernador le pregunta a Bob qué le ocurrió a su esposa.

—Vivíamos en un parque de caravanas… —relata Bob poco a poco y con dificultad, renqueando al recordar días malos—. Un día nos vimos superados por los zombies. Yo había salido a buscar comida cuando ocurrió; para cuando volví, ya habían entrado en casa.

Deja de hablar. El Gobernador no dice nada, sólo camina en silencio, atento.

—Se la estaban comiendo y yo intenté apartarlos con todas mis fuerzas…, pero… supongo que mordieron lo suficiente como para que se transformase.

Hace otra pausa angustiosa. Bob se lame los labios secos. El Gobernador sabe que el hombre necesita una copa, que su droga es fundamental para alejar los recuerdos.

—No fui capaz de matarla —dice con un resuello ahogado. Los ojos se le llenan de lágrimas—. No estoy orgulloso de haberla abandonado. Seguro que hizo amigos después de aquello, porque a pesar de que tenía el brazo y el abdomen destrozados, todavía podía andar… Luego habrá atacado a otros, y yo soy el responsable de esas muertes. Se detiene.

—A veces es difícil despedirse —aventura el Gobernador mientras echa un vistazo al pequeño y horroroso fardo que transporta. El goteo ha disminuido, y la sangre se ha coagulado hasta tomar la consistencia de la melaza. Es entonces cuando el Gobernador se da cuenta de que Bob contempla con el cejo fruncido las gotas de sangre, sumido en sus pensamientos. Hasta parece estar sobrio.

—¿Se te ha transformado alguien? —dice Bob, señalando el espantoso paquete.

—No eres tan tonto, ¿verdad?

Bob se limpia la boca, pensativo.

—Nunca se me ocurrió alimentar a Brenda.

—Venga, Bob, quiero enseñarte algo.

Llegan al edificio de dos plantas situado al final de la manzana. El hombre acompaña al Gobernador al interior.

—Ponte detrás de mí un segundo, Bob. —El Gobernador mete la llave en el cerrojo de la puerta que está al final del pasillo de la segunda planta. La puerta se abre con un chasquido; un gruñido profundo se cuela a lo lejos—. Bob, te agradecería que no comentaras nada de lo que estás a punto de ver.

—Tranquilo…, soy una tumba.

Bob sigue al Gobernador hasta llegar a un apartamento de dos habitaciones amueblado de forma rudimentaria que apesta a carne podrida y a desinfectante. Las ventanas están pintadas con esmalte negro. En el vestíbulo hay un espejo de cuerpo entero tapado con papel de periódico y cinta aislante. Una puerta abierta delata un contorno ovalado donde antes había un espejo de baño. Han quitado todos los espejos del apartamento.

—Ella lo es todo para mí —asegura el Gobernador.

Bob lo sigue a través de la sala de estar, luego cruzan un pasillo corto y entran en un pequeño lavadero, donde se encuentra el cadáver viviente de una niña encadenado a un perno atornillado a la pared.

—Santo cielo… —dice Bob sin acercarse. La zombie, que lleva un pichi y coletas, como si estuviera lista para ir a misa, gruñe, escupe y se sacude, tensando una y otra vez la cadena a la que está sujeta. Bob da un paso atrás—. Santo cielo.

—Tranquilízate, Bob.

El Gobernador se arrodilla frente a la pequeña cosa muerta y deja el paquete en el suelo. La niña da mordiscos al aire, chasqueando los dientes ennegrecidos. El Gobernador desenvuelve el fardo, y asoma una cabeza humana que muestra una cavidad a un lado del cráneo producida por un disparo a bocajarro.

—Dios mío…

Bob repara en la cabeza y en su pulposa concavidad lateral, plagada ya de gusanos, con un corte de pelo a lo militar, como si hubiera pertenecido a un soldado o a un marine.

—Ésta es Penny…, es hija única —le explica el Gobernador cuando lanza la cabeza ensangrentada hacia el cadáver encadenado—. Somos de una pequeña ciudad llamada Waynesboro. La madre de Penny, mi querida esposa Sarah, murió en un accidente de coche antes del cambio.

La niña se alimenta.

Bob observa desde la puerta —horrorizado y cautivado a la vez— cómo la pequeña zombie sorbe y mastica la masa encefálica de la cavidad craneal igual que si pelase una langosta.

El Gobernador la mira comer. El ruido de los sorbos llena el ambiente.

—Mi hermano Brian, algunos amigos y yo fuimos a buscar pastos más verdes. Penny también vino. Viajamos hacia el oeste y acabamos quedándonos un tiempo en Atlanta; conocimos a muchas personas y perdimos a otras tantas. Seguimos yendo hacia el oeste.

El pequeño cadáver se acomoda, se apoya en la pared y escarba con sus deditos teñidos de escarlata dentro de la calavera en busca de más delicias.

La voz del Gobernador baja una octava:

—Tuvimos un encontronazo con unos indeseables en un huerto no muy lejos de aquí —balbucea. No llora, pero le tiembla un poco la voz—. Mi hermano tenía que cuidar de Penny mientras yo los ahuyentaba…, y una cosa llevó a la otra.

Bob está paralizado. Se ha quedado mudo al entrar en ese cuarto lleno de azulejos sucios, cañerías a la vista y manchas de moho. Observa a la diminuta cosa abominable, que ahora muestra una cadavérica expresión de alegría. De la boquita de piñón cuelgan hebras de materia gris. Los ojos redondos y brillantes se le ponen en blanco cuando se reclina.

—Mi hermano la cagó del todo y mataron a mi niña —explica el Gobernador, con la cabeza tan gacha que la barbilla le toca el pecho. Su voz se torna más grave por la emoción—. Brian era un tipo débil, ése era su problema. —Mira a Bob con los ojos muy abiertos y llorosos—. Sé que tú lo entiendes, Bob. No podía separarme de mi hijita.

Bob lo entiende. Le duele el alma sólo de pensar en Brenda.

—Me siento culpable de que mataran a Penny —confiesa el Gobernador, cabizbajo—. Empecé a alimentarla con restos mientras seguíamos hacia el oeste. Para cuando llegamos a Woodbury, los remordimientos habían vuelto loco de remate a Brian.

Esa cosa que una vez fue una niñita tira la calavera como quien tira una concha de ostra vacía, y mira alrededor con los ojos lechosos como si acabara de despertar de un sueño.

—Tuve que acabar con Brian como si se tratase de un perro enfermo —murmura el Gobernador, casi para sí mismo. Da un paso para acercarse a eso que una vez fue su hija. Su voz apenas es oíble—. A veces, todavía veo a mi Penny en esta cosa… cuando está tranquila como ahora.

Bob traga saliva. Una marea de emociones lo atormenta. Siente repulsión, tristeza, miedo, nostalgia e incluso compasión por aquel hombre trastornado. Agacha la cabeza.

—Has sufrido mucho.

—Mira eso, Bob —le dice el Gobernador, señalando al pequeño zombie. La niña, o lo que sea, levanta la cabeza para mirar al Gobernador con una expresión de enojo. Pestañea, y un ligero rastro de lo que fue Penny Blake brilla desde el fondo de sus ojos—. Mi hija sigue ahí. ¿A que sí, bichito?

El Gobernador se sitúa junto a la criatura encadenada, se arrodilla y le acaricia la pálida mejilla.

Bob se pone nervioso y empieza a decir:

—Cuidado, no querrás que te…

—Mira mi niñita preciosa. —El Gobernador acaricia el pelo enmarañado de la pequeña zombie, que vuelve a pestañear. El rostro lívido cambia; frunce el cejo y aparta los labios ennegrecidos para mostrar los dientes de leche podridos.

Bob da un paso hacia adelante:

—¡Cuidado!

La cosa que fue Penny chasquea la mandíbula sobre la piel desnuda de la muñeca del Gobernador, pero él aparta la mano justo a tiempo.

—¡Huy!

El pequeño zombie hace tensar la cadena, se pone de puntillas e intenta coger a su presa…, pero el Gobernador retrocede. Le habla como si se tratase de un niño:

—¡Pequeña traviesa! ¡Casi pillas a papá!

Bob se marea. Tiene náuseas y siente que está a punto de echar el hígado por la boca.

—Hazme un favor, Bob: mete la mano en el paquete en el que estaba la cabeza.

—¿Qué?

—Hazme el favor; coge la golosina que queda dentro.

Bob se aguanta el vómito y se da la vuelta, encuentra el paquete en el suelo y mira dentro. En el fondo del la bolsa hay un dedo humano blanquecino, aparentemente masculino, envuelto en un coágulo de sangre. Tiene pelo en los nudillos y del extremo por el que fue arrancado sobresale un pequeño trozo de hueso.

Algo se afloja dentro de Bob —tan bruscamente como una banda elástica al romperse— en el instante en que saca un pañuelo del bolsillo y se agacha para recoger el dedo.

—¿Por qué no haces los honores, amigo mío? —le sugiere el Gobernador, que está de pie junto a la zombie, henchido de orgullo y con las manos en las caderas.

Bob siente como si su cuerpo hubiera empezado a moverse solo, a pensar por su cuenta.

—Sí…, claro.

—Adelante.

Bob se queda a varios centímetros de donde llega la cadena, mientras la cosa que una vez fue Penny le gruñe, echa espumarajos y tira del perno con fuerza.

—Vale…, ¿por qué no?

Bob alimenta a la criatura sosteniendo el dedo todo lo lejos que puede.

El pequeño cadáver toma el bocado, cae de rodillas, lo coge con las dos manos y lo engulle con voracidad. Los nauseabundos sonidos húmedos inundan la lavandería.

Los dos hombres permanecen de pie, uno al lado del otro, y la miran. El Gobernador rodea con el brazo a su nuevo amigo.

A finales de esa semana, los hombres de la muralla se han extendido hasta el final de la tercera manzana de la calle Jones Mill, donde se encuentra la oficina de correos, que tiene las ventanas tapadas con tablones pintarrajeados con grafitis. En la muralla contigua al aparcamiento, algún gracioso ha dejado su impronta y ha pintado con aerosol la frase «Así es como se acaba el mundo: no con un tiro, sino con un zombie», que recuerda constantemente el fin de la sociedad y del Estado tal y como se conocían hasta entonces.

El sábado, Josh Lee Hamilton acaba en una cuadrilla, cargando carretillas llenas de restos de madera desde un extremo de la acera al otro con el fin de cambiar su fuerza bruta por comida, para que Lilly y él puedan seguir alimentándose. Ya no le quedan objetos de valor para hacer trueque, y durante los dos últimos días, ha estado realizando trabajos menores, como vaciar letrinas y limpiar carcasas de animales. Aun así, trabaja con gusto por Lilly.

Lo que siente hacia ella es tan intenso que hasta llora por las noches a escondidas, cuando la mujer duerme entre sus brazos en la oscuridad desolada de su piso sin ascensor. Le resulta irónico haber encontrado el amor en medio del caos de la plaga. Invadido por una especie de esperanza imprudente, y por los efectos secundarios de ensueño de la primera relación íntima de su vida, el hombre apenas lamenta la ausencia de los otros miembros de su grupo.

La pequeña camarilla parece haberse dispersado en el viento. Algunas noches, Josh ve a Megan, borracha y casi desnuda, arrastrándose a lo largo de las barandillas de los edificios residenciales. Josh no tienen ni idea de si todavía está con Scott; de hecho, el chico está desaparecido. Nadie sabe dónde está, y lo más triste es que a nadie parece importarle. Sin embargo, a Megan los negocios le van viento en popa. Entre los cincuenta habitantes de Woodbury, las mujeres no llegan a una docena, y de éstas sólo hay cuatro que tienen el síndrome climatérico.

Mucho más desconcertante resulta el hecho de que Bob haya ascendido a la categoría de mascota de la ciudad. Es evidente que el Gobernador —ese psicópata en cuya capacidad de liderazgo Josh confía tanto como en la de un zombie para entrenar un equipo de béisbol de la liga infantil— se interesa por el viejo Bob, pues lo agasaja con buen whisky y barbitúricos y hace que goce de cierto estatus.

Sin embargo, el sábado por la tarde Josh aleja todo esto de su mente mientras descarga una carretilla de baldosas en el final de la muralla provisional. Otros operarios van arriba y abajo por los flancos de la barricada, clavando tablones. Algunos emplean martillos, otros usan pistolas de clavos. El ruido es molesto, aunque no resulta insoportable.

—Déjala ahí, tío, junto a los sacos de arena. —Martínez le da la orden con un gesto de camaradería. Lleva un fusil de asalto M1 en la cadera.

Martínez tiene puesto su característico pañuelo pirata y una camiseta de camuflaje sin mangas. Sigue siendo el tipo afable de siempre.

Josh no logra entender a ese hombre. Parece ser la persona más tranquila de Woodbury, aunque hay que reconocer que en la ciudad el listón tampoco es muy alto. Es el encargado de supervisar los continuos cambios de turno de los guardias que vigilan las murallas. No suele confraternizar con el Gobernador, aunque ambos parecen ser uña y carne.

—Procura hacer el menor ruido posible, hermano —añade con un guiño.

—Entendido. —Josh asiente con la cabeza, y luego empieza a descargar baldosas de diez por quince en el suelo. Deja la chaqueta de leñador. El sudor comienza a gotearle por el cuello y la espalda. Remata la faena en apenas unos minutos.

Martínez se le acerca:

—Ve a cargarla otra vez antes de que llegue la hora de comer.

—¡Recibido! —dice Josh. Luego se da la vuelta y emprende su camino, empujando la carretilla vacía. Se ha dejado la chaqueta, con el revólver del calibre 38 dentro, colgada de un poste de la alambrada.

De tanto en tanto, Josh se olvida que lleva un arma en el bolsillo de la chaqueta. No la ha usado desde que llegó a Woodbury, porque los guardias lo tienen todo bajo control.

De hecho, en la última semana, sólo se han producido unos pocos ataques en los límites de los bosques que rodean Woodbury o en los bordes de las carreteras, y fueron sofocados de inmediato por los reservistas.

Según Martínez, los mandamases de la ciudad han descubierto un cargamento de armas en un cuartel de la Guardia Nacional al que se llega andando desde la ciudad; un arsenal entero de artillería al que el Gobernador le sacará todo el partido.

Lo cierto es que los ataques de los zombies son lo que menos le preocupa al Gobernador. Los residentes de Woodbury están empezando a flaquear; la gente salta a la mínima y empiezan a atacarse los unos a los otros.

Josh recorre las dos manzanas que hay entre la zona en obras y la nave en menos de cinco minutos; va pensando en Lilly y en la idea de forjar un futuro a su lado. Absorto en sus pensamientos, no percibe el hedor que lo envuelve a medida que se va acercando al pequeño edificio revestido de madera que se encuentra junto a las vías del tren.

La nave sirvió de almacén para la terminal sur de la Compañía Ferroviaria de Chattooga y Chickamauga. Durante el siglo xx, fue la línea de tren en la que los trabajadores cargaban los fardos de hojas tiernas de tabaco para enviarlos al norte, a Fayetteville, donde se procesaban.

Josh cruza con dificultad el largo y estrecho edificio y aparca la carretilla en la puerta. La nave se levanta diez metros sobre el suelo, en el punto más alto del tejado de dos aguas. Las vías están viejas, desconchadas y marcadas por el abandono. Hay una sola ventana que se encuentra junto a la puerta, es alargada, está rota y tapada con tablas de madera. El lugar parece un museo en ruinas, una reliquia del Viejo Sur, aunque ahora los operarios lo usan para mantener la madera seca y guardar materiales de construcción.

—¡Josh!

Josh se detiene en la entrada al oír una voz familiar que le llega desde atrás, transportada por la brisa. Se da la vuelta y ve a Lilly acercándose. Lleva su original atuendo de siempre: sombrero de ala ancha, pañuelos de colores, un abrigo de piel de coyote, que obtuvo mediante un trueque con una mujer de la ciudad, y una sonrisa cansada en el rostro delgado.

—Me has alegrado la vista, jovencita —le dice Josh mientras la coge con delicadeza para abrazarla. Ella le responde con el mismo gesto, aunque no de un modo desenfrenado, y, una vez más, Josh se pregunta si está yendo demasiado rápido; o si la compleja química que hay entre ambos ha cambiado por haber hecho el amor; o, quizá, si es que simplemente él no está a la altura de sus expectativas. Lo cierto es que Lilly parece contenerse un poco en su afectividad. Aunque sólo un poco. Sea como sea, Josh trata de quitarse estas ideas de la cabeza, que tal vez no sean otra cosa que estrés.

—¿Podemos hablar? —le pregunta ella, mirándolo fijamente con una expresión apagada.

—Claro... ¿Me echas una mano?

—Tú primero —le contesta ella, señalando la entrada. Josh se da la vuelta, para desencajar la puerta.

El olor a carne putrefacta mezclada con el aire mohoso y asfixiante que hay en la oscuridad de la nave no se percibe al entrar. Tampoco se dan cuenta del hueco que separa los dos tramos construidos con yeso en la parte trasera de aquel lugar, ni del peligro que implica que el fondo del edificio quede peligrosamente expuesto al bosque. Como mínimo, la nave se extiende treinta metros en la oscuridad, cubierta de telarañas y de raíles viejos, tan oxidados y corroídos que se camuflan en la tierra.

—¿Qué te pasa, muñeca? —Josh cruza el suelo de carbonilla para llegar a un montón de restos de madera. Las baldosas de diez por quince parecen sacadas de un granero, porque están pintadas de color rojo oscuro, desconchadas y pringadas de barro.

—Tenemos que irnos de aquí, Josh, tenemos que huir de esta ciudad antes de que ocurra algo terrible.

—Nos iremos pronto, Lilly.

—No, Josh. Hablo en serio, escúchame. —Lo agarra del brazo y tira de él para darle la vuelta y quedar cara a cara—. Me da igual que Megan, Scott y Bob se queden…, nosotros tenemos que irnos. Woodbury parece un sitio acogedor, hasta diría que tiene cierto «encanto rural», pero en el fondo está podrido.

—Lo sé… Tan sólo déjame…

Se calla al advertir por el rabillo del ojo una sombra al otro lado de la ventana.

—Dios mío, Josh, ¿has…?

—Ponte detrás de mí —le dice a Lilly mientras se percata de varias cosas a la vez: advierte el olor a rancio que impregna la nave mohosa, el ruido inarticulado de unos gruñidos que surgen de la parte trasera del edificio y, por último, el haz de luz natural que entra por el hueco de un rincón.

También cae en la cuenta de lo peor: se ha dejado la pistola en la chaqueta.

DIEZ

Justo en ese momento, un estallido de disparos resuena en el interior de la nave.

Lilly se mueve en la oscuridad mientras Josh se arrastra hacia el montón de madera, cuando la ventana próxima a la puerta principal revienta hacia el interior.

Tres zombies iracundos se han apoyado en la ventana ruinosa, que cede bajo su peso. Los cadáveres —dos hombres y una mujer—, se meten en la nave. Llevan heridas profundas en la cara, y a través del hueco de los pómulos arrancados se les ven las encías y los dientes como si fueran filas de marfil ennegrecido. Irrumpen en la oscuridad y un coro de gemidos invade el edificio.

Josh apenas tiene tiempo de procesarlo cuando escucha el barullo aproximándose desde la parte trasera de la nave sombría. Se vuelve y ve a un caminante formidable vestido con un peto —seguramente un antiguo granjero—, cuyos intestinos cuelgan como guirnaldas viscosas, que se tambalea hacia él formando una nube de motas de polvo y chocando como un borracho contra las cajas y las pilas de restos de raíles.

—¡Lilly! ¡Ponte detrás de mí!

Josh se mueve de un lado a otro hasta llegar a la pila de madera y coge una enorme tabla para usarla de escudo. Lilly lo agarra por la espalda; la respiración se le acelera por el miedo. Josh levanta la tabla y avanza hacia el gigantesco zombie con la misma inercia con la que un defensa se prepara para un derribo.

El caminante emite un quejido babeante cuando Josh lo golpea con la tabla.

La fuerza del impacto hace que el monstruoso cadáver salga disparado hasta caer en el suelo lleno de carbonilla. Josh vuelve a estamparle el madero desde arriba. Lilly se lanza sobre el panel, y el peso de ambos hace que la cosa gigante quede aplastada entre la carbonilla, moviendo desesperadamente las extremidades putrefactas y arañando el aire por los bordes de la madera con los dedos ennegrecidos.

Fuera, mezclado con el silbido del viento, se oye el repicar de la campana que da la alarma.

—¡Me cago en la puta!

Josh pierde el control. Una y otra vez golpea con la tabla al zombie. Lilly se aleja de Josh; el hombre se coloca encima de la tabla y empieza a patearla con sus botas; el cráneo del granjero se parte. Salta sin parar sobre la tabla profiriendo un rosario de gritos y rugidos entrecortados. El rostro se le retuerce de cólera.

La materia gris chorrea a borbotones por debajo del extremo superior de la tabla mientras se escucha un repugnante crujido. Los huesos del cráneo han cedido. El granjero se queda inmóvil. Un gran charco de fluido negro asoma por debajo de la madera.

Todo ocurre en cuestión de segundos: Lilly retrocede horrorizada, al tiempo que se oye una voz que viene de la calle de enfrente, se trata de una voz familiar, tranquila y serena:

—¡Al suelo, tíos! ¡Todos al suelo!

En algún rincón de su cerebro, Josh reconoce la voz de Martínez y, a su vez, recuerda que los otros dos caminantes se aproximan desde la entrada de la nave.

Josh salta de la tabla, mira alrededor y ve cómo los zombies se acercan a Lilly e intentan cogerla con sus brazos espásticos y sin vida. La mujer grita. Josh se tambalea hacia ella e intenta encontrar un arma, pero en el suelo no hay más que virutas de metal y serrín.

Lilly se echa atrás, gritando, y el estruendo de su chillido se funde con una voz resonante y autoritaria que viene de la entrada:

—¡Todos al suelo! ¡Todos al suelo! ¡¡Ahora!!

Josh lo oye y acto seguido tira de Lilly para tumbarla sobre la carbonilla.

Los muertos se yerguen sobre ellos con las bocas entreabiertas y babeantes; están tan cerca, que Josh puede oler el asqueroso hedor que expele su aliento fétido.

La pared frontal se ilumina al recibir una descarga de ametralladora que perfora una especie de collar de perlas por todo el tabique de yeso; de cada uno de los pequeños agujeros nace un haz de luz. La descarga se ceba con los troncos de los cadáveres andantes, que reciben los impactos como si estuvieran bailando un Watusi macabro en la oscuridad.

El ruido es atronador. Una lluvia de virutas de madera, metralla de escayola y trozos de carne descompuesta caen sobre Josh y Lilly, que se cubren la cabeza.

Josh vislumbra por el rabillo del ojo la danza sincronizada en la que los caminantes se sacuden y se convulsionan al ritmo de algún tambor arrítmico, mientras una oleada de luces cegadoras serpentea en la oscuridad.

Los cráneos estallan. Las partículas vuelan. Las figuras muertas se desinflan y se desploman. El fuego de artillería continúa. Los rayos finos de luz invaden la nave como si de una maraña de luz mortífera se tratara.

Se hace el silencio. Desde el exterior de la nave, el sonido amortiguado de los casquillos al caer al suelo llega a los oídos de Josh. Oye el débil tintineo producido por el cambio de cartuchos durante la recarga y el viento que ahoga una multitud de jadeos de agotamiento.

Un instante después, Josh se da la vuelta para ver a Lilly, que está tirada en el suelo —casi catatónica— a su lado, agarrándole con fuerza la camiseta y con la cara pegada a la carbonilla. Josh la abraza y le acaricia la espalda:

—¿Estás bien?

—Sí, muy bien… De fábula. —Parece como si hubiera despertado del terror y contempla cómo se expande el charco de fluido craneal. Los cuerpos yacen agujereados como coladores a pocos centímetros. La mujer se incorpora.

Josh se levanta, la ayuda a ponerse de pie y empieza a decirle algo cuando un crujido de madera le hace desviar la atención hacia la puerta.

Aparece Martínez. Habla de prisa, va directo al grano:

—¿Estáis bien?

—Sí, estamos bien —contesta Josh. De pronto, algo se oye a lo lejos: gritos encolerizados que resuenan en el viento; un choque amortiguado.

—Si estáis bien... —dice Martínez— tenemos otro fuego que apagar.

—Estamos bien.

Martínez se despide con un lacónico movimiento de cabeza, sale por la puerta y se desvanece a la luz encapotada del día.

Dos manzanas hacia el este de las vías del tren, cerca de la barricada, ha empezado una pelea. Las contiendas son el pan de cada día en la nueva Woodbury. Hace dos semanas, un par de guardias de la carnicería se emprendieron a golpes porque ambos decían ser los dueños de un ejemplar manoseado de *Jovencitas*, una revista porno. Como resultado, antes de que acabara el día, el doctor Stevens tuvo que arreglar la mandíbula dislocada de uno y curarle al otro la cuenca hemorrágica del ojo izquierdo.

Este tipo de reyertas ocurren casi siempre en entornos semiprivados —dentro de una casa y a altas horas de la madrugada— y surgen por los temas más triviales que uno pueda imaginar: alguien que mira mal a alguien, uno que cuenta un chiste que ofende a otro, un habitante que simplemente molesta a otro. Desde hace varias semanas, al Gobernador le preocupa el aumento de las peleas, que se dan cada vez con mayor frecuencia.

Pero lo que hasta hoy solían ser pequeñas trifulcas domésticas devino en un hecho público algo más multitudinario: se han lanzado a las manos a plena luz del día, en la puerta del centro de alimentos, delante de al menos veinte personas… Y ya es sabido que las masas suelen avivar la intensidad de la pelea.

Al principio, los espectadores miran con repugnancia a los dos jóvenes contrincantes aporreándose a puñetazo limpio, en plena ventolera invernal, con golpes llenos de rabia y desprecio y con los ojos encendidos de cólera.

Pero algo cambia en la multitud, y los gritos de desaprobación se vuelven vítores y aclamaciones. La sed de sangre se desata frente a la tribuna. La tensión de la plaga estalla en forma de furibundos chillidos de hiena, ovaciones psicóticas y puños levantados al aire por parte de los más jóvenes.

Martínez y sus hombres llegan en el momento álgido de la pelea.

Dean Gorman, un paletillo de Augusta vestido con ropa vaquera raída y tatuado al más puro estilo *heavy metal,* le patea las piernas a Johnny Pruitt, un porreta seboso de Jonesboro. Pruitt —que ha tenido la temeridad de criticar al equipo de fútbol de los Augusta State Jaguars— se tambalea y cae en el suelo arenoso con un gemido.

—¡Eh! ¡Parad ya! —Martínez se aproxima desde la parte norte de la calle con su M1, todavía caliente por el altercado en las vías del tren, en la cadera. Tres guardias le siguen los pasos, cada uno de ellos con un arma a la altura de la cintura. Mientras cruza la calle, a Martínez le cuesta ver la pelea desde el exterior del semicírculo que ha formado el entregado público.

Todo lo que ve es una nube de polvo, puños que van y vienen y espectadores que echan leña al fuego.

—¡Eh!

En el interior del círculo de mirones, Dean Gorman golpea las costillas de Johnny Pruitt con una bota con punta de acero, mientras el pobre gordo aúlla de dolor y rueda por el suelo. La gente se mofa. Gorman salta sobre el joven, pero Pruitt contraataca con un rodillazo en la entrepierna. Los espectadores gritan de júbilo. Gorman se encoge de lado para proteger sus partes íntimas antes de que Pruitt le dedique una tanda de reveses en la cara. La sangre que expulsa Gorman de la nariz se esparce por la arena en hebras oscuras.

Martínez empieza a dar empujones entre la masa para hacerse un hueco y acceder al centro de la pelea.

—¡Espera, Martínez!

El hombre nota que alguien lo agarra del brazo y se vuelve para mirar. Es el Gobernador.

—Espera un momento —le dice en voz baja el hombre enjuto con una chispa de interés en los ojos profundos. El bigote daliniano, oscuro y espeso, imprime un aire malicioso en su rostro. Lleva puesto un guardapolvo de color negro encima de una camisa azul de trabajo, vaqueros y botas moteras altas, cuyos flecos ondean majestuosos con el viento. Tiene pinta de paladín decimonónico, de proxeneta con estilo propio—. Quiero mirar una cosa.

Martínez baja el arma y asoma la cabeza en busca de movimiento.

—Me preocupa que alguien acabe con el culo muerto.

Para entonces, Johnny Pruitt tiene sus dedos gordinflones alrededor de la garganta de Dean Gorman, que ya se está poniendo blanco y jadea por falta de aire. En cuestión de segundos, la pelea ha pasado de ser salvaje a ser mortal, porque Pruitt no está dispuesto a soltarlo. La multitud estalla en vítores incoherentes y violentos mientras Gorman se agita y convulsiona. La cara transmuta a color berenjena. Se le hinchan los ojos, escupe saliva sanguinolenta.

—No te preocupes, abuelita —murmura el Gobernador con la mirada vacía y sin perder detalle.

Justo en ese momento, Martínez se da cuenta de que la mirada del Gobernador no está posada en la trifulca; sus ojos recorren el semicírculo de espectadores vociferantes. El Gobernador observa a los observadores, y parece estar memorizando cada rostro, cada rugido depredador, cada abucheo y cada grito.

Mientras tanto, Dean Gorman empieza a marchitarse en el suelo, sometido a los dedos de morcilla de Johnny Pruitt. El rostro de Gorman se vuelve del color del cemento y los ojos se le quedan en blanco. Deja de moverse.

—Vale, ya basta… Levántalo —le dice el Gobernador a Martínez.

—¡Que se aparte todo el mundo! —Martínez se abre paso entre el corrillo, sujetando la pistola con ambas manos.

El enorme Johnny Pruitt acaba por soltarlo a instancias de la M1. Gorman se convulsiona en el suelo.

—Llama a Stevens —le ordena Martínez a uno de los guardias.

La muchedumbre, todavía agitada por tanto alboroto, lanza un gruñido colectivo. Algunos de ellos refunfuñan y otros sueltan unos pocos abucheos, frustrados por el anticlímax.

A un costado, el Gobernador lo ve todo. Cuando los espectadores empiezan a dispersarse —moviendo la cabeza, desorientados—, el Gobernador se acerca a Martínez, que sigue de pie junto al agonizante Gorman.

Martínez mira al Gobernador:

—Sobrevivirá.

—Bien. —El Gobernador mira al suelo, donde está tirado el joven—. Creo que sé qué hacer con los guardias.

En ese mismo momento, en la oscuridad de una celda subterránea improvisada en la pista de carreras, cuatro hombres cuchichean entre sí.

—Nunca funcionará —asegura el primero con escepticismo mientras, sentado en un rincón con los bóxer empapados en orín, observa a su alrededor, entre las sombras, las siluetas en el suelo de sus compañeros de celda.

—Cierra la puta boca, Manning —dice el segundo, Barker, un palillo de veinticinco años que mira enfadado a sus compañeros desde detrás de largos y grasientos mechones de pelo. Barker fue el alumno estrella del comandante Gene Gavin en la base de Ellenwood, Georgia, donde se llevaban a cabo las misiones especiales del 221.º Btallón de Inteligencia Militar. Ahora, gracias al psicópata Philip Blake, Gavin está muerto y Barker ha quedado reducido a un bulto semidesnudo y harapiento en el sótano de unas catacumbas olvidadas de la mano de Dios, en la que subsiste a base de gachas frías y pan agusanado.

Los cuatro guardias llevan en «arresto domiciliario» unas tres semanas, desde que Philip Blake disparara a sangre fría al comandante

Gavin delante de decenas de vecinos. Ahora lo único que les queda es el hambre y la furia. Barker, que está encadenado al bloque de hormigón que hay a la izquierda de la puerta principal cerrada con llave, puede saber de primera mano quién entra en la celda… Como por ejemplo Blake…, que ha estado bajando regularmente, arrastrando a los prisioneros, uno a uno, a que corrieran Dios sabe qué suerte infernal.

—No es idiota, Barker —opina un tercero llamado Stinson resollando desde la otra punta. Éste es más viejo y musculoso que los demás; un buen chico con los dientes picados, que alguna vez dirigió una requisición en la Guardia Nacional.

—Estoy de acuerdo con Stinson —dice Tommy Zorn desde un rincón. Está malnutrido, va vestido únicamente con ropa interior y tiene un sarpullido que se le ha extendido por todo el cuerpo. Zorn trabajaba como mensajero en el cuartel de la Guardia Nacional—. Es imposible que se lo trague.

—Lo hará si lo hacemos bien —replica Barker.

—¿Quién demonios va a hacerse el muerto?

—Eso es lo de menos. Seré yo quien le patee el culo cuando abra la maldita puerta.

—Barker, creo que este sitio te ha vuelto majara, en serio. ¿Quieres acabar como Gavin? ¿Como Greely, Johnson y…?

—¡Eres un cobarde hijo de la gran puta! ¡Vamos a acabar todos como ellos si no hacemos nada para solucionarlo!

El tono de Barker tiene la misma potencia que un cable de alta tensión y acaba con la conversación en un abrir y cerrar de ojos. Durante un buen rato, los cuatro guardias permanecen sentados y en silencio.

Al final, Barker dice:

—Lo único que nos hace falta es que uno de vosotros, maricas, se haga el puto muerto. Sólo pido eso. Ya me encargaré yo de dejarlo inconsciente cuando entre.

—El problema está en hacerlo creíble —contesta Manning.

—Pues restriégate de mierda.

—¡Ja, ja! Me parto de risa.

—Hazte un corte, frótate la sangre por la cara y deja que se seque. No sé… Frótate los ojos hasta que te sangren. ¿Quieres salir de aquí?

Se hace un largo silencio.

—Por el amor de Dios, sois de la jodida Guardia Nacional. ¿Queréis pudriros aquí como gusanos?

Se hace otro silencio, esta vez más largo, y entonces se oye a Stinson decir desde la oscuridad:

—De acuerdo. Lo haré.

Bob sigue al Gobernador a través de una puerta de seguridad que hay en un extremo de la pista, ambos bajan por un pequeño tramo de escaleras de acero, y después cruzan un angosto pasillo de hormigón por el que retumba el sonido de sus pasos y resuenan bajo una luz tenue. Las luces de emergencia —que funcionan con generadores— brillan por encima de sus cabezas.

—Ya lo tengo, Bob —dice el Gobernador mientras mueve un anillo con llaves maestras que lleva atado a su cinturón con una cadena larga—. Lo que este lugar necesita es… entretenimiento.

—¿Entretenimiento?

—Los griegos tenían el teatro, Bob…, y los romanos tenían el circo.

Bob no tiene ni idea de lo que quiere decir al Gobernador, pero lo sigue con obediencia mientras se limpia la boca. Necesita un trago con urgencia. Se desabrocha la chaqueta de color verde oscuro, mientras las perlas de sudor le resbalan por la frente arrugada. El sótano cavernoso de cemento que está debajo de la pista de carreras huele a humedad rancia y asfixiante.

Dejan atrás una puerta cerrada con llave. Bob cree oír los gritos apagados de los muertos vivientes. El hedor que desprende la carne en estado de descomposición se mezcla con la peste mohosa que se percibe en el pasillo. A Bob se le revuelve el estómago.

El Gobernador lo guía hasta llegar a una puerta metálica con una pequeña ventana que hay al fondo del pasillo. Una silueta se abalanza sobre el cristal reforzado.

—Hay que tener contentos a los ciudadanos —el Gobernador se calla cuando se detiene junto a la puerta para buscar la llave—. Tienen que estar dóciles, controlables, persuasibles.

Bob espera mientras el Gobernador inserta una gruesa llave de metal en la cerradura de la puerta, pero justo cuando el cerrojo está a punto de abrirse, el Gobernador se vuelve hacia Bob y le dice:

—Tuve algunos problemas con la Guardia Nacional de esta ciudad. Pensaron que podían ser los amos de Woodbury, que podían mangonear... Pensaron que podrían construirse un pequeño reino.

Confundido, mareado y con nauseas, Bob asiente con la cabeza sin decir nada.

—Tengo aquí metidos a un puñado en hielo —dice el Gobernador con un guiño, como si estuviera desvelándole a un niño el lugar secreto en el que está el tarro de las galletas—. Había siete —agrega con un suspiro—. Ahora sólo quedan cuatro... Nos los hemos cepillado en nada.

—¿Te los has cargado?

El Gobernador suspira mirando al suelo con cara de culpabilidad.

—Han estado haciendo un servicio mejor, Bob. Por mi niña..., por Penny.

A Bob le dan arcadas al darse cuenta de lo que está insinuando el Gobernador.

—En fin... —dice el Gobernador mientras se da la vuelta hacia la puerta—. Sabía que podían sernos útiles..., pero ahora sé cuál es el verdadero destino de esta gente —continúa diciendo con una sonrisa—. Son gladiadores, Bob. Sirven al bien común.

En ese momento, varias cosas ocurren a la vez: el Gobernador sube la persiana mientras presiona el interruptor de la luz. A través del cristal reforzado, una hilera de tubos fluorescentes —que hay situados en el techo— empiezan a parpadear, dejando a la vista el interior de una celda de hormigón de veintisiete metros cuadrados. En el suelo hay un hombre corpulento que lleva unos calzoncillos destrozados como única vestimenta. Está temblando, cubierto de sangre y tiene los dientes ennegrecidos. Una mueca de espanto se hace visible en su boca.

—Qué lástima —dice el Gobernador con gesto de preocupación—. Parece que uno de ellos se ha transformado.

En el interior de la celda —cuya puerta hermética amortigua todos los sonidos— los otros prisioneros gritan y tiran de las cadenas suplicando ser rescatados ante la amenaza del hombre devenido en zombie. El Gobernador busca en los bolsillos de su guardapolvo y saca su Colt del calibre 45 y mango de nácar. Comprueba el cargador y masculla:

—Quédate aquí, Bob. Será sólo un momento.

Abre la puerta, entra en la celda y el hombre detrás de la puerta se abalanza sobre él.

Barker deja escapar un grito incoherente al tiempo que asalta al Gobernador por detrás. La cadena que lo sujeta a la pared por el tobillo se estira al máximo, cede un poco y tira del gancho de la pared. El Gobernador se tambalea, se le cae el arma y besa el suelo con un gemido. La pistola sale despedida a varios metros.

Bob aparece gritando en la puerta, mientras que Barker consigue llegar a los tobillos del Gobernador y le clava las uñas largas y sucias. Intenta quitarle las llaves, pero el llavero está atascado bajo las piernas del Gobernador.

El Gobernador grita desesperado y se arrastra hacia la pistola.

Los demás hombres continúan chillando. Barker pierde la poca cordura que le queda, ruge como un salvaje dominado por una furia asesina e incandescente, abre la boca y muerde el talón de Aquiles del Gobernador, que aúlla de dolor.

Bob está petrificado detrás de la puerta entreabierta; horrorizado, no puede hacer otra cosa que mirar.

El Gobernador le da una patada al prisionero y araña el suelo intentando coger el arma. Los otros hombres intentan zafarse, vociferando advertencias incoherentes, mientras Barker se ceba con las piernas del Gobernador. Éste intenta alcanzar la pistola, que está a pocos centímetros, hasta que sus dedos largos y nudosos consiguen rodear la empuñadura de su Colt.

Con un movimiento rápido y continuo se vuelve, apunta a Barker con la pistola semiautomática y le vacía el cargador en la cara.

Un rosario de estruendos secos y abrasadores centellea en la celda. Barker cae hacia atrás como si fuera un títere mientras las balas le perforan el rostro y salen por la parte posterior del cráneo, dibujando plumas de neblina sangrienta. El fluido de color carmín oscuro rocía el muro de hormigón que hay junto a la puerta, y también alcanza a Bob, que da un paso hacia atrás, sobresaltado.

Al otro lado de la celda, los otros hombres siguen dando voces, una retahíla de palabras sin sentido y de súplicas encadenadas. El Gobernador se pone de pie.

—Por favor, por favor, yo no estoy contagiado, ¡no estoy contagiado! —Al otro lado de la celda, Stinson, el grandullón, se sienta y se protege la cara manchada de sangre sin dejar de gritar. Le tiemblan los labios, que se ha maquillado con el moho que cubre las paredes y la grasa de las bisagras de la puerta—. ¡Era un truco! ¡Un truco!

El Gobernador libera con el pulgar el cargador, que cae al suelo. Comienza a hiperventilar por la adrenalina, saca otro cargador del bolsillo trasero y lo mete en la empuñadura. Introduce el cartucho, amartilla la Colt y, con suma tranquilidad, apunta el cañón hacia el rostro de Stinson a la vez que le dice:

—Pues yo creo que eres un puto zombie.

Stinson se cubre la cara:

—Ha sido idea de Barker. Una estupidez. Por favor, yo no quería hacerlo. Barker había perdido la cabeza. Por favor… ¡Por favor!

El Gobernador aprieta el gatillo media docena de veces; el estruendo hace que la superficie quede cubierta de polvorín y de escombros. La pared del fondo estalla en un espectáculo de fuegos artificiales a pocos centímetros por encima de la cabeza de Stinson. La descarga destroza los oídos, y la celda se llena de chispazos y de balas que rebotan hasta el techo.

La única lámpara que hay en la celda explota en un torrente de partículas de vidrio que hace que todos se tiren al suelo.

El Gobernador deja por fin de disparar y se queda de pie, recobrando el aliento, sin parar de parpadear, mientras le dice a Bob, que está en la puerta:

—Lo que tenemos aquí, Bob, es una oportunidad para aprender.

En la otra punta de la celda, Stinson se ha meado encima. Está cabreado, avergonzado, pero ileso. Hunde su rostro entre las manos y solloza en voz baja.

El Gobernador cojea hasta el hombre fornido dejando tras de sí un rastro de gotas de sangre.

—Verás, Bob… Lo que estos muchachos llevan dentro les obliga a hacer mierdas como ésta… Y les hará superestrellas en la arena.

Stinson levanta la mirada con la cara llena de mocos cuando el Gobernador se le acerca.

—Ellos no lo saben, Bob. —El Gobernador le pone a Stinson el cañón en la cara—. Pero acaban de pasar el examen de ingreso a la escuela de gladiadores —dice, dedicándole a Stinson una mirada de desprecio—. Abre la boca.

—Venga, por favor… —Stinson hipa entre sollozos, muerto de miedo, casi sin aliento.

—Abre la boca

Stinson abre la boca a duras penas. En la otra punta, junto a la puerta, Bob Stookey aparta la vista.

—Mira, Bob —continúa el Gobernador mientras penetra la boca del fornido Stinson con el cañón. La celda se llena de un silencio plúmbeo. Algunos de los presentes observan aterrorizados y absortos, otros prefieren mirar hacia otro lado—: «Obediencia, valor y… estupidez»; ¿ése es el lema de los Boy Scouts?

Sin avisar, el Gobernador aparta el dedo del gatillo, saca el arma de la boca del hombre compungido, se da la vuelta y cojea hacia la salida.

—¿Qué solía exclamar el popular Ed Sullivan?… ¡Va a ser todo un espectáculo!

El lugar se libera de tensión como una vejiga al vaciarse. El silencio se apodera de todo.

—¿Bob, me haces un favor? —murmura el Gobernador al pasar, de camino a la salida, junto al cadáver lleno de plomo del sargento de artillería Trey Barker—. Limpia todo esto…, pero no lleves los restos de este cabrón al crematorio. Llévalos al hospital —le ordena con un guiño—. Después yo me haré cargo.

Al día siguiente, antes del amanecer, Megan Lafferty está tumbada en posición supina, desnuda y helada, en un catre destartalado de un sórdido apartamento, los aposentos de algún guardia cuyo nombre no logra recordar. ¿Denny? ¿Daniel? Megan iba demasiado pedo anoche... Ahora el joven delgado con un tatuaje de una cobra entre los omóplatos se mueve encima de ella con pasividad rítmica, haciendo que el catre cruja y chirríe.

Megan piensa en otra cosa. Mira hacia arriba. Se detiene en las moscas muertas que hay en el cuenco de una lámpara de techo para intentar soportar la fricción horrible, dolorosa y pringosa que le produce la erección del hombre al entrar y salir de ella.

En el cuarto hay un catre, un tocador destartalado, cortinas pulguientas que están sobre la ventana abierta —por la que sopla de vez en cuando el viento de diciembre— y montones de cajas llenas de provisiones; algunas de las cuales Megan recibirá a cambio de sexo. Se da cuenta de que un cordón con trozos de carne cuelga de la percha de la puerta, y a primera vista los confunde con flores secas.

Sin embargo, al observar más detenidamente en la oscuridad, las flores se convierten en orejas humanas. Probablemente pertenezcan a los zombies... Un pequeño trofeo.

Megan intenta no pensar en las últimas palabras que le dijo Lilly. Fue la noche anterior; estaban sentadas alrededor de una hoguera que ardía en un bidón de gasolina: «Es mi cuerpo, amiga, y estamos viviendo tiempos difíciles.»

Megan justificó su comportamiento con un razonamiento lógico, pero Lilly —algo indignada— le contestó de forma contundente: «Prefiero morirme de hambre a prostituirme por comida.» Así, Lilly puso fin a su amistad de una vez por todas: «Me da igual, Megan. Estoy harta. Se acabó. No quiero saber nada más de ti.»

Ahora esas palabras resuenan en el inmenso vacío en que se ha convertido el alma de Megan. Ese agujero se formó en su interior hace años, como si fuera un cúmulo gigantesco de dolor o un pozo sin fondo lleno de odio que se cavó cuando era niña. Nunca ha sido capaz de llenar esa dolorosa carencia, y ahora este mundo de zombies lo ha destapado como si de una herida purulenta se tratara.

La chica cierra los ojos y se imagina sumergiéndose en un océano profundo y oscuro… hasta que un ruido la saca de su ensoñación.

Abre los ojos de par en par. El sonido que se oye fuera es inconfundible. Es débil, pero claramente perceptible a través del viento silencioso que corre antes del amanecer, resonando por los tejados: son los pasos furtivos de dos personas que caminan en la oscuridad.

Para entonces, el sin nombre de la cobra ya se ha cansado de copular y se ha apartado de encima de Megan. Huele a semen seco, mal aliento y sábanas impregnadas en orín, y empieza a roncar en cuanto apoya la cabeza en la almohada. Megan se levanta por inercia de la cama con cuidado de no despertar a su cliente drogado.

Camina de puntillas por el suelo helado para mirar por la ventana.

La ciudad duerme en la oscuridad tenebrosa. Los conductos de ventilación y las chimeneas que hay en los tejados de los edificios se recortan contra la luz apagada del cielo. Las dos siluetas apenas se ven en la penumbra, caminan hacia el extremo contrario de la valla oeste, echan nubes de vaho por la boca bajo la luz tenue de las altas horas de la madrugada. Una de las sombras es mucho más alta que la otra.

Megan reconoce primero a Josh Lee Hamilton y luego a Lilly, al tiempo que ambos se detienen a unos ciento cincuenta metros del extremo de la barricada. A Megan la inundan oleadas de melancolía.

Al ver cómo la pareja desaparece al otro lado de la valla, el sentimiento de pérdida hace que Megan caiga al suelo de rodillas, llorando silenciosamente en la hedionda oscuridad. Sus lágrimas parecen no tener fin.

—Tíramela, muñeca —murmura Josh a Lilly desde abajo, mientras ella se balancea con un pie en la parte más alta de la alambrada y el otro puesto en la cornisa que tiene detrás. Josh sabe muy bien que hay un guardia durmiendo a cien metros en dirección oeste, tirado en el asiento de una excavadora, con el campo de visión cubierto por el voluminoso contorno de un gran roble.

—Allá va —le contesta Lilly mientras se quita la mochila con torpeza y se la tira a Josh. Él la coge; pesa por lo menos cinco kilos y contiene un revólver de policía del calibre 38, un martillo de mango plegable, un destornillador, unas chocolatinas y dos botellas de plástico con agua del grifo.

—Ten cuidado.

Lilly desciende por la valla y salta al pavimento que hay al otro lado.

No pierden el tiempo caminando por los alrededores de la ciudad. El sol está saliendo, y tienen que asegurarse de que los guardias nocturnos no los vean antes de que Martínez y sus hombres se levanten y vuelvan a sus puestos. Lo cierto es que a Josh no le da buena espina el modo en el que se hacen las cosas en Woodbury. Parece que sus servicios son cada vez menos valiosos a la hora de hacer trueques. Ayer, por ejemplo, transportó alrededor de tres toneladas de paneles para construir vallas; sin embargo, Sam —el carnicero— se queja de que Josh no produce lo suficiente para pagar la deuda, incluso dice que se está aprovechando del sistema de intercambio, porque su trabajo no es equivalente a las lonchas de beicon y la fruta que recibe.

Y ésa es la razón por la que Josh y Lilly quieren escabullirse de la ciudad: para buscar provisiones por otros lados.

—No te alejes, princesa —le dice Josh a Lilly mientras la guía por el linde del bosque.

El sol empieza a salir, y ellos permanecen en las sombras mientras bordean el extenso cementerio que tienen a su izquierda. Los sauces centenarios cubren las tumbas de los caídos en la guerra civil bajo la luz espectral que precede al amanecer, haciendo que el lugar adquiera un tinte desolador. La mayoría de las lápidas están a ambos lados y algunas de las tumbas permanecen abiertas. Al pasar por el osario, Josh acelera el paso, e incluso le mete prisa a Lilly para llegar cuanto antes al cruce entre Main y Canyon Drive.

Deciden cambiar el rumbo hacia el norte y dirigirse hacia los campos de nogales que hay en las afueras de la ciudad.

—Mantente alerta por si ves algún reflector por ese lado de la carretera —le advierte Josh mientras empiezan a subir una cuesta para adentrarse en la arboleda—. O algún buzón, o cualquier tipo de señal que nos indique algún camino privado.

—¿Y qué pasa si no encontramos nada excepto árboles?

—Debe de haber una granja… Algo —dice Josh al tiempo que explora con la mirada entre los árboles que hay a ambos lados de la estrecha carretera.

Ya ha amanecido; sin embargo, los bosques que hay a ambos lados de Canyon Drive siguen sumidos en la oscuridad e infestados de sombras vacilantes. Los ruidos se confunden unos con otros, y las hojas secas se deslizan por el viento formando sonidos que recuerdan a pasos pesados. Josh se detiene abruptamente, abre la mochila, saca la pistola y revisa la recámara.

—¿Qué pasa? —dice Lilly al ver la pistola. Luego mira el bosque—. ¿Has oído algo?

—Está todo bien, muñeca. —Se coloca el arma en el cinturón y continúa subiendo la cuesta—. Mientras sigamos avanzando en silencio… todo irá bien.

Caminan otros cuatrocientos metros en completo silencio, uno detrás de otro, en guardia, y volviendo la mirada continuamente para fijarse en las ramas, que se mecen en la profundidad de la arboleda y que forman una sombra detrás de otra.

Los zombies no han vuelto a Woodbury desde el incidente de la nave del ferrocarril, pero a Josh le da la impresión de que el siguiente ataque está al caer, lo que le provoca cierto nerviosismo al verse tan lejos de la ciudad.

Justo entonces se topan con el primer rastro de lo que al parecer es una zona residencial: un enorme buzón metálico con forma de caseta de perro, situado al final de un camino privado sin nombre, en el que sólo se lee «L. Hunt» y los números «20034» grabados en el metal oxidado.

A unos cincuenta metros del primero encuentran más buzones, al menos una docena. Hay una hilera de seis al principio de una calle, y Josh empieza a pensar que les acaba de tocar la lotería. Saca el martillo de la mochila y se lo da a Lilly:

—Tenlo a mano, cariño. Vamos a seguir por la calle de los buzones.

—Yo voy detrás de ti —le dice ella, mientras sigue al hombre corpulento por el serpenteante camino de grava.

La primera monstruosidad aparece cual espejismo a primera luz de la mañana, tras los árboles, en medio de un claro, como si procediera del espacio exterior. Si esa casa estuviera situada en una avenida rodeada de árboles de Connecticut o Beverly Hills, no les sorprendería; pero aquí, en las desvencijadas tierras bajas de Georgia, a Josh casi lo deja boquiabierto.

Con tres pisos que se imponen sobre un prado impoluto, la solitaria mansión es un prodigio de arquitectura moderna, con vigas voladizas, balaustrada hasta el tope y tejados en pendiente. Es como una de las obras perdidas de Frank Lloyd Wright. Una piscina infinitamente llena de hojas se deja entrever en el jardín trasero, el abandono se hace evidente en los enormes balcones llenos de carámbanos y parches de nieve sucia que se aferran al suelo.

—Será la casa de algún magnate —dice Josh.

A medida que continúan avanzando por la calle y adentrándose entre los árboles encuentran más casas abandonadas.

Una de ellas parece un museo victoriano provisto de torreones gigantescos que se yerguen entre los nogales como si de un palacio morisco se tratara. Otra está construida casi toda en cristal, con una galería suspendida sobre una imponente colina. Cada residencia tiene piscina, establo, garaje para seis coches y jardín. Todas están a oscuras, cerradas, tapadas con paneles y tan muertas como un mausoleo.

Lilly se detiene frente a la maravilla revestida de cristal y observa las galerías:

—¿Crees que podríamos entrar?

—Dame el martillo, muñeca…, y apártate —le contesta Josh con una sonrisa.

Más allá de la comida caducada y de los indicios de robos anteriores —que habrán sido cosa del Gobernador y sus secuaces—, hallan un montón de provisiones. En algunos de los palacetes encuentran, además, ropa interior limpia, licoreras a rebosar y armarios llenos de ropa de cama perfumada. También dan con más herramientas que en una ferretería pequeña, armas, gasolina y medicamentos. Les sorprende que el Gobernador y sus hombres no hayan saqueado del todo estos lugares. La mejor parte es la ausencia de muertos vivientes.

Lilly se queda embelesada con el vestíbulo inmaculado de una cabaña de madera. Contempla maravillada las lámparas ornamentadas de Tiffany.

—¿Estás pensando lo mismo que yo?

—No lo sé, preciosa. ¿En qué estás pensando?

—Que podríamos quedarnos a vivir en una de estas casas, Josh.

—No lo sé...

—Iremos a la nuestra y pasaremos desapercibidos. —Ella mira alrededor.

Josh se lo piensa:

—Deberíamos ir paso a paso. Hacernos los tontos y ver si alguien más le ha echado el ojo.

—La mejor parte de todo esto es que ya han pasado por aquí...

Él deja escapar un suspiro.

—Déjame pensarlo, princesa. A lo mejor se lo digo a Bob.

Al registrar los garajes encuentran varios coches de lujo tapados con lonas. Empiezan a hacer planes de futuro considerando la posibilidad de viajar a otro lugar. En cuanto puedan hablar con Bob, tomarán una decisión. Vuelven a la ciudad esa misma noche. Cruzan a la parte amurallada por la zona en construcción situada al sur de la barricada.

Guardan el secreto de su hallazgo.

Por desgracia, ni Josh ni Lilly se han dado cuenta del único inconveniente que tiene el lujoso enclave. Casi todos los jardines traseros se extienden unos treinta metros hasta el borde de un alto precipicio de pendientes que termina en un cañón profundo. Y ahí abajo, en ese valle cubierto por un denso follaje, un centenar de zombies vaga sin rumbo por el lecho seco del río, chocando entre sí de un lado para otro, caóticamente, entre una maraña de ramas y enredaderas.

Cuando el olor y los ruidos de los humanos llame su atención, los cadáveres errantes tardarán un máximo de cuarenta y ocho horas en subir arrastrándose, metro a metro, por esa misma pendiente.

ONCE

—Sigo sin entender por qué no podemos quedarnos a vivir aquí —insiste Lilly al día siguiente.

En una de las mansiones revestidas de cristal, Lilly está tumbada en un sofá —exquisitamente tapizado de cuero— delante de un ventanal que se extiende por toda la fachada trasera de la primera planta, con vistas al jardín y a la piscina en forma de riñón y cubierta por una capa de nieve.

El viento gélido traquetea entre las ventanas y arroja un fino silbido de aguanieve contra el cristal.

—Ya sé que es una posibilidad —le contesta Josh desde la otra punta de la sala, mientras hace una selección de los utensilios de plata que ha encontrado en un cajón y los mete en una bolsa de tela. La noche empieza a caer en el segundo día de reconocimiento del lugar y ya se han abastecido de todo lo que se necesita para equipar una casa. También han escondido parte de las provisiones en naves y cobertizos situados en la zona exterior de la muralla. Han guardado armas de fuego, herramientas y víveres enlatados dentro de la caravana de Bob. Además, tienen planes de hacerse con uno de los vehículos, que están en buenas condiciones.

Josh suspira, se acerca a Lilly y se sienta en el sofá junto a ella.

—Todavía no tengo claro que este lugar sea seguro —le dice.

—Venga, hombre… Estas casas son como fortalezas; los propietarios las cerraron a cal y canto antes de despegar en sus jets privados. No puedo pasar ni una noche más en esa ciudad siniestra.

Josh la mira compungido:

—Nena, te prometo… que algún día se acabará toda esta mierda.

—¿De verdad crees eso?

—Estoy seguro, cariño. Alguien descubrirá qué es lo que fue mal… Algún científico del Centro de Control de Enfermedades inventará un antídoto que mantenga a los muertos donde tienen que estar.

Lilly se frota los ojos.

—Ojalá yo pudiera estar tan segura.

Josh le acaricia la mano.

—Lo superaremos, nena. Recuerdo que mi madre siempre afirmaba: «De lo único que puedes estar seguro en este mundo es de que nada es seguro porque todo cambia» —le dice con una sonrisa—. Lo único que no va a cambiar es lo que siento por ti.

Permanecen un rato sentados, inmersos en el silencioso vaivén que produce la cellisca. Algo se mueve fuera, al otro lado del jardín. Varias docenas de cabezas asoman por detrás del precipicio, una hilera de rostros corrompidos que Josh y Lilly todavía no han visto. Están de espaldas a la ventana, y el pelotón de zombies emerge de entre las sombras del barranco.

Lilly apoya la cabeza sobre el enorme hombro de Josh, absorta en sus pensamientos e ignorante de la amenaza inminente, cuando siente una punzada de remordimiento. Por la manera en que la mira, la toca y por cómo se le iluminan los ojos al despertar cada mañana en el frío camastro del apartamento de la segunda planta, la mujer se está dando cuenta de que Josh está cada día más enamorado de ella.

Una parte de Lilly ansía ese cariño y esa complicidad…, pero otra parte de ella sigue sintiéndose distante, lejana y culpable por haber permitido que la relación surgiera del miedo, por mero interés. Siente que le debe algo a Josh; sin embargo, ésa no puede ser la base de una relación. Lo que está haciendo está mal. Le debe la verdad.

—Josh… —le dice, mirándolo a los ojos—. Eres el hombre más maravilloso que he conocido en mi vida.

—Tú tampoco estás mal. —Él sonríe sin advertir la tristeza de su voz.

Mientras tanto, fuera ya se ve claramente a través de la ventana trasera cómo una cincuentena de zombies trepa por los salientes, clavando sus garras en el césped y arrastrando su peso muerto con convulsiones intermitentes. Algunos se ponen de pie con gran esfuerzo y caminan pesadamente hacia el edificio acristalado, chasquean la mandíbula al aire, hambrientos. Un anciano vestido con bata de hospital y con el pelo canoso es quien lidera la horda.

En el interior de la suntuosa vivienda protegida por los paneles de cristal, ignorantes de la amenaza que se aproxima, Lilly mide sus palabras:

—Has sido muy bueno conmigo, Josh Lee… No sé cuánto tiempo habría podido sobrevivir sin ti…, y siempre te estaré agradecida por eso.

Josh la mira y su sonrisa se desvanece:

—¿Por qué me da la sensación de que hay un «pero» al caer?

Lilly se humedece los labios, pensativa.

—Esta plaga, epidemia o lo que sea… cambia a las personas… y las obliga a hacer cosas impensables.

El rostro de tez oscura de Josh se derrumba.

—¿Qué me quieres decir, muñeca? ¿Qué te pasa?

—Sólo me parece que… No sé… puede que lo nuestro esté yendo muy de prisa.

Josh la mira como si intentara buscar las palabras adecuadas durante un largo instante. Se aclara la garganta.

—Creo que no te sigo.

Los cadáveres han llegado al jardín trasero. Al otro lado del grueso cristal no se los oye; el enorme regimiento avanza hacia la casa como un coro cacofónico, acallado por el tamborileo del aguanieve. Algunos de los caminantes —el anciano con bata, una mujer coja sin mandíbula y un par de víctimas quemadas— están a menos de veinte metros. Otros monstruos tropiezan como idiotas con el escalón de la piscina y caen sobre la lona nevada; mientras otros siguen a los líderes, con los ojos en blanco y sedientos de sangre.

—No me malinterpretes —le dice Lilly rodeada por el hermetismo de la majestuosa casa de cristal—. Yo siempre te querré, Josh... siempre. Eres maravilloso. Lo malo es... el mundo en el que vivimos, que lo corrompe todo. Yo nunca querría hacerte daño.

Los ojos de Josh se llenan de lágrimas.

—Espera. Un momento. ¿Estás diciendo que nunca se te habría ocurrido estar conmigo en otras circunstancias?

—No, por Dios, no... Me encanta estar contigo, pero es que no quiero que tengas una impresión equivocada.

—¿La impresión equivocada sobre qué?

—Pensando que lo que sentimos el uno por el otro surge... de algo sano.

—¿Y qué te hace pensar que nuestros sentimientos no son sanos?

—Me refiero a que el miedo lo jode todo. Estoy fuera de mis cabales desde que empezó toda esta mierda. No quiero que pienses que sólo te quiero para que me protejas o para asegurarme la supervivencia. A eso me refiero.

Con los ojos llenos de lágrimas, Josh traga saliva e intenta pensar algo que decir.

En cualquier otra circunstancia, ya se habría dado cuenta del hedor a carne rancia estofada en mierda que se expande por los alrededores de la casa. O habría oído el coro de bajos —que vienen no sólo del jardín trasero, sino también de la parte frontal y los laterales del terreno— amortiguado por las murallas que los protegen, con un murmullo tan profundo y grave que parece hacer vibrar los mismísimos cimientos. O habría visto por el rabillo del ojo, por las ventanas en forma de rombo del vestíbulo principal, tras las cortinas del salón, que venían a por a ellos en todas direcciones. Sin embargo, no ve ni siente nada, excepto el asalto a su corazón.

Aprieta los puños.

—¿Por qué demonios iba a pensar en algo así, Lil?

—¡Porque soy una cobarde! —le contesta con los ojos encendidos—. ¡Porque te abandoné a una muerte segura, joder! Nada podrá cambiar eso.

—Lilly, por favor, no...

—Vale…, escúchame. —Consigue controlar la emoción—: Lo que quiero decirte es que creo que deberíamos reflexionar y darnos…

—¡Dios mío! ¡Mierda!… ¡Mierda! ¡Mierda!

En un instante, la cara de susto de Josh borra cualquier tipo de pensamiento de la mente de Lilly.

Josh ve a los intrusos en un reflejo del cristal de una foto de familia que hay al otro lado del cuarto, encima de una espineta; un retrato enmarcado de los antiguos propietarios —incluido un caniche con lazos en el pelo— en el que lucen rigurosas sonrisas. Las siluetas fantasmales se mueven por la fotografía como si fueran apariciones sobrenaturales. Esta imagen superpuesta deja al descubierto una ventana trasera, justo detrás del sofá, en la que ahora puede verse un batallón de zombies que se amontona e intenta acceder a la casa.

Josh se da la vuelta de un salto justo a tiempo para ver cómo la ventana se resquebraja.

Los zombies más cercanos, cuyos rostros cadavéricos están aplastados contra el cristal, babean y dejan un rastro de bilis negra por toda la ventana. Todo pasa muy rápido. La finísima hendidura se extiende hacia los extremos como una tela de araña, mientras varias decenas más de cadáveres reanimados se estrujan los unos a otros y ejercen una enrome presión sobre la ventana.

El cristal se rompe justo en el instante en el que Josh le pega un tirón a Lilly y la levanta del sofá.

Un crujido espantoso, como si hubiera caído un rayo en la habitación, precede a la aparición de varios centenares de brazos extendidos hacia adelante, de mandíbulas batientes y de cadáveres que caen desde detrás del sofá en un maremágnum de cristales rotos. El viento húmedo arremete contra la imponente sala de estar.

Josh se mueve sin pensar demasiado en lo que hace, tira de la mano a Lilly y cruza la antesala abovedada para llegar a la puerta de la vivienda, mientras el coro infernal de cuerdas vocales descompuestas avanza gorjeando y amontonándose tras ellos, invadiendo la majestuosa vivienda con sonidos salvajes y hedor de muertos. Aturdidos y crispados por el apetito insaciable, los mordedores tardan poco en levantarse del suelo y reanudan la marcha, gruñendo de un lado a otro y dando bandazos para alcanzar a la presa.

Josh cruza el vestíbulo en un segundo para abrir la puerta principal. Lo recibe una pared de muertos vivientes.

Él se estremece y Lilly empieza a chillar a la vez que retrocede sobresaltada, mientras la horda de brazos cadavéricos y dedos atenazadores intenta alcanzarlos. Detrás de los brazos, un mosaico de cráneos escupen y babean una sangre negra como el petróleo; otros muestran los tendones y la musculatura del tejido facial. Una de esas manos encrespadas engancha un extremo de la chaqueta de Lilly; Josh logra tirar de ella al tiempo que lanza un alarido:

—¡Hijos de puta!

En un subidón de adrenalina, el hombre coloca la mano en el borde de la puerta y la cierra de un golpe, apretando un puñado de brazos agitados. El impacto —combinado con la fuerza de Josh y con la calidad de la lujosa puerta— rompe cada una de las seis extremidades.

Los diversos miembros se esparcen y rebotan por todo el azulejo italiano.

Josh agarra a Lilly e intenta volver a la parte central de la casa, pero se detiene al pie de la escalera de caracol al ver que la vivienda está inundada de cadáveres errantes. Las cosas han accedido a través del ventanal del recibidor, situado en el ala este de la casa, luego han entrado por la puerta para perros que hay en el ala oeste, para finalmente serpentear por entre las grietas de la terraza que hay al extremo norte de la cocina. Los únicos humanos que hay en la mansión están rodeados.

Josh coge a la mujer por el cuello de la chaqueta y la levanta para subir unos escalones. A medida que lo hacen, él saca su pistola del calibre 38 y empieza a disparar. El primer tiro produce un fogonazo sin llegar a alcanzar el blanco, aunque sí descuelga una herramienta que estaba atornillada al dintel del porche. Josh no consigue dar al objetivo. Lleva a Lilly a pulso por la escalera, mientras la horda de gruñidos, rechinamientos y golpes los sigue con torpeza.

Algunos caminantes no pueden subir y se caen; sin embargo, hay otros que se sujetan con pies y manos y logran arrastrarse hacia arriba. Desde la parte central de la escalera, Josh dispara de nuevo y le perfora el cráneo a un zombie, esparciendo sangre por toda la barandilla y la araña. Otros cadáveres se desploman, produciendo un efecto dominó. Unos momentos después hay tantos amontonados, que empiezan a pasarse los unos por encima de los otros para trepar al mismo ritmo frenético que los salmones cuando desovan. Josh dispara una y otra vez. El fluido negro estalla con cada fogonazo, pero es inútil…, hay demasiados contra los que luchar. Josh lo sabe; Lilly también.

—¡Por aquí! —le grita Josh en cuanto llegan al segundo piso.

De repente, al hombre se le ocurre una idea mientras arrastra a Lilly por el pasillo, buscando la puerta que hay al final del mismo. Josh recuerda haber entrado en el dormitorio principal el día anterior para buscar medicamentos en el botiquín y admirar las vistas desde esa ventana. Y también se acuerda de un enorme roble haciendo las veces de centinela junto a la ventana.

—¡Por aquí!

Los cadáveres alcanzan el final de la escalera. Uno de ellos choca contra la barandilla y da un traspié hacia atrás, rodando por encima de media docena de zombies y haciendo caer a tres. El trío patina en la curvatura de la escalera, dejando un rastro de babas de sangre espesa.

Mientras tanto, en el otro extremo del pasillo, Josh llega a la puerta del dormitorio, la abre de una patada y mete a Lilly en la habitación. La puerta se cierra tras ellos de un portazo. El silencio y la calma del espacioso dormitorio —con mobiliario de estilo Luis XVI, una enorme cama con dosel, un lujoso edredón de Laura Ashley y una montaña de almohadas con sus fundas llenas de puntillas y florituras— generan un contraste surrealista con la amenaza atronadora y apestosa que viene de fuera.

Los pasos arrastrados empiezan a oírse. El hedor satura el ambiente.

—¡Saldremos por la ventana, muñeca! ¡Ahora vuelvo! —Josh da media vuelta para ir directo al baño, a la vez que Lilly sale por el enorme ventanal, adornado con cortinas de terciopelo, y se agazapa mientras espera jadeante.

Josh abre la puerta del baño de un golpe y se tambalea por el lujoso espacio, que huele a jabón y está decorado con azulejos italianos, cromo y vidrio. Entre la sauna sueca y la gigantesca bañera con jacuzzi, justo debajo del lavabo, hay un tocador del que saca un frasco marrón con alcohol de quemar.

En cuestión de segundos, el hombre vuelve con la botella abierta a la habitación principal; lo rocía todo y arroja el líquido por las cortinas, la ropa de cama y los muebles antiguos de caoba. La presión del peso muerto y el ruido de los cadáveres amontonándose contra la puerta del dormitorio hacen que crujan las juntas de madera. Esto enciende todavía más a Josh.

Entonces lanza el frasco vacío y sale por la ventana.

Al otro lado de los ventanales emplomados y delicadamente grabados, enmarcados con cortinas arrugadas, un gigantesco roble centenario se alza sobre las terrazas como un coloso artrítico con los miembros retorcidos, desnudo bajo la luz del invierno, más alto que la veleta que corona el tejado. Una de las ramas nudosas ha atravesado la ventana del segundo piso y ha ocupado parte de la habitación.

Josh hace un gran esfuerzo para abrir la ventana del medio, que tiene bisagras de hierro forjado.

—Vamos, cariño, ¡hay que abandonar el barco! —Le da una patada a la hoja, sube a Lilly al alféizar y la empuja por el hueco hacia el exterior helado.

—¡Trepa por las ramas!

Lilly consigue llegar a duras penas a la rama retorcida —del grosor de un codillo de cerdo, con una corteza gruesa como el estuco de cemento—, y enrosca a su alrededor brazos y piernas. Empieza a deslizarse por la rama. El viento azota. La caída de seis metros parece mayor, como si estuviera mirando a través de un telescopio. El tejado de la cochera aparece abajo, a apenas un salto de distancia. Lilly se acerca al tronco.

Tras ella, Josh vuelve a entrar en la habitación en el preciso momento en que la puerta cae derribada.

Los zombies se desperdigan por la habitación. Se caen unos encima de los otros, levantando los brazos, aturdidos. Uno de ellos —un hombre al que le falta un brazo, y en lugar de un ojo tiene una cuenca perforada, hueca y negra como un pozo— se abalanza rápidamente sobre Josh, que está junto a la ventana escarbando en su bolsillo a un ritmo frenético. La atmósfera se llena de quejidos cacofónicos, cuando Josh encuentra al fin su Zippo.

Justo cuando el cadáver tuerto se dispone a atacar, Josh enciende el mechero y lo tira sobre la falda que rodea la cama empapada en alcohol. Las llamas se dispersan de inmediato, y Josh le da un empujón a la cosa, que retrocede por inercia hasta la otra punta de la habitación.

El zombie rebota en el lecho ardiente, desgarbado sobre la alfombra de fuego, mientras las llamas arrasan las pilastras. Cada vez aparecen más cadáveres, agitados por la luz deslumbrante, el calor y el ruido.

Josh no pierde el tiempo y se va corriendo hacia la ventana.

La segunda planta de la casa de cristal tarda menos de quince minutos en arder, otros cinco hasta que la estructura se viene abajo envuelta en una marea de llamas y humo. El segundo piso se desploma sobre el primero, arrastra la escalera y engulle la guarida de muebles antiguos y azulejos exclusivos. En veinte minutos, más del ochenta por ciento del rebaño que ha llegado por el barranco es pasto de la tormenta de fuego y queda reducido a un montón de pavesas dispersadas entre las ruinas humeantes de la majestuosa casa.

Es curioso, pero durante esos veinte minutos el armazón de la vivienda —con su espectacular fachada revestida en ventanas de cristal— funciona como una chimenea, acelerando el avance del fuego y carbonizándolo todo a mayor velocidad. Las llamaradas se elevan y se acercan peligrosamente a las copas de los árboles, sin que esto produzca mayores daños. El resto de las casas que hay en la zona están diseminadas. La evidente nube de humo sigue eclipsada por las colinas arboladas y, al parecer, oculta a la población de Woodbury.

En el tiempo que la mansión demora en quemarse, Lilly reúne el valor suficiente como para saltar al tejado del garaje desde la rama más baja del roble, y luego bajar por la fachada trasera hasta llegar a la puerta del garaje. Josh va detrás de ella. En ese instante, sólo queda un puñado de muertos fuera de la casa, por lo que el hombre se deshace de ellos con las tres balas que le quedan en el arma.

Momentos después, acceden al garaje para recoger la mochila en la que habían guardado provisiones el día anterior. El pesado macuto de lona contiene una garrafa con dieciocho litros de gasolina, un saco de dormir, una cafetera de goteo, un kilo de café French Roast, bufandas de lana, una caja de pastelitos, blocs de notas, dos botellas de vino kosher, pilas, bolígrafos, mermelada de arándano, un paquete de pan ácimo y una bobina de cuerda de escalada.

Josh recarga su arma de policía con las últimas seis balas que lleva en el cargador rápido. A continuación, se pone el macuto al hombro y se dirigen a la puerta trasera para saltar el muro. Agazapados entre los hierbajos que cubren la esquina de entrada al garaje, esperan a que el último caminante se deje llevar por la luz y el ruido de las llamas antes de lanzarse al exterior de la propiedad y meterse en el bosque más próximo.

Juntos serpentean por los árboles sin mediar palabra.

A la luz del crepúsculo, la carretera del acceso sur parece desierta. Josh y Lilly caminan por la sombra siguiendo el cauce seco de un río, que tiene un trazado paralelo al asfalto serpenteante. Van en dirección este, descendiendo por el escarpado valle, de vuelta a la ciudad.

Caminan unos dos kilómetros en silencio, como el típico matrimonio que no se habla después de una discusión. Sin embargo, lo cierto es que el miedo y la continua descarga de adrenalina los ha dejado totalmente exhaustos.

El hecho de haber estado tan cerca del fuego y de la muerte ha dejado a Lilly en estado de pánico, ya que ahora se estremece cada vez que oye algo a ambos lados del camino y no consigue respirar con cierta normalidad. Tiene el olor pestilente de los zombies metido en la nariz y le da la impresión de oír ruidos entre los árboles, aunque puede que simplemente sean los ecos de sus propios pasos cansados.

Doblan, al fin, la última esquina de Canyon Road, cuando Josh empieza a hablar:

—¿Estás asegurando que me has utilizando?

—Josh, yo no…

—¿Para protegerte? ¿Es eso? ¿Así de fuertes son tus sentimientos?

—Josh…

—¿O me estás diciendo que lo que no quieres es que yo lo vea de esa manera?

—Yo no he dicho eso.

—Sí, nena, me temo que eso es exactamente lo que has dicho.

—Esto es absurdo. —Lilly mete las manos en los bolsillos de su chaqueta de pana mientras camina. Una capa de ceniza y suciedad ha tiznado el color de la tela, que se ve más oscura bajo la luz de la tarde—. Olvídalo. No tendría que haber empezado esa conversación.

—¡No! —Josh sacude lentamente la cabeza mientras camina—. No me voy a callar.

—¿De qué estás hablando?

—¿Crees que esto es algo pasajero? —le pregunta, mirándola a los ojos.

—¿A qué te refieres?

—¿Te crees que estás en un campamento de verano?… ¿Que volveremos a casa a finales de agosto habiendo perdido la virginidad sobre una hiedra venenosa? —le dice, con la voz crispada. Lilly nunca había oído a Josh Lee Hamilton hablar con ese tono. Su timbre de barítono expresa la rabia que siente, al tiempo que aprieta la barbilla intentando contener el dolor que no da tregua—. No puedes tirar esta piedrecita y esconder la mano.

Lilly suspira, exasperada, sin saber cómo seguir esta conversación. Continúa caminando a su lado, en silencio. El muro de Woodbury se divisa en la distancia y el extremo oeste de la zona en construcción aparece ante sus ojos, con la excavadora y la pequeña grúa inmovilizadas bajo la última luz del día. Por experiencia propia, los obreros saben que los zombies —al igual que los peces— muerden más durante las horas del crepúsculo.

—¿Qué demonios quieres que diga, Josh? —acaba preguntándole Lilly.

Él mira fijamente al suelo mientras camina y rumia sus cavilaciones. El macuto no para de hacer ruido al golpearle la cadera a medida que va avanzando.

—¿Qué tal si me pides disculpas? ¿Qué tal si me dices que lo has estado pensando y que lo que te pasa es que te da miedo tener tanta confianza con alguien porque no quieres que te hagan daño, o porque ya te lo han hecho; y te retractas, sí, te retractas, y me dices que me quieres tanto como yo a ti? ¿Te parece? ¿Eh?

Ella lo mira; le escuece la garganta a causa del humo y el miedo. Está sedienta. Está cansada, sedienta, confusa y asustada.

—¿Qué te hace pensar que me han hecho daño?

—La intuición.

Ella lo mira. La ira aprieta su abdomen como si fuera un puño.

—Ni siquiera me conoces.

Él la mira, con los ojos de par en par, amenazante:

—¿Te estás quedando conmigo?

—Hace apenas dos meses que empezamos a estar juntos. Todos estamos asustados. Nadie conoce a nadie. Lo único que queremos es... sobrevivir.

—¿Bromeas? ¿De verdad crees que no te conozco después de todo lo que hemos pasado juntos?

—Josh, yo no he...

—¿Me estás poniendo al mismo nivel de Bob y el drogata? ¿Soy como Megan y los tíos del campamento? ¿Como Bingham?

—Josh...

—Todo lo que me has estado diciendo en los últimos días... ¿Era mentira? ¿En serio?

—Te he dicho lo que sentía —contesta casi susurrando.

El remordimiento se apodera de ella. Por un instante, recuerda el momento en el que perdió a la pequeña Sarah Bingham, mientras los zombies se arremolinaban alrededor de la niña, junto a la carpa de circo, en aquel lugar abandonado a la buena de Dios. La impotencia. El terror paralizante que la invadió aquel día. La pérdida, la tristeza y el dolor... profundos como un pozo. Lo cierto es que Josh tiene razón. De noche, al hacer el amor, Lilly ha dicho cosas que son medias verdades. En parte, ella lo quiere, se preocupa y alberga sentimientos hacia él..., pero sólo para llenar un vacío que hay en su interior; un vacío que tiene que ver con el miedo.

—Me parece fantástico —zanja Josh Lee Hamilton, moviendo la cabeza.

Se aproximan a la abertura del muro que rodea la ciudad. La entrada, un hueco entre dos partes no construidas de la barricada, consta de una puerta de madera asegurada por un extremo con un cable. A unos cincuenta metros de distancia, un guardia está sentado en el tejado de un semitráiler, mirando en otra dirección, con una carabina M1 en el cinturón.

Al llegar a la puerta, Josh suelta el cable con rabia; y el traqueteo que produce al abrirse hace eco. A Lilly se le pone la carne de gallina.

—Josh, ten cuidado, nos van a oír —le susurra la mujer.

—Me importa una mierda —le contesta, abriéndole la puerta—. Esto no es una cárcel. No pueden impedirnos que entremos y salgamos.

Ella cruza la puerta tras él y caminan por una calle adyacente hasta llegar a Main Street.

A esas horas, sólo quedan unos pocos rezagados. Casi todos los habitantes de Woodbury están dentro de sus casas; cenando, bebiendo o emborrachándose para olvidar. Los generadores producen un zumbido inquietante tras los muros de la pista, y algunos de los focos parpadean desde lo alto. El viento trompetea a través de los árboles desnudos que hay en la plaza. Las hojas secas se acumulan en las aceras.

—Como te dé la gana —Josh vuelve a la carga. Giran a la derecha, mientras caminan hacia la zona este de Main Street, donde está situado su apartamento—. Seremos amigos con derecho a roce. Echaremos un polvo rápido de vez en cuando para liberar tensiones. Así de simple.

—Josh, eso no…

—Puedes obtener el mismo resultado con un botellín de cerveza y un vibrador, pero claro, el calor corporal no viene mal de vez en cuando, ¿verdad?

—Vamos, Josh. ¿Por qué tiene que ser así? Sólo trato de…

—No quiero hablar más de esto —dice él, mordiéndose la lengua, mientras van llegando al centro de alimentos.

Hay un grupo de hombres reunidos en la puerta del recinto, calentándose las manos con un brasero que han fabricado poniendo basura en un bidón de gasolina. Sam, el carnicero, está entre ellos. Lleva un abrigo que cubre el delantal impregnado en sangre. Cuando ve que dos figuras se aproximan por el oeste, frunce el cejo con desagrado a la vez que endurece el semblante.

—Muy bien, Josh. —Lilly hurga en los bolsillos mientras camina a buen paso para llevar el ritmo de Josh—. Lo que tú digas.

Pasan por el centro de alimentos.

—¡Hola, Milla Verde! —le grita Sam el carnicero con frialdad, mientras afila un cuchillo—. Ven aquí un momento, grandullón.

Lilly se detiene, asustada.

Josh se acerca a los hombres y, de forma rotunda, les comunica:

—Tengo un nombre.

—¡Joder!, pues perdone usted —se mofa el carnicero—. ¿Cómo era…? ¿Hamilburg? ¿Hammington?

—Hamilton.

El carnicero fuerza una sonrisa.

—Vale, vale, señor Hamilton. ¿Podría dedicarme un poco de su preciado tiempo, si no es mucha molestia?

—¿Qué quieres?

El carnicero sigue sonriendo con frialdad.

—Por simple curiosidad: ¿qué llevas en la mochila?

—No mucho. Unas cosas sin importancia —le responde, mirándolo fijamente.

—¿Y qué tipo de cosas sin importancia?

—Cosas que nos hemos encontrado por el camino. Nada que os pueda interesar.

—¿Sabes que todavía no me has devuelto el favor que te hice cuando te di unas cosas sin importancia hace un par de días?

—¿De qué estás hablando? —le pregunta Josh, sin apartar la vista de él—. He trabajado toda la semana.

—Pero todavía no me la has devuelto, hijo. Los árboles no dan gasoil para la calefacción.

—Me dijiste que con cuarenta horas sería suficiente.

El carnicero se encoge de hombros.

—Pues no me entendiste bien, jefe.

—¿Cuántas eran, entonces?

—Te dije que hicieras cuarenta, y otras cuarenta después. ¿Lo entiendes ahora?

El enfrentamiento verbal da lugar a un momento de incomodidad. La conversación alrededor del bidón de basura se da por acabada.

Todos miran a los dos interlocutores. El modo en que los fibrosos omoplatos de Josh se tensan bajo la chaqueta de leñador hace que a Lilly se le ponga la piel de gallina.

Josh acaba encogiéndose de hombros.

—Entonces seguiré trabajando —le dice.

Sam el carnicero inclina su cara delgada y llena de arrugas, señalando el macuto de Josh.

—También serán bienvenidas las cosas que quieras darme de esa mochila.

El carnicero se acerca a la mochila e intenta cogerla, pero Josh la pone fuera de su alcance.

El ambiente se altera como si hubiera habido un cortocircuito. Los otros hombres —casi todos abuelos holgazanes, con cara de cordero degollado y el pelo grasiento sobre la cara— retroceden instintivamente. La tensión aumenta. El silencio intensifica aún más la violencia latente; más allá del viento, el único ruido perceptible es el suave crujido del fuego.

—Déjalo ya, Josh —dice Lilly, dando un paso hacia adelante, tratando de mediar—. No es buena idea que…

—¡No! —contesta Josh, apartando el macuto de su lado, sin quitar la mirada de los ojos oscuros del carnicero, inyectados en sangre—. ¡Nadie va a llevarse esta mochila!

La voz del carnicero baja una octava, volviéndose escurridiza y oscura:

—Piénsalo bien antes de joderme, grandullón.

—Es que no te estoy jodiendo —asegura Josh—. Te lo voy a dejar clarito: lo que llevo aquí dentro es nuestro y punto. Y nadie nos lo va a quitar.

—¿El que lo encuentra se lo queda?

—Exacto.

Los abuelos dan otro paso atrás, mientras a Lilly le da la sensación de estar en medio de una pelea de gallos. La mujer pretende mediar de algún modo para calmar los ánimos, pero las palabras se le atragantan. Intenta tocarle el hombro a Josh, pero él rechaza el gesto con una sacudida. El carnicero clava su mirada en Lilly:

—Procura comentarle a tu amado que está cometiendo el error de su vida.

—No la metas en esto —le dice Josh—. Esto es entre tú y yo.

El carnicero se muerde la mejilla, pensativo.

—¿Sabes qué?… Soy un hombre justo. Y te daré otra oportunidad: dame lo que llevas ahí y la deuda estará saldada. Haremos como si este pequeño altercado nunca hubiera ocurrido. —Un gesto parecido a una sonrisa acentúa las arrugas de su rostro—. La vida es muy corta. ¿Me entiendes? Sobre todo en este lugar.

—Vamos, Lilly —le pide Josh, sin apartar la mirada de los ojos inexpresivos del carnicero—. Tenemos mejores cosas que hacer antes que apretar las mandíbulas.

Josh se aleja del recinto para retomar su camino.

El carnicero se abalanza sobre el macuto, gritando:

—¡Dame la puta mochila!

Lilly da un salto al verlos a ambos en medio de la calle.

—¡No lo hagas, Josh! —grita.

Josh se da la vuelta y arremete con toda la fuerza del brazo contra el pecho del carnicero. El movimiento es violento y preciso, y recuerda a los años en los que Josh jugaba al fútbol, cuando era capaz de despejar un campo para perseguir a un contrincante. El hombre del delantal ensangrentado cae hacia atrás, respirando con dificultad. Intenta levantarse, parpadeando sin parar a causa de la conmoción y la indignación que siente.

Josh vuelve sobre sus pasos:

—¡Lilly, he dicho que nos vamos!

La mujer no ve cómo el carnicero se retuerce en el suelo para buscar algo que lleva debajo del delantal; tampoco ve cómo el destello del acero azulado llena la mano del carnicero; no escucha el chasquido que delata que el mecanismo de seguridad está desactivado, ni se percata de la locura que inunda los ojos del hombre del delantal. Hasta que es demasiado tarde...

—¡Josh!

Lilly va por la acera, a unos tres metros de Josh, cuando la ráfaga se abre paso en el cielo, y el rugido de la nueve milímetros causa un estruendo que hace temblar las ventanas de toda la manzana (o al menos así lo parece). El instinto hace que Lilly se tire al suelo, golpeándose la cara contra el asfalto. El trastazo casi la deja sin respiración.

Sin embargo, recobra la voz y se pone a gritar, al tiempo que una bandada de palomas sale volando del tejado del centro de alimentos. Un enjambre de aves de carroña se dispersa por el cielo oscurecido como si formara un encaje de bolillos de color negro.

DOCE

Lilly Caul recordará ese día durante toda su vida. Nunca olvidará la alfombra de sangre y trozos de carne —como los nudos de un tapiz— brotando de la nuca de Josh Lee Hamilton, cuya herida se aprecia un nanosegundo antes de asimilar por completo el estruendo provocado por la Glock de nueve milímetros. Recordará haber dado un salto y haberse caído sobre el asfalto a dos metros de Josh, haberse roto una muela y haberse mordido la lengua con uno de los incisivos. Entonces recordará el pitido en los oídos y las pequeñas y brillantes gotas de sangre cubriendo el dorso de sus manos y sus antebrazos.

Pero Lilly recordará, sobre todo, la imagen de Josh Lee Hamilton desplomándose en el asfalto como si estuviera sufriendo un desmayo, con sus enormes piernas temblando cual muñeca de trapo. Puede que eso fuera lo más extraño de todo: cómo el gigante se había desplomado, desprovisto al instante de su esencia. Nadie espera que una persona de esas características pueda morir con tanta facilidad: como si cayera una gran secuoya, o como si un edificio simbólico fuera demolido, haciendo temblar la tierra por el impacto. Pero lo cierto es que ese día, bajo la menguante luz azulada del invierno, Josh Lee Hamilton había sido abatido sin un solo gemido.

Se había desplomado y había caído silenciosamente en el asfalto.

Instantes después, Lilly siente como su cuerpo se ve abrumado por los escalofríos, la piel de gallina y la visión borrosa y nítida, como si su espíritu estuviese elevándose más allá de la tierra. Pierde el control de sí misma. Se pone de pie sin siquiera ser consciente de ello.

Con pasos débiles e involuntarios como las zancadas de un autómata, se ve a sí misma acercándose al hombre derrotado.

—No… Por favor, no, por favor… —balbucea mientras se acerca al gigante. Está arrodillada en el suelo. Las lágrimas inundan su rostro mientras acude a él para acunar su enorme cabeza y mascullar—: Que alguien… llame a un médico…, que… alguien… ¡Que alguien llame a un puto médico!

El rostro de Josh se retuerce entre los brazos ensangrentados de Lilly en un sufrimiento agónico, como si se debatiera entre una expresión u otra.

Con los ojos en blanco, se esfuerza en parpadear por última vez, como buscando el rostro de Lilly para así atesorarlo en su postrero aliento:

—Alicia…, cierra la ventana.

La sinapsis desencadena los recuerdos de su hermana mayor, que se desvanecen en su cerebro malherido como un ascua que se apaga.

—Alicia, cierra la…

Su rostro se queda inerte y los ojos se endurecen, incrustados en las cuencas como canicas.

—Josh, Josh… —Lilly lo zarandea como si intentara reactivar una máquina.

Pero se ha ido. Las lágrimas le impiden ver, todo se ha vuelto borroso. Siente la humedad del cráneo perforado de Josh en las muñecas, al tiempo que nota que algo le presiona la nuca.

—Déjalo marchar —le dice una voz grave, henchida de furia.

Lilly nota cómo alguien tira de ella, separándola del cuerpo de Josh; es una enorme mano masculina que agarra con sus dedos el cuello de su camiseta, tirando de ella hacia atrás.

En su interior algo se desgarra.

El paso del tiempo parece ralentizarse y descontrolarse, como en un sueño, mientras el carnicero aparta a la chica del cuerpo. La empuja contra el bordillo y ella se golpea la cabeza por detrás.

Desde el suelo, mira al hombre desgarbado del delantal. El carnicero está frente a ella, con la respiración acelerada y agitado por la adrenalina. A sus espaldas, los vejestorios se apoyan en la fachada de la tienda, mirando la escena asombrados, encogidos en sus ropajes anchos y harapientos.

En los edificios contiguos, entre las luces del atardecer, la gente acude a los portales y las esquinas.

—¡Mira lo que habéis hecho! —El carnicero acusa a Lilly, apuntándole con la pistola en la cara—. ¡He intentado ser justo!

—Déjalo ya —le pide ella, cerrando los ojos—. Déjalo ya y vete.

—¡Te mataré, zorra! —le grita el carnicero, y le da una bofetada—. ¿Me estás oyendo? ¿Me estás viendo?

De repente, unos pasos resuenan a lo lejos: alguien se acerca corriendo. Lilly abre los ojos.

—Eres un asesino —le dice con sangre entre los dientes. La nariz también le sangra—. Eres peor que un puto caminante.

—Eso es lo que tú piensas —contesta él, dándole otra bofetada—. Pero ahora escúchame.

Un sentimiento de humillación se apodera de Lilly y la hace ponerse de pie.

—¿Qué quieres?

Desde las calles cercanas se oye un murmullo y pasos presurosos acercándose, pero el carnicero sólo escucha su propia voz:

—Tú serás quien me pague la deuda pendiente de Milla Verde, niñata.

—Vete a la mierda.

El carnicero se agacha para cogerla por el cuello de la chaqueta.

—Vas a mover ese culito flaco hasta que…

Lilly levanta la rodilla con la fuerza suficiente como para golpear los testículos del carnicero y llevarlos a la altura del hueso pélvico. El hombre se tambalea sorprendido, soltando un jadeo comparable al sonido que hace el vapor saliendo de un conducto estropeado.

Lilly se pone de puntillas para clavarle las uñas en la cara. Las lleva mordidas, así que no le hace mucho daño, aunque consigue que el carnicero se eche atrás. Él responde con un manotazo, el golpe le roza el hombro y la hace estremecer. Ella contraataca con otra patada en los huevos.

El carnicero se tambalea intentando sacar la pistola.

Justo entonces, Martínez llega corriendo a la escena del crimen, seguido por dos de sus hombres.

—¿Qué coño está pasando? —grita Martínez.

El carnicero se ha sacado la Glock del cinturón y se vuelve hacia los hombres que acaban de llegar.

De inmediato, un fornido y confuso Martínez se lanza sobre el carnicero y lo golpea con la culata de su M1 en la cadera, se puede oír el crujir de los huesos. Al carnicero se le cae la Glock de la mano al tiempo que emite un bramido mucoso.

Uno de los guardias —un chico negro que lleva una sudadera ancha— llega a tiempo para recoger a Lilly y llevársela de allí. Sin embargo, ella intenta volver, retorciéndose en los brazos del joven, mientras el guardia la mantiene controlada.

—¡Estate quieto, hijo de puta! —grita Martínez, apuntando con el fusil de asalto al carnicero tambaleante; pero, casi de inmediato antes de que Martínez se dé cuenta, el carnicero coge el cañón de la M1.

Los dos hombres forcejean para quedarse con el arma, hasta que llevados por la inercia tropiezan con el barril llameante, que vuelca dejando una estela de chispas, mientras ellos se aproximan a la puerta de la tienda.

El carnicero arroja a Martínez contra la puerta de cristal, que se quiebra formando minúsculos fragmentos, al mismo tiempo que Martínez golpea con el fusil la cara del carnicero.

El carnicero retrocede con un gesto de dolor, y quita la M1 del alcance de Martínez. El fusil de asalto sobrevuela la acera. Algunos espectadores se alejan atemorizados, mientras otros curiosos llegan desde todas las direcciones soltando una ristra de gritos encolerizados. El otro guardia —un hombre mayor con gafas de aviador y camiseta andrajosa— mantiene alejada a la multitud.

Martínez le propina al carnicero un fuerte derechazo en la mandíbula que lo hace traspasar el cristal roto de la tienda y aterrizar en el suelo embaldosado del vestíbulo, que ahora está cubierto de cristales.

Martínez lo persigue, y le lanza un aluvión de duros golpes que dejan al carnicero tirado en el suelo sin poder levantarse, derramando hebras rosadas de saliva mezclada con sangre. Enajenado, el carnicero intenta sin éxito cubrirse el rostro y contraatacar, pero Martínez sigue dominando el enfrentamiento. El golpe final, un fuerte puñetazo en plena mandíbula, lo deja inconsciente.

A la escena le sigue un momento de incómodo silencio, durante el que Martínez trata de recobrar el aliento. Se sitúa junto al hombre del delantal, frotándose las manos e intentando volver a sus cabales. Fuera del centro de alimentos, el clamor de la muchedumbre se ha convertido en un insoportable estruendo —en el que casi toda la gente aclama a Martínez—, como si un público perturbado animara a su jugador de fútbol preferido.

Él ni siquiera entiende lo que acaba de ocurrir. Nunca le había gustado Sam el carnicero; sin embargo, jamás hubiera imaginado que algo así podría ocurrir, ni que el carnicero acabaría disparando a Hamilton.

—¿Qué coño tienes en la cabeza? —le pregunta Martínez al delirante hombre tirado en el suelo, sin siquiera esperar una respuesta.

—Es evidente que quiere ser una estrella.

La voz procede de la puerta destrozada que hay a espaldas de Martínez.

Se da la vuelta y en la puerta ve al Gobernador. Con los vigorosos brazos cruzados y largos mechones de pelo ondeando en la brisa, el hombre posee una expresión enigmática en el rostro; una mezcla siniestra de aturdimiento, desprecio y curiosidad.

Gabe y Bruce permanecen detrás de él como si fueran adustos tótems.

—¿Que quiere ser qué? —le pregunta Martínez, más confuso que nunca.

La expresión del Gobernador cambia: sus ojos oscuros brillan de inspiración y su ahora poblado y puntiagudo bigote se mueve cuando cambia el gesto, algo que en Martínez infunde prudencia.

—Antes que nada —exhorta el Gobernador con voz apagada e impasible—, cuéntame qué ha ocurrido exactamente.

—No ha sufrido, Lilly…, piensa en eso… No ha sentido dolor…, se ha apagado como una vela. —Bob se sienta en el bordillo junto a Lilly, que está destrozada, cabizbaja, las lágrimas le caen sobre el regazo. Bob ha dejado su botiquín de primeros auxilios en la acera, a su lado, y le cura las heridas de la cara con una gasa empapada en yodo—. Es un privilegio en el mundo de mierda en que vivimos.

—Podría haberlo impedido —le dice Lilly con una voz debilitada e inexpresiva que la hace parecer una muñeca de porcelana cayéndose a pedazos. Le arden los ojos de tanto llorar—. Sí, Bob. Podría haberlo hecho.

El silencio se extiende, se oye el viento traquetear en los conductos de ventilación y en los cables de alta tensión. Prácticamente toda la población de Woodbury se ha congregado en Main Street para curiosear en la escena del crimen.

El cuerpo de Josh está tendido boca arriba y tapado con una sábana junto a Lilly. Alguien lo ha cubierto hace sólo unos minutos, pero los extremos de la tela ya están empapados con manchas de sangre de las heridas de la cabeza de Josh. Lilly extiende la pierna con ternura y lo acaricia y masajea compulsivamente, como si fuera a despertarlo. De la coleta se le han soltado varios mechones de pelo castaño oscuro, que el viento esparce por todo su rostro magullado y afligido.

—Silencio, cariño —le pide Bob, mientras guarda el frasco de Betadine en el botiquín—. No podías hacer nada. De verdad.

Bob mira con preocupación el cristal roto de la puerta de entrada del centro de alimentos. Apenas puede ver al Gobernador y sus hombres en el vestíbulo, hablando con Martínez. El cuerpo inconsciente del carnicero se ve entre las sombras, y el Gobernador lo señala, explicándole algo a Martínez.

—Esto es una puta vergüenza —comenta Bob, mirando al infinito—. Es una puta jodida vergüenza.

—No tenía ni un ápice de maldad —dice Lilly en voz baja, mientras observa como la sangre sigue empapando la parte superior de la sábana—. Yo no estaría viva si no fuera por él… Me ha salvado la vida, Bob. Él sólo quería…

—¿Señorita…?

Lilly mira hacia arriba al oír una voz desconocida, y detrás de Bob ve a un hombre mayor con gafas de sol y bata blanca de laboratorio. Una cuarta persona, una chica de veintitantos con trenzas rubias, permanece junto al hombre. Ella también lleva una bata de laboratorio desgastada, y un estetoscopio y un tensiómetro cuelgan de su cuello.

—Éste es el doctor Stevens, Lilly —le informa Bob, asintiendo con la cabeza mientras mira al médico—. Y ella es Alice, su enfermera.

La chica le hace a Lilly un gesto de respeto al tiempo que prepara el tensiómetro.

—Lilly, ¿te importa si echo un vistazo a los moratones que llevas en la cara? —le pregunta el médico mientras se arrodilla a su lado y se introduce los auriculares del estetoscopio en los oídos. Ella no contesta; sólo vuelve a mirar al suelo fijamente. El médico le examina con cuidado el cuello y el esternón y le mide las pulsaciones. También estudia las heridas palpando la zona de las costillas—. Mi más sentido pésame, Lilly —le susurra el médico.

Lilly no dice nada.

—Algunas heridas son antiguas —comenta Bob, levantándose.

—Al parecer, tiene fisuradas las costillas ocho y nueve, y también la clavícula —afirma el médico, chasqueando los dedos debajo del forro polar—. Todas las lesiones están casi curadas, y no se aprecia ningún problema en los pulmones —observa mientras se saca el estetoscopio de los oídos y se lo pone alrededor del cuello—. Lilly, si necesitas algo, dínoslo.

Ella asiente con la cabeza.

El médico mide las palabras:

—Lilly, sólo quiero que sepas… —Hace una pequeña pausa, tratando de escoger las palabras adecuadas—. En esta ciudad no somos todos… así. Aunque ya sé que no te sirve de consuelo —le dice. Mira a Bob, luego observa la ventana destrozada del centro de alimentos y vuelve a mirar a Lilly—. Lo único que te digo es que si alguna vez necesitas hablar con alguien, si te preocupa algo o necesitas algo…, no dudes en venir a la clínica.

Al ver que Lilly no reacciona, el médico suelta un suspiro y se pone de pie. Luego intercambia miradas de preocupación con Bob y Alice.

Bob vuelve a arrodillarse junto a Lilly, y le susurra dulcemente:

—Lilly, cariño, tenemos que levantarnos e irnos de aquí.

Al principio, apenas lo oye; de hecho, ni siquiera entiende lo que dice. Lo único que hace es mirar abajo y acariciar la pierna del cadáver, mientras se abre un gran vacío en su interior. En clase de antropología, en el Instituto Tecnológico de Georgia, descubrió a los indios algonquin y su creencia en que es necesario apaciguar las almas de los muertos. Por ese motivo, después de la cacería, aspiran el último respiro del oso agonizante para honrarlo y asimilarlo en su propio cuerpo, además de hacerle un homenaje. Sin embargo, a Lilly el cadáver de Josh Lee Hamilton sólo le inspira desolación y pérdida.

—¿Lilly? —la voz de Bob suena como si viniera de un universo lejano—. Cariño, ¿qué te parece si nos vamos de aquí?

La mujer sigue en silencio.

Bob le hace un gesto con la cabeza a Stevens. El médico le hace otro a Alice, y ésta se da la vuelta y hace señales a dos hombres de mediana edad que esperan con una camilla plegable. Los dos hombres —conocidos de Bob de la taberna— se acercan. Despliegan la camilla a pocos centímetros de Lilly y se arrodillan junto al cadáver, cuando empiezan a levantar el cuerpo gigantesco para situarlo sobre la camilla, Lilly comienza a llorar.

—Dejadlo en paz —murmura, sin apenas poder pronunciar palabra.

—Vamos, Lilly —le dice Bob, poniéndole la mano sobre el hombro.

—¡He dicho que lo dejéis en paz! ¡Que no lo toquéis! ¡Quitadle las putas manos de encima!

Sus gritos de angustia alteran la quietud de la calle, azotada por el viento, llamando la atención de todos. Los curiosos que observan desde el otro lado de la calle detienen sus conversaciones y miran hacia arriba. Los que están en los portales se acercan a las esquinas para ver qué está pasando. Por su parte, Bob se despide de los conocidos, y Stevens y Alice abandonan el lugar sumidos en un incómodo silencio.

El disturbio ha llevado a algunas personas a salir del centro de alimentos, y ahora permanecen junto a la entrada destrozada, estupefactas ante los trágicos acontecimientos.

Bob levanta la mirada y ve al Gobernador allí parado, con los brazos cruzados en medio del recibidor, observando todo lo ocurrido con sus ojos oscuros y astutos. Entonces, Bob se acerca tímidamente a la entrada.

—Se pondrá bien —le susurra al Gobernador—. Sólo está un poco desorientada.

—Nadie puede culparla. De un momento para otro ha perdido su plato diario de comida —le contesta mientras se muerde el interior de la mejilla, pensativo—. Déjala un rato en paz. Ya limpiaremos después todo este desastre. —Sigue pensando, sin quitarle los ojos de encima al cuerpo tendido junto al bordillo—. ¡Gabe, ven aquí!

Gabe, un hombre fornido que lleva un jersey de cuello alto y el pelo rapado, acude a la llamada.

El Gobernador le ordena en voz baja:

—Quiero que despiertes a ese carnicero de mierda, que lo lleves al calabozo y lo dejes allí con los guardias.

Gabe asiente con la cabeza, volviendo a entrar en el centro de alimentos.

—¡Bruce! —llama a su número dos el Gobernador. El negro de la cabeza afeitada y la camiseta de Kevlar que lleva una AK-47.

—Sí, jefe.

—Quiero que cojas a toda esa gente y te la lleves a la plaza.

El hombre negro inclina la cabeza con un gesto de incredulidad.

—¿A todos? —pregunta.

—Ya me has oído: a todos —contesta el Gobernador, con un guiño—. Vamos a hacer una pequeña reunión de vecinos.

—Vivimos tiempos violentos. Estamos bajo una presión continua. Todos los días de nuestra vida.

Con una voz grave y ronca que se alza por encima de los árboles desnudos y las antorchas, el Gobernador vocifera a través de un megáfono que Martínez encontró un día en el desaparecido parque de bomberos. El sol se ha puesto en la ciudad, y ahora todos los habitantes se arremolinan alrededor de la sombría glorieta situada en el centro de la plaza. El Gobernador está de pie en los peldaños de piedra de la estructura, para dirigirse a sus subordinados con la estentórea autoridad de una mezcla entre un político y un orador insaciable.

—Sé que estáis agotados —prosigue, moviéndose por los escalones y metiéndose al público en el bolsillo. Su voz resuena por toda la plaza, haciendo vibrar los escaparates de toda la calle—. Durante los últimos meses nos hemos enfrentado al dolor más profundo…, hemos perdido a los nuestros.

Se detiene para darle dramatismo a su discurso, y comprueba que la mayoría de los asistentes están cabizbajos, los ojos brillantes por el reflejo de la luz de las antorchas. Siente el peso del dolor cayendo sobre todo el mundo. Y se sonríe por dentro, esperando pacientemente que ese momento pase.

—Lo que ha sucedido hoy en la tienda no tendría que haber ocurrido. Vivís al límite; lo sé. Pero no tendría que haber ocurrido, porque es un síntoma de enfermedad. Y tenemos que tratar esa enfermedad.

Por un instante, vuelve a mirar en dirección este, y ve cómo esas siluetas afligidas se amontonan alrededor del cadáver cubierto del hombre negro. Bob se arrodilla para consolar a Lilly, acariciándole la espalda, mientras mira, como en estado de trance, al gigante caído cubierto con una sábana empapada de sangre.

El Gobernador vuelve a dirigirse a su público:

—A partir de hoy, vamos a estar más protegidos. De ahora en

adelante, las cosas serán diferentes. Os prometo… que las cosas van a cambiar. Vamos a tener nuevas normas.

Y continúa, fulminando a cada uno de los espectadores con la mirada:

—¡Lo que nos separa de esos monstruos es la civilización! —exclama, poniendo tanto énfasis en la palabra «civilización», que los tejados retumban—. ¡Orden! ¡Ley! En la Antigua Grecia ya tenían esta mierda, porque sabían lo que les convenía. Lo llamaban «catarsis».

Algunos rostros lo miran con expresión de inquietud y expectación.

—¿Veis aquel estadio de allí? —pregunta a través del megáfono—. ¡Miradlo bien!

Se vuelve para hacerle una señal a Martínez, que está oculto en la sombra, en la base de la glorieta. Martínez aprieta el botón de su *walkie-talkie* y en voz baja le dice algo a su interlocutor. El Gobernador ha insistido en que los tiempos estuvieran sincronizados.

—A partir de esta noche —continúa el Gobernador, mientras la oleada de cabezas presta atención al gran platillo volante erigido en una zona yerma al oeste de la ciudad, como si fuera un tazón inmenso cuya silueta se alza contra las estrellas—. ¡A partir de ya! ¡Será nuestro nuevo teatro griego!

Desde el estadio, con la misma fastuosidad que sugiere un gran despliegue de fuegos artificiales, los grandes focos de xenón empiezan a centellear uno tras otro, emitiendo ruidos metálicos y estallidos de luz plateada. El espectáculo provoca un sonoro suspiro colectivo en todos los que están apiñados alrededor de la glorieta, e incluso algunos se ponen a aplaudir.

—¡La entrada es libre! —exclama el Gobernador, que siente que la energía aumenta, haciendo saltar chispas como si tuviera electricidad estática, dominándolos a todos—. El *casting* ya ha empezado. ¿Queréis luchar en el ring? Pues tenéis que romper las reglas. Sólo eso. Infringir la ley.

Los observa a la vez que hace una pausa, invitándoles a decir algo. Algunos se miran entre ellos y otros asienten con la cabeza, mientras los demás están expectantes como si fueran a gritar «aleluya» de un momento a otro.

—¡Todo aquel que infrinja la ley tendrá que luchar! Así de simple. Si no sabéis cuál es la ley, sólo tenéis que preguntar. O leeros la puta Constitución. U ojear la Biblia. Ama al prójimo: ésa es la regla de oro. Así es… Pero escuchadme bien: si amáis al prójimo demasiado… os va a tocar luchar.

Algunas voces lo vitorean, y el Gobernador se crece, echando más leña al fuego:

—¡De ahora en adelante, si le tocáis los huevos a alguien, habréis infringido la ley, y tendréis que luchar!

Así, más personas se suman al alboroto, gritando con todas sus fuerzas.

—¡Si robáis, tendréis que luchar!

La multitud aclama al orador con un fervoroso coro de alaridos.

—¡Si disparáis a la mujer de alguien, tendréis que luchar!

Ahora se unen más voces, desatando todo su miedo y su frustración.

—¡Si asesináis a alguien, tendréis que luchar!

Los vítores empiezan a degenerar en una cacofonía de gritos de enfado.

—¡Si os metéis con alguien y sobre todo si matáis a alguien, tendréis que luchar! En el estadio. Frente a Dios. A muerte.

El clamor acaba convirtiéndose en un batiburrillo de aplausos, voces y gritos, y el Gobernador decide esperar a que el estruendo amaine, del mismo modo en que las olas se disipan.

—El espectáculo empieza esta noche —anuncia casi susurrando por el megáfono, que produce interferencias—. Empieza con el chiflado de la tienda: Sam el carnicero. Que se cree juez, jurado y verdugo.

El Gobernador señala el estadio y grita con una voz que se asemeja a la de un líder espiritual:

—¿Estáis preparados para que se haga justicia? ¿Estáis listos para que la ley actúe?

El público estalla enfervorizado.

Lilly levanta la mirada y advierte a sólo unos metros de distancia el repentino éxodo de unas cuarenta personas. La muchedumbre se dispersa en forma de masa ruidosa, moviéndose en grupo —como una ameba gigante, con puños levantados y vítores enfurecidos—, embistiéndose los unos a los otros para llegar a la pista de carreras, que está emplazada en un lugar dominado por la penumbra y la luz artificial, a unos doscientos metros en dirección oeste.

A Lilly se le revuelve el estómago por el simple hecho de verlo.

—Bob, ya puedes llevarte el cadáver —murmura, apartando la mirada de él.

Junto a ella, Bob se agacha para acariciarle la espalda.

—Cuidaremos de él, cariño.

—Dile a Stevens que quiero hacer el funeral —le pide, mirando al infinito.

—Claro.

—Lo enterraremos mañana.

—Me parece bien, cielo.

Lilly observa cómo en la distancia la multitud avanza hacia el estadio. De repente, una serie de espantosas imágenes de películas de terror antiguas le vienen a la mente: una muchedumbre de gente del pueblo portando antorchas y armas rudimentarias se dirige al castillo de Frankenstein, reclamando la muerte del monstruo.

Siente un escalofrío al darse cuenta de que ahora todos se han convertido en monstruos. Todos. También Lilly y Bob. Ahora Woodbury es el monstruo.

TRECE

A Bob Stookey le puede la curiosidad. Después de acompañar a Lilly al apartamento de la tintorería y de darle diez miligramos de Alprazolam para que pudiera dormir, va a ver a Stevens, quien le dice que ya han hecho todo lo necesario para llevar el cuerpo de Josh a la morgue improvisada que hay en los sótanos del estadio. Más tarde, Bob vuelve a su caravana para coger del maletero una botella de whisky sin abrir y llevársela al estadio.

En cuanto llega a la entrada sur, le da la impresión de que los gritos de la muchedumbre, amplificados por los altavoces metálicos del estadio, hacen retumbar la estructura de la construcción como si fueran las olas del mar impactando contra un acantilado. Bob atraviesa a tientas el fétido túnel que lo transporta a la luz. Cuando cruza la puerta sur, se detiene y le da un buen trago a la botella, algo que le ayuda a relajarse y aplacar los nervios. Sin embargo, el whisky le abrasa la garganta y le hace llorar.

Avanza hacia la luz.

Lo primero que ve en el campo son formas indefinidas y borrosas, oscurecidas por las enormes rejas de malla que separan al público de la pista. A ambos lados, las gradas están casi vacías. Los asistentes buscan las zonas más elevadas y se sientan diseminados en las filas superiores, aplaudiendo, animando y estirando el cuello para no perderse el espectáculo. Bob parpadea ante el brillo estridente de las lámparas de arco; el aire huele a goma quemada y a gasolina, Bob entrecierra los ojos para ver qué está ocurriendo.

Da un paso adelante, se apoya en la valla y observa a través de la tela metálica.

En el campo embarrado, dos hombres corpulentos luchan entre sí. Sam el carnicero —que sólo lleva puesto un bañador deportivo salpicado de sangre, y enseña el pecho fofo y la barriga que le sobresale por encima del cinturón— aporrea con un palo de madera a Stinson —guardia nacional, musculoso y de mediana edad—. Stinson, con sus pantalones oscuros de camuflaje llenos de fluidos corporales, se tambalea y da un salto atrás, intentando esquivar el ataque con un machete de medio metro en la mano. Con el extremo del palo, cubierto de pequeños clavos oxidados, el carnicero golpea la cara pastosa de Stinson, haciéndole sangre.

Stinson retrocede, escupe saliva y grandes chorros de sangre.

El público dedica una salva de aplausos y gritos de enfado al ver que Stinson da un traspié. La luz blanquecina muestra cómo el corpulento guardia bate la arena al desplomarse en el suelo, cayéndosele el machete en toda la mugre. Antes de que su oponente pueda moverse, el carnicero vuelve al ataque con el palo; los clavos atraviesan la yugular y el pectoral izquierdo de Stinson. Se oyen los alaridos de los espectadores.

Bob se vuelve un momento, se siente mareado y con náuseas. Tratando de que el alcohol le alivie el miedo, bebe otro trago de whisky; y luego otro, y otro. Hasta que se encuentra en plenas condiciones para volver a mirar el espectáculo. Mientras, el carnicero sigue apaleando a Stinson, que no deja de derramar sangre, que a la luz amarillenta es tan negra como el alquitrán, esparciéndola por todo el campo de césped muerto.

En cada puerta de la espaciosa pista de tierra que rodea el campo hay varios guardias, con rifles de asalto y listos para disparar, que observan la lucha. Bob sigue bebiendo whisky al tiempo que evita presenciar el horroroso asesinato, intenta dirigir la mirada hacia las zonas más altas del estadio, pero la pantalla gigante está en blanco, apagada; estropeada, tal vez.

Casi todas las salas VIP de cristal situadas a lo largo de uno de los laterales del estadio están desiertas…, todas excepto una.

Por la ventana de la sala central, con expresión inescrutable, el Gobernador y Martínez contemplan el espectáculo.

Bob bebe unos dedos más de licor —ya lleva media botella— y se da cuenta de que está evitando establecer contacto visual con el resto de los asistentes; sin embargo, con el rabillo del ojo distingue rostros jóvenes, viejos, masculinos y femeninos embobados con la sangrienta pelea. Muchos tuercen la expresión con cierto deleite enfermizo; otros se ponen de pie y levantan las manos como si estuviera presente el Mesías.

En el campo, el carnicero le asesta a Stinson un último golpe en el riñón, y le clava el extremo de clavos en la rolliza zona lumbar. En sus últimos momentos de vida, a Stinson le sale sangre a borbotones, se retuerce entre convulsiones, se hunde en la tierra, respira con dificultad y babea entre risas de perturbado. El carnicero alza el palo y se sitúa frente a la multitud. Los espectadores lo ovacionan.

Asqueado, mareado y debilitado por el horror, Bob Stookey traga un poco más de whisky y baja la cabeza.

—¡Creo que ya hay un vencedor!

Mediante el sistema de megafonía, la voz llega amplificada a todo el público y se retroalimenta con chillidos estridentes y electrónicos. Bob levanta la cabeza y ve al Gobernador hablando a través de un micrófono en el interior de la sala VIP central. Aun desde lejos, intuye un desconcertante brillo de deleite en los ojos del Gobernador, como dos minúsculas estrellas, que le hace bajar nuevamente la cabeza.

—¡Un momento! ¡Damas y caballeros, todavía no hemos acabado!

Bob vuelve a mirar.

En el campo, el hombre musculoso del suelo ha revivido. Se arrastra para alcanzar el machete, lo empuña con la mano resbaladiza y bañada en sangre, y se retuerce para acercarse al carnicero, que está de espaldas. Con la última pizca de energía, Stinson se abalanza sobre su rival al mismo tiempo que el carnicero se vuelve e intenta cubrir su rostro ante la cuchillada.

La hoja afilada penetra lo suficiente en el cuello como para quedarse clavada.

Con el machete incrustado en la yugular, el carnicero se tambalea y cae hacia atrás. Stinson está ebrio de ira; debido a la pérdida de sangre se tambalea de forma sobrecogedora como si fuera un caminante zigzagueante. La muchedumbre rompe en abucheos. Entonces recupera el machete y le asesta al demacrado carnicero un nuevo golpe con el que le corta la cabeza por entre las cervicales cinco y seis.

Los espectadores se enardecen ante la imagen de la sangre del carnicero inundando el suelo.

Agarrándose a la tela metálica, Bob aparta la mirada y se arrodilla. Se le revuelve el estómago y vomita en el suelo de cemento de la platea. Se le cae la botella, aunque no se rompe. Acompañado por el clamor de la masa que se difumina como toda su visión de una realidad desdibujada e indefinible, devuelve entre arcadas todo lo que lleva en el estómago.

Vomita una y otra vez, hasta que no le queda nada que tirar, tan sólo unas finas hebras de bilis que cuelgan de sus labios. Después vuelve a tumbarse en la primera fila de asientos vacíos para beberse lo que queda en la botella.

Vuelve a oírse la voz amplificada:

—¡Amigos, a esto lo llamamos justicia!

En ese mismo momento, fuera del estadio, las calles de Woodbury podrían confundirse con las de cualquier pueblo fantasma del interior de Georgia abandonado por la llegada de la epidemia.

A simple vista, todos los habitantes parecen haber desaparecido en combate: están reunidos en el estadio, embelesados ante los últimos coletazos de la *battle royale*. Incluso la acera de enfrente del centro de alimentos está vacía, ya que Stevens y sus colaboradores han limpiado todas las pruebas de la escena del crimen y han trasladado el cuerpo de Josh a la morgue.

Ahora, en la oscuridad, mientras los ecos apagados de la multitud se arremolinan con el viento, Lilly Caul camina sola vestida con un forro polar, vaqueros desgastados y un top hecho trizas. No puede dormir ni pensar; tampoco puede parar de llorar. Oye el ruido del estadio como si en su interior revolotearan mil insectos. Lo único que ha logrado el Xanax que le ha suministrado Bob es atenuar el dolor como si cubriera con un velo la estampida de pensamientos que inunda su cabeza. Tiritando de frío, se para en un portal frente a una droguería habitada.

—No es de mi incumbencia —dice una voz que surge de entre las sombras—. Pero una chica como tú no debería andar sola por estas calles.

Lilly se da la vuelta y advierte el destello de unas gafas de montura metálica en un rostro en la oscuridad.

—¿Qué más da? —le pregunta, entre suspiros y cabizbaja.

En la luz parpadeante de las farolas, el doctor Stevens avanza con las manos en los bolsillos, la gabardina abotonada hasta el cuello y una bufanda.

—¿Cómo lo llevas, Lilly?

Ella lo mira con los ojos bañados en lágrimas.

—¿Que cómo lo llevo? Estoy perfectamente —le contesta, intentando respirar, aunque siente como si tuviera los pulmones llenos de arena—. Siguiente pregunta estúpida.

—Deberías descansar un poco —le aconseja, mirándole los moratones—. Todavía sigues en estado de *shock*, Lilly. Necesitas dormir.

Ella se esfuerza por sonreír.

—Ya dormiré cuando me muera —le responde, se encoge y mira al suelo llorando—. Lo más gracioso es que casi ni lo conocía.

—Parecía un buen hombre.

—¿Sigue existiendo eso? —interroga al médico, mirándolo fijamente a los ojos.

—¿A qué te refieres con «eso»?

—A las buenas personas.

—Creo que no.

Lilly traga saliva y baja la cabeza.

—Tengo que salir de este lugar —afirma, estremeciéndose entre sollozos—. No lo soporto más.

—Bienvenida al club —asiente Stevens.

Se hace un momento de silencio incómodo.

—¿Cómo lo haces? —Lilly se frota los ojos.

—¿Cómo hago qué?

—Seguir aquí…, acostumbrarte a esta mierda. Pareces una persona sensata.

—Las apariencias engañan. Aun así, yo… sigo aquí por la misma razón que todos —responde, encogiéndose de hombros.

—¿Y esa razón es…?

—El miedo.

Lilly mira las baldosas. No dice nada. ¿Qué podría decir? La antorcha de la acera de enfrente se apaga, las sombras se precipitan por los rincones y las hendiduras que separan los edificios. Lilly trata de combatir el cansancio que la invade. No quiere volver a dormir nunca más.

—Muy pronto estarán todos fuera —comenta el médico, señalando con la cabeza el estadio que se ve a lo lejos—. Pero eso será cuando hayan consumido la siniestra ración que Blake tenía preparada para ellos.

Lilly niega con la cabeza:

—Este sitio parece un puto manicomio, y el tipo ese se lleva la palma entre todos los locos.

—Lilly, te propongo algo —dice el médico, mirando hacia el otro extremo de la ciudad—: demos un paseo evitando las aglomeraciones.

A ella se le escapa un suspiro de dolor, se encoge de hombros y murmura:

—Como quieras…

Esa noche, el doctor Stevens y Lilly pasean durante una hora en el aire frío y vigorizante, deambulan de aquí para allá a lo largo de la alambrada que rodea la zona este de la ciudad y por las vías de tren abandonadas situadas dentro del perímetro de seguridad. Mientras conversan, la muchedumbre ya saciada de sangre vacía poco a poco el recinto para volver a sus viviendas. Durante la caminata, el médico, en voz baja —quizá para evitar los atentos oídos de los guardias, que están situados en las esquinas estratégicas a lo largo de toda la barricada y equipados con pistolas, prismáticos y *walkie-talkies*—, lleva el hilo de la charla.

Los guardias mantienen comunicación constante con Martínez, quien ya ha advertido a sus hombres de los puntos más peligrosos cercanos a los muros y, sobre todo, de las colinas arboladas que hay en dirección sur y oeste. Sin embargo, a Martínez le preocupa que el ruido de las peleas de gladiadores pueda atraer a los zombies.

Mientras caminan por las afueras de la ciudad, Stevens sermonea a Lilly acerca de los peligros de conspirar contra el Gobernador, le aconseja que no diga más de la cuenta y pone ejemplos que la desconciertan: Julio César y los dictadores beduinos, y cómo en los pueblos del desierto, las épocas de miseria dieron lugar a regímenes brutales, golpes de Estado y sublevaciones violentas.

Stevens termina la conversación hablando de las desgracias que ha traído la epidemia zombie, y también sugiere, como efecto adverso para la supervivencia, la necesidad de un líder sanguinario.

—Yo no quiero vivir así —dice Lilly al final, caminando junto al médico por una empalizada de árboles desnudos.

El viento les arroja en la cara una fina aguanieve que les escuece la piel y cubre el bosque con una delicada capa de hielo. Aunque nadie parece recordarlo, sólo quedan doce días para que llegue Navidad.

—No hay alternativa, Lilly —murmura el médico, cabizbajo, con la bufanda bien enrollada alrededor del cuello.

—Siempre hay alternativas.

—¿Eso crees? Yo lo dudo. —Avanzan unos pasos en silencio. El médico mece lentamente la cabeza mientras camina—. Lo dudo.

Lilly lo mira fijamente.

—Josh Hamilton no se volvió malo. Mi padre sacrificó su vida por mí. —Intentando evitar que le caigan las lágrimas, Lilly coge aire—. Es sólo un pretexto: las personas nacen malas…, y toda esta mierda es el detonante para que se muestren tal como son.

—Entonces que Dios nos ampare —concluye el médico entre dientes, más para sí mismo que para que Lilly le oiga.

Al día siguiente, bajo un cielo plomizo y gris como el acero, un pequeño contingente entierra a Josh Lee Hamilton en un ataúd improvisado. Lilly, Bob, Stevens, Alice y Megan asisten junto a Calvin Deets, un compañero del grupo de trabajo con el que Josh había hecho amistad en el último par de semanas.

Deets es un hombre mayor, demacrado y fumador empedernido —probablemente con un enfisema avanzado—, que de pasar tanto tiempo al sol tiene la cara arrugada. Por respeto, se queda detrás de la primera fila que ocupan los amigos más cercanos, cogiendo el casco de obra con sus manos nudosas, mientras Lilly pronuncia unas palabras.

—Josh se crió en una familia religiosa —dice Lilly con voz ahogada y mirando hacia abajo, como si estuviera dirigiéndose al suelo helado—. Creía que todos acabaremos en un lugar mejor.

Hay otras tumbas recientes esparcidas por el pequeño parque, algunas con cruces hechas a mano o lápidas con piedras cuidadosamente apiladas. El montón de tierra que han echado encima del ataúd de Josh sobresale más de un metro por encima del nivel del suelo, ya que han tenido que meter los restos en la funda de un piano que Deets encontró en un almacén. Es lo único que han podido encontrar para guardar el cadáver del gigante caído. Bob y Deets tardaron varias horas en cavar un agujero decente en el terreno helado.

—Todos esperamos que Josh esté en un lugar mejor, porque… —A Lilly se le quiebra la voz. Cierra los ojos y las lágrimas ruedan por sus mejillas. Bob se acerca y le pone el brazo en la espalda en señal de apoyo, pero Lilly se ahoga entre sollozos. No puede continuar.

—En el nombre del Padre, del Hijo y del Espíritu Santo. Amén —susurra Bob.

Los demás responden con un murmullo. Nadie se mueve. El viento, que se agita y deja un manto de polvo de nieve en todo el parque, les pellizca el rostro.

Bob le pide amablemente a Lilly que se aleje del sepulcro:

—Venga, cielo…, vamos adentro.

Sin embargo, Lilly se resiste; mientras los demás van abandonando el lugar afligidos y con la cabeza gacha, ella arrastra los pies hacia Bob. Por un momento parece que Megan —que lleva puesta una cazadora de cuero desgastada que debió haberle dado algún benefactor anónimo tras un chute— intenta acercarse a Lilly, quizá para decirle algo. Pero la chica de pelo castaño y ojos verdes e inexpresivos suelta un suspiro de angustia y mantiene la distancia.

Stevens, protegiéndose del viento con la solapa de la bata de laboratorio, le hace un gesto con la cabeza a Alice para volver juntos al recinto deportivo. A medio camino para llegar a la avenida principal —y fuera del alcance del oído de los demás—, la enfermera le pregunta al médico:

—¿Has notado el olor?

Él asiente.

—Sí, viene con el viento del norte.

Alice mueve la cabeza y suspira.

—Sabía que esos idiotas traerían problemas con todo ese ruido. ¿Crees que deberíamos decírselo a alguien?

—Martínez ya lo sabe. —El médico señala la torre de control que tienen a sus espaldas—. Se están poniendo muy chulos. Que Dios nos asista.

—Vamos a tener mucho trabajo los próximos días, ¿verdad? —comenta Alice con un suspiro.

—En el guardia usamos la mitad de las reservas de sangre que teníamos, así que necesitaremos más donantes.

—Pues yo donaré —le contesta Alice.

—Te agradezco el gesto, cariño, pero tenemos suficiente A positivo hasta Pascua. Además, si te saco más sangre tendré que enterrarte al lado del tipo grande.

—¿Sigue faltando 0 positivo?

—Es como buscar una aguja muy pequeña en un pajar muy pequeño —responde Stevens, encogiéndose de hombros.

—No le he preguntado a Lilly ni tampoco al nuevo, no sé cómo se llama.

—¿Scott? ¿El borracho?

—Sí.

—Nadie le ha visto el pelo desde hace días —dice el médico, negando con la cabeza.

—Nunca se sabe...

Con las manos en los bolsillos, el médico sigue negando mientras corre a resguardarse a los arcos de hormigón que hay a cierta distancia:

—Sí, nunca se sabe...

Esa noche, de vuelta en la casa del piso de arriba de la tintorería, Lilly está cansada, y por eso agradece a Bob que se haya quedado un poco más. Además, él ha hecho la cena —su especialidad de cecina de ternera Stroganoff, cortesía de la marca de comidas preparadas Hamburger Helper—, que acompañaron con el whisky de malta escocés de Bob y Ambien genérico para mitigar los pensamientos negativos de Lilly.

Al otro lado de la ventana del segundo piso, los ruidos, débiles y lejanos, se hacen cada vez más audibles, y aunque inquietan a Bob, intenta reconfortar a Lilly. Algo está pasando en las calles. Quizá haya una pelea. Sin embargo, Lilly es incapaz de prestarle atención al lejano alboroto de voces y pasos.

Tiene la sensación de estar flotando; en cuanto apoya la cabeza en la almohada, se sumerge en un estado de semiinconsciencia. En el apartamento, los suelos vacíos y las ventanas cubiertas de sábanas la zambullen en el más puro olvido. Aunque antes de caer por el precipicio del sueño profundo, se da cuenta de que el rostro estropeado de Bob se le acerca.

—¿Por qué no huimos juntos, Bob?

La pregunta permanece en el aire. Bob se encoge de hombros y contesta:

—Ni siquiera lo había pensado.

—Ya no nos ata nada aquí.

Bob mira hacia otro lado.

—El Gobernador dice que pronto va a empezar a ir todo bien —afirma él.

—¿Qué tenéis entre manos?

—¿A qué te refieres?

—Te tiene pillado, Bob.

—Eso no es cierto.

—Pues no lo entiendo. —Lilly se duerme. Apenas ve al hombre que hay sentado a su lado en la cama—. Él no es bueno, Bob.

—Sólo intenta…

Lilly apenas oye que alguien toca a la puerta e intenta mantener los ojos abiertos. Bob sale a abrir, Lilly sólo consigue estar despierta el tiempo suficiente como para identificar al visitante.

—Bob… ¿Quién es? —pregunta.

Se oyen pasos. Dos sombras aparecen junto a la cama como si de apariciones fantasmales se tratase. Lilly hace un gran esfuerzo para no cerrar los párpados.

Bob aparece acompañado de un hombre enjuto, demacrado, con los ojos oscuros, bigote a lo Fu-Manchú perfectamente cuidado y pelo negro como el carbón. El hombre se acerca sonriendo, mientras Lilly se sumerge en un estado de inconsciencia.

—Que duermas bien, amorcito —la saluda el Gobernador—. Ha sido un día muy largo.

Los patrones de comportamiento de los caminantes siguen desconcertando y fascinando a los habitantes más intelectuales de Woodbury. Algunos creen que los cadáveres se mueven como abejas en una colmena, llevados por algo mucho más complejo que el hambre pura y dura. Hay teorías que sostienen que los zombies están rodeados de señales invisibles, parecidas a las feromonas, que modifican su comportamiento según la composición química de la presa. Otros suponen que más allá de sentirse meramente atraídos a ciertos sonidos, olores o movimientos, utilizan respuestas sensoriales codificadas. Sin embargo, aunque ninguna hipótesis se ha consolidado, la mayoría de los habitantes de Woodbury sí tienen claro algo en cuanto al comportamiento zombie: la llegada de una horda, sea del tamaño que sea, provoca miedo, pavor y un tremendo respeto. Las manadas suelen aumentar de tamaño de manera espontánea y derivar en peligrosas ramificaciones. Por muy pequeña que sea —como el grupo de muertos que se ha formado ahora al norte de la ciudad, atraído por el ruido de la lucha de gladiadores de la noche anterior—, una manada es capaz de volcar un camión, tirar abajo postes como si fueran palillos de madera o derrumbar el muro más alto.

Durante las últimas cuarenta y ocho horas, Martínez ha estado coordinando todos los sistemas de protección para evitar el ataque inminente. Los guardias de los extremos noroeste y nordeste del muro han estado supervisando la evolución del grupo, que empezó a convertirse en manada a kilómetro y medio de distancia. Los guardias han estado enviando mensajes a través de la cadena de mando para avisar de que el grupo había pasado de estar formado por una docena de zombies a alrededor de cincuenta, y se ha estado desplazando en zigzag a través de los árboles de Jones Mill Road, cubriendo la distancia que separa los bosques más profundos y las afueras de la ciudad a una velocidad de ciento ochenta metros por hora, aumentando en número a medida que avanza. Aunque, al parecer, la horda se mueve con más lentitud que los pequeños grupos de caminantes. De esta manera, ha tardado quince horas en cubrir una distancia de trescientos sesenta metros.

Ahora algunos empiezan a emerger por la zona limítrofe del bosque, arrastrándose por los campos abiertos que rodean las arboledas y la ciudad. Parecen juguetes rotos caminando bajo la luz brumosa del atardecer, como soldaditos de cuerda que chocan unos contra otros mientras corren tras la estela de humo que expulsan unos motores en mal estado, con las bocas ennegrecidas contrayéndose y expandiéndose como pupilas. Incluso a esa distancia, la luna creciente refleja sus ojos blanquecinos, que titilan como monedas a la luz.

Martínez tiene tres ametralladoras Browning del calibre 50 —cortesía del depósito de armas de la Guardia Nacional que saquearon— situadas en puntos clave a lo largo del muro.

Una está en el capó de la retroexcavadora que hay en el extremo oeste. Otra, encima de una plataforma elevadora situada en el extremo este. Por último, la tercera está en el techo de un semitráiler, en el límite de la zona de construcción. Las ametralladoras están controladas por francotiradores que ya están en sus puestos equipados con auriculares.

Unas bandoleras largas y brillantes, repletas de balas incendiarias y perforantes, cuelgan de cada arma, además disponen de más cartuchos en unas cajas de acero cercanas a cada punto.

Otros guardias toman posiciones a lo largo del muro —en escaleras y máquinas excavadoras— armados con rifles semiautomáticos y de largo alcance cargados con balas de 7,62 milímetros capaces de perforar tabiques y metal laminado. Estos hombres no llevan auriculares, pero saben cómo esperar las señales manuales de Martínez, situado en lo alto de una grúa-pórtico que hay en el aparcamiento de la oficina de correos y equipado con un receptor. Dos enormes lámparas de carbón —obtenidas en un saqueo al teatro de la ciudad— están conectadas al generador, que traquetea entre las sombras del muelle de carga de la oficina de correos.

Una voz chisporrotea en la radio de Martínez:

—Martínez, ¿estás ahí?

Martínez aprieta el botón en el que pone «HABLAR»:

—Recibido, jefe, adelante.

—Bob y yo estamos yendo hacia allí, así que ahora tendremos que conseguir un poco de carne fresca.

—¿Carne fresca? —le pregunta Martínez, frunciendo el cejo bajo el pañuelo que le cubre la cabeza.

La voz crepita a través del minúsculo altavoz:

—¿Cuánto tiempo nos queda antes de que empiecen los juegos y la diversión?

Martínez fija su mirada en el oscuro horizonte, los zombies más cercanos están a unos trescientos metros. Pulsa el botón:

—Puede que pase una hora hasta que podamos darles un tiro en la cabeza a nuestros colegas; tal vez menos.

—Vale —dice la voz—. Llegaremos en cinco minutos.

Bob sigue al Gobernador por Main Street en dirección a una caravana de semirremolques aparcados en semicírculo en el exterior del saqueado centro comercial de decoración Menards. Expuesto al viento gélido del invierno, el Gobernador camina enérgicamente, casi dando saltos y taconeando con las botas en las baldosas.

—En momentos como éste —le comenta a Bob mientras caminan juntos— debes de sentirte como si hubieras vuelto a la mierda de Afganistán.

—Sí, señor, a veces me lo parece. Recuerdo una vez que recibí una llamada para conducir hasta el frente y recoger a unos marines que acababan su turno. Era de noche y hacía un frío que pelaba, igual que hoy. Las alarmas antiaéreas estaban sonando y todos esperaban un tiroteo. Me dirigí con el APC a las trincheras dejadas de la mano de dios en el desierto, ¿y qué me encuentro? Un puñado de putas del pueblo haciéndoles mamadas a los soldados.

—No me jodas.

—Fue así. —Bob niega con la cabeza con cara de sorpresa mientras camina junto al Gobernador—. Justo en pleno ataque aéreo. Les dije que pararan y que se vinieran conmigo antes de que yo me fuera sin ellos. Una de las putas subió con ellos en el APC, y yo me preguntaba qué coño estaba pasando. Joder, me entraron ganas de irme de ese puto lugar.

—Normal.

—Arranqué con la tía allí detrás. Seguro que no adivinas lo que pasó después.

—No me dejes en vilo, Bob —le pide el Gobernador con una sonrisa.

—De repente oigo un golpe en la parte de atrás, y me doy cuenta de que la tía es una insurgente, y de que lleva encima una bomba caminera para detonarla en el vehículo. —Bob menea la cabeza de nuevo—. El cortafuegos me salvó la vida, pero la lió bien. Uno de los hombres perdió una pierna.

—Esto es la hostia, joder —dice el Gobernador maravillado cuando ya están llegando al círculo de camiones de dieciocho ruedas. Ya es de noche, la luz de una antorcha ilumina el costado de un camión de Piggly Wiggly con un cerdo sonriente mirándoles en la penumbra—. Espera un momento, Bob. —El Gobernador golpea el tráiler con el puño—. ¡Travis! ¿Estás ahí? ¿Hola? ¿Hay alguien ahí?

En medio de una nube de humo de tabaco, la puerta trasera se abre con un chirrido de bisagras. Un hombre negro y fornido asoma la cabeza por el remolque.

—Hola, jefe… ¿En qué puedo ayudarte? —le pregunta.

—Llévate de inmediato uno de los tráileres vacíos al muro norte. Nos veremos allí y te diremos qué hacer. ¿Entendido?

—Entendido, jefe.

El hombre negro se baja del remolque y desaparece al otro lado del camión. El Gobernador respira hondo y guía a Bob por el círculo de camiones, para luego ir al norte por una carretera alternativa en dirección a la barricada.

—La hostia lo que es capaz de hacer un tío por echar un polvo —reflexiona el Gobernador a medida que avanzan por el camino de tierra.

—¿A que sí?

—Esas chicas con las que has venido, Bob…, Lilly y…, ¿cómo se llama? —quiere saber el Gobernador.

—¿Megan?

—Sí, ésa. ¿A que está buena?

—Sí, es un pibón —contesta Bob, relamiéndose.

—Va un poco provocativa, pero… ¿quién soy yo para juzgar? —Hace otro gesto lascivo—. Estamos aguantando como podemos. ¿A que sí, Bob?

—Tienes toda la razón. —Bob avanza unos pasos—. Entre tú y yo… Creo que me gusta.

El Gobernador mira al hombre mayor con una extraña mezcla de lástima y sorpresa.

—¿Esa chica? ¿Megan? Eso es estupendo, Bob. No tienes de qué avergonzarte.

Bob camina cabizbajo.

—Desearía pasar una sola noche con ella. —Su voz se vuelve dulce—. Sólo una. —Mira al Gobernador—. Pero bueno… Sé que es un sueño imposible.

Philip inclina la cabeza hacia el hombre mayor, y le dice:

—Puede que no, Bob… Puede que no.

Antes de que Bob pueda articular una respuesta, presencian una serie de explosiones metálicas frente a ellos. Unos estallidos procedentes de las lámparas de carbón, que de repente agrietan la lejana oscuridad de los extremos del muro, unos rayos plateados de luz se abren paso a través de los campos cercanos y de las filas de árboles, iluminando la horda de muertos vivientes que se acerca.

El Gobernador guía a Bob por el aparcamiento de la oficina de correos hasta llegar a la grúa-pórtico, donde Martínez ya se prepara para dar orden de abrir fuego.

—¡No dispares, Martínez! —La voz atronadora del Gobernador llama la atención de todos.

Martínez mira a los dos hombres con nerviosismo.

—¿Seguro, jefe? —le pregunta al Gobernador.

El ruido atronador de un camión Kenworth surge de detrás del Gobernador, acompañado por los pitidos delatores de un semitráiler que va marcha atrás. Bob advierte por el rabillo del ojo cómo un dieciocho ruedas vuelve a su posición en la puerta norte. El tubo de escape vertical empieza a echar humo, y Travis se asoma por la ventanilla del conductor mientras golpea el volante mordiendo un cigarrillo.

—¡Dame tu *walkie*! —le dice el Gobernador a Martínez, que ya está bajando por la escalera metálica fijada a un lateral de la grúa. Detrás del Gobernador, Bob lo ve todo a una distancia considerable. Hay algo en todo esto que inquieta al hombre mayor.

Fuera del muro, la manada de zombies errantes se aproxima a menos de doscientos metros.

Cuando Martínez acaba de bajar la escalera, le cede el aparato al Gobernador, que aprieta el botón y grita al micrófono:

—¡Stevens! ¿Me recibes? ¿Tienes puesta la radio?

Después de oír unas interferencias, obtiene respuesta del médico:

—Sí, te recibo, pero no...

—Cállate un momento. Quiero que lleves a ese idiota de Stinson, el guardia, al muro norte.

La voz vuelve a sonar entrecortada:

—Stinson se está recuperando todavía, después de perder tanta sangre en el...

—¡Y una puta mierda! No me discutas, Stevens... ¡Hazlo ya, joder!

El Gobernador apaga la radio y se la lanza a Martínez.

—¡Abrid la puerta! —grita el Gobernador a dos obreros que portan picos y tienen expresión de preocupación mientras esperan órdenes.

Los dos obreros intercambian miradas.

—¡Ya me habéis oído! —prosigue el Gobernador—. ¡Abrid la puta puerta!

Los dos obreros acatan sus órdenes tirando del cerrojo, la puerta se abre y deja pasar una ráfaga de viento frío y rancio.

—Así estamos tentando a la suerte —murmura Martínez para sí mismo, poniendo más munición en su rifle de asalto.

El Gobernador ignora su comentario y grita:

—¡Travis! ¡Vuelve a tu posición!

El camión vibra, pita y traquetea mientras se dirige marcha atrás hacia la puerta.

—¡Bajad la rampa!

Bob sigue observando, irritado por lo que está ocurriendo, mientras Eugene salta gruñendo de la cabina, bordea el camión y se coloca detrás.

Abre de golpe la puerta y despliega la rampa hasta el suelo.

En el resplandor de las luces, el contingente zombie se aproxima a unos ciento ochenta metros.

A sus espaldas, Bob oye unos pasos arrastrados que le llaman la atención.

Desde el sombrío centro de la ciudad, entre el parpadeo de los contenedores de basura ardiendo, el doctor Stevens llega ayudando a caminar al guardia herido, que renguea con el mismo ritmo letárgico de un noctámbulo.

—Mira eso, Bob —dice el Gobernador, mirando de reojo al hombre mayor—, le da mil putas vueltas a lo de Oriente Medio.

CATORCE

Mientras los cadáveres andantes se arrastran hasta la entrada, atraídos por el ruido y el olor del miedo, los gritos provenientes del interior del tráiler vacío, amplificados por el suelo de metal ondulado y las paredes de acero que lo recubren, representan una interminable aria agónica que obliga a Bob —que aguarda detrás de la grúa— a mirar hacia otro lado. Ahora más que nunca, el hombre necesita beber. Beber hasta emborracharse. Necesita empaparse de alcohol hasta que se le nuble la vista.

Casi todos los muertos que componen la manada —que adoptan todas las formas y tamaños, en varios niveles de descomposición y cuyas caras se retuercen por su insaciable ansia de sangre— se apretujan al dirigirse a la parte trasera del tráiler. El zombie que los encabeza se tropieza al pie de la rampa, dándose de cara contra el peldaño con un sonoro «¡plaf!». Los demás lo siguen de cerca, subiendo por la pendiente, mientras Stinson permanece dentro sin parar de chillar, perdiendo el juicio por completo.

Cuando los primeros caminantes acuden a rastras a por su ración de comida, el corpulento guardia, atado con cadenas y cinta aislante a la pared frontal del tráiler, se mea encima.

Fuera del tráiler, Martínez y sus hombres vigilan a los rezagados que rodean la barricada; casi todos pululan sin rumbo alrededor de las deslumbrantes luces incandescentes, inclinan la oscura cabeza y dirigen los ojos vidriosos hacia arriba, como si los gritos provinieran del cielo. Tan sólo un puñado de caminantes ha perdido la oportunidad de comer, y los hombres armados con una calibre 50 los observan, aguardando órdenes para acabar con ellos.

El tráiler se llena de especímenes —las ratas de laboratorio que colecciona el Gobernador— hasta que unas tres docenas de caminantes se arremolinan alrededor de Stinson. Le sigue un frenesí carnívoro invisible, hasta que los gritos degeneran en un penoso y asfixiante llanto, al tiempo que un último zombie sube pesadamente por la rampa y desaparece en el interior del improvisado matadero portátil. Las voces casi salvajes en la parte trasera del tráiler continúan hasta que Stinson acaba reducido a una sollozante y suplicante cabeza de res metida en un matadero, despedazada por los sucios dientes y uñas de los muertos vivientes.

Fuera, en la fría oscuridad de la noche, Bob siente que su alma se contrae como si fuera una pupila. Tiene tal necesidad de beber que está tiritando, apenas oye la voz estruendosa del Gobernador.

—¡Vamos, Travis!… ¡Ahora ve y hazlo! ¡Cierra la puerta!

El conductor del camión camina con cuidado hasta la parte trasera del trepidante tráiler de la muerte y coge la cuerda que cuelga del borde de la puerta. Tira de ella con firmeza y la puerta se cierra de golpe con un crujido oxidado. Rápidamente, Travis pasa el pestillo para luego alejarse del tráiler como si de una bomba de relojería se tratara.

—¡Llévalo a la pista, Travis! ¡Ahora nos vemos allí!

El Gobernador vuelve junto a Martínez, que está esperando en la parte inferior de la escalera de la grúa.

—Ahora ya podéis divertiros —le dice el Gobernador.

Martínez aprieta el botón de la radio y ordena:

—Bueno, chicos… Ya podéis deshaceros del resto.

Bob se sobresalta ante el repentino estallido de artillería pesada, que desata un cúmulo de ruido y chispas que iluminan el cielo. En la oscuridad, las balas trazadoras dibujan estelas de color rosa, que se mezclan con el brillo de las lámparas de carbón, y dan en el objetivo provocando una llovizna de sangre negra. Bob vuelve a desviar la mirada; no le interesa ver como los caminantes se deshacen en mil pedazos. Sin embargo, el Gobernador piensa de otro modo.

Se sube hasta la mitad de la escalera de la grúa para ver el espectáculo.

En cuestión de instantes, las balas punzantes destripan a los rezagados. Los cráneos estallan, lanzando al aire volutas de materia gris, pelo y dientes, rompiendo en mil pedazos sus huesos y cartílagos. Algunos zombies siguen de pie durante un buen rato, en una danza macabra mientras las balas los atraviesan, con los brazos levantados a la luz de los focos del escenario. En el resplandor, les explotan las entrañas y despiden trozos de carne y tejidos blandos.

La salva cesa con la misma brusquedad con la que comenzó, y el silencio golpea con fuerza los oídos de Bob.

Por un momento, el Gobernador saborea su victoria, ahora que el goteo se desdibuja al mezclarse con el eco distante de la pólvora cayendo sobre los árboles.

Los últimos caminantes han quedado hundidos en la tierra, rodeados de charcos de sangre y trozos de carne en descomposición, otros son una masa indefinida de carne semihumana. Estos montones de carne desprenden vapores que se funden con el aire congelado, aunque es por la fricción de las balas y no por algún tipo de calor corporal.

El Gobernador abandona su puesto.

Mientras el camión de Piggly Wiggly avanza con muchos caminantes dentro, Bob hace un gran esfuerzo para tragarse el vómito inminente.

Ahora que Stinson ha quedado reducido a un comedero de carne y hueso vacío, el espantoso fragor que venía del interior del tráiler se ha apagado ligeramente. A medida que el camión se aproxima al aparcamiento del estadio, los sonidos amortiguados de los zombies alimentándose se desvanecen.

El Gobernador se acerca a Bob:

—Seguro que te vendría bien beber un poco.

A Bob no se le ocurre ninguna respuesta.

—Vamos a tomarnos algo bien fresquito —le sugiere el Gobernador, dándole golpecitos en la espalda—. Pago yo.

A la mañana siguiente, la zona norte ya está limpia, y toda huella de la masacre ha sido borrada. La gente se ocupa de sus cosas como si no hubiera pasado nada, y el resto de la semana discurre sin novedades.

Durante los cinco días siguientes, atraídos por el estruendo de la horda, varios caminantes entran en el perímetro de las ametralladoras; pero, por lo general, la ciudad está tranquila. La Navidad viene y se va con pocas celebraciones, ya que casi todos los habitantes de Woodbury han dejado de mirar el calendario.

Al parecer, los pocos amagos de júbilo navideño que pueda haber no hacen sino agravar las nefastas circunstancias. Martínez y sus hombres decoran un árbol en el vestíbulo del juzgado y ponen un poco de espumillón en la glorieta de la plaza, pero eso es todo. El Gobernador pone música navideña en el sistema de altavoces del estadio, aunque lo cierto es que esto resulta más desconcertante que otra cosa. La temperatura sigue siendo moderada —ya no hay nieve—, y se mantiene alrededor de los ocho grados.

En Nochebuena, Lilly acude a la enfermería para que Stevens le haga una revisión de las heridas; luego, éste la invita a una pequeña fiesta navideña improvisada. Alice también está con ellos, abren latas de jamón y boniatos e, incluso, para brindar por los viejos tiempos, por tiempos mejores y por Josh Lee Hamilton, una caja de cabernet que el doctor tenía escondida en la despensa.

A Lilly le da la impresión de que el médico la observa de cerca en busca de signos de estrés postraumático, depresión o cualquier otro tipo de desorden mental.

Sin embargo, resulta irónico, ella nunca ha tenido una vida más asentada y equilibrada que ahora, y sabe qué quiere: sabe que no puede vivir así durante más tiempo y está esperando a que llegue el momento oportuno para escapar. Tal vez sea la propia Lilly quien está observando.

Quizá sea la propia Lilly la que, inconscientemente, esté buscando aliados, cómplices o colaboradores.

A media tarde llega Martínez —Stevens lo había invitado a tomar algo—, y Lilly se da cuenta de que no es la única que quiere irse. Al tomar varias copas, Martínez se pone muy hablador y confiesa su temor a que el Gobernador los deje en la estacada. Eso les lleva a debatir cuál sería el mal menor —aguantar la locura del Gobernador o tirarse al vacío sin red—, pero no son capaces de llegar a ninguna conclusión, y siguen bebiendo.

Al final, la noche se convierte en una bacanal de villancicos desafinados y reminiscencias de navidades pasadas, lo cual acaba deprimiéndolos más, si cabe.

Cuanto más beben, peor se sienten. Aun así, entre todos estos acontecimientos etílicos, Lilly se da cuenta de algunas cosas —triviales e importantes por igual— acerca de esas tres almas en pena: que el doctor Stevens es el peor cantante que ha conocido en su vida, que Alice está enamorada de Martínez y, a su vez, que Martínez suspira por su ex mujer, que vive en Arkansas.

Y lo más importante es que a Lilly le da la sensación de que compartir su desgracia les ayuda a estar más unidos, y esa unión puede serles muy útil.

Al día siguiente, con las primeras luces de la mañana —después de haber dormido en una camilla de la enfermería—, el sol invernal deslumbra a Lilly Caul al salir a la calle. El cielo azul turquesa parece querer impedir que la mujer siga sintiéndose atrapada en el purgatorio. Mientras se abrocha la chaqueta de lana hasta arriba y empieza a caminar rumbo al este de la ciudad nota que todo le da vueltas.

A esa hora hay muy pocas personas en la calle, ya que al ser la mañana del día de Navidad todos tienen una excusa para quedarse en casa. Sin embargo, Lilly tiene ganas de visitar el parque que hay en la zona este de la ciudad, que está situado en un prado al que se accede atravesando un campo de manzanos desnudos.

Allí está la tumba de Josh, junto a cuya lápida todavía se ve el montón de tierra fresca.

Lilly se arrodilla en el extremo de la tumba y agacha la cabeza.

—Feliz Navidad, Josh —susurra al viento, con la voz áspera y rota por el sueño y la resaca.

El crujir de las ramas es la única respuesta que recibe.

Respira hondo.

—Hay cosas que he hecho…, como la manera en que te he tratado…, de las que no estoy orgullosa —dice. Intenta no llorar, pero el dolor la ahoga. Se traga las lágrimas—. Sólo quiero decirte… que no has muerto en vano, Josh…, porque me has enseñado muchas cosas…, y has sido muy importante en mi vida.

Lilly mira la arena blanca pero sucia que hay debajo de sus rodillas y procura aguantar las lágrimas.

—Tú me has enseñado a no asustarme —murmura a sí misma, al suelo, al viento—. Antes no nos lo podíamos permitir…, pero ahora… estoy preparada.

Su voz se va apagando poco a poco mientras ella sigue allí, arrodillada durante largo tiempo, sin darse cuenta de que se está clavando las uñas en la pierna con tanta fuerza que se ha hecho sangre.

—Ya estoy preparada…

El Año Nuevo se acerca.

Una madrugada, asaltado por la melancolía propia de esa época del año, el hombre que se hace llamar el «Gobernador» se encierra en el cuarto interior de su segundo piso con una botella de carísimo champán francés y una fuente cromada llena de órganos humanos variados. La pequeña zombie encadenada a la pared que hay al otro lado del lavadero gruñe y escupe al verlo. Su cara otrora angelical está ahora esculpida por el rigor mortis, su piel amarillenta como el queso Stilton florecido y sus dientes de leche ennegrecidos. El lavadero, iluminado por unas bombillas colgando del techo y revestido con fibra de vidrio, está ahora impregnado de restos pestilentes: carne podrida, aceites infectados y moho.

—Tranquila, cariño —le susurra el hombre que se hace llamar de distintas formas, mientras se sienta en el suelo frente a ella, con la botella en un lado y el recipiente en el otro. Saca un guante de látex de su bolsillo y se lo pone en la mano derecha—. Papá te ha traído cositas para que te llenes la tripita.

A continuación, saca una oreja fina de color marrón violáceo de la caja de vísceras y se la lanza.

Estirando ruidosamente la cadena, la pequeña Penny Blake también se abalanza sobre el riñón humano que cae al suelo con un «plaf». Agarra el órgano con sus dos manitas y engulle el tejido humano con una entrega salvaje, hasta que se le llenan los dedos de bilis sangrienta y la cara se le mancha del fluido, que tiene la misma consistencia que la salsa de chocolate.

—Feliz Año Nuevo, cariño —le dice el Gobernador, tratando de descorchar la botella de champán. El corcho se resiste. Aprieta con los dedos hasta que logra destaparla y el líquido dorado y espumoso llena las desgastadas baldosas. El Gobernador no tiene ni idea de si de verdad es Nochevieja; sólo sabe que el día se acerca…, y que podría ser esa noche.

Se detiene a mirar fijamente el charco de champán que se extiende por el suelo formando una espuma carbonatada que se filtra por las juntas del parquet. Y, de repente, empieza a recordar cómo celebraba la Nochevieja de niño.

Antes solía esperar la Nochevieja durante meses. Un año, cuando vivía en Waynesboro, él y sus amigos compraron un cerdo entero el día 30, y lo empezaron a asar lentamente al lado de la casa de sus padres, en una barbacoa de ladrillos —al estilo hawaiano—; la fiesta duró dos días. El grupo local de *bluegrass*, The Clinch Mountain Boys, se tiró toda la noche tocando; Philip traía buena hierba, y pasaron todo el día de fiesta. Se acostó con…

El Gobernador parpadea. No logra recordar si era Philip Blake quien hizo eso en Nochevieja o si era Brian Blake. No recuerda dónde acaba un hermano y dónde empieza el otro. Mira fijamente el suelo, parpadeando cada vez más de prisa, y en el champán ve reflejada una imagen inexpresiva, borrosa y distorsionada de su rostro, de su bigote daliniano —que ahora está negro como el hollín— y de sus ojos profundos y brillantes que desprenden un destello de locura. Se mira a sí mismo y ve a Philip Blake en el pasado. Pero algo va mal. Philip también puede ver un rostro fantasmal superpuesto en su cara: su lívido y asustado *alter ego* llamado «Brian».

Los ruidos acuosos y turbadores que hace Penny al comer se desvanecen en sus oídos, desaparecen a lo lejos, al mismo tiempo que Philip le da el primer trago al champán. El alcohol, frío y áspero, le quema la garganta a medida que va tragando. Ese sabor le recuerda a tiempos mejores. Le recuerda a las vacaciones, a las reuniones familiares, a los amantes que se encuentran después de estar separados... Lo destroza por dentro. Porque sabe quién es: «El Gobernador —Philip Blake—, el que manda.»

Pero... Pero...

Brian se pone a llorar. Tira la botella y derrama más champán, mojándole los pies a Penny, que ignora la guerra invisible que se está librando en la mente de su cuidador. Aunque Brian cierre los ojos, las lágrimas se precipitan desde el párpado y resbalan por su cara formando densos arroyos.

Llora por las Nocheviejas pasadas, por esos momentos felices vividos entre amigos... y entre hermanos. Llora por Penny, y llora por su desconsolada situación, de la cual se siente culpable. Le resulta imposible apartar de su mente el instante que tiene grabado a fuego en la retina: Philip Blake y una chica en medio de un charco de sangre en el límite del bosque norte de Woodbury.

Mientras Penny sigue comiendo, sorbiendo ruidosamente y relamiéndose los labios mortecinos, y Brian sollozando, un ruido inesperado irrumpe en la habitación.

Alguien llama a la puerta del Gobernador.

El sonido, que toma forma en pequeños estallidos —vacilantes y tímidos—, tarda unos instantes en llegarle, y pasa un rato hasta que Philip Blake se da cuenta de que en el pasillo alguien está aporreando la puerta.

La crisis de identidad cesa de inmediato, y el Gobernador corre un tupido velo sobre ella para recobrar su característica rudeza.

De hecho, es Philip quien se levanta, se quita los guantes de látex, se arregla la ropa, se saca con la manga los mocos de la barbilla, se pone las botas de caña alta, se recoge los mechones de color negro obsidiana que le tapan la cara, se traga las lágrimas y sale del lavadero, cerrando la puerta tras de sí.

También es Philip, con su típico aire chulesco, quien cruza la sala de estar. El ritmo cardíaco se le ralentiza, los pulmones se le llenan de oxígeno y, con la personalidad totalmente transformada de nuevo en el Gobernador de mirada transparente y astuta, acude a abrir la puerta tras cinco tandas de golpes.

—¿Qué coño es tan urgente como para venir a estas…? —se pregunta.

Al principio no reconoce a la mujer que hay al otro lado de la puerta, y se detiene.

Esperaba que fuera uno de sus hombres —Gabe, Bruce o Martínez— el que lo molestase con alguna historieta sin importancia o algo que le había ocurrido a alguno de los inquietos vecinos.

—¿Llego en mal momento? —pregunta Megan Lafferty casi con un ronroneo, apoyándose en el marco de la puerta, mostrando escote con la blusa desabrochada debajo de la chaqueta vaquera.

El Gobernador clava su mirada inquebrantable en ella.

—Cielo, no sé a qué estás jugando, pero ahora mismo estoy ocupado.

—He pensado que te vendría bien un poco de compañía —afirma con falsa inocencia. Los sugerentes rizos color vino que le caen sobre la cara y sus rasgos de drogadicta le dan un aire de fulana barata. Lleva tanto maquillaje que parece un payaso—. Pero si estás ocupado, lo entiendo.

El Gobernador suspira, esboza una sonrisilla y le contesta:

—Algo me dice que no has venido precisamente a por una taza de azúcar.

Megan le lanza una mirada provocativa. Tiene un tic nervioso en la cara que se hace evidente por el modo en que mira de un lado a otro de la puerta desde las sombras del pasillo vacío, y también por cómo se acaricia compulsivamente el símbolo chino que lleva tatuado en el codo. Y es que nadie entra ahí, porque las dependencias privadas del Gobernador tienen prohibido el paso incluso para Gabe y Bruce.

—Es que... he pensado... que... —le insiste tartamudeando.

—No tienes por qué asustarte, nena —le contesta el Gobernador.

—Yo no quería...

—Vamos, pasa —le pide, cogiéndola del brazo— antes de que te dé algo.

Se la lleva hacia dentro y cierra la puerta de un golpe. Ella se sobresalta al oír un cerrojo que se cierra. La respiración se le acelera, y el Gobernador no puede evitar mirar más allá del escote, sus turgentes pechos moviéndose de arriba abajo, su figura de reloj de arena y sus generosas caderas.

La chica está para mojar pan. El Gobernador intenta acordarse de la última vez que usó un condón. ¿Le quedará alguno? ¿Habrá alguno en el botiquín?

—¿Quieres tomar algo?

—Vale. —Megan echa un vistazo al mobiliario espartano de la sala de estar: los retazos de moqueta, las sillas desiguales y el sofá sacados de un camión del Ejército de Salvación. De repente, frunce el cejo y se frota la nariz, probablemente porque ha detectado el hedor que sale del lavadero e inunda todo el piso—. ¿Tienes vodka?

El Gobernador le sonríe.

—Creo que queda algo —responde, y acude a la despensa próxima a la ventana destrozada que da a la calle, saca una botella y sirve unos dedos de la bebida en vasos de cartón—. Seguro que también queda algo de zumo de naranja —murmura al encontrar un envase medio lleno de zumo.

A continuación, vuelve junto a ella con las bebidas. Megan se bebe la suya de golpe, como si hubiera estado varios días perdida en el desierto y ése fuera su primer trago. Después se limpia la boca con una servilleta y suelta un pequeño eructo.

—Perdón...

—Eres un encanto —le dice el Gobernador con una sonrisa—. La verdad es que Bonnie Raitt no tiene nada que envidiarte.

Ella mira al suelo.

—He venido porque me preguntaba si...

—Sí, dime.

—El tipo del centro de alimentos me dijo que tenías material. ¿No tendrás Demorol, por una de ésas?

—¿Duane?

—Me dijo que tenías buena mierda —repite, asintiendo con la cabeza.

El Gobernador le da un trago a la bebida.

—No sé cómo Duane se ha enterado de eso.

Megan se encoge de hombros.

—Es que...

—¿Por qué has venido? —El Gobernador la mira fijamente—. ¿Por qué no se la pides a tu amigo Bob? Tiene un arsenal en la caravana.

Ella sigue encogiéndose de hombros.

—No sé, pero me preguntaba si... tú y yo... podríamos hacer un trato —propone, mirándole y mordiéndose el labio inferior.

El Gobernador nota como toda la sangre se le concentra en la entrepierna.

Megan y él echan un polvo a la luz de la luna en una habitación contigua. Totalmente desnuda, empapada en sudor y con los mechones de pelo pegados a la cara, salta sobre su erección con el mismo ímpetu insustancial que mueve a los caballitos de feria. No siente ni miedo, ni emoción, ni remordimiento, ni vergüenza; nada. Sólo siente el dolor que le produce la fricción del movimiento mecánico de los sexos.

Todas las luces de la habitación están apagadas, la única iluminación proviene del travesaño que hay más arriba de las cortinas, por el que entran los rayos plateados de la luna de invierno y se abren paso a través de las motas de polvo, coloreando la pared desnuda que hay a espaldas de la butaca Lazy Boy de segunda mano del Gobernador.

Él está tirado en el sillón, su cuerpo desnudo y larguirucho se retuerce debajo de Megan, que mueve la cabeza hacia atrás al ritmo del latido de las venas de su cuello. Sin embargo, él no hace ruido y tampoco parece sentir mucho placer, por lo que lo único que oye Megan es su vibrante respiración mientras el hombre se mueve incesantemente dentro de ella.

A pesar de sentir que el orgasmo de él se acerca de manera inminente, la visión periférica de Megan se concentra en la pared que tiene detrás. En la habitación no hay ni cuadros, ni mesitas, ni lámparas; en la pared sólo se aprecia la sombra de unos cuantos objetos rectangulares. Al principio, Megan piensa que se trata de aparatos electrónicos, ya que la forma le recuerda a un expositor de una tienda de electrodomésticos, pero ¿qué iba a hacer este tipo con dos docenas de televisores? Megan aprecia en seguida un burbujeo que proviene de los televisores.

—¿Qué coño te pasa? —le gruñe el Gobernador, que está debajo de ella.

Intentando acomodar la vista a las sombras que proyecta la luna en la habitación, Megan se da la vuelta, pero le inquieta algo que se mueve dentro de las cajas rectangulares. Ese movimiento espectral hace que su cuerpo se contraiga, presionándole a él los genitales.

—Nada, nada… Perdona…, es que… no he podido evitar…

—¡Me cago en la puta! —brama el Gobernador, al tiempo que tiende la mano para sacar del cajón una linterna de pilas.

La luz revela varios acuarios, uno al lado del otro, con cabezas humanas.

Megan grita de miedo, se aparta del Gobernador y cae al suelo. Le cuesta respirar. Se ha quedado tendida boca abajo en la moqueta húmeda, con la carne de gallina, boquiabierta ante los recipientes de cristal.

Las cabezas de zombies, penosamente cortadas, se retuercen y se agitan dentro de los contenedores de líquido perfectamente apilados, a través de los cuales se ven sus bocas palpitantes —como si de pescados moribundos se tratara— y sus ojos en blanco encapsulados en la nada.

—¡Todavía no he acabado! —le dice el Gobernador, al tiempo que se lanza sobre ella, le da la vuelta y le abre las piernas. Sigue erecto y la penetra con violencia, ejerciendo una fricción tan dolorosa que Megan se estremece con espasmos agónicos—. ¡Estate quieta, joder!

Una de las caras, expuesta en el último recipiente de la izquierda, a Megan le resulta familiar, y se queda petrificada al verla. Mientras el Gobernador la penetra sin piedad, ella permanece sin moverse en el suelo, atónita, mirando de soslayo la pequeña cabeza sumergida entre burbujas que ocupa el último acuario. Le resulta familiar ese pelo decolorado que se suspende en el líquido formando una extraña corona de algas alrededor de un rostro masculino con los labios entreabiertos, largas pestañas y nariz puntiaguda.

Megan identifica la cabeza cortada de Scott Moon justo en el instante en el que el Gobernador acaba la faena y se corre dentro de ella.

Algo se derrumba en el interior de Megan Lafferty, de manera tan definitiva e irreparable como un castillo de arena demolido por el peso de las olas del mar.

Un instante después, el Gobernador le dice:

—Ya puedes levantarte, cariño…, ve a lavarte.

Habla sin rencor ni desprecio, como cuando un examinador le comunica a la clase que la prueba ha finalizado.

Luego la encuentra horrorizada ante el acuario que contiene la cabeza de Scott Moon, y se da cuenta de que es la hora de la verdad, su gran oportunidad, el punto de inflexión en plenas fiestas navideñas. Y un hombre decidido como Philip Blake siempre sabe dónde encontrar oportunidades, en qué momento aprovecharse de su superioridad. Nunca titubea ni retrocede, nunca se amedrenta ante el trabajo sucio.

El Gobernador se agacha para subirse los calzoncillos —los lleva enrollados en los tobillos—. Está de pie y mira desde arriba a la mujer, que ahora se ha colocado en posición fetal.

—Venga, preciosa..., aséate y hablamos.

Megan pega la cara al suelo y murmura:

—Por favor, no me hagas daño.

El Gobernador se agacha para pellizcarle el cogote —nada serio, simplemente como toque de atención— y le ordena:

—No te lo voy a repetir... Levanta el culo y métete en el baño.

Se pone de pie con esfuerzo y se abraza a sí misma, como si fuera a romperse de un momento a otro.

—Por aquí, cielo. —La agarra del brazo desnudo, la saca de la habitación y la lleva al baño.

Mientras la observa, el Gobernador, apoyado en la puerta, se siente culpable por haberla tratado tan mal, pero también sabe que Philip Blake no desperdiciaría un momento como éste. Philip haría lo que hay que hacer, sería fuerte y decidido; sin embargo, la parte del Gobernador que se hacía llamar «Brian» sólo quiere llegar hasta el final.

Megan se inclina sobre el lavabo y coge la esponja con las manos temblorosas. Abre el grifo y se lava tímidamente.

—Juro por Dios que no se lo contaré a nadie —murmura entre lágrimas—. Yo sólo quiero volver a casa..., sólo quiero estar sola.

—Por eso quiero hablar contigo —le responde el Gobernador desde la puerta.

—No se lo contaré...

—Mírame, nena.

—No se...

—Tranquilízate. Respira hondo. Mírame. He dicho que me mires, Megan.

Ella lo mira con la barbilla temblorosa y el rostro humedecido por las lágrimas.

—Ahora estás con Bob —le dice, mirándola fijamente.

—¿Qué? No te entiendo. —Se seca los ojos—. ¿Que estoy qué?

—Estás con Bob —repite él—. ¿Te acuerdas de Bob Stookey, el tipo con el que llegaste?

Ella asiente con la cabeza.

—Pues ahora estás con él. ¿Me entiendes? De ahora en adelante, estás con él.

Ella vuelve a asentir con la cabeza.

—Y una cosa más —le dice el Gobernador en voz baja, casi como si estuviera improvisando una idea—. No se lo cuentes a nadie…, o tendré que poner tu preciosa cabecita junto a la del borracho ese.

Unos minutos después de que Megan Lafferty saliera de allí, mezclándose con las sombras del pasillo, tiritando e hiperventilando en el momento de ponerse el abrigo, el Gobernador se encierra en la habitación de al lado. Se tira en su Lazy Boy y se queda mirando su entramado de peceras.

Se queda ahí un rato, observándolas y sintiendo un gran vacío. Oye los quejidos amortiguados que se filtran por las habitaciones de la casa. Esa cosa que antes era una niña vuelve a tener hambre. El Gobernador siente náuseas subiéndole por la garganta; se le humedecen los ojos y se le agarrotan las entrañas. Está alterado. Le aterroriza haber hecho lo que acaba de hacer, le hiela los tendones.

Un instante después, se inclina hacia adelante, se cae de la silla y se arrodilla al sentir una arcada. Lo que quedaba de su cena acaba esparcido por la mugrienta moqueta. Todo lo que llevaba en el estómago le cae sobre las manos y las rodillas; acaba apoyándose en una pata de la silla, tratando de tomar aire.

Una parte de él —esa parte olvidada que se hacía llamar «Brian»— lo asfixia al sentir repulsión por su otro yo. No puede respirar. No puede pensar. Aun así, se obliga a seguir mirando esas cabezas hinchadas e inundadas que le devuelven la mirada mientras forman y escupen burbujas en el interior de las peceras.

Quiere mirar a otro lado. Quiere salir corriendo de la habitación y huir para siempre de esas cabezas cortadas que se contraen y burbujean, pero sabe que tiene que seguir mirando hasta que se le adormezcan los sentidos. Tiene que ser fuerte.

Tiene que prepararse para lo que está por llegar.

QUINCE

En la parte oeste de la ciudad, dentro de la zona amurallada, en un segundo piso próximo a la oficina de correos, Bob Stookey oye cómo llaman a su puerta. Apoyado en el cabezal de una cama de muelles, deja boca abajo su manoseado libro de bolsillo —una novela de vaqueros que se llama *Los forajidos de mezquite* y cuyo autor es Louis L'Amour—, se pone las zapatillas de estar por casa y los pantalones, aunque la cremallera se resiste a subir.

Todavía se siente un poco aturdido y desorientado tras haber bebido como un cosaco esa tarde. Todo le da vueltas y el estómago se le retuerce mientras sale de la habitación dando tumbos y llega a la puerta trasera, que se abre a la oscuridad de un rellano de madera al que se accede por una escalera. Abre la puerta mientras eructa y se traga la bilis.

—Bob…, ha sido horrible… ¡Dios mío, Bob! —Megan Lafferty aparece sollozando en medio de la oscuridad de la escalera. Tiene la cara mojada y demacrada, los ojos hundidos e inyectados en sangre, parece que fuera a resquebrajarse de un momento a otro igual que una figurilla de cristal. Temblando de frío, se sube el cuello de la cazadora vaquera para intentar entrar en calor.

—Pasa, cariño —le dice Bob, abriendo la puerta del todo, al tiempo que nota que se le acelera el corazón—. Por el amor de Dios, ¿qué te ha pasado?

Megan camina a trompicones hasta la cocina, pero Bob tiene que sostenerla para que pueda sentarse en una silla de la atestada mesa del comedor. Ella se deja caer en la silla e intenta hablar, pero se atraganta con las lágrimas. Al verla llorar, Bob se arrodilla junto a la joven para acariciarle el hombro, pero Megan sólo puede enterrar la cabeza en su pecho y sollozar.

—Tranquila, cariño… Pase lo que pase… vamos a solucionarlo… —la consuela, abrazándola.

Ella sigue gimiendo, oprimida por el miedo y la angustia, mientras las lágrimas le empapan la camiseta interior. Él le sostiene la cabeza contra su pecho, acariciándole los rizos mojados; tras un momento tremendamente angustioso, Megan lo mira a los ojos:

—Scott está muerto.

—¿Qué?

—Lo he visto, Bob —habla entre jadeos, agitada por los sollozos—. Está…, está muerto y… se ha convertido en uno de ellos.

—Calma, cariño, respira hondo y cuéntame lo que ha pasado.

—¡Ni siquiera sé lo que ha pasado!

—¿Dónde lo has visto?

Entre jadeos, intentando respirar, con palabras entrecortadas, le describe la tenebrosa imagen de las cabezas cortadas.

—¿Dónde has visto eso? —sigue preguntando él.

A Megan se le acelera la respiración.

—En…, en…, en casa del Gobernador.

Intenta tragar saliva una y otra vez, pero las palabras le agarrotan la garganta.

—Cariño, ¿qué hacías tú en el piso del Gobernador? —quiere saber Bob, acariciándole el brazo.

Megan trata de contestarle sin éxito, aún llorando desconsolada y tapándose el rostro con las manos.

—Te traeré un vaso de agua —le dice él al final.

Bob va corriendo al fregadero para llenar de agua un vaso de plástico. La mitad de las viviendas de Woodbury carecen de los servicios más básicos, ya que no tienen ni calefacción ni agua corriente. Los pocos afortunados que disponen de estas comodidades forman parte del círculo más estrecho del Gobernador, ya que la improvisada cúpula de poder les ha otorgado ciertos beneficios. Por su parte, Bob se ha convertido en el nostálgico por excelencia, y el lugar en el que vive refleja esa actitud. Plagado de botellas vacías y envoltorios de alimentos, latas de tabaco para pipa y revistas de mujeres, mantas de lana y aparatos electrónicos, su apartamento tiene el aspecto de una cueva desvencijada.

Le lleva el vaso de agua a Megan, que bebe a sorbos mientras el líquido se le derrama por las comisuras de los labios y le moja la chaqueta; él la ayuda a quitársela mientras la joven acaba de beber. Es entonces cuando Bob se da cuenta de que Megan tiene la camisa mal abrochada y abierta a la altura del ombligo, mostrando varias marcas y arañazos en la zona del esternón, entre sus pálidos pechos. Lleva el sujetador torcido de tal forma que le queda el pezón al descubierto.

—Ven aquí, cariño —le pide, dirigiéndose al vestíbulo, donde tiene el armario en el que guarda la ropa de cama, saca una manta y envuelve a Megan. Eso ayuda a que ella, poco a poco, deje de llorar, aunque dando lugar a una respiración entrecortada y agitada. Está cabizbaja y con las manos en el regazo, abandonadas con las palmas hacia arriba, como si hubiera olvidado cómo usarlas.

—No tendría que… —intenta explicar lo ocurrido, todavía pronunciando las palabras con dificultad. Tiene los ojos cerrados y se limpia la nariz, que no para de moquearle—. ¿Qué es lo que he hecho, Bob? ¿Qué coño me está pasando?

—No te preocupes —la calma con dulzura, mientras le pasa el brazo por detrás—. Yo estoy contigo, cariño. Yo te cuidaré.

Megan se acurruca entre sus brazos y, con la cabeza apoyada en su hombro, en seguida adquiere una respiración más relajada, en forma de resuellos graves y prolongados, como si se estuviera durmiendo. Mientras, Bob reconoce en ella síntomas de estrés postraumático, ya que al tacto está helada, por lo que decide cubrirla más con la manta. Entonces, Megan le hunde el rostro en el cuello.

Bob respira hondo, invadido por un torrente de emociones.

La abraza con fuerza; intenta decirle algo, pero mil contradicciones le pasan por la cabeza. Está horrorizado por lo que le ha contado Megan, por las cabezas cortadas y el cuerpo desmembrado de Scott Moon y, sobre todo, por el hecho de que la joven haya hecho tal visita al Gobernador. Aun así, siente por ella un deseo no correspondido. La cercanía de sus labios, el susurro de su respiración acariciándole el cuello y el brillo de sus rizos de color frambuesa rozando su barbilla emborrachan a Bob con más rapidez y efusividad que una caja entera de bourbon de doce años, y ahora siente un ansia irrefrenable por besarle la cabeza.

—Todo irá bien —le murmura al oído—. Juntos lo solucionaremos.

—Bob... —lo llama, todavía confundida y tal vez un poco mareada—. Bob...

—Todo va a salir bien —le dice al oído, mientras le acaricia el pelo con una mano grasienta y nudosa.

Ella levanta la cabeza para darle un beso en su canosa mandíbula.

Bob cierra los ojos y se deja llevar.

Esa noche duermen juntos, pero a Bob le da miedo que al pasar más tiempo con ella, la relación se vuelva más cercana e íntima. Bob no ha tenido relaciones con ninguna mujer desde hace once años, cuando él y su última esposa, Brenda, dejaron de hacer el amor. Además, la bebida lleva años socavando su virilidad. Sin embargo, aún conserva la pasión latente en su interior, y siente un deseo tan fuerte por Megan que la garganta le arde como cuando bebe Everclear; como un dedo clavándose insistentemente en la base de su espalda.

Duermen profundamente, abrazados, enredados entre las sábanas empapadas de sudor de la cama de matrimonio que hay en la habitación interior. Para alivio de Bob, esa cercanía no da lugar, ni por asomo, al sexo.

En la oscuridad del segundo piso, los pensamientos calenturientos del hombre vacilan toda la noche entre sueños desdibujados en los que le hace el amor a Megan Lafferty en una isla desierta, en medio de aguas infestadas de zombies, y momentos repentinos de duerme-vela. Se maravilla ante el milagro de sentir tan de cerca la respiración arrítmica de Megan, de notar la calidez de su cadera contra su tripa, de respirar los rizos de su pelo e impregnarse de su dulce aroma almizclado. Le asombra sentirse tan completo y percibir la extraña vitalidad que le aporta la esperanza, algo que no le ocurre desde que comenzó la epidemia. La sospecha subyacente y los sentimientos encontrados en cuanto al Gobernador se han desvanecido en el limbo sombrío del dormitorio, y la paz momentánea que se cierne sobre Bob Stookey lo sumerge en un sueño profundo.

Justo después de amanecer, se despierta de golpe al oír un chillido penetrante.

Al principio cree que aún está durmiendo, pero el grito viene de fuera, y él lo interpreta como un eco fantasmal o como si una pesadilla estuviera dando los últimos coletazos, llegando a confundirse con la vigilia. A medias consciente, se vuelve en busca de Megan; pero su lado está vacío, y las mantas están enrolladas a los pies de la cama. Megan no está.

Bob se incorpora sobresaltado.

Se dirige a la puerta caminando descalzo por el suelo helado, cuando, de repente, otro grito atraviesa el viento invernal que sopla al exterior. Sin embargo, no repara en la silla tirada en el suelo de la cocina, ni en los cajones ni en las puertas de la despensa abiertos; signos de que alguien ha estado buscando entre sus pertenencias.

—¡Megan, cariño!

Corre a la puerta trasera, que se ha quedado entreabierta y traquetea con el viento.

—¿Megan?

Empuja la puerta y aparece dando tumbos en el rellano del segundo piso, cegado por el crudo resplandor del cielo encapotado y el viento helado que le azota el rostro.

—¡Megan!

No alcanza a entender por qué hay tanto revuelo alrededor del edificio. Hay gente bajo la escalera, al otro lado de la calle y en la esquina del aparcamiento de la oficina de correos —no más de unas diez personas—, y todos lo señalan a él o tal vez a algo que hay en el tejado. Todo es muy confuso. El corazón se le acelera. Empieza a bajar por la escalera, ignorando por completo el montón de cuerda enrollada alrededor de las pilastras de la terraza. Hasta que acaba de descender.

Bob se da la vuelta, helado como el mármol.

—¡Dios mío! ¡No! ¡No! ¡No! ¡No! ¡No! ¡No...!

Megan cuelga de una soga que se ha atado alrededor del cuello, con la cara descolorida y lívida como la porcelana enmohecida.

Justo encima de la tintorería, Lilly Caul oye el alboroto desde su ventana y se hace con el ánimo para levantarse. Sube la persiana y ve mucha gente fuera, en sus portales, algunos señalan la oficina de correos con cara de preocupación y hablan entre sí, compungidos. La intuición le dice que algo horrible ha ocurrido, y cuando ve al Gobernador dando zancadas por la acera, con su abrigo largo y sus gorilas, Gabe y Bruce, a su lado, cargando los fusiles de asalto, corre a vestirse.

Tarda menos de tres minutos en ponerse la ropa, bajar corriendo la escalera trasera, atravesar una callejuela que separa dos edificios y pasar por los dos bloques y medio de pisos hasta llegar a la oficina de correos.

El cielo se agita, amenazante, y el viento escupe aguanieve; cuando Lilly ve a toda la gente arremolinada en la puerta de la casa de Bob, sabe de inmediato que ha ocurrido algo espantoso. Lo ve en la expresión de los curiosos, y también en el modo en que el Gobernador le habla a Bob: están apartados de la muchedumbre y miran al suelo mientras conversan en voz baja con rostros de preocupación y pena.

En medio del círculo de curiosos, Gabe y Bruce se arrodillan en el asfalto junto a algo que previamente han cubierto con una sábana. La imagen deja paralizada a Lilly, que se mantiene al margen, observando, mientras siente cómo el miedo le recorre la espalda en forma de gélido escalofrío. El hecho de que éste no sea el primer cadáver que ve tirado en una esquina le desgarra el alma.

—¿Lilly?

Se da la vuelta y ve a Martínez, que lleva una bandolera de balas que le cruza el pecho. Él le pone una mano en el hombro y le pregunta:

—Era amiga tuya, ¿verdad?

—¿Quién es?

—¿Todavía no te lo han dicho?

—¿Es Megan? —Lilly se abre paso hasta el cuerpo empujando a Martínez y al resto de curiosos—. ¿Qué ha pasado?

En ese momento, Bob Stookey aparece frente a ella para evitar que pase. La agarra por los hombros con cuidado.

—Para Lil, ya no hay nada que podamos hacer —le dice Bob.

—¿Qué ha pasado, Bob? —A Lilly se le empañan los ojos y se le hace un nudo en la garganta—. ¿Ha sido un caminante? ¡Dejadme!

Bob la sujeta por los hombros.

—No, Lilly. Eso no es lo que ha pasado. —La mujer ve en la mirada de Bob, cruda y vidriosa, un dolor profundo—. Estos hombres se ocuparán de ella.

—¿Está…?

—Se ha ido, Lil. —Bob mira hacia abajo tembloroso—. Se ha quitado la vida.

—¿Qué? ¿Qué ha pasado?

Bob, que sigue cabizbajo, murmura algo así como que no está seguro.

—¡Suéltame, Bob! —le grita Lilly, intentando abrirse paso entre los curiosos.

—¡Oye! ¡Quieta ahí! —Gabe, el hombre corpulento de cuello musculoso y pelo rapado, le corta el paso cogiéndola del brazo—. Sé que erais muy amigas.

—¡Dejadme verla! —exclama Lilly, soltándose del brazo; sin embargo, Gabe consigue cogerla por detrás para evitar que lo haga. La mujer se retuerce con rabia—. ¡Suéltame de una puta vez!

A tres metros, Bruce —el hombre negro de la cabeza rapada— se arrodilla junto al cadáver mientras pone un cargador nuevo en la semiautomática del calibre 45. Luego, ignorando el revuelo que se ha formado a sus espaldas, respira hondo, con una expresión en el rostro que mezcla pena y determinación, y se prepara para acabar una desagradable faena.

—¡Que me sueltes! —grita Lilly, retorciéndose aún en los brazos del hombre fornido, sin apartar los ojos del cadáver.

—Tranquilízate. —Gabe pega un bufido—. Lo estás haciendo más difícil de lo que ya es…

—¡Suéltala!

La voz, profunda y consumida por el tabaco, aparece por detrás de Gabe. Lilly y el hombre corpulento se quedan petrificados como si hubieran oído un sonido ultrasónico.

Ven por el rabillo del ojo al Gobernador en medio del círculo de curiosos, con las manos apoyadas en la cadera y luciendo dos Army calibre 45 de empuñadura perlada, una en cada costado, como si fuera un pistolero, y con el pelo al más puro estilo de una estrella del rock —negro como la tinta china— recogido en una coleta que se agita al viento. Las patas de gallo que enmarcan sus ojos y las arrugas que esculpen su mandíbula hundida se acentúan cuando se le ensombrece la expresión.

—Vamos, Gabe…, deja que la chica se despida de su amiga.

Lilly se abalanza sobre el cadáver tendido en el suelo y se pone de rodillas para verlo de cerca, tapándose la boca con la mano como si así contuviera la corriente de emociones que palpitan en su interior. En el instante en que se hace el silencio entre la multitud, Bruce le pone el seguro a la semiautomática y, observando a Lilly, se aparta tímidamente del cadáver.

También el Gobernador se mantiene a un respetuoso metro y medio de distancia.

Cuando la mujer echa la sábana hacia atrás y ve la cara amoratada de la que había sido Megan Lafferty, sólo puede apretar los dientes. Con los ojos hinchados pero cerrados y la mandíbula sometida al rigor mortis, la inexpresiva muñeca de porcelana parece haberse resquebrajado en mil grietas trazadas por los capilares marcados: los primeros signos de descomposición. Para Lilly es una visión espantosa, pero también tremendamente conmovedora, ya que no puede evitar recordar sus días juntas en el instituto Sprayberry; cuando se emborrachaban en la sala de estar, trepaban al tejado del edificio, les tiraban piedras a los de atletismo desde las gradas de la pista de baloncesto...

Megan ha sido durante muchos años su mejor amiga y, a pesar de sus defectos —que eran muchos—, Lilly la sigue considerando como tal, aunque ahora no pueda dejar de mirar los irreconocibles restos de su pendenciera amiga.

De repente, los párpados amoratados e hinchados de Megan se abren y dejan ver el ojo velado; sin embargo, Lilly ni se inmuta cuando el hombre negro de la cabeza rapada se acerca para disparar a bocajarro con su calibre 45, ya que antes de que acabe definitivamente con todo, retumba el grito del Gobernador:

—¡Bruce, no dispares!

Bruce lo mira de reojo mientras el Gobernador se le acerca y le dice en voz baja:

—Que lo haga ella.

Lilly sigue mirando al hombre del abrigo largo sin decir nada; tiene el corazón carbonizado y la sangre corre helada por sus venas.

Una atronadora tormenta eléctrica se acerca por el horizonte.

El Gobernador se sitúa junto a Bruce y le ordena:

—Vamos, Bruce. Dale el arma.

Tras un instante eterno, la pistola acaba en la mano de Lilly. En el suelo, lo que una vez fue Megan Lafferty se tensa y se convulsiona; el sistema nervioso se le acelera y muestra la dentadura negra y podrida. Las lágrimas nublan la visión de Lilly.

—Lilly, acaba con tu amiga —le insiste en voz baja el Gobernador desde detrás.

La mujer levanta el arma. La cabeza de Megan se alza hacia ella como un feto que emerge del líquido amniótico, chasqueando la mandíbula con voracidad. Lilly apunta a la frente del monstruo.

—Lilly, hazlo. Acaba con su desgracia.

Ella cierra los ojos; el gatillo le abrasa el dedo como un carámbano, y cuando vuelve a abrirlos, la cosa se levanta del suelo para atacarla directo a la yugular con sus dientes podridos.

Todo ocurre tan rápido que Lilly casi ni se percata de ello.

Se oye un disparo.

Lilly pierde el equilibrio y cae hacia atrás. El arma se le escapa de la mano mientras el cráneo de Megan estalla en una lluvia de sangre oscura, pintando la acera con un estarcido de materia gris. Finalmente, el cadáver reanimado se desploma sobre la sábana arrugada, mirando al cielo tormentoso con sus desafiantes ojos.

Por un momento, Lilly se queda inerte en el suelo, mirando las nubes, inmersa en un estado de confusión. ¿Quién ha disparado? Lilly no ha apretado el gatillo. ¿Quién lo ha hecho?

La mujer se seca las lágrimas para intentar prestarle atención al Gobernador, que está frente a ella con los ojos clavados en algo que tiene a su derecha.

Mientras balancea el brazo con el que ha disparado, Bob Stookey vigila el cadáver de Megan Lafferty con una pistola de policía del calibre 38 en la mano. Del cañón aún sale un hilo de humo.

La desolación que desprende el rostro ajado y arrugado de Bob es desgarradora.

Durante los días siguientes, nadie presta mucha atención a la variabilidad del tiempo.

Bob está demasiado ocupado tratando de llegar al coma etílico como para fijarse en algo tan trivial como la meteorología, y Lilly se está encargando de organizar un funeral decente para enterrar a Megan junto a Josh. El Gobernador, por su parte, pasa la mayor parte del tiempo preparando la siguiente batalla que se celebrará en el estadio. Tiene grandes planes para los próximos espectáculos: incorporar zombies en las luchas de gladiadores.

Gabe y Bruce se ocupan en un almacén auxiliar del sótano del estadio de la desagradable tarea de desmembrar a los guardias muertos. El Gobernador necesita carne humana para alimentar a la creciente reserva de zombies que esconde en un cuarto secreto de sus particulares catacumbas. Por eso, Gabe y Bruce reclutan a algunos jóvenes de la cuadrilla de Martínez para que manipulen las sierras eléctricas en el oscuro y purulento matadero cercano a la morgue en el que convierten los restos humanos en carnaza.

Mientras tanto, las lluvias de enero llegan a la ciudad amenazando lenta e insidiosamente.

Al principio, las fases más superficiales de la tormenta pasan casi desapercibidas —son chaparrones aislados que llenan las alcantarillas y limpian las calles— ya que las temperaturas se mantienen por encima de cero. Sin embargo, el cielo oscuro que se acerca por el horizonte empieza a preocupar a la gente. Nadie sabe con certeza —ni lo sabrá— por qué este invierno en Georgia está siendo tan anómalo. Los inviernos relativamente templados de los que suele gozar el estado se disipan ocasionalmente en lluvias torrenciales, unos cuantos copos de nieve o alguna que otra tormenta de hielo, pero nadie en el delta está preparado para la borrasca que está por llegar procedente de Canadá.

Esa semana, el Instituto Nacional de Meteorología, situado en Peachtree City, que todavía existe gracias a generadores y emisoras de radio de onda corta, emite una advertencia en todas las frecuencias en las que puede hacerlo. Sin embargo, son pocos los afortunados que pueden oír las noticias, un puñado de oyentes que escuchan al famoso meteorólogo Barry Gooden despotricando contra las tormentas de nieve de 1993 y las inundaciones de 2009.

Según Gooden, el tremendo frente frío que se cernirá sobre el sur de Estados Unidos durante las próximas veinticuatro horas colisionará con las húmedas, templadas y cálidas temperaturas del centro de Georgia, y es muy posible que el resto de las tormentas de invierno pasen como pequeños aguaceros. Con una previsión de vientos de ciento diez kilómetros por hora, además de peligrosas tormentas eléctricas y una mezcla de lluvia y aguanieve, el temporal promete causar estragos sin precedentes en la apestada Georgia. Y estos cambios drásticos de temperatura no sólo amenazan con convertir las lluvias en ventiscas, sino que, tal y como se supo en el estado un par de años antes y también se sabe ahora, amenazan con demostrar a los georgianos que la administración no está preparada para las inundaciones.

Durante el otoño de 2009, una fortísima tormenta provocó una crecida del río Chattahoochee que dio lugar a inundaciones en las áreas más pobladas de Roswell, Sandy Springs y Marietta. Las olas de cieno arrancaron casas de sus cimientos, las carreteras se inundaron y la catástrofe se contabilizó en decenas de muertos y cientos de millones de dólares en daños. Pero este año en particular, con este monstruo desplegándose por el Misisipi a una velocidad alarmante, promete romper esquemas.

Ese mismo viernes por la tarde, los primeros signos de un clima anormal se adentran rugiendo en la ciudad.

Al anochecer, sobre la barricada de Woodbury la lluvia cae en un ángulo de cuarenta y cinco grados y el viento sopla a ochenta kilómetros por hora, los inservibles cables de alta tensión del centro de la ciudad zumban y se agitan como látigos. Las descargas eléctricas convierten las callejuelas en intermitentes negativos de fotografías, al tiempo que se desbordan las cloacas de toda Main Street. Las calles y las tiendas quedan desiertas… Casi todos los habitantes de Woodbury se resguardan bajo techo esperando a que amaine…

Casi todos…, excepto un grupo de cuatro residentes que desafían la lluvia para reunirse de forma clandestina en una de las oficinas subterráneas del estadio.

—Alice, por favor, deja la luz apagada —pide una voz desde la oscuridad del otro lado del mostrador. Lo único que identifica al doctor Stevens es el pálido brillo que entre las sombras producen sus gafas de montura metálica.

El tamborileo amortiguado de la tormenta acentúa el silencio.

Alice asiente con la cabeza y permanece junto al interruptor de la luz frotándose las manos para calentárselas. Su bata de laboratorio adquiere un aspecto fantasmagórico en la lúgubre oficina sin ventanas que Stevens usaba antes como cuarto trastero.

—Tú nos has llamado, Lilly —murmura Martínez sentado en un taburete en la otra punta de la habitación y fumándose un puro, cuya punta brilla como una luciérnaga en la oscuridad—. ¿Qué te ocurre?

Lilly aparece entre las sombras junto a un armario de archivadores metálicos. Lleva puesto un impermeable militar de Josh que le viene tan grande que parece una niña jugando a los disfraces.

—¿Que qué me ocurre? Me ocurre que no quiero seguir viviendo así.

—¿Eso a qué viene?

—Viene a que este lugar está podrido hasta la médula; está enfermo, el Gobernador es el más enfermo de todos, y no creo que nada vaya a mejorar en un futuro cercano.

—¿Y...?

Ella se encoge de hombros.

—Estoy buscando soluciones.

—¿Cuáles?

Lilly sigue hablando, escogiendo las palabras con cuidado:

—Coger mis cosas e irme sería un suicidio seguro..., pero estaría dispuesta a hacerlo si ése fuera el único modo de escapar de esta mierda.

Martínez mira a Stevens, que está en la otra punta de la sala escuchando atentamente mientras limpia sus gafas con un pañuelo. Ambos intercambian miradas incómodas, hasta que, al final, Stevens se atreve a hablar:

—¿Y cuál es la alternativa realista?

Lilly se detiene y mira a Martínez.

—¿Confías en los tipos con los que trabajas en el muro? —le pregunta.

Martínez le da una calada al puro, el humo le rodea la cabeza como si fuera una máscara.

—Más o menos.

—¿Confías más en unos que en otros?

—Creo que sí —contesta él, encogiéndose de hombros.

—Y los tipos en los que más confías..., ¿crees que te dejarían en la estacada?

Martínez mira a Lilly.

—Lilly, ¿de qué estamos hablando?

Lilly toma aire. No tiene ni idea de si puede confiar en ellos, pero a ella le parecen los únicos individuos cuerdos de Woodbury, así que se atreve a mover ficha. Tras una larga pausa, les dice en voz baja:

—Estoy hablando de un cambio de régimen.

Martínez, Stevens y Alice intercambian más miradas de preocupación. El incómodo silencio late al ritmo de la tormenta. El viento azota cada vez más fuerte, los truenos hacen vibrar los cimientos del edificio.

Finalmente, el médico se pronuncia:

—Lilly, yo creo que no sabes lo que…

—¡No! —lo interrumpe, mirando al suelo y hablando con un tono frío y monótono—. Se acabaron las clases de historia, doctor. Ya no nos sirven. Ya no queremos conformarnos. Tenemos que acabar con ese tal Philip Blake… Eso es algo que todos, sin excepción, tenemos claro.

Una descarga de truenos retumba sobre sus cabezas. Stevens suspira angustiado.

—Con esa actitud te estás ganando a pulso una visita al ring.

Sin inmutarse siquiera, Lilly se dirige a Martínez:

—No te conozco muy bien, Martínez, pero pareces un tipo muy cabal…, alguien que podría liderar una sublevación y hacer que todo vuelva a su cauce.

—No juegues con fuego, pequeña…, o te quemarás —le advierte Martínez.

—No hace falta que me sigáis; ya me da igual. —Se dirige a todos ellos, mirándolos a los ojos—: Sabéis que tengo razón; que todo esto va a ir a peor si no hacemos nada para evitarlo. Si queréis acusarme de traición, hacedlo. Vosotros mismos. Pero puede que no tengamos más oportunidades para acabar con ese miserable, y yo ya no me voy a cruzar de brazos mientras veo como todo arde en llamas y cada día mueren más personas inocentes. Y sabéis que tengo razón —prosigue mirando al suelo—. Hay que acabar con el Gobernador.

Otro estruendo de truenos sacude el esqueleto del edificio, al tiempo que el silencio empieza a dominar en la sala. Alice apostilla:

—Tiene razón.

DIECISÉIS

Al día siguiente, la tormenta —que se ha convertido en un continuo bombardeo de lluvias torrenciales y gélida aguanieve— azota con una fuerza descomunal el sureste del estado de Georgia. Sometidos a la potencia de las sacudidas, los postes de teléfono se doblan, cayendo en medio de las carreteras atestadas de vehículos abandonados; el agua se desborda de las alcantarillas, sale a borbotones e inunda las granjas deshabitadas, al tiempo que las zonas más altas van cubriéndose de peligrosas capas de hielo.

Dieciocho kilómetros al sureste de Woodbury, el temporal golpea el mayor cementerio público del sur de Estados Unidos, que se encuentra en una hondonada llena de árboles próxima a la Autovía 36.

El Parque Memorial Edward Nightingale, en el que se exponen decenas de miles de tumbas históricas, está a tan sólo un kilómetro y medio al sur del Sprewell State Park. La capilla gótica y el centro de visitantes se encuentran en el sector este de la propiedad, a un tiro de piedra del centro médico de Woodland, uno de los hospitales más grandes del país. Este complejo de edificios —incluida la morgue de Woodland, así como el inmenso laberinto de salas de velatorio que llenan el espacio subterráneo del Nightingale—, repleto de zombies frescos desde las primeras semanas de la epidemia, bulle de muertos vivientes, algunos de los cuales eran cadáveres recientes que estaban a la espera de la autopsia o del entierro, y otros ya estaban descompuestos tras varios meses en las cajas, atrapados, hasta hoy, en sus cámaras.

El sábado a las 4.37 de la tarde, hora del este, el cercano río Flint empieza a desbordarse. Bajo las luces estroboscópicas de los relámpagos, las implacables moles de agua arrasan con bancos, graneros, vallas publicitarias, y arrojan, como juguetes rechazados por un niño enfadado, coches abandonados por los caminos rurales.

En cuestión de una hora se forman aludes de cieno. Toda la pendiente norte del cementerio cede y se desploma sobre el río Flint, una oleada marrón y viscosa que arrasa a su paso las tumbas del suelo, arrojando ataúdes antiguos por toda la colina. Los sepulcros se abren y vuelcan los restos mortales en el océano de barro, aguanieve y viento. Muchos de los cuerpos —sobre todo los que aún conservan los tejidos secos y momificados para moverse— empiezan a arrastrarse buscando zonas más altas y secas.

Los ventanales ornamentados que rodean el centro de visitantes del Nightingale se agrietan debido a la presión del torrente, y se desploman mientras los vientos huracanados se ocupan del resto y rompen los capiteles góticos en pedazos, destruyendo los campanarios y decapitando los tejados inclinados.

A poco menos de medio kilómetro hacia el este, las aguas destructoras devastan también el hospital y proyectan los escombros por puertas y ventanas.

Al ser arrojados a través de las grietas o engullidos por la tromba de agua que desplaza el viento huracanado y la presión atmosférica, los zombies que hay atrapados en el interior de la morgue salen al exterior.

Alrededor de las 5.00 de ese mismo día, una multitud de muertos, lo suficientemente grande como para llenar una necrópolis, desciende sobre los huertos y campos de tabaco vecinos como si una nueva especie de criaturas marinas apareciera en una playa. La corriente los hace caer unos sobre otros; algunos se quedan enganchados en los árboles, y otros quedan enredados en los utensilios de labranza. Algunos se desplazan a la deriva varios kilómetros por debajo del agua, agitándose en la intermitente oscuridad, movidos por el instinto y el hambre incipiente. Otros miles se quedan apilados en morrenas, valles y zonas escarpadas al norte de la autovía, emergiendo del cieno paleolítico con una mímica primaria y grotesca.

Incluso antes de finalizar la tormenta —que ya se va desplazando por toda la costa Este—, la población de muertos vivientes que acaba de colonizar el campo supera ya en número a la población de vivos que tenía la ciudad de Harrington, Georgia, antes de la plaga, que, según el cartel de la Autovía 36, ascendía a 4.011 personas.

Cuando acaba la tormenta, que pasaría a la historia, casi un millar de los cadáveres desperdigados empiezan a formar la manada de zombies más grande jamás vista desde la llegada de la epidemia. En la oscuridad lluviosa, los caminantes se van aglomerando progresivamente, hasta que acaba formándose una horda gigantesca en los campos desnivelados que se extienden entre Crest Highway y Roland Road. Es tal la densidad del enjambre que, a lo lejos, la parte superior de sus corrompidas cabezas puede confundirse con una tromba de agua oscura, salobre y pesada que se despliega por el terreno.

Únicamente debido al inexplicable comportamiento de los muertos —sea por instinto, olfato, feromonas o cualquier otro factor—, la horda acaba por desplazarse a través del cieno en dirección noroeste, directa hacia el núcleo de población más cercano —la ciudad de Woodbury—, que se encuentra a poco más de diez kilómetros.

Los últimos coletazos de la tormenta dejan las granjas y los campos del sureste de Georgia inundados de enormes y negras balsas de agua estancada, cuyas capas más superficiales se vuelven hielo negruzco, mientras las más profundas se mezclan con el barro.

La borrasca de lluvia y nieve, ahora debilitada, se desplaza por toda la zona, congelando los bosques y las montañas de los alrededores de Woodbury, dando lugar a un espectáculo maravilloso de ramas centelleantes, cables de alta tensión engalanados con carámbanos y sendas cristalinas que resultaría bello en cualquier otro contexto espacio-temporal libre de epidemias y de desesperación humana.

Al día siguiente, los habitantes de Woodbury se afanan en retomar el ritmo de vida habitual. El Gobernador ordena a sus grupos de trabajo que asalten granjas y busquen bloques de sal, que transportan en camionetas y posteriormente cortan con una sierra eléctrica en trozos manejables para esparcirlos por las carreteras y las calzadas. También han formado diques con sacos de arena en el sur de la ciudad, en las vías del tren, con la intención de evitar inundaciones y de mantener el agua controlada. Durante todo el día, bajo un cielo del color del hollín, los ciudadanos se dedican a barrer, echar sal, recoger nieve y apuntalar las zonas más dañadas.

—Bob, que siga el espectáculo —dice el Gobernador a última hora de la tarde desde el asiento que tiene reservado en el estadio.

La luz de las lámparas de calcio atraviesa el banco de niebla que cubre la pista, y el zumbido de los generadores se asemeja a una nota discordante en un concierto de fagot. El aire huele a humo, álcali y basura quemada.

El viento ondula la superficie de la pista, que parece un mar de barro tan denso como las gachas. La lluvia se ha cebado con el estadio, y ahora el campo, cubierto por más de medio metro de agua estancada, brilla bajo la luz de los focos. Las gradas forradas de hielo están casi desiertas, a excepción de un pequeño grupo de obreros que trabaja con palas y escobillas.

—¿Qué? —pregunta Bob Stookey, que está tirado en una butaca a espaldas del Gobernador.

Eructando casi inconscientemente y con la cabeza suspendida en un sopor etílico, Bob parece un niño abandonado. Tiene una botella vacía de Jim Beam en el asiento metálico de al lado, y otra que sostiene —medio llena— con la mano grasienta y entumecida. Lleva cinco días bebiendo sin parar desde que acabó mandando a Megan Lafferty al otro barrio.

Lo cierto es que un bebedor empedernido aguanta las borracheras mejor que cualquier otra persona. Antes de caer en la más profunda embriaguez, la mayoría de los bebedores ocasionales disfrutan del punto ideal de la borrachera —ese impulso despreocupado a la camaradería que ayuda a los tímidos a socializar— sólo durante unos instantes. Aunque Bob es capaz de alcanzar ese estado de aturdimiento con un litro de whisky y permanecer así durante varios días.

Pero en ese preciso instante, Bob Stookey se encuentra en el crepúsculo de su alcoholismo, ya que bebiendo casi cuatro litros de alcohol al día ha empezado a quedarse dormido, a perder la noción de la realidad y a tener alucinaciones y perder el conocimiento durante horas.

—He dicho que siga el espectáculo —repite el Gobernador, levantando la voz y acercándose a la valla metálica que hay entre él y Bob—. A esta gente le va a dar claustrofobia, Bob. Necesitan una catarsis.

—Claro que sí, joder —contesta el hombre mientras se le cae la baba, pudiendo apenas mantener la cabeza recta. En el reflejo del asiento de acero ve al Gobernador, que está a poco más de medio metro de él, mirándolo con expresión hostil a través de los huecos de la valla metálica.

A los febriles ojos de Bob, el Gobernador tiene un aspecto demoníaco bajo la fría luz de los focos Lucolux que hay por todo el estadio, que le dan un halo plateado a su pelo lacio y negro —de aspecto similar al plumaje de un cuervo— que lleva recogido en una coleta. Al respirar, expulsa nubecillas de vapor blanco, y los extremos de su bigote de Fu Manchú se mueven cuando dice:

—Esta pequeña tormenta no nos va a parar, Bob. Se me ha ocurrido algo que los va a dejar a todos alucinados. Espera y verás. Todavía no has visto nada.

—Suena… bien —contesta el borracho con la cabeza caída hacia adelante, mientras una sombra se cierne sobre su campo de visión.

—Será mañana por la noche, Bob. —La cara del Gobernador flota como si fuera una aparición fantasmal ante la mirada perdida de Bob—. Ya he aprendido la lección. De ahora en adelante, las cosas van a cambiar. Así son la ley y el orden, Bob. Va a ser una gran oportunidad para aprender. Y un gran espectáculo. Les va a cambiar la puta vida. Será aquí, en medio de todo este barro y esta mierda. Bob, ¿me oyes? Bob, ¿estás bien? Aguanta, camarada.

El hombre sufre otro desmayo y resbala en el asiento hasta caer al suelo. La última imagen que se le queda grabada en la mente es la cara del Gobernador agrietada por los rombos geométricos oxidados que forman la valla metálica.

—Por cierto, ¿dónde coño se ha metido Martínez? —pregunta el Gobernador mientras mira hacia atrás—. Hace horas que no sé nada de ese cabrón.

—Escuchadme bien —dice Martínez, clavando la mirada, uno a uno, en los ojos de los otros conspiradores, bajo la tenue luz de la nave junto a las vías del tren. Los cinco están en cuclillas, agolpados en un semicírculo mal hecho delante de Martínez, que se ha colocado al fondo, entre telas de araña y menos luz que en un sepulcro. Se enciende un cigarrillo y el humo envuelve su rostro, tan agraciado como astuto—. Una puta cobra no se atrapa con una red; hay que atacar con la mayor rapidez y firmeza posibles.

—¿Cuándo? —pregunta el más joven, que se llama Stevie. Agachado junto a Martínez, vestido con una cazadora negra brillante, el mulato de perilla, alto y desgarbado, parpadea nervioso con unas pestañas largas que enmarcan una mirada seria. La aparente inocencia de Stevie se contradice con su feroz habilidad para matar zombies.

—Pronto —le contesta Martínez, dándole otra calada al cigarro—. Lo sabréis esta noche.

—¿Dónde? —pregunta otro conspirador, un hombre mayor que lleva gabardina y bufanda, y responde al nombre del «Sueco». Una larga melena rubia, el rostro curtido y el pecho fornido, sobre el que siempre lleva colgada una bandolera de munición, le dan un aire de soldado de la resistencia francesa en la segunda guerra mundial.

—Ya os lo diré —le responde Martínez, mirándolo fijamente.

El Sueco suelta un suspiro exasperado.

—Martínez, nos estamos jugando el culo con esto. No te cuesta nada darnos más detalles de lo que vamos a hacer.

Interviene otro de ellos, un hombre negro que lleva un chaleco y se llama Broyles:

—Sueco, hay una razón para no darnos más detalles.

—¿Sí? ¿Cuál?

El hombre negro intercambia una mirada con el Sueco:

—El margen de error.

—¿Cómo?

El hombre negro mira a Martínez.

—Hay mucho que perder; podrían pillar a alguno antes de intentarlo, torturarnos y toda esa mierda.

Martínez asiente con la cabeza, todavía fumando:

—Algo así…, sí.

Un cuarto hombre, un antiguo mecánico de Macon que se llama Taggert, se mete en la conversación:

—¿Y qué haremos con los floreros?

—¿Bruce y Gabe? —pregunta Martínez.

—Sí… ¿Crees que podremos deshacernos de ellos?

Martínez le da otra calada al cigarro:

—¿Y tú qué crees?

Taggert se encoge de hombros.

—No creo que acepten hacer algo así. Blake los tiene tan cogidos por los huevos que hasta le limpian el culo.

—Exacto —dice Martínez, respirando hondo—. Por eso tenemos que acabar con ellos primero.

—Si os soy sincero —mascula Stevie—, la mayoría de las personas que viven en esta ciudad no se queja del Gobernador.

—Eso es verdad —añade el Sueco, asintiendo nervioso con la cabeza—. Yo diría que al noventa por ciento de estas personas les gusta ese hijo de puta, y que se conforman con su forma de hacer las cosas. Mientras la panza esté llena, el muro no se caiga y el espectáculo continúe… ¡Son como los alemanes en los años treinta con el puto Adolf Hitler!

—¡Cierra el pico! —Martínez tira el cigarro al suelo lleno de colillas y le da una patada con la punta de la bota—. Escuchadme bien todos… —Mira a los hombres uno a uno, al tiempo que habla con la voz agravada por los nervios—. Vamos a hacerlo, y vamos a hacerlo con rapidez y decisión… De lo contrario, acabaremos en el matadero, convertidos en comida para zombies. Va a tener un accidente.

Eso es todo lo que os puedo decir ahora. Si no os gusta, ahí tenéis la puerta. No pasa nada. Es vuestra oportunidad. —Baja el tono—: Habéis sido buenos trabajadores, hombres honrados…, pero aquí no es fácil fiarse de la gente. Si queréis despediros e iros de aquí, no os lo tendré en cuenta. Pero hacedlo ahora, porque cuando esto empiece, ya no podréis dejarlo.

Martínez hace una pausa.

Nadie dice nada; ninguno abandona.

Esa noche, la temperatura cae en picado y el viento del norte azota. Por la avenida principal de Woodbury, las chimeneas echan humo de leña, y los generadores trabajan sin parar. En dirección oeste, los grandes arcos de luz situados sobre el estadio siguen encendidos, está casi todo preparado para el gran estreno mundial de la noche siguiente.

Sola en su apartamento del piso de arriba de la tintorería, Lilly Caul deja un par de revólveres y munición extra encima de la cama: dos Ruger Lite semiautomáticas del calibre 22 con un cartucho de repuesto y una caja de Stinger 32 granos. Martínez le ha dado las armas, además de una clase rápida de cómo recargarlas.

Da un paso atrás y con un gesto de inquietud se queda mirando las pistolas chapadas en oro. El corazón se le acelera y la garganta se le seca al recordar el miedo y la desconfianza que sentía antes. Se detiene. Cierra los ojos e intenta deshacerse del miedo que le oprime el pecho. Vuelve a abrirlos, levanta la mano derecha y la agita como si fuera de otra persona. Pero la mano no se mueve. Está petrificada.

Luego saca una mochila grande de debajo de la cama para meter las armas, la munición, un machete, una linterna, hilo de nailon, tranquilizantes, cinta aislante, un bote de Red Bull, un mechero, un rollo de lona, unos mitones, prismáticos y un chaleco de repuesto. Después cierra bien la mochila y vuelve a dejarla debajo de la cama.

Quedan menos de veinticuatro horas para que comience la misión que cambiará el curso de su vida.

Lilly se pone un anorak, botas aislantes y un gorro. Comprueba la hora en el reloj de cuerda que tiene en su mesita de noche.

Cinco minutos más tarde, a las 11.45, cierra la puerta con llave y sale a la calle.

La ciudad está desierta esa fría medianoche, el aire va cargado del olor amargo del azufre y la sal congelada. Lilly tiene que caminar con cuidado por las aceras escarchadas, a su paso las botas producen sonoros crujidos. Mira a su alrededor, pero las calles están vacías, así que continúa caminando hasta el apartamento de Bob rodeando la oficina de correos.

La escalera de madera en la que Megan se ahorcó, invadida por el hielo de la tormenta, cruje y resuena mientras Lilly sube.

Llama a la puerta de Bob. No obtiene respuesta. Llama de nuevo. Nada. Dice su nombre en voz baja, pero nadie contesta, tampoco se oye nada dentro. Finalmente, intenta abrir la puerta y se da cuenta de que está abierta, así que entra.

La cocina está oscura y en silencio, el suelo lleno de platos rotos y charcos de líquidos derramados. Por un momento, Lilly se pregunta si debería haber traído un arma de fuego. Se asoma a la sala de estar, a su derecha, y ve que todos los muebles están destrozados y rodeados de montones de ropa sucia por el suelo. Hay algo pegajoso en la pared. Lilly se traga el miedo y sigue buscando.

—¿Hay alguien en casa?

Se asoma a la habitación que hay al final del pasillo y encuentra a Bob sentado en el suelo, apoyado en la cama deshecha, con la cabeza suspendida hacia adelante. Vestido con una camiseta de tirantes llena de manchas y unos pantalones cortos tipo bóxer que dejan ver unas piernas huesudas y blancas como el alabastro, está tan borracho que al principio Lilly lo da por muerto.

Sin embargo, le nota la respiración en el pecho y ve la botella medio vacía de Jim Beam que sostiene débilmente con la mano derecha.

—¡Bob! —le grita Lilly.

Se abalanza sobre él para levantarle la cabeza con cuidado y apoyarla en la cama. Lleva el pelo grasiento pegado hacia un lado, y con los ojos soñolientos e inyectados en sangre balbucea:

—Hay muchos… Van a…

—Bob, soy Lilly. ¿Puedes oírme? ¡Bob! Soy yo, Lilly.

Bob agita la cabeza.

—Van a morir… No los hemos atendido…

—Despierta, Bob. Sólo es una pesadilla. Tranquilo, estoy aquí.

—Se retuercen como gusanos… Son demasiados… Es horrible…

Ella se pone de pie, se da la vuelta y sale corriendo de la habitación hasta llegar al final del pasillo, donde está el cochambroso baño, llena de agua un vaso mugriento para ofrecérselo. Después le quita la botella de la mano con cuidado y la estampa contra la pared de la otra punta de la habitación, donde se rompe en mil pedazos salpicando todo el papel pintado de flores. Bob se sobresalta por el ruido.

—Toma, bébete esto —le pide Lilly, ofreciéndole un poco, pero él se atraganta. Al toser, Bob sacude las manos con impotencia intentando concentrarse en ella, pero los ojos no le responden. Ella le acaricia la frente mojada por la fiebre:

—Sé que lo estás pasando mal, Bob, pero te vas a poner bien. Yo te ayudaré, vamos.

Lilly lo levanta cogiéndolo por las axilas, tirando de su peso muerto para llevarlo a la cama, y le coloca la cabeza en la almohada. Después le pone las piernas bajo las mantas y lo tapa hasta el cuello, diciéndole con dulzura:

—Sé lo duro que ha sido para ti perder a Megan, pero tienes que seguir adelante.

Él frunce el cejo con un gesto de dolor que deforma su rostro pálido, arrugado y demacrado, mientras sus ojos recorren el techo. Parece alguien a quien han enterrado vivo y ahora trata de respirar, arrastrando las palabras:

—Yo no quería…, nunca…, no era mi intención…

—Tranquilo, Bob. No hace falta que digas nada. —Lilly le acaricia la frente—. Lo has hecho bien. Todo va a salir bien. Todo va a cambiar. —Le toca el rostro y nota que tiene la piel helada. Empieza a cantar en voz baja. Como solía hacer antes, canta la canción «Circle Game», de Joni Mitchell.

La cabeza de Bob empapada en sudor reposa sobre la almohada, empieza a respirar más lentamente. Los párpados le pesan, igual que antes, y se pone a roncar. Lilly sigue cantando un buen rato.

—Vamos a acabar con él —susurra Lilly al oído del hombre durmiente.

Sabe que él ya no oye nada de lo que le dice, aunque quiera hacerlo; pero Lilly no le está hablando a él, sino a alguna parte muy profunda de su alma.

—Ya es tarde para echarnos atrás… Vamos a acabar con él…

La voz de Lilly se va apagando mientras decide buscar una manta y pasar el resto de la noche junto a Bob, esperando que el fatídico día amanezca.

DIECISIETE

A la mañana siguiente, el Gobernador madruga para dar los últimos retoques al gran espectáculo. Se levanta antes de que amanezca, se viste rápidamente, hace café y le da de comer a Penny la última ración de carne humana que le queda. Sale alrededor de las 7.00 rumbo al apartamento de Gabe. Los obreros que echan sal ya están trabajando en la calle, y teniendo en cuenta la semana anterior disfrutan de una temperatura sorprendentemente moderada. El termómetro ya marca más de once grados y el cielo se ve más claro, más estable, a pesar de que ahora esté cubierto por un manto de nubes grises del color del cemento. Un viento muy ligero irrumpe en el ambiente matutino, y el nuevo día se le presenta al Gobernador como el escenario perfecto para una noche con novedades en la lucha de gladiadores.

Gabe y Bruce supervisan el transporte de los zombies encerrados en las celdas del sótano del recinto. Les lleva varias horas trasladar esas cosas a la parte de arriba; no sólo porque los caminantes son bestias indómitas, sino porque el Gobernador quiere hacerlo en secreto. La inauguración del Ring de la Muerte va a permitir al Gobernador saborear las mieles del éxito en su afán por que las sorpresas que trae el nuevo espectáculo deslumbren a su público, por eso pasa casi toda la tarde en el estadio con la intención de revisar el estado del escenario, el sistema de altavoces, la música de fondo, las luces, las puertas, los cerrojos de las puertas, la seguridad y, por último pero no menos importante, los concursantes.

Los dos guardias supervivientes, Zorn y Manning, que todavía permanecen abandonados en la celda subterránea, han perdido ya casi toda la masa corporal. Durante meses, sus alimentos han sido restos podridos, galletas rancias y agua; encadenados a la pared las veinticuatro horas del día, ahora muestran un aspecto de esqueletos vivientes y les queda la mínima parte de cordura intacta. Lo único que les salva es su formación militar —además de la ira—, que durante las largas semanas de tortuosa cautividad los ha convertido en espectros sedientos de venganza.

En otras palabras, si no van a poder atacar a sus captores, entonces sólo les quedará destriparse el uno al otro.

Los guardias suponen la última pieza del rompecabezas, y el Gobernador espera hasta el último minuto para ir a por ellos. Gabe y Bruce reclutan a tres de sus hombres más musculosos para entrar en la celda e inyectar a los soldados una dosis de tiopental sódico que les facilitará el viaje. Sin embargo, lo cierto es que no pueden ir muy lejos, ya que se encuentran sujetos con correas de piel que les cubren el cuello, la boca, las muñecas y los tobillos, y sólo les separan de la pista una escalera de hierro.

En otros tiempos, los aficionados a las carreras recorrían esos mismos pasillos de cemento para comprar camisetas, panochas de maíz, cerveza y algodón dulce. Pero ahora estos túneles están sumergidos en la más profunda oscuridad, cubiertos de paneles, cerrados con candado y usados como almacén provisional de cosas que van desde bidones de gasolina a cajas de cartón repletas de objetos de valor robados a los muertos.

A las 6.30 de la tarde ya está todo preparado. El Gobernador ordena a Gabe y Bruce que se sitúen en los extremos de la pista para evitar que algún concursante rebelde —o algún zombie errante— intente escapar. Satisfecho ya con todos los preparativos, el Gobernador vuelve a casa para ponerse el traje de los espectáculos. Se viste con camiseta, pantalones y botas moteras de cuero en color negro, además de llevar una cinta de cuero que le sujeta la coleta, lo que hace que se sienta como una estrella del rock, rematando el conjunto con su característico guardapolvo.

Un poco más tarde de las 7.00, los más de cuarenta residentes de Woodbury empiezan a acomodarse en el estadio. Los carteles que hay pegados desde hace una semana en los postes telefónicos y en los escaparates indican que la hora de comienzo es a las 7.30, pero todo el mundo quiere conseguir el mejor asiento en el centro de las gradas, acomodarse con mantas y cojines y conseguir algo de bebida.

Con la subida de las temperaturas, el estadio se va animando a medida que se acerca la hora de inicio.

A las 7.28 de la tarde, se hace el silencio entre los espectadores que se amontonan en las gradas, algunos de ellos con la cara pegada a la valla metálica de seguridad que hay frente a la pista. Los más jóvenes se sientan en las primeras filas, mientras que las mujeres, las parejas y los más mayores escogen las filas más altas, enrollados en mantas para combatir el frío. Cada uno de esos rostros demacrados, retorcidos e inquietos refleja el ansia desesperada de un yonqui en estado de desintoxicación, y siente que algo insólito está a punto de ocurrir. Huelen la sangre en el ambiente.

Y el Gobernador no les va a decepcionar.

Puntual, a las 7.30 —según el reloj de pulsera de la marca Fossil que lleva el Gobernador—, la música empieza a sonar en el estadio, mezclándose con el silbido del viento. Empieza a oírse a través de los altavoces una melodía familiar de notas graves que recuerdan a un terremoto, en seguida muchos reconocen en ella *Así habló Zaratustra*, de Richard Strauss; sin embargo, otros la conocen por ser una parte de la banda sonora de *2001: Una odisea del espacio,* en la que las trompas se encadenan una tras otra para formar una fanfarria épica.

Una fina capa de nieve recubre los arcos de luz, cuyo fulgor anega el centro del campo embarrado con un haz blanco y brillante del tamaño de un cráter lunar.

El público se desgarra en un clamor colectivo cuando el Gobernador aparece en medio de ese cono de luz y levanta una mano con un gesto solemne y melodramático, el viento agita los bordes de su guardapolvo, y la música alcanza su clímax final. La pista forma una ciénaga de tierra empapada por la lluvia que cubre un palmo de sus botas, pero él está convencido de que el cieno sólo podrá contribuir a que el espectáculo sea más emocionante.

—¡Amigos! ¡Vecinos de Woodbury! —sus gritos retumban en el altavoz al que tiene conectado el micrófono con el que habla. Su voz de barítono se alza sobre el oscuro cielo, y su eco rebota en las gradas que han quedado vacías a ambos extremos del recinto—. ¡Habéis trabajado muy duro para mantener esta ciudad viva, y vais a ser recompensados por ello!

Unas cuarenta voces destrozan sus cuerdas vocales a la par que su cordura, y se alzan con estruendo formando un remolino de aullidos que se elevan con el viento.

—¿Estáis listos para presenciar algo espectacular esta noche?

La galería se deshace en una cacofonía de chillidos de hiena y vítores desenfrenados.

—¡Traed a los concursantes!

Los grandes focos alineados brillan en los niveles superiores emitiendo un zumbido que recuerda al de una cerilla cuando prende, sus destellos empiezan a recorrer todo el estadio. Uno tras otro, los imponentes haces de luz se sitúan en las cortinas de lona negra que cubren cada una de las pasarelas.

En un extremo del estadio se abre una puerta de garaje, y Zorn, el guardia más joven, aparece en medio de las sombras de la pasarela. Equipado con hombreras y espinilleras improvisadas, sale temblando con un machete en la mano y el rostro deformado por una expresión de locura. Empieza a circular por la pista hasta el centro del campo con semblante salvaje, moviéndose con una rigidez y espasmos propios de un prisionero de guerra expuesto a la luz natural por primera vez en varias semanas.

Prácticamente al mismo tiempo, como si la imagen de la entrada de Zorn se viera reflejada en un espejo, la puerta de garaje del extremo opuesto se levanta para mostrar la salida a la luz de Manning, el soldado mayor de pelo cano y ojos inyectados en sangre. Lleva una enorme hacha de guerra y recorre el cenagal arrastrando los pies de un modo no muy distinto al de los zombies.

Mientras los dos luchadores se aproximan al centro del ring, el Gobernador habla por el micrófono:

—Damas y caballeros, ¡es para mí un gran honor inaugurar para vosotros el Ring de la Muerte!

El público profiere un ahogado grito colectivo cuando, de pronto, se abren los telones laterales y aparecen varias filas de zombies putrefactos, enfurecidos y hambrientos. Como si el instinto les obligara a huir, algunos espectadores se ponen de pie ante la imagen de montones de mordedores surgiendo de las pasarelas con los brazos estirados en busca de carne humana.

Los zombies se dirigen al centro del campo pero se quedan a mitad camino, con los pies atascados en el barro antes de que sus cadenas los retengan. Algunos, sorprendidos al no poder avanzar, aterrizan en el cieno con una caída cómica. Otros gruñen encolerizados, extendiendo los cadavéricos brazos hacia la muchedumbre, por la impotencia que les provoca tan injusto cautiverio. El público abuchea.

—¡Que empiece la batalla!

En el centro del campo, Zorn ataca a Manning sin esperar a que éste se prepare —incluso antes de que el Gobernador dé el toque de salida—, por lo que el soldado entrado en años apenas puede bloquear el golpe que el otro le propina con su arma; el machete desciende y roza el hacha con un estallido de chispas.

El público vitorea cuando Manning se resbala hacia atrás en el barro y cae en la porquería muy cerca de uno de los muertos, que estirando la cadena al máximo, con una mirada salvaje y sangrienta, chasquea la mandíbula ante los tobillos de Manning. Manning chapotea en el barro hasta lograr ponerse de pie, con el rostro teñido de horror y locura.

El Gobernador camina hacia una de las puertas y sonríe al abandonar el campo.

El clamor de la multitud retumba en el interior del túnel a medida que avanza por la oscura jaula de cemento, esbozando una astuta sonrisa piensa en lo asombroso que sería que un zombie muerda a uno de los guardias y todos presenciaran la mutación en vivo y en directo durante el combate.

Eso sí que sería espectáculo.

Dobla una esquina y junto a un puesto de comida abandonado ve a uno de sus hombres recargando una AK-47. El joven, un granjero grandullón de Macon que lleva puesto un abrigo harapiento y un gorro de lana, levanta la vista del arma para preguntarle:

—¡Eh, Gob! ¿Qué tal va todo por ahí?

—Emoción e intriga, Johnny, emoción e intriga —contesta el Gobernador con un guiño al pasar a su lado—. Voy a ver cómo les va a Gabe y Bruce en las salidas. Asegúrate de que los cadáveres siguen dentro del campo y no les da por volver a las puertas.

—Tranquilo, jefe.

El Gobernador sigue su camino por otra esquina y accede a un túnel vacío.

Los ecos de los gritos del público resuenan en el interior del pasadizo a medida que avanza hacia la puerta este. Comienza a silbar sintiéndose el amo del mundo, hasta que, de repente, deja de hacerlo y se detiene para sacar la calibre 38 que lleva en el cinturón. Algo va mal.

Se para de golpe en medio del túnel. La puerta este, que se ve a unos seis metros girando una esquina, está completamente desierta. Ni rastro de Gabe. La puerta que da al exterior —una persiana de listones de madera que cubre la entrada— deja pasar finas hebras de luz, y por las rendijas puede verse que provienen de los faros de un coche parado.

En ese momento, el Gobernador ve el cañón del rifle de asalto M1 de Gabe tirado en el suelo, en la esquina, sin nadie alrededor.

—¡Me cago en la puta! —espeta el Gobernador, levantando la pistola al volverse.

La luz azul de un táser crepita en su rostro y lo proyecta hacia atrás.

Martínez se mueve con rapidez; lleva el táser en una mano y una porra de cuero en la otra.

La descarga de cincuenta kilovoltios lanza al Gobernador contra la pared, y se le cae el arma de la mano.

Martínez golpea con fuerza al Gobernador en la sien, la porra produce un ruido seco que se asemeja a un repique de campanas enmudecido. El Gobernador se retuerce y da sacudidas junto a la pared, tratando de mantenerse de pie. Mientras intenta contraatacar, grita con la rabia confusa del que sufre un infarto, las venas del cuello y las sienes hinchadas.

El Sueco y Broyles aguardan detrás de Martínez, uno a cada lado, listos para ponerle la cinta aislante y la cuerda. Martínez vuelve a golpear al Gobernador con la porra, que esta vez cumple su cometido. El Gobernador se retuerce en el suelo, con los ojos en blanco. El Sueco y Broyles se acercan al cuerpo del Gobernador, tembloroso y encogido en posición fetal.

Lo atan y lo amordazan en menos de sesenta segundos. Después, Martínez llama con un silbido a los hombres que esperan fuera, y la persiana de madera se abre.

—A la de tres —musita Martínez, guardando el táser y volviendo a colocarse la porra en el cinturón para poder coger al Gobernador por los tobillos atados—. ¡Una, dos... y tres!

Sacudidos por un fuerte viento, Broyles coge al Gobernador por los hombros, Martínez lo sujeta por las piernas y el Sueco los guía hacia la furgoneta, que bordean hacia la parte trasera.

La puerta del maletero ya está completamente abierta para que puedan meter al Gobernador.

En cuestión de segundos, los hombres entran en la furgoneta sin ventanas por la puerta trasera y la cierran, dan marcha atrás y se alejan de la entrada.

El vehículo se para en seco, pero arrancan en cuanto el piloto pone el cambio de marchas y, segundos después, lo único que queda en la entrada del estadio es una nube de monóxido de carbono.

—¡Despierta, saco de mierda! —Lilly abofetea al Gobernador; éste abre los ojos con un parpadeo en el suelo de la furgoneta, que va alejándose del estadio.

Gabe y Bruce están atados y amordazados con cinta aislante frente a la abarrotada zona de carga. El Sueco apunta a los hombres, desorientados y con los ojos abiertos de par en par, con una pistola Smith & Wesson del calibre 45. A ambos lados de la zona de carga hay cajas con armamento militar, desde balas perforantes hasta bombas incendiarias.

—Tranquila, Lilly —le pide Martínez, agachado cerca de la parte delantera, con un *walkie-talkie* en la mano. Tiene la cara compungida y mirada nerviosa, como un hereje rebelándose contra la Iglesia. Se da la vuelta y aprieta el botón para decir en voz baja:

—Sigue con los faros apagados al Jeep, y avísame si ves algún merodeador.

El Gobernador va recobrando la conciencia poco a poco, mira a su alrededor y parpadea sin parar mientras mide la firmeza de sus ataduras: grilletes elásticos, cuerda de nailon y mordaza de cinta aislante.

—Escúchame, Blake —le dice Lilly al hombre tirado en el suelo ondulado—. «Gobernador», «Presidente», «Mierda Real» o como quiera que te llames. ¿Te crees una especie de dictador benevolente o qué?

Los ojos del Gobernador siguen inspeccionando todos los rincones de la furgoneta aunque sin centrarse en nada en especial, como un animal en una jaula antes de que lo maten.

—Mis amigos no tenían por qué morir —continúa Lilly, mirando al Gobernador desde arriba. Los ojos se le humedecen un instante y se odia a sí misma por ello—. Podrías haber hecho algo grande de este lugar…, podrías haberlo convertido en un hogar para que la gente viva tranquila y protegida… en vez de en el espectáculo retorcido y enfermizo que es ahora.

Junto a la parte delantera de la furgoneta, Martínez pulsa el transmisor.

—Stevie, ¿has visto algo?

Por el altavoz se oye chirriar la voz del joven:

—Negativo… Por ahora nada. ¡Espera! —Se oye una interferencia seguida de unos crujidos y la voz de Stevie a lo lejos—: ¿Qué coño es eso?

Martínez manosea el *walkie-talkie*.

—Stevie, repite eso. No lo he pillado.

Interferencias… Crujidos…

—¿Stevie? ¿Me oyes? ¡No podemos alejarnos mucho de la ciudad!

La voz intermitente de Stevie se mezcla con los ruidos:

—¡Para, Taggert! ¡Para! ¿Qué coño pasa? ¿Qué coño es esto?

En la parte trasera de la furgoneta, Lilly se limpia los ojos y mira al Gobernador muy de cerca.

—¿Sexo a cambio de comida? ¿En serio? ¿Ésa es tu sociedad ideal…?

—¡Lilly! —le grita Martínez—. ¡Déjalo ya! ¡Tenemos un problema! —Pulsa el botón de nuevo—. ¡Broyles, para la furgoneta!

En ese momento, los ojos del Gobernador, que se ha despertado por completo, ya han detectado a Lilly, y empieza a mirarla con una rabia silenciosa que le quema el alma. Pero a ella no le importa; ni siquiera se da cuenta.

—Todas esas peleas y ese miedo que los ha vuelto a todos catatónicos… —Le da la sensación de estar escupiéndole—. ¿Ésa es tu puta sociedad ideal?

—¡Me cago en la puta, Lilly! —Martínez se vuelve para mirarla—. ¡Haz el favor!

El vehículo frena de golpe con un chirrido, arrojando a Martínez contra la pared delantera y a Lilly sobre el Gobernador y las cajas de munición, que con el impacto se desparraman por el suelo. El *walkie-talkie* sale rodando hasta acabar sobre un petate, y el Gobernador rueda de un extremo a otro y consigue despegarse la cinta aislante de la boca.

Por la radio se oye un chillido de Broyles:

—¡Acabo de ver un caminante!

Martínez alcanza el transmisor, lo enciende y aprieta el botón.

—¿Qué coño está pasando, Broyles? ¿Por qué pegas golpes en…?

—¡Hay otro! —grita—. Hay un par; han salido de... ¡Joder!... ¡Joder!... ¡Mierda, joder!

Martínez vuelve a apretar el botón:

—Broyles, ¿qué coño está pasando?

—Hay más de los que... —informa por el transmisor.

Las interferencias disipan la voz por un instante, pero a continuación, la voz de Stevie irrumpe en medio del ruido:

—¡Dios mío, hay un montón, y están saliendo de...! —Siguen las interferencias—. ¡Salen del bosque, tío, no paran de salir!

Martínez grita al transmisor.

—¡Stevie, contéstame! ¿Los dejamos ahí y volvemos? —Más interferencias—. ¡Stevie! ¿Me recibes? ¿Damos media vuelta? —pregunta Martínez.

—¡Son demasiados, tío! ¡Nunca había visto tantos! —vocifera Broyles.

Un estallido de interferencias se mezcla con el ruido de un disparo y de cristales rotos, lo que hace que Lilly se ponga de pie. Sabe lo que está pasando, por eso se dispone a sacar la Ruger. Con el arma en la mano abre la puerta mirando a todos lados con atención.

—Martínez, vuelve a llamar a tus hombres. ¡Diles que salgan de aquí!

Martínez pulsa otra vez el botón:

—¡Stevie! ¿Me oyes? ¡Sal de aquí, vuelve! ¡Da la vuelta! ¡Vamos a buscar otro sitio! ¿Me oyes? ¡Stevie!

Un grito desesperado de Stevie brota del altavoz justo antes de que otra ráfaga de ametralladora resuene en el aire... seguido por un espantoso sonido metálico... y finalmente un terrible choque.

—¡Esperad! ¡Son muchos más! ¡Son demasiados, joder! ¡Esperad! ¡Estamos jodidos! ¡Estamos jodidos del todo!

La furgoneta da sacudidas mientras a gran velocidad el motor cambia a marcha atrás, y debido a la fuerza centrípeta, acaban todos golpeándose contra la pared delantera. Lilly se golpea con la balda de las armas y tira al suelo unas cuantas carabinas, que caen como astillas.

Gabe y Bruce ruedan por el suelo, chocando el uno contra el otro y, sin que los demás se den cuenta, Gabe consigue quitarle el grillete a Bruce.

—¡Sois unos gilipollas, ahora vamos a morir todos! —grita Bruce.

La furgoneta pasa por encima de un objeto, y de otro, y de otro…, cada impacto desequilibra el chasis, Lilly se agarra al reposabrazos y con la otra mano escudriña la carga.

Martínez va por el suelo a gatas en busca del *walkie-talkie* que se le ha caído, mientras el negro calvo les escupe e insulta. El Sueco, harto de tener que soportarlo, le apunta con su calibre 45 diciendo:

—¡Cierra la puta boca!

—¡Sois tan gilipollas que ni…! —le espeta el negro.

La parte trasera de la furgoneta choca contra un cuerpo indeterminado y las ruedas traseras patinan y derrapan sobre una superficie resbaladiza y pegajosa; la inercia los manda a todos a un rincón. Todas las pistolas caen desde arriba sobre sus cabezas. Gritando de rabia y con la cinta aislante colgando de la barbilla, el Gobernador intenta esquivar una caja que cae sobre él.

Cuando el vehículo se queda parado, todos guardan silencio.

Pero entonces da una sacudida. El balanceo los deja a todos en vilo. La voz de Broyles suena entrecortada por el transmisor perdido, diciendo algo así como «demasiados» o «saliendo», hasta que irrumpe el rugido de la AK-47 —que Broyles dispara desde uno de los asientos delanteros— seguido de un estallido de cristales rotos y gritos humanos.

Vuelve a hacerse el silencio. Y la quietud. Excepto por los quejidos graves, ahogados y nasales de cientos de voces de muertos, que amortiguados por los laterales de la furgoneta suenan como una turbina gigantesca. Luego, algo vuelve a golpear el vehículo, haciendo que se balancee de un lado a otro con una especie de fuerte convulsión.

Martínez coge un rifle, tira de la palanca, se inclina hacia la ventana trasera y sujeta el arma con firmeza. En ese momento, una voz profunda y rota por el whisky resuena desde atrás.

—Yo que tú no lo haría.

Lilly mira hacia abajo y ve al Gobernador con la mordaza suelta, intentando apoyarse en la pared con ojos incandescentes. La mujer le apunta con la Ruger.

—Tú ya no nos das órdenes —le advierte, apretando los dientes.

La furgoneta se mueve de nuevo hacia un lado. Se hace un silencio atronador.

—Tu plan de mierda se ha ido al carajo —le dice el Gobernador con una risilla sádica. Tal vez los tics que tiene en la cara son secuelas de algún trauma.

—¡Cállate!

—Pensaba que nos dejaríais ahí fuera para que nos comieran los caminantes y si te he visto no me acuerdo.

Lilly le apunta a la frente con su pistola del calibre 22.

—¡He dicho que te calles!

La furgoneta se mueve de nuevo. Martínez se queda parado sin saber qué hacer. Se da la vuelta para decirle algo a Lilly, cuando una súbita sacudida cerca de la cabina les pilla a todos por sorpresa.

Bruce ha conseguido desatarse las manos y, de repente, le da un empujón al Sueco para quitarle la pistola del cinturón. Al caer al suelo la calibre 45 se dispara con una detonación tan fuerte que daña los tímpanos. La explosión despide esquirlas metálicas que le rozan la bota izquierda al Sueco, que apoyado contra la pared trasera lanza un grito.

Con un sutil movimiento, sin dar tiempo a Martínez ni a Lilly a disparar, el hombre negro y corpulento recoge la 45 humeante y pega tres tiros en el pecho al Sueco. La sangre salpica la pared ondulada que tiene a sus espaldas; profiere un grito ahogado, se retuerce y resbala hasta caer al suelo.

Desde la parte de atrás, Martínez apunta al hombre negro y dispara dos ráfagas rápidas y controladas en la misma dirección, aunque para ese entonces, Bruce ya está intentando esconderse entre un montón de cajas de cartón. Sin embargo, las balas perforan el cartón, el metal y la fibra de vidrio, desatando pequeñas explosiones dentro de las cajas que hacen que un montón de serrín, chispas y papeles se mezclen en el aire como si fueran meteoritos.

Todos caen al suelo; Bruce consigue empuñar su cuchillo Bowie

—que tenía escondido en el tobillo— para quitarle los grilletes a Gabe. Todo ocurre muy deprisa en la zona de carga. Lilly apunta a los dos matones, mientras Martínez se abalanza sobre Bruce. El Gobernador grita algo así como: «¡No les matéis!». Gabe se suelta y corre a por una de las carabinas del suelo; Bruce intenta rajar con el cuchillo a Martínez, que en el intento de esquivar el ataque pero choca a Lilly, estampándola contra las puertas traseras...

El cerrojo se suelta por el impacto del cuerpo de Lilly contra la doble puerta.

Para su sorpresa, las puertas se abren de golpe, dejando la entrada libre a un enjambre de cadáveres andantes.

DIECIOCHO

Un mordedor grande en estado de descomposición vestido con su mortaja se lanza al cuello de Lilly con sus dientes podridos, pero no lo consigue por poco, ya que Martínez le pega un tiro que le vuela la cabeza.

Chorros de sangre rancia y negra salen disparados hacia el techo, cubriendo la cara de Lilly a medida que va entrando de nuevo en la furgoneta. Hay más zombies que intentan atravesar la puerta abierta. Mientras se acerca al panel frontal, el ruido insoportable le produce a Lilly un pitido en los oídos.

El Gobernador, todavía con los grilletes, se echa hacia atrás para evitar los ataques, en tanto, Gabe consigue una carabina cargada y empieza a disparar contra toda esa carne muerta y cráneos descompuestos. La materia gris brota como crisantemos negros, y el interior de la furgoneta se inunda con el hedor de los muertos. A pesar de los constantes disparos, cada vez hay más mordedores arremolinados en la puerta.

—¡Suéltame, Bruce!

La voz del Gobernador —casi enmudecida por el estruendo y apenas audible para Lilly— insta a Bruce a acudir a él con el cuchillo. Mientras tanto, Martínez y Lilly desatan una retahíla de pólvora, cañones llameantes, ruidos insoportables y cargadores agotados; los disparos sucesivos, que van directos a las cuencas de los ojos, mandíbulas, calvas limosas y frentes pútridas, lo llenan todo de trozos de carne podrida y sangre negra que se vierten a borbotones en plena puerta trasera.

Bruce corta los grilletes del Gobernador, que en cuestión de segundos queda libre y con una carabina en la mano.

La pólvora centellea en el aire, y en seguida los cinco supervivientes de la furgoneta se encuentran apiñados contra la pared delantera del vehículo, disparando a discreción y provocando una tormenta infernal de sangre alrededor de las puertas traseras. El revestimiento metálico de la furgoneta amplifica el ruido apoteósico y ensordecedor del tiroteo, algunas balas que no alcanzan su objetivo rebotan en el marco de la puerta formando guirnaldas chispeantes.

Los zombies desfigurados caen al suelo de la furgoneta como si fueran fichas de dominó; algunos de ellos, incluso, se deslizan por el borde de la puerta trasera, otros se quedan atrapados en el montón de muertos.

El tiroteo continúa diez segundos más, durante los cuales los humanos se cubren de capas sangrientas formadas por una mezcla de trozos de carne y sangre pulverizados. A Lilly una esquirla de acero se le clava en el muslo, el dolor la hace espabilar.

En el transcurso de un solo minuto —sesenta interminables segundos que a Lilly le parecen una vida entera— descargan absolutamente toda la munición para matar a los zombies amontonados, que caen uno tras otro tras resbalarse o se desploman en el asfalto fuera de la furgoneta, dejando un rastro de sangre en el borde de la salida trasera.

Los caminantes más rezagados se quedan allí atascados, lo que produce un silencio horrible y apabullante. Mientras Gabe y Martínez recargan sus armas, Bruce corre hacia la parte trasera del vehículo y de una patada aparta del borde de la puerta a los zombies, que golpean el suelo con un sonoro «plaf». Lilly saca el cartucho vacío de la Ruger, las balas caen al suelo causando un tintineo metálico que ella no oye. Tiene la cara, los brazos y la ropa llenos de sangre y bilis. Recarga el arma mientras el pulso le late con fuerza en el interior de sus deteriorados oídos.

Mientras tanto, Bruce cierra la doble puerta, cuyas bisagras destrozadas chirrían, aunque Lilly no puede distinguir ningún ruido.

Al final, consiguen echar el cierre, quedando aislados y sin alternativa en el interior de la cámara sanguinolenta. Pero lo peor de todo, en lo que todos están pensando en ese momento, es el panorama que rodea a la furgoneta y que por ahora sólo han podido apreciar a medias: el bosque que se extiende a ambos lados de la carretera y el camino ondulante, oscuros en el crepúsculo y cubiertos de sombras reptantes.

Lo que ven más allá de las puertas cerradas desafía a la comprensión humana. Todos han visto hordas, algunas de ellas enormes, pero ésta transgrede toda descripción; se trata de una masa de muertos sin precedente, cuyas dimensiones no ha presenciado todavía nadie desde que surgió la epidemia meses atrás. Alrededor de un millar de cadáveres vivientes en todos los estados de descomposición posibles se extienden hasta donde alcanza la vista. Montones de zombies enmarañados, apiñados de tal forma que se podría caminar por encima de sus hombros, abarrotan las laderas de la montaña a ambos lados de la Autopista 85. Con movimientos lentos y letárgicos, de unas proporciones que amenazan con una destrucción masiva, evocan la imagen de un glaciar negro que avanza sin rumbo a través de los árboles y se desvanece por los campos y carreteras que encuentra a su paso. A algunos de ellos apenas les queda carne alrededor de los huesos, van cubiertos tan sólo por mortajas raídas que llevan colgando, como si fuera musgo. Otros reptan en el aire con el mismo movimiento involuntario de las serpientes cuando son molestadas en el nido. Dada la anchura y longitud de la horda conformada por tal multitud de rostros blanquecinos como el nácar, da la impresión de que está aproximándose una ineludible y descomunal inundación de pus infectado.

En el interior de la furgoneta, la imagen desencadena el miedo más primario, agarrotando la espina dorsal de todos los supervivientes. Gabe señala con la carabina a Martínez.

—¡Maldito hijo de puta! ¿Ves lo que has hecho? ¡Mira dónde nos has metido!

Inmediatamente, Lilly saca su Ruger para apuntar a Gabe. Todavía le zumban los oídos, por lo que no llega a entender lo que responde, aunque sí reconoce una actitud hostil.

—¡Te volaré los sesos si no te tranquilizas, capullo! —le grita Lilly a Gabe.

Bruce arremete contra Lilly poniéndole una navaja en el cuello.

—¡Mira zorra, te doy tres segundos para tirar la puta…! —amenaza Bruce.

—¡Bruce! —El Gobernador apunta a Bruce con su carabina—. ¡Apártate de ella!

Bruce se queda quieto. La hoja de la navaja continúa presionando la garganta de Lilly, mientras ella sigue sin bajar el arma con la que amenaza a Gabe, y Martínez sostiene el rifle de asalto con el que apunta al Gobernador.

—Escúchame bien, Philip —le dice Martínez en voz baja—. Te juro que te pegaré un tiro antes de que nadie me lo pegue a mí.

—¡Callaos todos la puta boca! —grita el Gobernador, que tiene los nudillos tan blancos como la empuñadura de su carabina—. ¡La única forma que tenemos de salir de aquí es todos juntos!

Con la llegada de una nueva oleada de zombies, la furgoneta se balancea cada vez más y todos se tambalean.

—¿Qué solución propones? —le pregunta Lilly.

—Lo primero de todo es dejar de apuntarnos con las putas pistolas.

Martínez mira fijamente a Bruce.

—Apártate de ella, Bruce —ordena Martínez, amenazante.

—Bruce, haz lo que te dice —insiste el Gobernador, apuntándole. Una pequeña gota de sudor resbala por la nariz del Gobernador—. ¡Baja el puto cuchillo si no quieres que te vuele la tapa de los sesos!

Bruce baja el cuchillo a regañadientes, con sus oscuros ojos rasgados encendidos por la ira.

La furgoneta vuelve a temblar mientras todos bajan lentamente las armas.

Martínez es el último en bajar el rifle.

—Si llegamos al volante, podremos irnos de aquí.

—¡Negativo! —exclama el Gobernador ante la propuesta de Martínez—. ¡Así mandaríamos a esta puta estampida rumbo a Woodbury!

—¿Y qué propones tú? —le pregunta Lilly al Gobernador con actitud agresiva. Tiene la horrible sensación de haber cedido ante él, y el alma se le encoge hasta tomar la forma de un diminuto agujero negro en su interior—. No podemos quedarnos aquí de brazos cruzados.

—¿A qué distancia estamos de la ciudad, a menos de dos kilómetros? —pregunta retóricamente el Gobernador mientras inspecciona el interior de la ensangrentada furgoneta, mirando una caja detrás de otra. En ellas hay piezas sueltas de pistolas, cartuchos y munición militar—. Déjame que te pregunte algo —dice, dirigiéndose a Martínez—. Parece ser que has organizado todo este gran «golpe de Estado» como un auténtico militar. ¿Tienes aquí algún lanzacohetes o algo que tenga más fuerza que una simple granada?

Tardan menos de cinco minutos en encontrar la artillería, cargar el lanzacohetes, trazar una estrategia y ocupar sus posiciones; durante ese tiempo es el Gobernador el que da las órdenes, asignándole un papel a cada uno, mientras los zombies rodean la furgoneta como si se tratara de un enjambre de abejas en un panal. Así, en el momento en que los supervivientes ya están listos para iniciar el contraataque, el número de caminantes aglomerados en el exterior del vehículo ha aumentado tanto que están a punto de volcar la furgoneta.

Para los muertos, a pesar de que están restregando las orejas por toda la carrocería, resulta incomprensible la voz amortiguada del Gobernador que sale del interior de la furgoneta contando atrás «tres, dos, uno».

El primer disparo vuela las puertas traseras de la furgoneta como si las bisagras fueran explosivos. La detonación catapulta a un puñado de caminantes, y como un atizador al rojo vivo surcando una barra de mantequilla la granada sale despedida por entre la masa de cadáveres pegados al vehículo. El proyectil sale disparado a diez metros de la furgoneta.

La explosión acaba con al menos un centenar de muertos vivientes —tal vez más— en los alrededores del vehículo. El suelo vibra y se resiente por la detonación, que se expande hasta el cielo y sacude las copas de los árboles emulando el estampido de un avión.

La onda expansiva se despliega a lo largo y ancho del enclave, concentrada en una llamarada del tamaño de una cancha de baloncesto. La noche se convierte en día con un súbito resplandor, y los zombies más próximos acaban transformándose en desechos humanos llameantes, algunos de ellos evaporados casi por completo; otros, convertidos en columnas de fuego danzarinas.

Un verdadero infierno arrasa un área de unos cuarenta metros cuadrados alrededor de la furgoneta.

Gabe es el primero en saltar por la puerta trasera. Se ha tapado la boca y la nariz con una bufanda enrollada para así evitar respirar los gases tóxicos que desprende la carne muerta carbonizada por tal torbellino de bombas. Lilly lo sigue de cerca cubriéndose la boca con una mano, y con la otra da tres disparos con su Ruger para apartar a algunos zombies de su camino.

Al fin consiguen llegar a la cabina, abrir la puerta y sentarse —quitando de en medio el cadáver retorcido y ensangrentado de Broyles—, y en cuestión de segundos las ruedas traseras empiezan a derrapar para salir de allí.

La furgoneta arrolla a su paso filas enteras de zombies, triturando los cadáveres andantes y convirtiéndolos en un montón de gelatina pútrida esparcida por el asfalto, mientras por la carretera se aproximan a una curva cerrada. En el momento de tomar la curva, Gabe ejecuta la última fase del plan de huida.

Da un volantazo y la furgoneta sale de la carretera y sube por una pendiente arbolada, poniendo a prueba los neumáticos y los amortiguadores. Mantiene el pie clavado en el acelerador, mientras el vehículo sigue zigzagueando hacia arriba, a pesar de que las ruedas traseras se quedan atascadas en el suelo enlodado de la cuesta, haciendo que los que van en la parte trasera se acerquen peligrosamente a la abertura. En cuanto llegan a la cima de la montaña, Gabe pisa el freno y la furgoneta se detiene súbitamente.

Tardan un minuto en montar el mortero, que se compone de un cilindro metálico achaparrado que Martínez ha improvisado a toda prisa sobre un soporte de ametralladora con el cañón colocado hacia arriba, formando un ángulo de cuarenta y cinco grados.

Cuando están listos para abrir fuego, al menos doscientos zombies ya han empezado a subir por la ladera en busca de la furgoneta, guiados por el ruido y los faros encendidos.

Martínez prepara el arma y presiona el botón de ignición.

Las bombas de mortero salen disparadas hacia arriba, dibujando sobre el valle un arco cuyo trazo es una estela brillante de neón. El explosivo cae a una distancia de más de trescientos metros, en pleno centro de la oleada de muertos vivientes, y forma en el aire una seta de humo unos milisegundos antes de que pueda oírse el «boom» del impacto, cuyo fogonazo residual ilumina el vientre del cielo estrellado con radiantes tonos de color naranja.

Infinidad de partículas de fuego brotan en los cielos, enmarañadas en una mezcla de suciedad, desechos y carne muerta que se propaga a casi cien metros a la redonda y deja a su paso cientos de mordedores reducidos a cenizas, algo que ningún autoclave gigantesco sería capaz de abarcar con tanta rapidez y eficacia.

Atraídos por el fragor del espectáculo, los caminantes que quedan se alejan torpemente de la montaña y se arrastran hacia la luz. En dirección opuesta a Woodbury.

Vuelven a la ciudad con la furgoneta destrozada: las ruedas deshinchadas, el eje trasero partido, las ventanas rotas en mil pedazos y las puertas arrancadas de cuajo. Todavía asustados, siguen alerta por si tras ellos surge algún rastro de la extraordinaria horda; sin embargo, sólo distinguen a unos cuantos caminantes dando traspiés en algunos campos iluminados por el destello naranja que despide al oeste el horizonte.

Nadie se da cuenta hasta que ya es demasiado tarde, cuando, a espaldas de Martínez, Gabe le pasa silenciosamente al Gobernador la semiautomática del calibre 45 y empuñadura perlada.

—Tú y yo tenemos asuntos pendientes —le dice el Gobernador a Martínez mientras giran una esquina, y le pone el cañón del arma en la nuca.

Martínez suelta un largo suspiro con desazón.

—Olvídalo —le contesta.

—Tienes muy mala memoria, hijo —le recrimina el Gobernador—. Esta mierda es lo que sucede al otro lado de los muros. No te voy a matar, Martínez…, al menos todavía no… Porque ahora nos necesitamos el uno al otro.

Martínez no contesta; sólo observa las ondulaciones metálicas del suelo mientras espera a que llegue el momento en que su vida termine.

Gabe conduce hasta el estadio por la puerta oeste de la ciudad y aparca en una plaza reservada para coches oficiales. Los vítores resuenan desde las gradas; sin embargo, por los silbidos y abucheos parece que las luchas han degenerado en una batalla campal. Aunque el excéntrico maestro de ceremonias lleva más de una hora ausente del espectáculo… nadie se atreve a abandonar el recinto.

Gabe y Lilly se bajan de la furgoneta y se asoman a la parte trasera de la misma. En ese momento, Lilly, con la cara llena de sangre y trozos de carne, experimenta cierta inquietud, lo que le hace tantear el cinturón y agarrar el arma con fuerza. No puede pensar con claridad: está medio dormida, atontada por lo ocurrido, nerviosa y mareada.

Se dispone a rodear la furgoneta, cuando ve a Martínez desarmado, con los brazos llenos de hollín —efecto de la onda expansiva del mortero— y el rostro arrugado y triste cubierto de sangre, con el Gobernador detrás de él, apretando el cañón de su arma del calibre 45 contra su cuello.

Guiada por el instinto, Lilly saca la Ruger, pero antes de poder apuntar, el Gobernador le advierte:

—Si disparas, tu novio morirá. Gabe, quítale la pistolita esa.

Mientras Lilly se queda mirando al Gobernador, Gabe le arrebata la pistola. Una voz que viene de arriba surge en medio de la noche.

—¡Hola!

El Gobernador mira a Martínez.

—Martínez, dile a tu amigo de ahí arriba que se esté tranquilo —ordena el Gobernador.

En una esquina de la parte más alta de las gradas del estadio hay instalada una ametralladora. El cañón, largo y perforado, apunta hacia el sucio aparcamiento de abajo, y detrás del arma aparece un joven de la cohorte de Martínez —un chaval negro y alto de Atlanta llamado Hines— que no está al tanto del intento secreto de derrocamiento.

—¿Qué coño está pasando aquí? —les grita—. ¡Parece que vengáis de la guerra, tíos!

—¡Todo en orden, Hines! —le contesta Martínez—. Nos hemos topado con unos cuantos mordedores, eso es todo.

El Gobernador esconde su arma del calibre 45, con cuyo cañón presiona la zona baja de la espalda de Martínez.

—¡Oye, chaval! —El Gobernador inclina la cabeza para señalar la oscura arboleda que hay al otro lado de la calle mayor—. ¡Me harías un gran favor si acabas con todos esos caminantes que se acercan entre los árboles! —Luego señala la furgoneta—. Y también necesito que les pegues un tiro en la cabeza a los dos cadáveres que hay en la furgoneta y que luego los lleves a la morgue.

El soporte de la ametralladora cruje al situar el cañón hacia arriba. Mientras tanto, todos se apelotonan para ver si algo se mueve al otro lado de la calle, cuando de repente las siluetas de los dos últimos caminantes emergen de entre los árboles.

En un instante el cañón del arma comienza a rugir desde la cubierta del estadio, dejando una estela de chispas justo un milisegundo antes de abrir fuego. El Gobernador obliga a Martínez a entrar en el edificio mientras todo el mundo sigue abstraído por el ruido.

Los aturdidos cadáveres que salen del bosque son bombardeados con cartuchos enteros de balas perforantes, convirtiéndolos en títeres danzantes al ritmo del temblor de un terremoto de disparos en la cabeza bajo una lluvia de sangre pulverizada. Para asegurarse de que cumple su cometido, Hines vacía contra los caminantes una bandolera de cartuchos del calibre 7,62; cuando ya los ha convertido en un montón viscoso y humeante de tripas, el muchacho suelta un alarido de victoria antes de seguir vigilando la zona.

Mientras tanto, el Gobernador, Martínez y el resto del grupo se esfuman.

DIECINUEVE

—¿Creéis que esto es una puta democracia? —pregunta el Gobernador con voz crispada y ronca, haciendo temblar las paredes de hormigón de la sala privada que hay justo debajo del quiosco del estadio, mientras limpia el suelo con su guardapolvo empapado de sangre.

En la impoluta habitación que una vez fuera oficina de contabilidad y archivo del recinto sigue estando la caja fuerte reventada en un rincón. Sin embargo, el único mobiliario que ahora la ocupa es una mesa de reuniones larga y deslucida, unos calendarios de chicas desnudas colgados en la pared y un par de escritorios con algunas sillas giratorias colocadas boca abajo sobre ellos.

Compungidos y en silencio, Martínez y Lilly se sientan en unas sillas plegables que hay apoyadas en la pared mientras Bruce y Gabe los observan muy de cerca con las armas preparadas. Una tensión electrizante se respira en la habitación.

—Al parecer, habéis olvidado que este lugar subsiste por una sola razón. —El Gobernador hace pausas en el discurso debido a los tics y los movimientos nerviosos que le ha provocado el impacto del táser. Tiene la cara y la ropa llenas de sangre seca y el pelo enmarañado—. ¡Subsiste porque soy yo el que lo hace funcionar! ¿Veis bien todo esto? ¡Esto es lo que hay de menú si queréis comer! ¡Si queréis vivir en un puto paraíso o en un oasis de compañerismo y amistad, llamad a la puta Rana Gustavo! ¡Esto es la guerra, joder!

Hace una pausa de reflexión que provoca un gran silencio que oprime la sala.

—¿Habéis consultado a esos cabrones de las gradas si quieren democracia? ¿Quieren amistad y buen rollo, o quieren a alguien que les organice toda su puta vida e impida que los zombies se los coman para merendar? —pregunta con los ojos encendidos—. ¡Creo que ya se os ha olvidado cómo era esto cuando Gavin y sus guardias estaban al mando! ¡Se os ha olvidado que hemos sido nosotros quienes lo hemos arreglado. Los que hemos...!

Alguien llama a la puerta exterior e interrumpe los gritos. El Gobernador contesta:

—¿Qué?

A continuación, el pomo se gira y la puerta se abre unos centímetros con un crujido.

El granjero de Macon entra en la sala con semblante avergonzado y con la AK-47 colgada de un hombro.

—Jefe, los espectadores quieren más.

—¡Qué!

—Hace ya un buen rato que perdimos a los dos luchadores, y ahora sólo quedan cadáveres y mordedores encadenados en el campo, pero nadie se va... Siguen bebiéndose las botellas que se han traído y tirándoles basura a los zombies.

El Gobernador se seca la cara con un pañuelo y se atusa el bigote Fu Manchú.

—Diles que en un minuto voy a salir a darles una noticia importante.

—¿Y qué pasa con...? —empieza a preguntar el muchacho.

—¡Sal y dilo, joder!

El joven asiente con la cabeza mostrando obediencia y desaparece dando un portazo.

El Gobernador observa al hombre negro que hay en la otra punta de la sala con los vaqueros manchados de sangre.

—Bruce, ¡ve a por Stevens y su perrito faldero! ¡Me importa un bledo lo que estén haciendo; quiero que muevan el culo y vengan aquí ya! ¡Corre!

Bruce asiente con la cabeza y sale corriendo de la habitación, aga-
rrando la pistola que lleva en el cinturón para que no se le caiga.

—Ya sé de dónde has sacado ese puto táser… —increpa el Gobernador a Martínez.

A Lilly el tiempo que tarda Bruce en ir a por el médico y Alice se le
hace interminable. Está sentada al lado de Martínez y entre la capa
de trozos de zombie que le cubren la cara y la herida punzante de la
pierna, desea que le peguen un tiro en la cabeza cuanto antes. Gabe
se ha apartado y Lilly ya no siente su calor corporal tras ella; sin embargo, sí que nota su respiración pesada y el olor a sucio que desprende, pero no se atreve a pronunciar ni una palabra durante toda la
espera.

Tampoco Martínez dice nada.

Ni el Gobernador, que sigue paseándose por la sala.

A Lilly ya no le importa morir. Algo inexplicable le ha ocurrido.
Piensa en Josh pudriéndose bajo tierra y no siente absolutamente
nada. Piensa en Megan ahorcada y no le supone ningún tipo de emoción. Piensa en Bob hundiéndose en el olvido.

Pero ya nada le importa.

Y lo peor es que sabe que el Gobernador tiene razón; que en la
ciudad necesitan un rottweiler que les inspire respeto. Necesitan a un
monstruo que detenga esta marea de sangre.

Al otro lado de la sala, la puerta se abre para mostrar tras ella a
Stevens y Alice. Bruce apunta de cerca con la pistola al médico, que
lleva puesta su arrugada bata de laboratorio. Alice está detrás de él.

—Pasad y uníos a la fiesta —les ordena el Gobernador al recibir-
los con una gélida sonrisa—. Tomad asiento. Relajaos. Estáis en vuestra casa.

Sin mediar palabra, el médico y Alice cruzan la sala y se sientan
en las sillas plegables, como niños obligados a estar en su habitación,
junto a Martínez y Lilly. El médico no dice nada, sólo sigue mirando
al suelo.

—Ya tenemos aquí a toda la camarilla —anuncia el Gobernador

acercándose a los cuatro. Se mantiene a cierta distancia de ellos, como si fuera un entrenador dando instrucciones en el descanso del partido—. Vamos a hacer una cosa: vamos a llegar a un pequeño acuerdo…, será un contrato verbal. Es muy simple. Mírame, Martínez.

Martínez tiene que hacer un esfuerzo sobrehumano para mirar a los ojos oscuros del Gobernador.

El Gobernador le fulmina con la mirada.

—El trato es el siguiente: mientras yo mantenga a todos los lobos al otro lado de la puerta y mientras os llene los platos… no cuestionaréis cómo lo hago.

Hace una pausa. Está frente a ellos, esperando con las manos en las caderas y con el rostro cubierto de sangre reseca, serio y decidido, observando las miradas exhaustas de los demás.

Nadie dice nada. A Lilly le dan ganas de ponerse de pie, tirar la silla en la que está sentada, empezar a gritar con todas sus fuerzas, coger uno de los rifles que hay en la sala y emprenderla a tiros contra el Gobernador.

Pero mira al suelo.

Y se hace el silencio.

—Otra cosa —continúa el Gobernador, sonriéndoles a todos, con ojos inexpresivos e insensibles—: si alguien rompe el trato o mete las narices en mis asuntos, mataré a Martínez y al resto os desterraré. ¿Lo habéis entendido? —Espera en silencio—. ¡Contestadme, panda de mamones! ¿Habéis entendido las condiciones del contrato? ¿Tú, Martínez?

—Sí —la respuesta viene acompañada de un tenue suspiro.

—¡No te oigo!

Martínez lo mira.

—Sí… Las he entendido.

—¿Y tú, Stevens?

—Sí, Philip —contesta el médico sin entusiasmo—. El argumento final ha sido fantástico. Deberías ser abogado.

—¿Y tú, Alice? —pregunta el Gobernador.

Ella asiente rápidamente con la cabeza.

El Gobernador mira a Lilly.

—¿Y tú? ¿Lo tienes claro?

La mujer sigue mirando al suelo sin decir nada.

—No estoy buscando consenso. Te lo preguntaré otra vez, Lilly: ¿Has entendido el contrato? —insiste el Gobernador, acercándose a ella cada vez más.

Lilly se niega a hablar.

El Gobernador saca su Army Colt del calibre 45 y empuñadura perlada, retira el seguro y presiona la cabeza de Lilly con el cañón del arma. Sin embargo, antes de poder decir algo más o pegarle un tiro en la cabeza, ella lo mira.

—Lo he entendido —contesta finalmente.

—¡Damas y caballeros!

La voz nasal del joven granjero crepita a través del sistema de altavoces del estadio, su eco se extiende por todo el caótico escenario que hay detrás de la valla metálica. La masa de espectadores se ha dispersado por todos los asientos de las gradas, aunque ni un solo asistente ha abandonado el recinto. Algunos de ellos están acostados boca arriba, borrachos, mirando el oscuro cielo sin luna. Otros, intentando olvidar los horrores de la batalla campal que acaban de presenciar en la pista, se pasan las botellas de licor una y otra vez.

Los más ebrios se dedican a tirar basura y botellas vacías al centro del campo para molestar a los mordedores cautivos, que intentan huir tirando de las cadenas, mientras de sus labios podridos rebosan babas negras.

Desde hace ya más de una hora, el público silba y abuchea mientras los dos luchadores muertos yacen sobre el charco de su propia sangre, fuera del alcance de los zombies.

Vuelve a oírse la voz amplificada:

—¡El Gobernador tiene una gran noticia que darnos!

El anuncio capta toda la atención de los presentes, que dejan de proferir la cacofonía colectiva y paran de silbar y abuchear. El público, formado por unos cuarenta espectadores, vuelve a sentarse aturdido en las butacas de la primera fila, algunos de ellos incluso tropezándose debido a su estado de embriaguez. En unos minutos, todos los espectadores están incorporados en los asientos de primera fila, situados tras la valla metálica que en su día protegía a los aficionados a las carreras de los trompos y los neumáticos en llamas que salían volando de la pista.

—Un aplauso para nuestro valiente líder: ¡el Gobernador!

En la pasarela de en medio, como si de un fantasma se tratara, emerge de entre las sombras una figura con abrigo largo que se sitúa bajo el frío vapor de las luces de calcio. El viento agita los bajos de su abrigo, llenos de sangre y barro, como si fuera un comandante troyano volviendo del asedio de Troya.

Se coloca a zancadas en el centro de la pista, entre los dos guardias vencidos, sacude el cable del micrófono que tiene a sus espaldas, lo levanta y grita:

—¡Amigos, el destino os ha traído aquí… El destino nos ha unido… Y es nuestro destino sobrevivir juntos a esta plaga!

Los espectadores, en su mayoría borrachos, profieren vítores etílicos.

—¡También es mi destino ser vuestro líder… Y con orgullo acepto el papel! ¡Y al hijo de puta que no le guste, que intente sustituirme cuando quiera…! ¡Ya sabe dónde encontrarme! ¿Hay algún sustituto? ¿Alguien tiene lo que hay que tener para mantener la ciudad protegida?

Las voces embriagadas se desvanecen. Los rostros detrás de la valla se calman. Ha vuelto a conseguir llamar la atención de todos. El viento sopla a través de los pórticos y acentúa el silencio.

—¡Esta noche, todos y cada uno de vosotros estáis siendo testigos del principio de una nueva era en Woodbury! ¡A partir de esta noche, se acabó oficialmente el sistema de trueque!

Ahora el silencio envuelve todo el estadio. El público no se esperaba esto; aun así, todos escuchan en vilo, pendientes de cada palabra.

—¡De ahora en adelante, los víveres que consigamos se repartirán a partes iguales entre todos! ¡Así es como se podrá formar parte de nuestra comunidad: consiguiendo víveres! ¡En beneficio del bien común!

Un viejo sentado unas filas más arriba que los demás se tambalea con su abrigo del Ejército de Salvación ondeando en el aire, mientras aplaude asintiendo con la cabeza e inclinando la barbilla canosa con orgullo.

—¡Estas nuevas normas serán obligatorias para todos! ¡Si se descubre que alguien intercambia favores de algún tipo por alguna cosa, estará obligado a luchar en el Ring de la Muerte como castigo! —El Gobernador hace una pausa para incitar a la reflexión a los asistentes y observarlos—. ¡No somos salvajes! ¡Podemos cuidarnos los unos a los otros! ¡Somos guardianes de nuestros hermanos!

Cada vez más espectadores se ponen de pie y empiezan a aplaudir; algunos se sienten sobrios de repente, recobran la voz y vitorean como si estuvieran alzándose ante un «Aleluya» en una misa.

Entonces, el sermón del Gobernador se llena de dramatismo:

—¡El trabajo en equipo constituirá la nueva era en Woodbury! ¡Construiremos una comunidad más feliz, más sana y más unida!

Llegado este momento, casi todos los espectadores ya están de pie, el rugido de sus voces —un sonido muy parecido al que haría un grupo de fanáticos religiosos reunidos en la celebración del culto— reverbera hasta los niveles más altos del estadio y resuena por todo el cielo estrellado. La gente aplaude con vehemencia para mostrar su aprobación, con un intercambio constante de miradas de alivio y de grata sorpresa… e incluso de esperanza.

Lo cierto es que en la distancia, detrás de la valla metálica, los espectadores, que en su mayoría llevan toda la noche bebiendo, no advierten la sed de sangre que brilla en los oscuros ojos de su benevolente líder.

A la mañana siguiente, la joven esbelta de la coleta está en el hediondo y fétido matadero subterráneo del estadio.

Lilly, que lleva puesta la sudadera ancha del Instituto Tecnológico de Georgia, joyas antiguas y vaqueros desgastados, no tiembla ni siente la urgencia de morderse las uñas; de hecho, no siente ningún tipo de aversión o repulsión por la asquerosa tarea que le ha sido asignada como reprimenda por ser cómplice en el intento de golpe.

En ese momento, al agacharse bajo la tenue luz del sótano para blandir el hacha de cincuenta centímetros recubierta de Teflón, lo único que siente es que le hierve la sangre. Deja caer el utensilio con decisión y firmeza para cortar el cartílago de la pierna amputada del Sueco, colocada sobre el sumidero del suelo. La hoja cortante atraviesa la articulación del mismo modo que un cuchillo de cocinero corta un muslo de pollo crudo, el impacto le salpica de sangre el cuello y el pecho. Sin embargo, apenas se inmuta cuando tiene que tirar a la basura los dos trozos de carne humana.

En el contenedor —que parece un caldero lleno de porciones individuales de vísceras, órganos diversos, cabelleras, finas y blancas rótulas y extremidades amputadas— ya hay depositadas partes del Sueco, de Broyles, de Manning y de Zorn, cubiertas de hielo para poder satisfacer a los zombies del estadio mientras dura el espectáculo.

Lilly lleva puestos unos guantes de goma —que durante la última hora se han vuelto de un color morado oscuro— para trabajar con el hacha, cuyos impactos se alimentan de su ira. De ese modo ha desmembrado ya tres cuerpos con la más absoluta facilidad, mientras ignora cómo los otros dos hombres, Martínez y Stevens, también siguen trabajando en los otros rincones de la sucia, hermética y sangrienta sala de hormigón.

Ninguno de los repudiados pronuncia ni una palabra, y el trabajo constante continúa durante media hora más, hasta que, alrededor del mediodía, los insensibilizados oídos de Lilly registran el ruido de unos pasos amortiguados en el pasillo al otro lado de la puerta. El pestillo chasquea y la puerta se abre.

—Venía a ver cómo lo lleváis —les dice el Gobernador en cuanto entra en la sala. Lleva un elegante chaleco de piel, una pistola enfundada en el muslo y el pelo recogido que deja al descubierto su rostro ajado—. Estoy impresionado con vuestro trabajo —continúa mientras se acerca al cubo que hay junto a Lilly y observa los restos gelatinosos que contiene—. Puede que dentro de un rato necesite algunos pedazos.

Ella no levanta la mirada. Sigue haciendo trozos, tirándolos y limpiando la hoja del hacha en los vaqueros, y coloca sobre la mesa un tronco entero que todavía conserva la cabeza.

—Continuad, cuadrilla —ordena el Gobernador con un gesto de aprobación, antes de darse la vuelta y volver a salir por la puerta. Mientras él desaparece, Lilly murmura algo ininteligible.

En su pensamiento se generan palabras que acaban en sus labios y toman forma de susurro dirigido al Gobernador:

—Muy pronto…, cuando ya no te necesitemos…. tú también acabarás así.

Y baja el hacha una y otra vez.

Agradecimientos

Deseo expresar mi agradecimiento a Robert Kirkman, David Alpert, Brendan Deneen, Nicole Sohl, Circle of Confusion, Andy Cohen, Kemper Donovan y Tom Leavens.

JAY BONANSINGA

Los cómics que inspiraron la serie

LOS MUERTOS VIVIENTES

THE WALKING DEAD

PLANETA DeAGOSTINI®